·张昌山 主编·滇云八年书系·旧刊文存·

今日评论
文存 一

JINRI PINGLUN WENCUN

张昌山 ◎ 编

云南出版集团

云南人民出版社

图书在版编目（CIP）数据

《今日评论》文存：全十册/张昌山编.--昆明：云南人民出版社，2019.4
（滇云八年书系.旧刊文存）
ISBN 978-7-222-14444-6

Ⅰ.①今… Ⅱ.①张… Ⅲ.①抗战文艺研究 Ⅳ.①I209.6

中国版本图书馆CIP数据核字（2017）第045813号

滇云八年书系·旧刊文存
总策划：夏代忠　尹　杰
项目主持：赵石定　尹　杰

出品人　赵石定
项目统筹　张晓岚
责任编辑　张晓岚　杨　惠
封面设计　马　滨
内文版式　王曦云
责任校对　王　颖　钟　静
责任印制　窦雪松

《今日评论》文存（全十册）

张昌山　编

出版	云南出版集团　云南人民出版社
发行	云南人民出版社
社址	昆明市环城西路609号
邮编	650034
网址	www.ynpph.com.cn
E-mail	ynrms@sina.com
开本	787mm×1092mm　1/16
印张	204.5
字数	3500千
版次	2019年4月第1版第1次印刷
印刷	云南出版印刷（集团）有限责任公司 云南国方印刷有限公司
书号	ISBN 978-7-222-14444-6
定价	680.00元（全十册）

云南人民出版社公众微信号

如需购买图书、反馈意见，请与我社联系
总编室：0871-64109126　发行部：0871-64108507　审校部：0871-64164626　印制部：0871-64191534

版权所有　侵权必究　印装差错　负责调换

滇云八年书系

总序

张昌山

抗战，是疆场上的抗战，也是文化的抗战、教育的抗战和学术的抗战，是全面的抗战。艰苦卓绝，但正义最终战胜邪恶。

滇云八年，云南的抗战岁月。在此特殊的历史时期，这里汇集了全国多所一流大学、众多一流学者和青年俊杰，他们在这里创造了中国乃至世界学术文化与教育史上的诸多奇迹。

教育上，由北大、清华、南开组成的西南联合大学，无疑是当时中国最高最好最有名的大学，是联合成功的典范，但又不失各自的传统与特色。他们坚守大学之道，倾力培育英才。学子中有的从这里启程，走上了斯德哥尔摩的诺贝尔奖颁奖台；有的成为"两弹一星"元勋；有的奔赴战场抗击侵略者。他们在不同的领域为民族为人类做出了重要贡献。"寡言君子"梅贻琦校长的"大师论"早已成为经典，师生们生活学习中的点点滴滴都被后人争相传诵。当然，这里还有其他名校，如中山大学、云南大学、中法大学、华中大学、同济大学等等，都在闪闪发光，然而西南联大始终是最耀眼的明星。

学术上，名师云集。皆为饱学之士，又多是中西融通之大家。在民族危亡之际，强烈的使命感激发了学术活力与创造性。陈寅恪的《隋唐制度渊源略论稿》、钱穆的《国史大纲》、冯友兰的《贞元六书》、金岳霖的《知识论》、闻一多的《楚辞校补》等上百部传世之作，在这里诞生。若套用那句古话，真所谓国家不幸学者幸，并进而造就了滇云八年的学术高峰。

文化上，思想碰撞，观点迭出，于是报章杂志大量涌现。仅就刊物言，《战国策》《今日评论》《当代评论》《时代评论》《自由论坛》《西南边疆》《边疆人文》《国文月刊》《民主周刊》等名刊大刊，继续肩负着救亡与启蒙、继承与创新、表达与引导的重任，奋力前行。而今虽已时过境迁，使命不再，但作为珍贵的历史文献，所具有的是永久的价值。

滇云八年，是艰难而又辉煌的时日。其间成果之多，成就之高，内涵之丰赡，精神之刚毅，特色之鲜明，难寻他例。"滇云八年"已经并将长久地成为人们关注、思考和研究的文化、学术、教育现象，随着不断深化和拓展，或许会成为一个特定的研究领域。

为了更好地积累和继承，并为读者提供系统、完整和规范的经典文献，我们特组织编辑出版"滇云八年书系"，按"学术典藏""旧刊文存""联大岁月"等系列陆续推出。这是一项很有意义也有难度的文化工程，我们希望得到各方人士的支持与帮助，共同努力完成这一胜业。

是为序。

前　言

　　《今日评论》创刊于1939年1月1日，由著名学者、西南联大教授钱端升发起并主编，另一位著名学者、云南大学教授王赣愚协助编辑出版。刊物由昆明今日评论社编辑发行，朝报印刷厂、中央日报社等先后印刷。该刊为16开，周刊，每逢周日出版。创刊时每期印刷千余份，半年后每周已销到将近四千份，发行甚广，全国各书局有代售，还远销到香港和国外。是一份以政论为主的综合性刊物。文章内容丰富，涉及国际、政治、经济、社会、教育、语文、文艺、通讯等八类。卷首有时评，综论国内外大事，卷末有撰稿人和文章介绍，要素比较完整。

　　西南联大是《今日评论》的大本营。杂志编辑编务大都由联大教授担任，定期召开例会研究商定。作者也主要是联大的知名教授，主编钱端升发文43篇，王赣愚33篇，潘光旦23篇，王迅中22篇，伍启元18篇，费孝通12篇，罗隆基10篇，张德昌10篇。还有众多名家都发表了为数不等的文章：陈岱孙、史国纲、陈友松、吴半农、张企泰、赵凤喈、邵循恪、陈雪屏、谷春帆、张忠绂、冯友兰、陈之迈、沈从文、钱钟书、戴世光、孙毓棠、蔡枢衡、王力、丁佶、柳无忌、陈序经、李树青、李卓敏、傅斯年、冯至、赵晚屏、贺麟、邵文海、吴之椿、张佛泉、吕叔湘、萧公权、雷海宗、林同济、吴文藻、朱自清、崔书琴、钱穆等。这是一群极具爱国情怀、有强烈社会责任感的知识分子，以《今日评论》为平台，表达自己的见解，为战时政府出谋划策，虽然视角不同，观点也有差异，但对当时的政治、经济和社会各方面都曾产生过一定的影响作用，受到人们的关注，被报刊史著作称为"抗战期间刊载国内各界著名专家学者著作的重要论坛"，"各种观点的文章兼收并蓄，蔚为大观"，是"抗战期间影响较大的综合性刊物"。美国学者易社强在《战争与革命中的西南联大》一书中，对《今日评论》给予极大关注，并做了深刻的评述。已故青年学者谢慧的博士论文《知识分子的救亡努力——〈今日评论〉与抗战时期中国政策的抉择》，对《今日评论》进行了全面、系统、深入的研究，是一篇具有开拓性的论文，是该研究领域的奠基性著作，为学界进一步开展研究奠定了坚实的学术基础。

《今日评论》于1941年4月13日停刊，共出版五卷114期。文存为保留历史文献资料的学术性和真实性，供专家、学者研究之用，刊物的文章按原文照录，但对其中一些文章的观点不予赞同。在整理过程中，对与现今标准及规范用法不一致的字词、标点符号未做改动，音译外国人名、地名也保留原样。限于当时的编印条件，原本即模糊不清的字句，只好空缺或存疑。特此说明。由于工作量大，水平有限，难免存在不妥不当甚至错误之处，敬请读者方家批评指出。

在资料收集和整理过程中，得到云南人民出版社、云南大学图书馆、云南师范大学图书馆、云南省图书馆和省社科规划办公室等多家单位的大力支持。陈增礼等多位研究生同学承担繁重的录入工作。在此，对上述单位和多位研究生同学表示深深的谢意。

编　者

2019年1月1日于昆明

目 录

第一卷第一期（1939年1月1日）

时评   1
    前方军事形势   1
    英美信用借款成立   2
    日苏渔业纠纷   3
统一与一致   钱端升   5
培植我们的经济力   陈岱孙   9
远东之国际秩序   张忠绂   14
论导师制   冯友兰   17
河北省内的抗战概况   唐 士   20
文艺与经验   叶公超   23
新语言   朱自清   26

第一卷第二期（1939年1月8日）

时评   33
    汪精卫提和事件   33
    法意纠纷   34
    泛美会议闭幕   36
抗战的民族意义   潘光旦   38
英美借款与我国外汇   李卓敏   42

论美国对日报复问题	崔书琴	48
省治改革的一端	陈之迈	55
湘西题记	沈从文	58
记安南的旧戏	陆侃如	62

第一卷第三期（1939年1月15日）

时评		65
敌阁的更动		65
美国对日态度的硬化		67
国际经济制日的端倪		68
对于六中全会的企望	钱端升	70
英美对日采取经济报复之希望	傅孟真	73
日本外交政策的检讨	王迅中	78
论我国战时及战后的税制	朱炳南	82
病与艾	钱 穆	86
冷屋随笔之一	钱钟书	89
拜 访	希 声	92

第一卷第四期（1939年1月22日）

时评		95
英政府一月十四日的对日照会		95
张伯伦访意		96
关税担保债赔各款的新处置		97
敌输出贸易的锐减		98
君子与伪君子		
——一个史的观察	雷海宗	100

一般或特殊	沈从文	104
论中国经济的进步性	吴半农	108
我国管理外汇的汇率政策问题	王元照	112
西北小故事	薛 邻	117
村 汉	李 欣	122

第一卷第五期（1939年1月29日）

时评		129
两广与晋陕的形势		129
平沼有田的演说		129
国联行政院会议		131
史订生与蓝敦		131
政治之机构化	傅孟真	133
经济自给与战争	王赣愚	137
英美法制日助我的最近形势	钱瑞升	142
中学课程标准问题	郑毅生	145
《锦瑟》解	赵萝蕤	148
夜 行	流 金	153
遗传与政治（书评）	潘光旦	158

第一卷第六期（1939年2月5日）

时评		161
五中全会闭幕		161
张伯伦与希特勒的演说		162
西班牙内战		162
所望于国民参政会者	王赣愚	164

国际联盟与援华制日	王化成	168
国情普查与云南的人口	戴世光	171
美国中立与远东政策	张道行	176
彼　此	徽　因	180
冷屋随笔之二	钱钟书	184
居里夫人小传（译文）	惟　一	187

第一卷第七期（1939年2月12日）

时评		192
敌国议会论战		192
苏日摩擦		193
美总统援助英法		194
政治的制度化	钱端升	196
国家与经济事业	张德昌	200
学生自治与学生自治会	潘光旦	203
热烈与迟钝	吴景岩	208
谈读尼采（一封信）	冯　至	211
人	孙毓棠	214

第一卷第八期（1939年2月19日）

时评		219
海南岛被占		219
省市参议会亟应成立		220
交通管理问题		221
国际现局与中国	燕树棠	222
自信的根源	陈之迈	227

谈谣言	陈雪屏	232
大光寺	力生	236
新文法	李嘉言	239
周末日	吴风	242

第一卷第九期（1939年2月26日）

时评		247
国府通令整饬吏治		247
美国扩充军备		248
西南经济建设的新动态		249
中央与地方	君衡	251
战前中国社会一瞥	赵晚屏	254
法国的远东外交	崔书琴	259
职业教育改革刍议	瞿明宙	263
谈许俄的一首形声诗	闻家驷	267

第一卷第十期（1939年3月5日）

时评		273
推行兵役		273
华北法币伪币问题		274
苏联庆祝红军纪念		275
政治统一的基础——工业化	王赣愚	276
关于"东亚新秩序"敌国舆论的一般	迅中	281
西洋法律的输入	蔡枢衡	286
救救中学生	邱椿	293
风	杨季康	297

第一卷第十一期（1939年3月12日）

时评 　　　　　　　　　　　　　　　　　　　　　　　　　299
　　第三次全国教育会议 　　　　　　　　　　　　　　　　299
　　西班牙内战的结束 　　　　　　　　　　　　　　　　　300
　　波兰反德运动 　　　　　　　　　　　　　　　　　　　301
抗战致胜的途径 　　　　　　　　　　　　　钱端升　　　302
最近日本对华政策的动向 　　　　　　　　　迅　中　　307
论云南省国地收支之划分 　　　　　　　　　仁　庚　　310
抗战中华侨的捐输 　　　　　　　　　　　　黄开禄　　316
论汉译人名地名的标准 　　　　　　　　　　王了一　　320
英美记者论欧美局势（通信） 　　　　　　　　　　　　324

第一卷第一期（1939年1月1日）

时评

前方军事形势

　　一年有半的抗战已充分使敌人失望。抗战愈持久，敌人的失望将愈大，日非至于完全崩溃，或放弃侵略野心不可。当十月下旬广州失陷，汉口撤退，敌人本以为可以长驱直入，一举而逼我屈服。敌军于取得粤汉后，进兵之速，乃远甚于陷我京沪或徐州之后。在十一月中以前敌人会以大军南循湘鄂铁路，北沿粤汉路南段，合以谋湘，并溯西江以袭贵，但经我大军迎堵，敌人的野心从未得逞。最近二旬在东北江一带的敌军集中广州，沿湘鄂路一带的敌军有退守岳阳的模样，而鄂北鄂西的敌军亦无何进展的可言。退兵不进的原因，有说因二月以来，东北伪军反正者为数有十余万之巨，大部且已与在热河西部的马占山部会合，所以湘粤的敌军不能不撤。有说因敌人正规划向桂省及陕西大举进攻，以为会师西南的准备，此刻正在预备新的布置，所以进攻之势渐形缓和。二者以何说为准确，或是否有一准确，我们固不易说定。我们敢说的有二点。第一，最近一月来我军在湘粤二省确保反攻堵截甚力，军士的精神亦绝不下于粤汉未失之前。第二，中央最近对粤桂及晋陕的军事有新配备、新组织，且有新战略，中央领袖亦正在各方实地巡视指示。如果敌方以为可以乘虚攻入桂陕，那他一定必要失望的。（平）

英美信用借款成立

　　日来国外来讯，盛传英美两国已决定对我作信用的放款。美国方面，已经到了成熟的程度，数目为二千五百万美元，由中国银行担保，以五年为期。借款的手续，则由美国建设银公司准美进口银行以这个款项购买中国的农产制成品（据另外的消息，所谓农产制成品是以桐油为大宗），而中国可以用这一笔的信用，来购买美国的汽车汽油等等物品。英国方面，在原则上，也已经成立协定，不过办法似乎尚未到十分具体的程度。我们只知道英国已经允许以若干信用款项，贷与中国。此项信用款项，是用在购买英国的材料（主要是铁路材料）及补助国内特种的建设。款项全数由英国私人方面垫付，而由商务部出口信用局予以担保。

　　在表面上，这两项借款都是商业借款，它们的用途虽然有一部分是有关军需，如汽车汽油等等，大部分还是用在普通商品上。贷款的机关也不是政府而是私人，不过在美国，官办的建设银公司予以核准；而在英国，商务部出口信用局予以担保。然后如果我们细考这两种手续的惯例，我们知道这一类的商业信用借款，与平常国际贸易的借欠有所不同。

　　这两笔信用借款，在数目上固然不算很少，不过就我们现在所需要的国外购买力而言，也不算很大，然而我们认为应该注意者，不在于这一次信用借款的数目，而在于借款后面的心理与态度。我们抗战已经一年半，这是第一次我们的友国给我们一点财政上的帮助。我们也曾申诉诸国联，我们也曾提醒九国公约诸约国以条约上的责任，结果只博得口头或纸面上的同情。国联虽然议决会员国自动帮助中国，其结果还是一个口惠。在我们方面，我们为民族国家的生存而奋斗，帮助我们者我们当然欢迎，不帮助我们者我们也不必怨望。然而如果把眼光放大些，中日战事，不仅是两国间的问题，而是代表世界民主和平与暴力侵略两个势力的斗争。欧美各国，经过一年半的经验与教训，应该知道过去怯懦的心理，不但没有造成世界的和平，反而增长了暴力的气焰。补救的方法，只有由各民主国家联合起来，制裁一切侵略者。我们希望英美对我们的信用借款是一个觉悟的表现，是由怯懦心理变为积极心理的端倪。我们并且希望这个变换能够与日俱长起来。（岱）

日苏渔业纠纷

　　日本人在西比利亚沿海一带捕鱼的历史很久，当东海滨省一带，还在我们中国手里的时候，日本人就常来打鱼。我们当时对于那一带的地方很少注意，且没有领海权的观念，所以很少阻止与过问。及至一八六〇年，东海滨省的地方割让与俄国，于是这捕鱼的问题，便成为日俄间的纠纷之一。

　　一九〇五年，俄国为日本所败。九月五日，在美国朴资茅斯缔结和约。依照该约第十一条，日本人取得在西比利亚沿海一带捕鱼的权利。至于详细办法，至一九〇七年七月二十八日，始正式成立渔业协定。朴茨茅斯和约，虽然是永久的，但是根据于和约的渔业协定，都有一定的限期。每逢期满，双方必须重行交涉。以往这种渔业协定，已有多次，目前仍在实用的一个，系一九二八年一月二十三日所缔结。一九二八年的协定，到一九三六年期满。当时拟定新约，把旧约中一切办法，延长八年，已经双方代表签字。不料在苏联还没有正式批准这新约的时候，日德防共协定，突然发表，予日苏邦交以重大打击，于是苏联仅允将旧约延长一年。一九三七年底，日苏重行交涉，又无结果，只将旧约再延期一期，至本年十二月底为止。所以两国最近又在谈判中。这是以往日苏渔业问题的历史。

　　大海公有，所以在大海上捕鱼，普通是没有人能以过问。若要到外国领海里捕鱼，那就必须得当地国的允许。日本利用战争一时的胜利，要挟苏联给与在其领海中捕鱼的权利。日本的渔夫，不但可以进入苏联的领海捕鱼，并且还可以登岸，从事于一切与捕鱼有关的事业。据日人自称，从事于这种渔业的日人，约三万左右，每年获利，可达五六千万日金。从苏联方面看来，不能不算是一种损失。这个捕鱼权，虽是在一个永久的和约中规定，万一两国之间，发生战事，此项权利，即在取消之例。

　　最近谈判的情形，外间还一时不易得其真像，据报载其中困难甚多。第一，日俄战事，原因是满洲问题而起。朴斯和约曾规定双方须将驻满洲军队完全撤退，只限于铁路沿线，每英公里可驻路警十五人。现在日本已将满洲完全占据，远东情势大变，朴资茅斯和约，现在是否有效，苏联认为颇成问题。第二，中东路售价，至今没有付清。日方情愿考虑中东路的问题，希望苏联能在渔业问题上让步。苏联则认为中东路售价，与渔业协定，乃是两件事，不能作为交换条件。苏方并且表示中东路问题解决后，方可谈渔业协定。第三，苏联因军事上的关系，要限制日人原有的渔业区域。当此日苏关系紧张，苏联积极建设远东国防的时候，这种限制，恐怕苏联方面，是决不肯让步的。本来在人家领海里打鱼，就是一件讨厌的事。当初西比利亚还没有十分开发，俄国对于远东亦不甚重视，日俄渔业纠纷，已屡见不鲜，今后的冲突必定有增无减。

　　我们很知道这个渔业纠纷，不是日苏间主要的冲突，更不会因为谈判决裂而打仗。但是日苏的关系已经恶劣，渔业的纠纷如果不能顺利解决，则以后的的摩擦愈多，友好的关系将更难维持。（化）

统一与一致

钱端升

中国近四五十年来的一切运动,其中最重要的当然要推求独立统一的运动。这是任何人所不会否认的。不但如此,求独立统一的运动实是中心运动,其他的运动只是辅助的运动。盖自中外发生密切的接触以来,中国因实力后于人,而民族观念又远不如其他民族那样的蓬勃发达,至今尚未脱却灭亡的危险。所以中国数十年来一切稍具价值的运动,亦无一不以独立生存为直接或间接的目的。康梁的维新运动的目的,在刷新政治,以争中国的独立及生存。辛亥及其以前的革命运动是希望藉革命以产生比满清较有力较有远大眼光的政府,更藉政府的建立以增强中国求自存的能力。孙中山先生的主义固然是民族、民权及民生并重,但他首重之点仍为民族,且亦始终以民族的独立生存为首要之图。昔年胡汉民先生曾提倡所谓三民主义连环性之说,当时颇多笑其迂者;但我们如脱离民族主义而言民权主义及民主主义,如果我们对于民权主义及民生民主的努力,不以取得民族独立为目标,则诚哉有离题万里之感。所以就几种方面而言,即胡先生的连环说亦实有其至理。

独立与统一本不是一件事。但就过去数十年与今后某一期内的中国而言,则两者是二而一,是不可分的。不独立固讲不到统一;不统一亦决难言独立。惟独立才能使统一有意义,亦惟统一才能保独立。为民族争生存计,惟持已有的统一,并使这统一益趋巩固,当然是中华民族的要图,且其重要与抗日并无二致。凡是足以妨害统一的言行,当然应设法消除;凡是有裨于统一的言行,亦当然应设法倡导。

统一的重要性是无法过言的。但统一的方法则不可不出以审慎。

中国近年颇有一班人热烈地企求一致，企求人民思想一致，习俗一致，礼仪一致，各地政教一致，以及其他方面的一致。主张一致者的用心是极可佩的，他们很希望借思想政教等的一致，以迅速达民族高度的统一。骤看起来，一致诚似统一的最好的基础。但是一致是不是可以强求？应不应强求？如果人民思想等等真归于一致，是不是民族之福？如果求一致而不得一致，又有什么危险？凡此种种，实值得最彻底的客观考虑。

人民习俗礼仪上的一致是比较的不重要。太不同固足以妨害民族的统一，但太相同也不免使得一个广大民族缺乏许多有趣味而无妨统一的地方色彩。有许多方面的参差，交通便利后，一定可以渐归消灭。另有许多方面的参差，则建筑在不同的气候地势之上，根本无法消灭，也不应强求消灭的。更有许多习俗礼仪是根了宗教而产生的，要是许多宗教可以并立，则许多不同的习俗礼仪当然也得同时存在着。好在近年虽然也有人在提倡划一全国习俗礼仪，这种提倡尚未成为一种普遍风气，所以关于强求习俗礼仪一致的危险，尚不必思思过虑。

求宗教的一致，必发生极大的纠纷。这在欧洲各国已有过历历不爽的经验。西欧各国今日之有信教自由，俱是长期纷争及巨大牺牲所换来的教训。中国在国民革命成功的初年，也有一点求宗教一致（即无教）的倾向，所幸今则信教自由绝无问题，故提倡宗教一致的危险根本无须讨论。

政制一致的问题。其重要性较大。中国自秦汉统一以来，在统一的时代，各地政制，除了边疆不算外，在名义上形式上向来号称一致；但在实际则并不一致。美国是联邦国家但美国各邦间政治制度上的参差，实远不及中国过去的各省。而且中国各省政府的职务，在向日并不繁复。职务既简单，则大体上的一致，较易维持。现在各省及省以下各地政府的职权正在增加，如果各省各地方职权一致是不必有，也是不可能的事，列强求一致，不但不能巩固统一，反足以阻滞统一。所以今后各省各地的政制，应保留着若干限度以内的参差，所有的省及地方才可顾到地理及环境上的不同，而各自有充分发展的可能。

最关重要的问题，则为思想一致的问题。思想一致本与思想自由不相容，在思想自由的若干民主国家，人民的思想是极分歧的。选举占多数的党可以取得政权，但并不能禁止少数党的思想自由，及由此而生的意见自由，言论自由，出版自由。在德意等一党独裁国家，则独裁的党绝对禁止人民发表立异的意见，甚且禁止人民怀着立异的思想。不但党外如此，党内也是如此。纳粹党及法西斯党的少数有力份子可以包办全体党员的思想，全体党员只能以领袖的思想为思想。

中国年来因急求统一之故也有思想一致的趋势。当政者在年前颇努力于人民思想的一致。在各党既公开活动，思想之是能一致，本应为人人共喻的常理，但事实上，欲使人民思想趋于一致者，与夫以齐一人民思想为要务者，盖尚不限于一党。

思想一致在事实上本是做不到的。以德国秉政者的严峻彻底，加以德人之富于服从，德国人民的思想亦尚未能一致。一旦秉政者去位，其思想的分歧，识者预测将为世界各国之冠。至于中国人民则向来偏向自由，而较能有思想，较多发表意见的读书人，更素来习惯于自由表示意见。言官制度之所以能为中国政治上最特殊善良的一个传习，士子上书当局之所以能成为一种风气，以及历代学潮之所以时起，均足以表示中国读书人向来能自由表示意见，且喜自由表示意见。现在要中国人，尤其是读书人，做应声虫，不许其自由思想，不许其自由发表意见，在事实上是决难做到的。将来教育愈普及，民智愈发达，个个中国人，或差不多个个中国人，成为读书人，则困难自必更大。

若舍事实而言理论，而问应不应，则思想一致更为不必提倡之事。思想自由为自由中的最重要者。要各个人能取得自尊心，要各个人能得到人格上最高的发达，要民族的思想文化有久远的进步，各个人的思想自由决不可少的。这是西方民主各国由经验而得的真实。这也是中国人对于其固有文明可以得到安慰的一点。如果旧日言官敢言的精神及士子直言不阿的风气，值得垂诸久远，我们决不应忽略思想及意见自由。如果我们决计向民主的道上迈进，我们更不应忽略这些自由。

若云思想的一致是方法，而国家民族的统一是目的，则以一致求统一不特是缘木以求鱼，且将适得其反。如果一国的人民，都是没有思想的，那也罢了；否则要人民思想一致，其结果必使有不同思想的人民，常与政府处于敌对的地位，而不仅处于责难的地位，因此发生叛乱或革命的行动，更因此陷国家于分裂。

中国现在亟须巩固统一。即使没有战争，这急需也极显然的，是而说此刻尚须集中国力以抵抗侵略。但是，求思想的一致，决不是促进统一的方法。统一与一致决不是一件事；统一固然是要紧，但一致不是统一的基础。凡是足以妨害统一的言行，政府本有予以防制消灭的义务。统一的言论，根本不在思想自由及意见自由的正常范围以内，所以不能以自由为凭借，政府亦务须加以严厉的限制及取缔。但政府如利用国家的权力来强迫人民具同一的思想，表同一的意见，则政府取缔不正常思想意见的权利，在道义上便受了减损。不负责任的言论固有害于统一，强人民为一致的言论也有害于统一。

现在中国统一的程度还不够高强，各方的团结尚不够精诚，互相消耗精力的地方还嫌太多，而求思想一致，以及其他方面一致的欲望则似又为各方面的通病。这种不健全的现象，倘在抗战期中尚无彻底的纠正，则抗战结束以后，将更无纠正的可能。我们对于完成统一的努力不敢后人，但我们以为思想自由与意见自由也是真正统一的必要条件。

培植我们的经济力

陈岱孙

现代战争是两个交战国整个国力强弱的比较。所谓国力者，固然有一大部分是指武力，如军队兵械等等，而尚有一部分是指武力以外的力量。国力强弱的比较，就是两国全部武力和武力以外的力量总和的比较。只有武力，而没有武力以外的力量，或是武力以外力量不如武力成就的大，则在战争的时候，这个国家的交战力量将不决定于其武力的强大，而将受累于其武力以外力量的弱小。因为在现代情形之下，武力以外的力量是武力的基础。基础如果崩溃则上面的建筑自然不能凌虚存在。欧战时候中欧诸国的失败不由于武力的耗竭，而由于国内经济的崩溃，是尽人皆知的事实。

推测中日两国战事的前途者也常说日本的失败一定发端于国内。日本武力的成就远过于武力以外的力量。只就武力而论，日本也许可以支持较为长期的战事。然而所以支持武力的力量，如经济、财政等等都未必有同样持久力。一根铁链坚强的程度在于最弱之一环。经济力就是日本整个国力最弱的一环。日本支持战事的久暂，也就看这最弱一环能够支持到什么时候。

我们的国策是长期抗战。我们国力之不如我们的敌人，不庸讳言。我们想利用时间作我们的助力。以我们较小的力量来消耗敌人较大的力量，希望敌人国力链之最弱的一环有朝破拆，而敌人的武力也随之崩溃。事情是否如是简单，是另一问题。不过我们既然以此测度敌人的力量，我们也应该同样的估定我们自己情形。我们不但在武力上要以小耗大，在维持武力的经济力上，我们也得给他们拼。在武力上，我们希望能够继续苦斗，拉长抵抗的时间。在经济力上，我们也得预备继续努力，作武力的后盾。不要使得我们的经济力也成我们国力链上最弱的一环，或者使得我们经济力支持我们武力的力量远弱于他们经济力支持他们武力的力量。

经济力，简单的说，就是生产力。具体的说，就是一切生产机构的数量与其运用。一方面，它供给前线种种军事上和给养上的需要。另一方面，它维持后方人民的生活。在经济学上，生产机构常被认为一种"财富"，而其所产生之结果为一种"所得"。"财富"普通都是认为"固定"的，而"所得"为"流动"的。经济力，虽然具体的说，是生产机构。然而在另一意义上，经济力不是"固定"，而是"流动"的。它本身在机构运用时，川流不息地消耗去，而于生产结果后也可以川流不息补充起来。这一面消耗一面补充就是经济力本身消长的解释。经济力之为流动，不但是针对生产机构能运用的结果，并且指明本身消长的可能。所以我们讲到我们经济力支持我们武力的力量，我们不但想到现有的生产机构，我们还要顾虑到经济力本身的消长。我们于估计我们现有经济力之余，我们必须阻止一切足以消耗经济力的行为，而鼓励一切足以增长经济力的行为。

我国富庶之区偏于东南及沿海各省，生产机构亦多集中于此，东南沿海各省沦陷，我们原有的经济力因之大受减削。我们一切生产事业在战前还在幼稚时代，经济力本甚薄弱。经此打击，丧失更不待言。然而抗战国策既然必须贯彻，武力方面经淞沪、徐州、武汉的损失，方力谋补充，经济力方面当然也应该努力培植，不能使整个国力中有一部分不能负起责任，而为抗战前途之累。在战争时期，政府的设施，因为要应付急剧的局面，不能多所考虑，并且因为事变的艰巨，更不能大刀阔斧积极的执行，故其所产生的影响，也较为深巨。处置得好，经济力可以滋殖生长。处置得不好，经济力便要因之消耗减少。

先就工业来说。富庶各省沦陷之后，大部分的工业都已消灭。工业为现代战争的基础，我们想继续抗战不能不努力于建设新工业，以应此时势的需要。建设新工业有三件事可做。第一是鼓励西南各省原有工业的发展；第二是鼓励沦陷区域的资金的内移，及国外资金的吸收；第三则政府自身投资建设政府认为主要之工业。这三件事如果能逐渐推行，都做有相当成效，则向所认为贫瘠之区的各省份，未始不可变为工业相当发达的区域，至少希望可以勉强供应战事最低的需要。尤其是第二点，吸收战区及国外资金一项，我们知道在一部分战区因为国际特殊的关系，并未大受物资上的破坏，因之能用在生产上的资力尚得保留。然与内地隔绝势成孤岛，销路阻塞，此类资金难于利用。因此颇有想将此项资金用于内地者。政府若能予以鼓励，吸收当亦甚易，独是一般的鼓励工业，还未必能充分的增加对于战事有密切关系的经济力。我们必须根据我们切实与急近的需要，定一个政策。我们尽管鼓励内地各省的原有工业的极力发展，我们尽管努力吸引外资内移，我们尽管希望政府自身投资建设，然而无论在任何方面，我们都觉财力有限。要想以有限的财力得最大的用处，我们不能不缜密地拣选。关于这一点，我们当另外讨论。此处所要指出的只是要增加经济力不但要鼓励工业，并且必须有一个政策和计划，而此政策与计划必须根据我们急切的需要，与我们财力人力所可以胜任的。

其次银行在内地的活动也应该推进，就着发展时代需要的生产机构进行。战区扩大之后，官私各银行纷纷移入内地者甚多。然而除开少数例外外，大多数移入内地之分行，只是一个退步的地处，对于投资生产事业任务，似未积极进行。当然在银行方面，这种情形自有其复杂理由。而从整个时局观点言，这种情形应该早日打破。如果在可能情形之下，各银行能够组织一共同放款的机关，针对着一个有政策的经济发展计划，投资于某某种类的工业，一方面可以减轻业务上的风险，另一方面也可以顾虑各业发展的先后投资的分配。在政府方面，更当与这类机关以充分的方便。这个办法是否可行，各银行自身当然可以决定，而投资政策之厘定推行为培植经济力一个主要原素也是事无可疑的。

再其次，政府财政金融政策也应慎重考虑，切实避免剥丧生产力量的设施，或引起金融上的恐慌，使国内经济陷于停顿。今日财政的问题是军费。军费可简单分为国外的付款与国内的给养两大项。国外付款一向为一大难题。我们过去所切望于欧美各国者，实为财政上之帮助。不幸过去期间欧美各国怯战的心理阻止一切助我的表示。仅仅这几天，刚有英美两国信用借款的消息。我们希望经过这一年半的考虑及经验，欧美各国已经觉悟过去袖手政策的失败，而至少在经济上可以与我们以助力。退一步言，如果我们国外得不到信用借款，而我们必需向国外购买军事必需的用品，那么我们就只好老实承认"一切外货最终必须以土货偿还"的定理，于厘定我们工业政策的时候，特别注重发展能够运销国外市场的土货。至于国内给养及其他支出的来源，也只有加税与发行公债二途。饥不择食，在此时，高谈赋税种种理论，固然是不切实际，然而一切不顾，杀鹅谋卵，也不是妥当的办法。我们总希望税的新负担是多加在有钱的人，加在奢侈品上，而少加在贫人及生产事业上。如果是不可能的话，我们希望它不要重得使新旧事业负担不起。至于直接或间接因为战事获得的收入或利得和不用于做生产事业的产业及资本，这些东西就是加重税率，也不致减少国内的经济力，甚至也许可以压迫不生产的产业与资本去做生产的工作，而增加我们的经济力。当然顾虑稍多的财政政策不会生产甚大的收入，不过我们根本怀疑在这一次战争中，多大一部分的战费，能靠着赋税的收入。

公债的来所有二个：一个是吸收人民的储蓄；一个是由金融机关承受。前者是购买力的移转，买公债者以其购买力献于政府。银行或其他代卖之机关，不过为中人。如此，则通货不因公债发行而膨胀。后者为新购买力之制造。承受公债之金融机关，于承受公债之后，拨付政府以若干之信用。此项信用一由政府用于市场，即为新购买力之增加，而造成通货膨胀的结果。我们过去公债的来源虽然有一部分是吸收人民的储蓄，然而大部分还是归政府各银行所承受。通货膨胀的结果当然是无可避免。各地物价的增涨，就是它的现象。不过情形并未严重，可以不必无谓恐慌。法币推行的时间不长久，内地的通用，尚是最近一年来的事。这个新区域尚可以吸纳若干的新通货。然而我们得承认这危险并不因之消灭。如果我们不预谋补救，一旦危险发生，我们生产力将大受打击。因如一个慢性的通货膨胀，固然可以与生产者以鼓励，而急性的膨胀，反而破坏工商业通常的关系，增加企业者以业务以外的危险。这个危险我们的财政政策是应该顾虑的。我们以为一方面公债的发行，务望其能尽量地吸收人民的储蓄；在此范围之外，方能由金融机关承受。另一方面，对外汇率须设法维持。我们现在其实不必维持旧法价，然而必须维持一个较稳定之汇价。币值的变动，有时完全受心理的影响，国内一般人民对于法币的信任，大部分是借鉴于外汇率的。外汇率剧烈的变动，很容易引起对于法币的怀疑。如果怀疑的心理发展成为货币恐慌，那么国内生产机构怕要因之脱节，而我们经济力将受无谓的损失。

再其次，对外贸易必须调整。建设内地的经济机构需用外来的工具机器，开辟内地事业的销场，抵偿必要的进口货，维持汇率，需要大量的出口。政府以培植经济力为前提，对于进出口货的种类数量等等，应当有一个一定的政策。在进口方面，当然要鼓励能增益各种生产的货物，而在出口方面，必需禁止或限制与军事有关或与我们自己生产事业有关货物的输出。这是原则。在决定原则的时候，政府不妨慎细将事，务使严密。而在既定原则之下，人民进出贸易当有相当之自由。政府为特种理由，可以独占一切的对外贸易，则独占货物贸易以外货物的流通，不但为事实上所允许，并且也间接的推动内地事业的发展。

以上所述，不过说明我们经济力必须培植，而培植的途径，上述政策是较为重要者。至于农业，固然也是主要生产事业。然而农业问题属之技术者多，所以没有讨论。推行各项政策的责任大部分属于政府。理论上，战争既然是整个国力的奋斗，政府不但对于武力的支配运用要有计划，对于全国经济力的支配运用也应有一个计划。事实上，我们政府也认明这个责任必须负起，对于主要的政策也已有了初步的决定。然而我们还要说明的就是制裁经济是一把双锋的利刃，两面能割，我们希望用这支剑的时候，看明培植经济力这个目标。

远东之国际秩序

张忠绂

在欧战期中，日本乘欧美各国无暇顾及远东之时，以非法手段尽力扩充日本在中国之地位与势力。先则提出二十一条、以哀的美敦书之方式，强迫中国接受。继则以西原借款，与政治、经济、军事各种协定，以威胁利诱之手段，使中国方面签订。

日本之此种办法，一方面固危及中国之独立与生存，而他方面亦危及欧美各国在华之军事与利益。大战既终，中国固极欲对过去日本以非法手段造成之局势，谋合理之解决，即英美等国亦极愿予远东问题以合理之解决，重新建立远东之秩序，奠定太平洋上和平之基础。因是而有华盛顿会议之召集。

华盛顿会议之结果，一方由太平洋上列强签订海军之比率，规定各国在太平洋上防御范围，取消英日盟约，而代以英美日法四国所签之协定；一方由与会各国签订九国公约，并作成对华问题之种种决议案，俾得次第付诸实施。

华盛顿会议中所签订之各种规约，其对象与内容虽极复杂，但其精神则始终一贯，异途同归，即对过去远东问题予以合理之解决，重新建立远东之秩序，奠定太平洋上和平之基础。为奠定太平洋上和平之基础，固不得不规定太平洋上列强海军之比率，各国在太平洋上之防御范围，并取消英日盟约，而代以英美日法四国所签之协定。但欲奠定太平洋上和平之基础，使列强均愿签订五强海军协定与四强公约，则华会必须同时对过去远东问题予以合理之解决，并重新建立远东之秩序；因是而有九国公约及对华问题种种决议案之签订与成立。

九国公约第一条之规定为："除中国外，各国协定：（一）尊重中国之主权与独立及领土行政之完整；（二）给予中国完全无碍之机会，以发展并维持一有力巩固之政府；（三）施用各国之权势，以期切实设立并维持各国在中国全境之商务实业机会均等之原则；（四）不得因中国状况，乘机营谋特别权利，而减少友邦人民之权利，并不奖许有害友邦安全之举动。"此为全部九国公约及华会中对华问题种种决议案之精义。此种精义之要点如下：

（一）为避免各国在华权利之冲突，中国境内之门户开放原则，各国必须遵守，必须予以维持，务使各国在中国全境之商务实业得享有公允之待遇。在积极方面，各国应施用其权势，以切实设立并维持此业经公认之原则。在消极方面，各国应自行声明，不得因中国状况，乘机营谋特别权利，而减少他国人民之权利，并危害友邦之安全。

（二）为维持中国境内之门户开放原则，中国之主权与独立暨领土行政之完整，必须不被侵犯。中国之主权与独立暨领土行政之完整如被侵犯，则中国境内之门户开放原则必遭破坏，门户开放政策，在实际上决无法实行。因此而各国自愿声言，尊重中国之主权与独立及领土行政之完整。

（三）为保全中国之主权与独立暨领土行政之完整，中国必须有一有力巩固之政府。根据中国过去之历史，及中国人在历史上所表现之政治天才，中国人若获得无碍之机会必能于短期内自行树立一强有力之政府，以适应此新时代之环境。因此而各国自动声明："给予中国完全无碍之机会，以发展并维持一有力巩固之政府。"

换言之，华会各国当日对远东问题之认识如下：

（一）中国必须有一有力巩固之政府。中国人若能获得无碍之机会，则中国人自能树立此种政府。

（二）中国若有一有力巩固之政府，而后中国始能保全中国之主权与独立暨领土行政之完整。中国若能保全中国之主权与独立暨领土行政之完整，而后中国境内之门户开放原则始能维持。中国境内之门户开放原则若能维持，而后远东之国际秩序始得树立，太平洋上和平之基础方可奠定。

（三）整个太平洋问题即中国问题。中国问题若能获得合理之解决，太平洋上始得太平。

上述为华会各国当日对于远东问题之认识。此种认识既正确，而又公允。此中认识为华会建立远东与太平洋上秩序之基础。华会中所签订之各国约章，均以此为其核心。

华会中各约章签订之后，远东之国际秩序因之恢复，太平洋上之风云因之消散。华会闭幕后将近十年之内，太平洋上风平波静，远东各国间之关系极为良好。倘再稍假时日，则远东永久之和平必可树立。不谓日阀包藏祸心，竟于中国行将完成统一建国大业，并获得一有力巩固政府之时，撕毁约章，以武力侵占中国领土，推翻华会所建立远东之秩序，致有今日中日两国间之战事，列强与日本间之冲突，以及太平洋上海军之竞争。

远东与太平洋上之秩序迟早终须恢复，但远东与太平洋上合理之秩序，必仍须树立于公允合理原则之上。而公允合理之原则，固仍不能脱离华会当日之认识，与九国公约所规定之原则。今日而言建立远东之"新秩序"，其唯一之方法为恢复华会所树立之秩序，日本今日方声言欲建立远东之"新秩序"。但离开华会所建立之秩序，太平洋上别无秩序可言。日本一日不认识此点，太平洋上的秩序，无论新旧，亦一日没有希望。太平洋上之列强，能早一日促醒日本，使日本停止扰乱并破坏华府所建立之秩序，则太平洋上之秩序亦即能早一日恢复。

论导师制

冯友兰

我没有学过教育学，没有办过中小学，所以对于中小学教育完全是外行。本篇论导师制是就大学教育说。这是要先请读者注意底。

"导师制"是一个西洋的名词。推崇此制者，多引英国的牛津剑桥二大学为例。我们先说牛津剑桥二大学的导师制的来源。我们设想，在北平的西山，某皇帝，在某处设了一个禅院，里面有一处僧寮，一座佛殿，一座经楼，一座食堂。然后再招了许多僧众住在僧寮"修行"。佛殿供他们拜佛，经楼供他们念经，食堂供他们吃饭。另外有一个贵妃，在附近的地方，也修了一个禅院，其中布置大略相同，也有许多僧众在内。以后大臣，太监，都照样在附近设些禅院。如是西山某处，有了许多底禅院。他们的内容及性质，大都相同，但是各自独立。我们再设想西山这些禅院，常常合请外处的高僧来长期"说法"，各院的僧众都去听，或合请这些禅院中的僧众之有名望者长期"说法"，各院的僧众都去听。这样久了，各禅院即于他们之上，设一个总办这些请人"说法"的机关。由这些机关从别处或各禅院聘请固定"说法"底人。后来这些"说法"底人，不止说佛经，而并且讲别底学问。因为亦讲别底学问，"俗人"子弟亦来上学听讲。这些俗人子弟分住在各禅院内，受各禅院的高僧指导管辖。这样即有许多人住在西山，修行，讲学，上学，于是西山便成一个文化中心了。如此等文化中心，称为大学，则我们便可名此为西山大学。牛津剑桥大学的各院原来即是这些禅院一类底机关。牛津剑桥大学各院的"学侣"，即是在这些禅院里修行底一类底人物。牛津剑桥大学，即是这些禅院之上底公共机关。牛津剑桥大学的教授讲师等，即是这公共机关所请底"说法"人。牛津剑桥大学底学生，就是来上学的"俗人"子弟。牛津剑桥大学这一类底大学，与中国原有底书院，都与宗教有关。分别是：这一类底大学是直接从宗教机关演变出来底，而中国底书院则是从当时底宗教机关摹仿来底。

牛津剑桥大学的导师制，是这样底形成底。这样底导师制是不易学亦是不必学底。为什么是不易学？因为牛津剑桥大学的各院的学侣，本来都是各院自家有底，在昔他们本来除修行外无他事，现在除研究外无他事，他们的数目，本来相当底多。所以各院将那些"俗人"子弟，分配几个在他们每一人的名下，让他们常常约他们来谈，问他们听讲演懂不懂，在这里住有没有困难；这并不十分耽误他们的修行或研究的时间。但是在没有牛津剑桥大学的历史底大学中，哪里来这些"学侣"？若宽筹经费，也聘这些"学侣"，固亦可行，若此而办不利，只把这些工作，硬加在已有底教员的身上，这些教员，恐怕亦只得奉行故事而已。英国美国新兴底大学，不学牛津剑桥大学者，经费不足是一原因。

为什么又是不必学？这又从两方面说。先从学生的知识获得一方面说，学生听了教授讲演以后，还有人再帮助温习，当然对于学生是很有益底。我们知道，有许多富家，一面送子弟上小学，一面家里请先生。学生下课回来，家里先生再帮他温课，叫他读补充底书籍。这当然对于学生是有益底。然亦不见得不如此，学生即必不能有很好底成绩。就小学学生说，已是如此。就大学学生说，这种帮助，似乎更不是必需底。在一般学校中，学生如果不是十分地不行，如果不是十分地不用心，教员所讲总不至于跟不上，即有不懂，而问难的机会在一般情况中，总是有底。

就学生的行为一方面说，在行导师制底学校内似乎对学生的行为或所谓"做人"者有所指导。推崇导师制者，大概都洋意在这一方面。不过在这一方面，事情亦不如是简单。

"做人"是一个比较形式底名词。什么是"做人"？怎么才算"做人"？不是很容易说底。原来牛津剑桥大学的"学侣"，以及我们从前书院的"山长"，私塾的先生，教人"做人"，是比较容易底。因为在那些时候，人的一举一动，都有一定底规矩，写在"圣经贤传"上，导师可据以指导学生。但在我们现在底时候，这些一定的规矩是没有底。无所依傍而指导人"做人"，并不是一件容易底事情。

在现代式学校里，尤其是大学里学问分工，极其细微，一个教授，可只对于他所专长底那一点有深刻底研究，在别的方面，他可以所知很少。有人说：所谓专家者，即对于很少底东西所知很多。一个专家，除了他所专长外，在人情日用常识方面，可以比他的学生所知还少。有一位在德国的学生前年告诉我，说他的教授会问他，中国的皇帝，现在好不好。这位教授对于现代政治底知识固然陋得可以，但这是不足为奇底。他的学生要跟他学底，是他所专长底那一点，并不是现代政治。

　　以牛津剑桥的导师说，他们的地位似乎已非昔比了。因为学生人数的增加，每导师所指导底人，有五六十人之多。每一个学生，在一个星期内，亦不过能与他的导师接谈一两个钟头。教师所谈底大概亦是关于知识底问题居多。因为现在各种政治上社会上底问题太复杂，而这些问题，都与学生的现在或将来底行为有关。对于这些问题，不能与学生以满意底解答，而欲指导其行为，是很困难底。但解答这些问题，又非每一个担任导师底人所皆能。如上所说底德国某教授，若谈到政治问题，大概他的学生可以比他知道得多。他如何能在这方面，指导他的学生，作他的导师？

　　至于有什么方法可以使学生在道德方面，得到好底影响，我于《新事论》中，另有详论。现在所可说者，即教育当局现所拟推行底导师制，在大学教育中，大概不容易有成效底。

河北省内的抗战概况

唐　士

河北省沿铁路的城市，约一年以前，已经被敌军完全侵占了。不近铁路的内地区域，虽有时受日军的短期蹂躏，在这一年内，却是在逐渐组织起来，到现在可算是已具规模。河北省内现在有三个内地区域。一个可称为冀西区，它包括平汉铁路以西的山地。阜平是这个区域的政治及军事中心，也就是第八路军所组织的冀察绥边区政府的所在地。边区政府约在去年年底成立。冀西区据有西通五台的路线，形势非常险要。今年十月内阜平曾一度被敌军侵入，但在十月底左右又被吾军克复了。

第二个内地区域可称为冀中区。它的领土在平汉路以东，津浦路以西，平津路以南，沧石路线以北，约共二十五个县。这个区域的领袖吕正操将军原来是万福麟部下的一个团长。万氏率领他的部属总退却时，这位将军没有退，仍旧带了他的部下与敌人周旋于冀中平原；几个月后，他的原有部下只剩了五六百人；但那时敌人已疲乏了，不得不退出冀中；于是吕将军得了机会，将冀中区域重新组织起来。那里原有张荫梧所训练的民团，就应召出来，组成抗日部队。又加以民众训练，于是抗日实力益增。结果是冀中区的现有部队已到了约十万人之数。冀中区政治组织的完成约在今年二三月间。至约六月底时，吕将军受命为第八路军第三纵队司令官。至约九月底时，中央所任命的河北省新主席鹿钟麟方到冀中。鹿主席带到冀中的部队听说约有一万余人，作者于十月初离开平津，以后的情形还没有知道。九月底左右作者曾听说鹿主席希望吕氏到冀东去发展。换句话说，就是希望吕氏让出他所坚苦地创造出来的局面。大约到十月底左右吕氏还没有按照这个意思去办。

鹿氏是中央任命的省主席，他的意见是应当尊重的，但太不考虑到实在情形的办法，恐怕在事上头难以实行。已成的政治局面，新主席终得与以现实上的考虑。在全国抗战时期，须得容忍不同的政治思想和组织。凡是确在做抗战工作的人，大家都应鼓励他们，支持他们。

在冀中区的军队约有十万，据说枪支亦有此数。区内有一小兵工厂，能修理及制造普通的枪，能做手榴弹及燃烧弹。区内所最感缺乏的是猛烈的炸药。为阻碍敌人前进起见，区内与区外间的公路交通已经割断。九月中敌人有进攻冀中区的模样，所以区中决定了拆城的政策。城墙去后可免除敌人据守不得已而沦陷的城。在游击战术上，进退得失是常有的事。倘失去的城尚有城墙在，敌人就极易用少数兵队去据守它，吾军就不易恢复这个地方了。九月下旬高阳的城墙在被拆下时，敌人的飞机曾到高阳投弹两次。损失虽不大，这是敌人进攻高阳的预兆。以后的详情虽不得知，但据十月底区中有人来信，敌人进攻高阳的计划已失败了。天津附近的胜芳、霸县地方是第二条进攻冀中的路。据报载十一月中旬敌人在胜芳附近进攻。平津铁路廊房车站附近的安次县是第三条进攻冀中的路线。这个县城在本年内已经遭遇到几度的沦陷与恢复了。

冀中区内准许流行中央交三行的钞票、河北省银行的旧票及冀察绥边区银行所发出的新票。北平伪政府所发出的准备银行钞票绝对不准使用。区中的货币政策是拿边区银行的新票来收回三行钞票及河北省银行旧票。换句话说，就是拿法币做新票的担保品。有时区内的爱国商人到伪政府境内收账，收到了伪币，替区政府买些必需品，设法运到内地去，区政府就拿区内能用的钞票还给那商人。区内的财源当然很缺乏，所以饷薪也就极小，除供给衣食住外，只发每个兵月饷一元，每个文武官吏月薪八元。技术人员则待遇较高，得月薪十元。新到区内的普通人员，必须受过一两月训练后，方能派给职务。技服人员，则因需要的迫切，无需受训。

冀中区是一片大平原，只出农作物，几乎完全没有出矿产，不能算作经济力特别丰富的区域。今年麦类收成甚好；因禁止粮食运出区外的关系，据说存粮可够两年之用。棉花原为该区的重要输出品。因输出后不免为敌人所利用，故棉花的种植已经区政府限制；只种相当亩数，使农民无忧，高阳原有著名的织布手工业，所以区中的军装及民衣勉强可以自给。

冀中区内有平津各大学的学生、毕业生及教职人员数十人在那里工作。有两位英国的经济学家曾经到过区内两次，贡献些有价值的经济政策。有一位美国的新闻记者享生（Hanson）也曾到过区内两次；他的报告的内容曾登载于六月初平津《泰晤士报》两日的社论中；他另有一篇记载，发表于本年八月份美国的《亚洲》杂志（Asia）。

冀中区至今还急需技术人才去参加工作，尤其是能做炸药的化学者，能在内地与办小工业的化学者及工程师，兵工技师，无线电技师，各种机匠，医生，看护士，能管理银行的专家，及能计划如何统制输出与输入的专家。有志参加这些工作者可无须顾虑到旅途的艰难。据作者所知，到冀中区的旅途上实在没有多大危险。

第三个内地区域可称为冀南区。它的领土在平汉路以东，津浦路以西，沧石路线以南。这个区域内的多数抗日部队，听说也属于第八路军。政治组织也受该军干部的指导。照地理上来看，冀中与冀南两区域，中间没有铁路隔开它们，应该可以合成一起。不知道为什么没有合起来；也许是因为太大的区域不便于管理的缘故。两区域间意见隔阂的地方却是没有。

我们希望冀东区可不久组织成第四个内地区域。第八路军于七八月间攻入冀东，转战十余县，时常将天津山海关间的铁路隔断。但是在十月初冀东区仍在混乱状态中，还没有产生能维持治安的政治组织。

上面的四个区域中，冀西冀东的形势较冀中冀南为重要，所以敌人的计划大约将先攻东西两区而后及于中南两区。做沿铁路游击工作的部队，除了从内地区域派出来的军队外，还有许多他种游击队。他们并非从内地区域派出。他们的组织及名称，不免分歧。有确可钦佩的志士所自动组织的，例如在平西门头沟持久抗敌的赵侗部队，有中央直辖的人员所组织的，例如忠义救国军；有大地主所组织的连庄自卫军；也有久离行伍的军官所临时招募而成，以备新主席给以名义的部队。这些游击队间有时不免小冲突。几部分忠义救国军曾被冀中区军队缴械。冀中区内的人说：被缴械的或是从土匪出身纪律不良，或是犯了输诚于敌的罪。忠义救国军方面，对于后者，说明如下：有时用输诚于敌做一种策略，目的在取得敌人的军械。照道理说，用此种策略时，倘没有预先通知共同抗敌的部队，实难怪他人发生误解。倘事先通知，则又未免有事机不密的危险。很希望鹿主席能设法消灭这种误解，预防这种危险。

鹿主席的重大任务就是要统一游击队的指挥，要设法避免不须要的自己间的小冲突。但是这个目标不是全靠军事人才所能解决的；鹿主席似应有几位有新式训练，有远大眼光的幕僚。

文艺与经验

叶公超

现阶段的文艺应该走上哪几条，或哪一条途径绝不是个人的意旨所能计划的。时代的环境与作者的心灵自有它们交接推动的趋向。的确在文艺受统制的国家里，党国的威政也只做到了把多数成绩较好的作家排斥到国外去流浪，剩下一些糟粕在推行着奉公守法的文艺。在文艺里，独裁是根本不可能的事，因为文艺是一种自由发展的东西，一种知觉与灵感所到的艺术表现；不给它感觉的自由便没有它的存在与发展了。所以，对于文艺，我们只可以批评它的意识不够广大，灵感不够丰富，而不能加以任何限制，统制自然更谈不到。

前六七年，一个通晓汉文的德国朋友对我说："你们的新小说多半好像是学生的作品。"我问他都看过些什么，于是才发现他看过的至少要比我多几部。他举出几种长篇和短篇的作品来做例证，后来又提出他认为较好的几部来讨论。我听了他的话，并不诧异，原来我个人亦有类似的感觉，只是我的感觉不如他的来得这样简单；我联想到活的语言还未曾走到舞台上的事实，我联想到我们周围一切逼人注意的现象——一个支配了我们生活几千年的家族制度在崩溃，一个农业国家失掉了本位的农村，一个满身二十世纪消耗习惯的统治阶级为一个十八世纪生产力的民族谋衣食——这些还都未走进我们的文艺，至少还未得着充分与适当的表现。多半小说的公式还是恋爱——电影——失恋——革命。社会的一切不断的从他们身边走过，他们的意识却只达到了自己的感伤与怨恨。许多作家好像是常年养在孵卵器中的动物。这只是大学生四年级的专利，不是创作者的乐园。小说是最含有社会性的东西——直接表现人物的心理活动，间接表现一种生活的背景。诗人，尤其是抒情派的诗人，可以耽溺于内向的情感中，但是小说家的知觉是要向外伸张的。

就是拿我们的新诗来看，我个人也感觉大部分作品还是情调过于单调。这二十年来，新诗的成功多半是在抒情诗方面。抒情诗是乐歌脱胎，是建立于文字的歌唱性上的。但是诗至少应有两种：一种是运用语言的歌唱素质的，一种是运用说话的节奏的。前者是抒情诗的范围，后者是描写与叙事诗的工具。我并不主张放弃了抒情诗来写史诗——我自己是最爱读抒情诗的人，——我只指出这个缺点来证实我们文艺意识是过于狭隘了。为什么抒情诗在数量与实质两方面都占优势？我想最大的原因是我们的诗人的年龄与经验都是偏于抒情感觉方面的：他们的路线大多是从书里走到自己的小小悲哀上，或再走回到书里。除了这个理由之外，还有旧诗的传统影响和早期新诗收获的影响，不过这两点恐怕都是次要的。诗与语言的关系大致是诗来挟语言，不是语言来挟诗；换言之，即以诗来求语言的节奏，而不是以语言来求诗意。我要避免这个误会。但是假定一味求文字音节之悦耳，而不顾到语言的本质与屈挠性，那又何必要用白话做诗呢？仅以格律与音节而论本，旧诗之外实在可以无需再要别的诗。回到本题上来，新诗人之所以没有在说话的节奏上探索的原因也是因为他们的经验是只限于抒情方面的。

有人说过，代表一个时代的知觉与灵感的，就是那时代的文艺；文艺无需故意跟着时代跑，时代却自然会在伟大的作品中流露出来。这话和"文学是宣传的武器"的口号根本不同。一个作家的生活和其他的人一样至少是关系两方面的，一是意识或知觉的范围，一是灵感的深刻程度。知觉范围之大小就是一个人对于环境的事实认识多少；所谓灵感之深刻程度，就是对于环境各种现象的意义的了解，以及了解后的感悟。作者如能与环境中各种事实直接接触，自然有理想的机会，否则也可以间接的求得相当的认识，所以文学作品里的经验未必都是作者自己经过的事。这种探索事实的习惯不是人人有的，也不是短期间就可以造成，但是要做作家的人则非有不可。进一步说，仅仅认识了事实还是不够，主要的还是要能了解事实彼此的关系，并且对于这些关系产生一种态度与感悟。

抗战以前多数的作家都住在沿海几个都市里，现在他们大都转移到内地来了。这次抗战的经过，总应当有许多可以留作将来回味的材料。内地一切情况也应当可以给他们不少的刺激，使他们产生不少的感悟。这里我们可以看到我们实在的经济阶段，我们整个文化的落后，我们民族性的优点与弱点。经过这样一个伟大的时期，我们一般作家的意识应当扩大了，他们的灵感也应当比从前丰富了。我们当然不能希望马上就有作品出来，一个伟大时代的表现往往是要等数十年的，不过我们只希望一般作者要在这个时期里把他们知觉的天线树立起来，接收着这全民抗战中的一切。最近百年来西洋文学里最重要的趋势就是扩大了文学里的社会性，虽然一方面有纯诗运动，有极端个性的尝试，多半的作品仍然还是根据各种社会现象来表现人生的。我们的文艺似乎也向着这个方向走，不过从各方面看，我们作家的经验实在太单调，太狭隘了。目前这个时代正在促进我们一切的努力，我们希望，从事文艺的人也在同样的开发一个新时期。

新语言

朱自清

　　新语言新文学运动的提倡者胡适之先生觉得我们的国语太贫弱了，曾经提出"文学的国语"的口号；这是和"国语的文学"的口号联带着提出的。"国语的文学"是对古文学说的，一般的看法，和"白话文学"或"新文学"意义一样。在这个意义下的"国语的文学"，现在可以说是成立了；有人觉得"国语的文学"现在已不必叫作"新文学"，应该叫作"现代中国文学"或"现代文学"了。这个意见很对，相信可以得到公认。但那"文学的国语"却似乎还在争辩之中，没有稳定的地位。固然，现代中国文学所用的语言百分之九十几是所谓欧化的语言；现代中国文学如果已经被公认，那种所谓欧化的语言似乎也该随同着被公认的。可是这里面还有复杂的情形。第一，现代中国文学所以可能被公认，只因为它是白话的；但那种白话够"白"不够"白"，意见便不一样。第二，文学里的白话能不能，该不该，被认为一般的国语，意见也许更多。所以我们还只能很谨慎的称现代中国文学所用的白话为"新语言"，正和白话文学初期我们只敢，只能称它为"新文学"一样。但相信这种"新语言"会逐渐得着它的国语或"文学的国语"的地位的。

　　第一个创造这种新语言的，我们该推周启明先生。他提倡"直译"；在他的第一部翻译的短篇小说集《点滴》的序里，他说，译本"应竭力保存原作的风气习惯语言条理"。他的译笔虽然"中不像中，西不像西"，可是能够表达现代人的感情思想，而又不超出中国语言的消化力或容受量。虽然"不像中"，可是合式，他的这种新语言或新文体，对于后来执笔写作的人，可以说是有压倒的影响。但他主张的"直译"，在后来的翻译界的影响却很坏；许多幼稚的译者只抱着"逐字译""逐句译"的话，结果真成了所谓"硬译""死译"。关于这种新语言的讨论，新文学运动以来，是随时有的。但有三次更其认真些。第一次记得是在民国七年，《小说月报》的编者沈雁冰先生提出"欧化"问题，请读者讨论。参加的似乎不少。结论大约是"欧化不妨，欧化过度却不好"。这个"度"就是上文所谓"合式"；这是不能用数量规定的，只好用"受过中等教育的人所公认的"一个宽泛的标准。第二次是大众语的讨论。这里面有政治背景，不全站在语言的立场上。主张大众语的人，主张用"农工大众的用语"；他们攻击"欧化的绅士的语言"。不幸的是，这些人在讨论的时候，还用着那"欧化的绅士的语言"。提出大众语这问题的宋阳（瞿秋白）先生并且指出现在小学教科书里也用着"欧化的"语言。他痛恨这种现象，但他不能不承认这种事实的存在。这见出所谓欧化的语言的影响是多么大。这回讨论，后来移转论点到拉丁化问题上。拉丁化似乎已有相当的影响，可惜不知其详。至于用汉字表现的语言，是始终在"欧化"着。第三次是语录体的讨论。主张的人是林语堂先生和他的信徒。他们似乎觉得所谓欧化的语言不如口语夹文言来得亲切自在。但这个讨论不久就过去了，语录体并没有复活的征兆；用它的怕只剩了林先生一个人。

这里所谓欧化，似乎专指，至少偏重，中国语言采用欧洲语，特别是指英语的文法而言。但欧化的意义不止于在文法上。陈西滢先生批评徐志摩先生的诗文，说他的欧化不是平常的欧化，他的字都在纸上活跃着。陈先生所指的大约是徐先生许多新鲜活泼的隐喻，但徐先生并且能够支持他的想象力，不粘着在一时一地一个人的狭窄的实生活上，构成他理想中的楼阁，如《死城》那篇散文便是的。这是新的思想样式或感觉样式，也是"欧化的"。在这两方面"欧化"我们的语言的，徐先生是第一个该推荐的人。此外，还有辞汇的"欧化"，这里我只想举出创造社几位作家。他们那时爱用欧洲神话和历史里的典故，胡适之先生曾指为"新典主义"；又爱用科学名词。"新典主义"似乎无人承继，但科学名词，写作的人爱用的像是不少。这三种"欧化"，并不只是好奇，为"欧化"而"欧化"；这些都是现代生活反映在语言里，都是不得不然。我们都知道，我们的国家在现代化，我们的军队在现代化；谁都觉得这是必要的，而且是不得不然的。语言的"欧化",在适应和发展现代生活上也是必要的,不得不然的。只看上文所述第二次第三次的讨论,特别是第二次大众语的讨论,力量相当雄厚,都不能抵抗那个"欧化"的潮流,便明白了。便是拉丁化运动,至多也只在初期能够多少避免"欧化",万一真个普遍化,连受过高级教育的人都用的话,那也是一定要"欧化"的,不过方式也许不全和现在进行的一样。所以语言的"欧化"实在该称为语言的现代化,那才名实相副呢。

上文所举出的语言的四种现代化,末一种反映着科学的发展,工业的发展。中间两种反映着个人主义的发展;不甘受传统的限制和束缚,自己去开辟新世界。我们的文艺史里,有所谓"正"和"变";那个"变"也是开辟新世界,不过因为社会的变是渐渐的,是小小的,所开辟的新世界也就不大。这回可不然了。我们接触了工业的文化,社会情形差不多来了个剧烈的突变,语言也便来了个突变,和传统比着看,似乎差了十万八千里。但和现代生活对照,这却是合式的。那第一种文法的现代化,其实该说,文法的部分的现代化,反映着分析的精神的发展。日本谷崎润一郎写过一部《文章读本》,也是讨论这个问题的。他们语言的发展和我们的有同样的情形。谷崎反对"欧化",提倡所谓"和文调"。(一六二,一六三页)但他明白"欧化的"语言是确切鲜明的表现,(一六二面)日本语是不适于记述西洋输入的科学哲学法律等学问的,(七二面)他也明白现在学生,虽小学校的幼童,也用科学方法教育;他们的头脑已习于演绎归纳,所以教语言,非教分析的方法不可。(八三,八四面)他并且承认,在初学的人,将日本语照西洋式结构,也许容易记些。(九一面)中国语言的情形正是一样。宋阳先生攻击小学教科书用"欧化的"语言;我们看了谷崎的话,便知那是不得不然。

谷崎为笼统的语言辩护,举李白《静夜思》为例。李诗云:"床前明月光,疑是地上霜。举头见明月,低头思故乡。"他说这篇诗所以能有悠久的生命,能诉诸任何时代任何人的心,原因固然很多,而没有主词,动词不表示时间,这两件事关系最大。若在西洋诗,"疑"、"举"、"思"等动词,必须加上主词"我""床""头""故乡"等名词上,也必须加"我的";而那几个动词也许得用过去式。这样,这篇诗便只限于一人一晚所见所感,力量就差得多了。(二七五,二七七面)又说有个俄国人要翻他的剧本叫作《要是真爱的话》的,觉得这题目很难翻:到底谁爱呢？是"我"？是"她"？是"世间一般人"？要而言之，这个句子的主词是谁？谷崎告诉他说，按戏讲，主词可以说是"我"，可是按理说，限定爱者是"我"，意味未免狭窄些。虽然是"我"，同时是"她"，是"世间一般人"，是别的任何人，都行；这样，气象就广阔。尽量模糊，于具体的半面中含有一般性；关于特别的事情的话，可以有格言和谚语之广之重之深：要是可能，翻成俄语，也还是不用主词的好。（二七四，二七五面）谷崎的话很巧妙，但细按起来，实在似是而非。中国古诗和西洋诗的不同，决不仅仅在文法上；两者之中，思想和感觉的样式相差是很远的。西洋也有"能诉诸任何时代任何人的心"的诗，句子有主词，动词表示时间，这两件事都不妨碍它是好诗。诗本不是分析的；中西诗的相异决不在笼统与分析上。谷崎可以说是无的放矢：这是一。至于他那个剧本的题目，似乎还是有主词的好。剧本到底不是诗，诗不妨"模糊"些，不妨含蓄些，剧本，一般的剧本，反正要说得够清楚的，装上个诗味的题目，叫人天涯地角的去想，真是多余。譬如他这剧本《要是真爱的话》，看题目时固然可以想着谁爱都成，但一读剧本，知道是"我"爱，那题目的诗味便失去了。在诗里却不同，"模糊"就"模糊"下去，含蓄就含蓄下去，诗人不会将谜底子给你看，你可以老涵泳着那诗味。所以谷崎可以说是踵事增华；这是二。况且文法的现代化，对于一般的语言该比对于文学里语言重要得多，谷崎只就文学立论，也不免是一偏之见。

我国反对语言现代化，特别是文法的现代化的人，大约都着重在一般人难懂这一点上。胡适之先生如此，大众语论者也如此。只有语录派才从亲切自在着眼。胡先生所提出的"文学的国语"，大约是《水浒传》《儒林外史》《红楼梦》的白话，加上官话，加上西洋文学的意境的东西。他很注重明白易懂，认为是文学三性之二；但没有说明该叫哪些人明白易懂。他最反对所谓象征诗派的新诗，说是大学教授的他都不懂，只能算是"笨谜"罢了。诗是最精的语言，固然要受过好的语言训练，也要性情相近的人才能懂，倒不一定大学教授。懂诗的人比懂散文的要少得多，胡先生却赏识周启明先生的小品散文，那是多少在用着现代化的文法的。他又很注重句子的主词；在《独立评论》一八三号（一九三五年十二月二十九日）《再论学生运动》一文里，他引《大公报》的短评说：

> 凡中国人而有天良者,对于学生只有感动与悲愧,但不能不劝告"他们"从速复课。……请愿的目的为拥护国权,政府已接受了,表明正在努力。那么,"他们"只有一面监视着政府,一面上课。

这里两个"他们"是胡先生给补上的。句子必有主词才清楚,正是文法现代化的一件。可见得除某些诗外,胡先生对于文法现代化,是相当的宽容的!而且他有时候觉得这样办倒可以使文字清楚些。他是一个提倡分析的人,所以能够如此。

大众语论者攻击语言的现代化,我可以举一个例:

> 现在颇有些人看不起民间故事以及说书先生的表现方式,以为这是平易庸俗。他们务求新奇,竭力摹仿着西洋的一些徒有"形式"的作家;结果是即使满篇是大众语的单字,但连结而成为一篇的时候便成为大众所不懂的怪天书了。"大叫一声"这表现的"方式"是大众所懂的,然而倘以为平易庸俗而改成为"大声地叫着",那么即使大众能懂,可是所给与的印象就差得多了。……(恪《懂的问题》,《文学》六卷二号,一九三六年二月一日)

一个社会里有许多知识的阶层;这些阶层的存在,似乎是永恒的。经济政治的改革也许能将这些阶层减少些,简单化,但是不能将它们统一化。每一阶层各有它的语言;对于自己阶层的语言感到亲切,对于别阶层的感到生疏,有时候不懂,这是自然的。恪先生若意在让我们人人都使用农工大众那阶层的语言,事实上大概不可能,若是说在某种时期,为了某种目的,高的知识阶层得牺牲自己,为低的阶层写作,那自然可以办到,只要这些为写作的人有热诚,有能力。这可也不是人人可以办到的:看最近老舍先生《制作通俗文艺的苦痛》(《抗战文艺》二卷六期,一九三八年十月十五日)就明白。所以说到了"懂"的问题,我们得先定下是哪些人懂的问题。我得声明,本文讨论语言的现代化,是以受过中等教育的人为标准的。小学教科书既经用了现代化的语言,如宋阳先生所说,那么,到初中或高中教育完毕,那些学生们对于一般的现代化的语言,(诗除外)大多数总该懂得大部分,这似乎是不成问题的。至于恪先生举的两个句子,所给与的印象确是差得多；我是说，"大声地叫着"是现代的表现，比笼统的"大叫一声"要确切鲜明些——换句话说，从前"大叫一声"含混着"大声地叫着"的意思，现在有了"大声地叫着"，两个意思便各自独立，清楚了，新鲜了，也丰富了。语录派以为现代化的语言不亲切，不自在；其实他们心中的亲切，怕只是个熟，他们心中的自在，怕只是个懒。他们说，"听爸爸的话"甚好，为何却要说"接受父亲的意见"？这下一句是"五四"运动以后的话，是个人主义的表现，是现代化；这其间反映着一个大变动的社会，怎样可以等类齐观呢？

我们语言的现代化，已经不限于纯文学，它的影响已及于应用的杂文学里，甚至于口语里。如"但一般社会对于一个站在自己两只脚上的女子，却能不把她当作站在丈夫肩膀上的女子看待"（陈衡哲《川行琐记》（一），《独立评论》一九○号，一九三六年三月一日）。这里的思想样式是现代化了的。如"我以为在君……他是用科学知识作燃料的大马力机器"（胡适：《丁在君这个人》一文中引傅孟真《我所认识的丁文江先生》，《独立评论》一八八号，一九三六年二月十六日），这里是用科学的隐喻。又如《东北小兵》的文字：

> 我们希望我们全国的最高领袖，能赶快取"黑山"为墨，取"白水"为纸，取全国民意为毫，加紧写成这历史中最光荣的正段，我们准备用我们的热血，作成这新历史的句读，用我们的头颅，作成这新历史的圈点。（鸣三：《文章以外》一文中引，上海《立报》，一九三七年四月二十四日）

这里成套的用隐喻，却很大方。至如汪精卫先生所说的：

> 因为这些提案……应该十分重视。如果随便将他们搁置，如从前所说，将公事监禁起来，或者使之不断的旅行着，那就不但辜负了提案者的苦心，并且有负全体会议付托之意了。（天津《大公报》，一九三七年三月九日，中央社南京八日电）

这是汪先生在纪念周里报告的话，中央社只电传了大意如此。"监禁""旅行"两个隐喻，都很新鲜；而用在口语里也并不觉得不自然。至于句子都有主词，"……是……的"句式的多量采用，更是普遍的现代化的现象。这"……是……的"句式是表现分析的精神的。如"桃红柳绿"是笼统的说法。"桃花是红的，柳树是绿的"，主词、系词、述词，性质分明，是所谓表句，便是分析的说法了。此外，更可注意的，文言也在现代化。且来举几个例。"英国在自身立场上以及客观事实上，均无从，亦不利于拍卖中国。"（《云南日报》社论，一九三八年一月五日）这是两副词仂句共同形容一动词仂句。"全国热望归来之蒋委员长已于二十六日午十二时二十分由洛乘飞机抵京矣。"（天津《大公报》，一九三六年十二月二十七日）这是复句，用一个子句形容主词。"此从军事费大抵为不生产的支出，至少能使资本冻结而不能周转之性质言之，当然亦为财政经济发生困难之一因子。"（天津《大公报》社评，一九二七年七月七日）前半是个长的复子句，"资本冻结"是古文里没有过的隐喻。"而非根本无其存在。"（天津《大公报》社评，一九三六年八月十三日）这是古文里没有过的思想样式。这些例可见文言现代化的一般。文言现代化的结果，相信会完全变成白话；白话现代化的结果相信能够成立我们的国语，"文学的国语"。

本期撰者：

钱端升，陈岱孙，张忠绂，冯友兰，叶公超及朱自清诸先生俱是昆明西南联合大学的教授。

唐士先生是一位纯科学家，对于中国最近十余年科学的进步已有切实的贡献。他是一个沉静的观察者，他的意见也向来是公平的。现在他根据他所知的河北抗战的普通情形及冀中抗战的成就与困难，撰问以登本刊，以享国人，是本刊同人所十分感谢的。

第一卷第二期（1939年1月8日）

时评

汪精卫提和事件

上月二十二日敌国首相近卫发表了一篇所谓与"更生中国"调整国交的声明书。这个声明书是敌国政府自占领广州、武汉以后，所发许多所谓"和平"谈话，"和平"声明书中的最具体，也最重要者。在这个声明书发表前的三日，汪先生已自重庆突飞到河内。在这声明书发表后的四日，蒋总裁在中央纪念周上，即以声明书为中心，而发表了一篇重要训词，词中痛斥敌人对现代中国认识太不充分，并暴露了敌人叵测的居心。再后三日（十二月二十九日）汪先生电中央，提议以近卫声明书为根据，而为和平的谈判。本年一月一日，中央执监会议各开临时常会，议决予汪先生以永远开除党籍的处分。以上为本事件的经过。

就和战本身的利害而言，我们以为同侵略迷梦犹未觉醒的日人实无法言和，既不能和，则只有战，而且应悉心悉力以赴之。我们必定要等到敌人筋疲力尽，既感觉中国不能征服，又害怕邻国或将干涉时，才能希望敌人领会和平之可宝贵，条约之应遵守，国际秩序之应恢复。我们明知长期作战，困难滋多，牺牲巨大；但抗战的困难，总比与蛮横无厌的敌人谈判和平，因而遭受的困难为小；抗战的牺牲，也总比谈判失败，因而引起的牺牲为小。因为抗战是一个理直气壮，内得人民拥护，外获国际同情的立场，而谈判和平则须信任实在无可信任的日本当局者。我们以为粤汉固然陷落，近卫固然有声明，但是临全大会通过抗战建国纲领的情势依然未变，所以抗战的政策也没有变更的理由。

以上是就和战的局势而言。至就汪先生最近的行动，及其提和的办法而言，我们亦以为是重大错误。纵使汪先生可采取与我们不同的看法，认最近情势已变更，认政策可重行考虑，但在手续上，汪先生向中央的提议仍只应提出于总裁纪念周训词以前，而且这提议亦必须是秘密的。蒋先生是总裁，又是最高统帅，无论为党为国，他的主张在没有变更以前，当然须为全国人民所拥护，且主和的提议最足以扰乱军心，也最足以淆惑国际观听，我们既是弱国，我们的负责者又如何可让和议之说沸腾众口，而冒造成一种不可收拾的局面的危险？

汪先生的看法及办法既然错了，国家为防止影响军心及国际观听起见，自不得不有一种严正的表示。中央执监临时常会开除党籍的处分，自为正当而又最易于发动的一种表示。汪先生原欲党的最高权力机构机关考虑他的主张，但这最高权力机关则以此时此地有此主张，为违反党纪不利国家的严重行动。党既已作如此看法，且根据这种看法，有所决议，我们以为汪先生应一方恬静地接受这种处分，一方觅地（最好在国内）休息，待重需其服务时，再献身党国。汪先生是热心谋国者，我们贮望他能以国家抗战求存的前途为重，而不再有足以增加分歧的举动或言论。（端）

法意纠纷

欧洲的局面，真是"一波未平，一波又起"。德国宰割捷克，曾几何时，而法意纠纷又引起世界的注意。

意大利于月余前，在国会中公然表示反法，要求改变地中海现状。尤其于突尼斯，借口意侨受苛待，有索取意，同时以有历史关系的科西嘉岛作陪衬。法国坚决表示反对，努力外交，修缮武备，组织民众示威，以示无磋商余地。于是意大利宣告废止一九三五年的协定，使这几年稍形安定的法意关系，大形恶化。

意大利为何发动这番纠纷？纠纷既起，满意的解决能有几分把握？将采取若何途径以求达到满意的解决？这几点，是我们旁观者很想知道的。可惜我们材料缺乏，从逐日报章所截，只能窥见鳞爪，目前只可作个与真象不太远的推测。

意大利是个不满足的国家，他立国晚，国力薄，殖民地的欲望始终未尝厌足，三年前悍然攘得亚比西尼亚，但耗费大而实得有限。近一年中，日本进行鲸吞东亚，德国于三月里吞并奥大利，十月里宰割捷克。即使黑衫宰相无动于衷，半岛人民也不能不看得眼热。正好德国作收回殖民地的要求，意大利岂不该趁此作扩充殖民地的要求？本来英法在欧战吃紧时，曾应许意大利，倘若英法在非洲增加领土，当然给意公允的报酬（一九一五年伦敦密约十三条）。英国在一九二四年实践这诺言，以东非的一部分归并意属索马利兰，法国则直等到一九三五年，始与意立协定，以里比亚南十一万平方公里的土地及亚丁湾口一座小岛，让给意大利。这十一万平方里面积不为小，只可惜大半是沙漠与山地。当时顾虑法国的面子，才接受下来。不过接受沙漠尽管接受，意大利人民未尝忘情突尼斯，突尼斯在地理上历史上都与意大利有密切关系，意早就看准了这块土地是她发展的领域。那知法国竟先下手，于一八八一年将他收入帝国版图。意大利已忍耐五十多年了，现时形势与五十多年前不同了。若还不进行要求，不特失却一个拓张疆土的机会，还如何对得住在突尼斯的十余万意侨呢？

可是这番要求割让的对象，不是抵抗无力的黑人国，也不是依赖大国维持的弱小国家，而是堂堂的列强法兰西。平白的要法国割地资邻，他决不能承受。果然法国坚决表示无磋商余地：不特言论上表示，且在外交上武备上积极作准备。那末意大利将知难而退吗？这又是意大利决不能承受的。既然发动，既然开口要求，碰个大钉子，便偃旗息鼓，则法西斯帝国的威权何在？法西斯的大领袖的威望何在？英国的国力比法国强，英国的海军足以制意大利死命，意大利尚且冒险与他争地中海的势力，对于现时国际地位日退的法国，岂甘屈伏。不说别的，就是墨索里尼的大方颚也不容许他这样办法。

那末意大利准备用武力达到目的吗？似乎又不必然。大规模的战争，不特是英法所惧，意也绝不敢轻于尝试。恫吓近来成为侵略国的惯技，陈兵边境，咄咄逼人，可是到了最后关头还是靠外交来解决，我想意大利对于这次纠纷的出路，也还是要取径于此。

但是外交关键大概不在法意两国本身，而在英德两个与国。德国是意大利的与国，德意同一轴心，但德国是不是可靠的朋友？侵略国各有各的打算，何况自慕尼黑会议后，法国觉悟他的危险，力求见好于德国，德法友好宣言才公布不久，难保不新欢胜旧爱。在德这方面，似乎意大利还没有如何努力，德也只表示盼望再来一个四强会议解决纠纷。至于英国，他果然是法国的与国，保持欧洲的均势，是他一贯的政策，为了这个他必须维持法国，不能让他吃大亏。但英国是个多方面的大帝国，他的顾虑多得很，他不能够单纯的帮助这个，敌对那个。而且当政的，是一位注重现实外交的张伯伦，英意协定是他一手造成的大成绩。他在很近期内，要拜访意大利。意大利在他将来之前发动这个风波，准备于他来时，给他一个热烈欢迎。法国则极力表示，这问题当由两国直接解决，不由第三国调处。英国也一再表示这次拜会只谈西班牙问题，不谈法意问题。各方面的用意，稍留心的人，都可以看得很明白。不过外交表示究竟是外交表示。英相到了意大利，恐怕免不了要谈法意关系的。英意有了商量，法国免不了要听取他们的意见，要斟酌接受不接受他们的建议。这个问题的发展，这个纠纷的解决，大概还是要看十日后的张伯伦拜访意大利。（鋐）

泛美会议闭幕

在秘鲁京城里玛举行的泛美会议，已于十二月二十七日闭幕。（会议经过，尚称圆满。）参加的共廿一国，通过并签字的宣言议决案等，共有一百一十件。最重要的宣言有二：一个是《经济宣言书》，一个是《美洲大陆联带关系宣言书》。前者除申述历届大会关于减低关税壁垒，推行平等待遇各项决议案外，并声明必须促进南北美洲各国商务。后者规定：美洲各国政府必须决心通力合作，以维护联带关系的原则；如有一国的安全与领土完整遭受威胁，美洲各国即当声明彼此利害相同，并依照现行条约，进行咨询，参酌时局情形，采取各种措置，用以切实表现联带关系。这个政治的宣言可以说是这次会议最显著的成绩，所以大会决议定名为《里玛宣言》。主张联带关系最积极的是美国。他提出这种主张的最大原因是，最近两年以来，法西斯国家在中美南美各国进行经济的与政治思想的侵略不遗余力。德国到巴西的移民很多。意大利在阿根廷与秘鲁的势力也极膨胀；日本则竭力在中南美沿太平洋的一岸发展。鉴于这种情形。美国不只感觉他自己在中南美的经济地位受到威胁，而且由他繁殖到这些地方的民主政治制度也有动摇的可能。《里玛宣言》大体上是美国外交的成功,无论如何,联带关系的原则已是得到全美洲各国的拥护了。这实在是对于法西斯国家的一个警告。至于以后德意日三国在美洲的政治活动,实际上是否能制止,这要看参加泛美会议的国家是否肯切实施行《里玛宣言》。如果美洲大陆的联带关系真能维持不渝,则美洲各民族国家当能形成一个对抗法西斯主义的主要势力。(晓)

抗战的民族意义

潘光旦

抗战的意义，"八一三"以来，谈的人虽不少，切实了解的却不多。有人告诉我，某次某外国宣传家过境，本国招待他的人竟有把这意义问题提出来向他征求意见的。甲国人与乙国人打仗，而要丙国人出来替其中的一方面找一个理论或道德的根据，真是一个笑话。前方正在杀敌致果，而后方还有人正向外国人讨这一类的教，抗战的成败，岂不是根本要成问题！

抗战的最后意义无疑的是民族的，而不止是政治的、经济的……这是谁都已承认的。不过何谓民族的，恐怕很多人的了解未必清楚。我们大抵以为民族的生命已经到一个存亡绝续之交，为继续生存计，不能不拼死抵抗一下。这看法不能说是错，但是太消极，太简单。这无异说，一个人遇见了野兽或暴徒，并且已经被迫到一个负隅的地步，不得不拼一下老命。这未免把民族的生命太看小了，也不免把抗战的过程看得太消极了，太简单了。我相信以前主张速战速决的敌人至少猜透过几分这种看法。

我们在这里所了解的民族，指的不是笼统的民族的生命，而是这生命所由维持的元气，或活力，或竞存力。抗战之所以有意义，是因为它给我们一个机会，来测验我们民族的元气，来量断我们民族的活力或竞存力。民族元气、民族活力、民族竞存力三个名词也许有解释一番的必要。它们所指的实在是一件东西。元气一词有些形而上的嫌疑，但资格较老，大家认识。活力一词是研究人口数量的人所惯用的，他们把人口统计，叫做活力统计，又把人口增损的一种指数叫做活力指数。竞存力的名词是演化论者的贡献，有时候也叫做竞存价值。它有两点可取之处。一是所指不限于人口数量，而兼及人口品质；讲一个民族的竞存力或价值，当然不但指它有多大一个人口，和这人口增殖得多么快，尤其要紧的是指这人口的健康与智能程度如何。二是这名词最能够表示和别的民族比较与争胜的意思。民族生存的力量是相对的，一样一个中华民族，海禁开放以前和以后的竞存力的估量可以很不相同。

上文说一般人所了解的抗战的民族的意义是消极的，我们用竞存力的测验的立场看，却是十分积极的。数千年来闭关自守的一个民族，当然不免和别的民族有许多不同与不齐之处。如今开关了，自给自足局面不能维持了，在在便不能不和别的民族发生比较，发生争竞，争竞到相当程度，不能不短兵相接一下，把实在的身手拿出来。新环境逼得我们如此，我们为求在这新环境里位育计，也不得不如此。我们还可以更积极的说，我们在新环境里濡染已久，学习已久，也很想寻找一个机会，来显显我们的身手。我们可以设两个譬。好像是以前在少林寺里学武艺的人，一旦满师，总得利用他学到的种种本领，打出山门来，打不出来，就算是没有学好，或根本学不好，永远满不了师，即等于承认对于此道是失败了。二十世纪的国际新局面，所谓新，包括一切军事、政治、科学、艺术、工商设施在内，便是我们的少林寺，我们是学拳棒的，我们到如今学成没有，我们不能说，也许还差一点点，也许还差很多，但无论如何，我们出寺的机会来了，并且我们非出寺不可，不打就根本出不来。打出手是学拳棒的人的代价，也正是我们得跻于新式国家之林的代价，是绝对无法避免，也是有志者所应认为"谁谓荼苦，其甘如饴"而以躲避为耻辱的。还有一个比喻，在初民社会里，一个青年从童年进入成年，大抵得经过一种测验性质的仪式，这仪式有很简单的，也有很复杂的，一个青年须得把他的本领全盘托出，来胜过故意放在他前面的诸般艰难困苦；胜过了，他是一个十足的成人，得享受部落中一切成人所能享受的权利，否则，他不但不能加入成人之列，他在部落中的地位，根本会发生动摇。在所谓文明的社会里，这种测验性质的仪式是没有了，要有，也不过是告朔的饩羊似的一些遗迹；不过，一个女子，从一个普通女子的身份，进而取得一个母亲的身份，也得经过一番艰难困苦，这种艰难困苦所引起的生理与心理的反应和初民社会里这种青年所经历的还有几分相像。在鄙薄贤妻良母的地位的今日，许多人也许不这么看；但在一个正常与健全的社会里，母的身份总比普通妇女的身份为高，却总是一个事实。

上文也说过一般人所了解的抗战的民族意义是过于简单。抗战不是一桩取快一时或孤注一掷的举措。抗战，无论占多么长久的时限，总是一个过程。因为是一个过程，其间经历的种种就可以供我们体验。

记得九一八事变后二星期，我在朋友办的刊物上发表过一篇短稿，叫做《民族元气篇》。当时我的论调很消极，很悲观，认为民族在竞存的能力上根本已经发生了问题，所以一面才会招致这一类严重的外侮，一面既经招致了，又一筹莫展的听人摆布。我也曾把那次事变看做一个测验；我们当时就没有能接受这测验，我们认着输说，我们恐怕测验不起。

我们究属测验得起，测验不起，一直要到最近一年有半，才算取得一个找寻答案的机会。芦沟桥开衅以至"八一三"以后的种种，是有史以来我们民族竞存力的第一个大测验。这测验目前尚在进行之中，结论如何，尚难逆料，不过有一点是已经很显明的。一年半的抗战的经验无疑的暴露了我们品质方面的许多弱点。这种暴露对一般民族分子也许还是簇新发现，对于一向研究民族品质与性格的人却只好算是一个坐实。我们以前常说我们民族有几个很大的弱点：一是体格过于柔韧，二是科学的智能过于薄弱，三是组织能力过于缺乏，四是自私的倾向过于发展。我在《民族元气篇》里又特别提出科学智能与组织能力两点。一年来的挣扎的过程，在在可以坐实这几点，在目前，许多实例还不便列举，但对于关心战局与后方情形的人，是可以不言而喻的。大体说来，在准备上，以人力论，我们吃第一种弱点的亏为最多，就器械与器械的利用论，我们吃的完全是第二种的弱点的亏。作战之际，无论进攻退守，所吃的亏，大部分要归第三种弱点负责。后方的不够紧张，政治方面的不孚人意，吏民借了国难的机会发财等等，却都得推溯到第四种弱点身上。

这种种弱点的受大家承认，还有一些旁证。就是，抗战以来，我们已经渐渐的能利用我们的短处。自私的倾向，科学智能的缺乏，是绝对的弱点，亟切弥补不来的，但是体格的柔韧和组织力的不发达，其为弱点，却不是绝对的，而是相对的，只要利用得法，于抗战未必完全无利。所谓避实就虚的游击战术，或不重视点线的全面战术，或以空间换取时间的持久战术，便是从"善用其所短"的原则下演变出来的一种适应性的战术。读者不察，或不免以此种战术为军事当局一种自圆的处置，那是一大错误，那是由于根本不了解我们民族的一部分的性格而产生的一个轻率的判断。但若有人以为这是一种上好的战术,从而加以揄扬,那也是大可以不必的。

民族弱点的体验与认识,本身就是抗战的一大收获。一个人不怕害病,只怕不明白病的症结所在,从而讳疾忌医。民族也正复如此。不过我们到目前为止,所得的收获并不止此。抗战的经验已经告诉我们,我们的种种弱点,在民族分子中间,散布虽广,却还不至于普遍。以前的战士,大都产自黄河流域,而今则西南诸省,全都有供给大量战士的能力,并且这种战士的战斗力并不在北方战士之下。以前"南方之强"与"北方之强"的分别看法,到此已不能不加修正,因而充分证明我们以前再三提到的"移民品质比较优越之说"是确乎不拔的。可作航空战士的青年,虽数百人中只能选取一二人,我们如今明白,至少数百人中还有这一二人可选。此种人选的航空战士,也有其省区的分布,据说东三省来的青年所占的成分为多。东省民品优越的话,也是我们以前再三论列过的,如今也取得了进一步的坐实。自私自利、爱财惜命的分子虽多,而肯为民族国家作壮烈牺牲的也正复不少。只须我们不把这些优异的分子,作无谓的消耗,作孤注的一掷,那上文所说的种种弱点,前途尽有减少与消除的希望。

抗战之所以为民族竟存力的测验,或民族品性的个别量断,决非上文寥寥的数百言所能概括。我们希望抗战最后成功的一日,我们有机会在这方面做一个更详细的分析报告。

抗战的民族意义,不外两层:(一)它是积极的,不是消极的;(二)它给我们一个机会,不是教我们拼老命,而是教我们体验我们各方面的力量,尤其是民族的体力,智力,以至于性情操守的力量;教我们体验自己究竟老不老。要是所拼的真是一条老命的话,那就根本不值得一拼了。本篇所谈的不过是这两层意思,关于第二层,我们还有待于关心民族品性的学者替我们观察分析,目前亟切还不能有什么具体的结论。不过第一层是谁都可以明白了解的,谁都可以采取,作为他对于抗战的态度的一部分。

英美借款与我国外汇

李卓敏

自英美贷款宣布后,常人的印象都是以为这对于国币在国外汇兑市场的价值一定提高不少。本文目的,就是要研究这个问题。

英美借款,以美国宣布为先。本月十六日华盛顿即有电发出,谓美国建设金融公司已准美国出入口银行以两千五百万美金借予中国,由中国银行担保,并以五年为期。借款机关非中国政府,而为在美国注册的中国商业组织。借款用途,(一)大部分用以购买美国农场品与制造品,(二)小部分用于资助我国桐油的运输及出口。中国则可以售卖桐油所得的外汇,采购美国货物。所以桐油的输出,并非用来抵偿贷款的数目。据中国代表团谈,大部分款项将用以购买汽油,装货汽车,及粮食。

英国贷款,于美国宣布后二日始传出。原来英国国会曾授权商部,担保货物的输出,以鼓励出口贸易;一九二六年商部就设立有担保输出信用局,实施是项工作。自实施以来,该局所经手的合同担保等。闻其总值已在一万八千万镑以上。前此英国未能资助中国,就因该局的活动,仅以属于商业性质者为限。战前我国因建设需要,关于购买铁路材料等项,曾力请记账,该局亦未能核准。本月八日,英国商务大臣,以支持英国之输出业和对抗外国有政府津贴的商业为理由,向众院提出扩充商部担保输出信用之权限一案,十五日已在众院二读。依照该案,现在享有出口信用保证权利的商行,不仅以在英国注册者为限,即在香港注册及其他同类之商行,前此因案内未有规定而感困难者,都得享有这种权利。不过新案中仍禁止担保一切军用品和其他足供毁坏用途物品的输出。关于基金方面,担保输出商营业的基金，由一千万英镑增至二千五百万磅；又另加一千万磅，作为输出信用担保的基金，商部可就政治和商业的原因，酌量动用。这次借予我国的款，当初宣传是一千万磅，用途是铁路，由湘桂两省通至缅甸边界的铁路。十八日传出的数目是四十五万磅，指定为购买重工业出品，如运货汽车等之用。最后二十一日的路透社电则闻，这次贷借数目已决定为五十万磅。此款中国可立时用以采购运货汽车，以行驶于缅滇公路，而不必等候出口信用案的通过。该电并谓中国方面，已开始定货。

  关于货款协定，据我们所知道的，大概是如此，我们现在要问这次借款是否可以提高国币对外币的兑价。自今年三月十四日公布统制外汇后，我国外汇行市，早有法定汇价和暗盘汇价的分别。法定汇价，每元国币，等于英金一先令和两个半便士。这比率直到现在财政部还在维持。所以一天政府不改变政策，法定汇价一天不会移动，无论我国外汇平衡资金增加多少。云南省自施行贸易和外汇的统制后，富滇银行也有一法定汇价，以购买或售出外汇：每一百元港币，换新滇币四百元（即国币二百元），每一百元越币，换新滇币三百六十六元（即国币一百八十三元）。这个比率也至今还没有变动过。所以，如谓借款与我国汇价有关，那一定是指暗盘而言。暗盘在我国各金融市场上都存在着。在暗盘市场中，外汇还是自由地转手和买卖，价格自然比法定价格都要高得多。暗盘外汇的来源很复杂，不是本文所能详论，其最重要者大概有三。（一）外国银行，（二）出口商人，（三）华侨汇款。现在国内，各暗盘市场中，要以上海为最大。除了于暗盘市场中可以看见国币的外汇价值外，我们还可以从国外的汇兑市场中，观察国币价值的变动。最容易作这种观察的大概是香港的汇兑市场，因为香港居民几乎完全是我国人，富有者不少，而贸易商及市场投机者也多半是国人，所以香港汇兑的变动，很可以表示国人对法币的心理。

  因借款而影响及汇价的问题，应该分短期及长期两方面来讨论的。因为经济力量，有些只于短期中发生影响，有些只于长期中发生效果，有些于长短期中都有不同的影响。

  从短期方面看，借款可以影响及汇价，是很可能的。汇兑行市的决定，人民心理是一个很重要的要素。人民得到借款成功的消息后，自然会相信国家的前途较光明，因而对于国币信仰也增加。持有外币者恐来日国币价值日涨，于是抛售外币，买回国币；本来要购买外币者（就是资本逃亡的主动人）也暂时停止购买。这两种情形都能于短期间将国币价值提高。加以投机者——尤其是外国银行——因恐国币行市会于短期间上涨，或将大量抛售外汇，买入国币，等候相当时间后，再将国币卖出，以取大利。这样的买卖当然也会使国币价值于短期中高涨。

究竟在国内国币对外币的兑价，是否可因借款成功而高涨，我们可从昆明的外汇暗市作一个例子来研究，兹将昆明暗盘港越币外汇价格列表如下：

昆明暗盘港越币行市
十二月十二日至二十九日

十二月	港币	越币
	每百元值国币	
十二	205	190
十三	204	190
十四	202.4	190
十五	200	190
十六	193.7	190
十七	188–190	190
十八	星期	星期
十九	195.5	190
二十	195.8	190
二十一	193.5	187
二十二	195–188	185
二十三	188.5–190	187
二十四	188.5–189	185
二十五	休息	休息
二十六	休息	休息
二十七	189–191	185
二十八	191.5	185
二十九	192.5	185

表上所列的港币和越币价值，是从本市买卖暗盘外汇的钱庄调查出来的。英美借款成功的消息在十七及十九两日，已在报纸中披露出来。国币对港币的价值由十二日至十七日，都已高涨，港币价格由二〇五元跌至一八八元左右。十八日星期无市。十九二十两天，当英美借款消息证实后，国币

价值反跌十元。后来四天,价值又涨,二十七日至二十九日则又下降,惟二十九日的国币价值已比两星期前涨了百分之四。越币大概因有东方汇理银行担保的缘故,兑价起跌不如港币之大。据表自十二日至二十日,国币对越币价值并无改变,二十一日至二十三日始涨三元,二十四至二十九日再涨两元;这就是说自十二日至二十九日,国币对越币价值高涨还不到百分之三。

外汇这样的起跌,是因为借款成功么?港币在十七日前的下跌,是因为操纵港币者,早预料到借款成功,所以预把港币抛出。那为什么在借款刚成功后的十九和二十两天,港币却还涨起来?其实昆明暗盘港币的来源,大半来自出口商;兑价的起落,全视暗盘汇兑的需求及供给,所以港币行市常有变动。表中港币价值的上下,实在算不得特殊情形。若从越币方面看,借款消息传出后,很像出售越币者甚多,所以市价不容易维持在一九〇,而有自二十一日起的降落。但这降落也并不怎样可以显出借款成功的影响。

我们对于上述问题,如要一个比较确定的答案,似乎可从香港国币的行市中研究出来。

香港国币行市
十二月十二日至八日(港币)

十二月	每百元合国币
十二	182.00
十三	181.75
十四	181.75
十五	181.00
十六	180.00
十七	180.00
十八	星期
十九	180.00
二十	180.00
二十一	休息
二十二	175.00
二十三	175.00
二十四	174.00

续　表

十二月	每百元合国币
二十五	休息
二十六	休息
二十七	休息
二十八	174.50

表中的国币行市，是一个我国很大的商业银行香港支行的每日行市，比港中钱庄的价格略高一点，可是并不相差多少。由表中可知自十二日起国币价值即继续增涨，五日间长国币二元半。借款成功消息传出的十七日，国币返从一七九.五元降至一八〇元，十九及二十两天的行市无变动。最近一星期才复涨起来。行市这样的变动，对于借款与外汇的影响，并不见得有明显的关连。据银行界人谈，香港国币价值的上升，主因在近两星期来港中谣传中日战争于最近将来有停止的可能，于是抛出港币购入国币者不少。无论汇何，从昆明及香港的行市看来，我们并不能证明出这次借款成功与我国外汇行市已发生多大影响。持有外汇者，似乎并未因借款成功而有大量的抛出。因为拟买外汇者最近稍微减少了一点，再加以投机者的活动，于是外汇行市乃稍有变动而已。

所以就短期方面而言，借款对于外汇率的影响并不甚大。但就长期方面来说，结论却不同。我国今日所以能维持法定汇价，是因外汇平衡资金，尚敷应用。如果我国向外国购买各种货物的总价，超过在同一期间内由出口所得的外汇，那超过的数目，非从平衡资金中提付不可。资金短少了，政府除了直接借贷外，不能不在汇兑市场上用国币购买外汇，那时国币的价值就要下跌。这次英美借款的用途，一用以采购汽油、装货汽车和粮食；一用以买装货汽车。这些物品，对于运输困难的西南诸省的开发，是无可缺少的。假如没有这次借款，我们也要购买这些物品，所以得了这一笔二千七百五十万元美金的款项，我们就可以省得在平衡资金里提付。我们外汇得了这助力，当然要稳当得多；而尚在国内的资本，也不致于发生逃亡的趋势。

还有一点要注意的，就是将来桐油的输出，并非用以抵偿借款。我国桐油的生产，占世界产额百分九十以上，桐油出口不怕没有销路（平常我国桐油出口，百分之七十是往美国的）。所得的外汇可以加强外汇基金。如将来桐油的出口，用以抵偿借款，那不免就要减少我们应得的外汇基金。幸而按照美国借款所定条件，我们桐油输出后所得的外汇，仍可用以购买美国货。所以对外汇基金可以发生助力。

此外，人民的心理，上面已经说过，也是造成外汇行市的一个重大因素，英美借款，数目虽不很大，但已实现欧美对于我国抗战的协助。我国人民对于抗战及国家的前途因此可增信心，而资本逃亡的机会也可减少。

我国维持法定汇价的能力，既然可因借款成功而增加，暗盘的汇价，也当然要受影响。固然暗盘外汇的来源，并不靠国家的外汇基金；固然暗汇行市的决定，全视暗汇的供给和需求；固然在暗汇的价格下，抛出外汇数目和购进外汇的数目一定相等，因此外汇基金加强，对于暗汇行市，没有直接关系，但如果政府当局，因为外汇加强，对于外汇的请求比较宽限的话，那需求暗盘外汇的商人自然减少，暗盘中国币的价值，也可随而上涨。而且从长期间看，如资本逃亡的主动者减少，而在暗市购买外汇者仅是领取不到政府外汇的商人（投机买卖是一个短期间情形，可以忽略），那暗市中就少了一种需求。再加以华侨对于国家前途增加信心后，他们的汇款也必增加，他们的汇款，如在暗市抛出，暗市的外汇就要增加，而暗市的国币价值，也有上涨的趋势。

总括的说，英美借款，对于我国外汇行市，目前虽没有甚么明显的影响；不过在长期间，会有将国币价值提高的趋势。这个结论，是在假设国家各种情形，将来也没有多大改变下得来的。

论美国对日报复问题

崔书琴

自去年十一月十九日日本答复美国的抗议以后,日美间关于中国门户开放问题的交涉,还没有重要的发展。从这几个星期报纸的记载看来,一方面日本正在更积极的关闭中国的门户,另一方面美国当局越发的对日本表示不满。今后美国还是继续和日本外交谈判呢?还是要用其他的方法使日本觉悟呢?是一般关心远东时局的人们都在注意的问题。据华盛顿传来的消息,美国政府已深觉外交谈判无济于事,而想以有效的手段保护美国在中国的权益,并维持中国的门户开放。然而所谓有效的手段是什么呢?积极援助中国?彻底的与英国合作?单独的对日报复?我想这都是可能的,但都是目前能认真实行的。对华贷款是援助中国的表示,有很重要的外交意义,但也不过止于此而已。现在无论如何,美国还不能给我们在道义上他(因为同为九国公约的拥护者)应该给,而在事实上我们所需要的强度的援助。英美商约的签订,战债问题的开始谈判,对于日本有共同的认识;这都是促进英美合作的因素。同时,英美对华贷款也是他们合作的先声。但现在欧局尚未完全澄清,美国人民不愿卷入欧洲政治漩涡的心理仍然很强,英美纵能在远东方面合作,一时恐也不会采取联合强制行动的方式。在现在情形之下,美国比较愿意实行的,还是对日报复。我这样说,并非否认除对日报复外,美国还可以援助中国,并与大国合作,因为这两种手段也含有报复的意味;而只是说单独报复不致遭遇深遭孤立主义影响的美国人民们强烈的反对。因此我们对于美国对日报复问题,实有特别注意的必要。

实施报复手段须有合法的理由,否则被报复的国家便可视为非友谊的,甚至挑衅的行为。美国对日报复的理由是很充足的。中日战争开始以来，有很多日本加害于美国政府与人民在华权益的事件发生。有的已经解决，例如巴纳号事件；有的是悬案，例如桂林号事件。不过最重要的争执，还在门户开放机会均等的原则。这个原则是规定在日美同为缔约国的九国公约里，与美国在华商业发展有极密切的关系。该约第三条规定："为适用在中国之门户开放或各国商实业机会均等之原则更为有效起见，缔约各国，除中国外，协定，不得谋取或赞助其人民谋取：（一）任何办法，为自己利益起见，欲在中国任何指定区域内，获取有关于商务或经济发展之一般优越权利；（二）任何专利或优越权可以剥夺他国人民在华从事正当商务实业之权利，或他国人民与中国政府或任何地方官共同从事于任何公共企业之权利，抑或因其范围之扩张，期限之久长，地域之广阔，致有破坏机会均等原则之实行者。日本在占据区域内，有几种设施完全与这一条的规定相违背。第一，日本曾命令伪组织修改国民政府的海关税率。凡是日本的输入品税率一律减低，于是无形中增加了日本商业在中国的竞争能力。最近中美借款成立后，伪组织声称要再度的修改税率，以示日本的报复之意，其结果美国货物所受的抵制将更加严重。第二，日本在所占据的山东各口岸，实施汇兑统制，凡出口货票须卖给正金银行，否则货物就不准出口，而该行所给的价额，又还较公开的市价为低。最不合理的是：一方面美商受汇兑统制的限制，而另一方面日商却能将出口货票按市价出售。这种歧视的待遇，使美国蒙受的损失很大。最近日本并且想把汇兑统制扩张到其他的地方。第三，日本成立了许多专利公司，例如华北的中国电报电话公司，上海的华中电气交通公司，内地轮船公司等，最大的则为去年十一月七日成立的华北（资本三万五千万元日金）与华中（资本一万万元日金）两个拓殖公司。这许多公司的活动如不加以阻止，将来可以使美国商业在中国完全没有发展的余地。第四，日本借口秩序未恢复，禁止外轮在长江行驶，以致美国货物不能输运到沿江各口岸。美国的侨民也不能回归在长江下游的住所。而日本的商轮则已自由在长江行驶，日商及其家属早已通行各地。这四种情形显然是违反了九国公约第三条的规定。美国商业因受歧视待遇而受的损失总数，我们虽然不能估计，可是我们知道日本用这些违约的手段，使他们的对华输入，在去年前九个月里，较前年同期，增加了九千四百万元。此外日本在上海检查并干涉美国的邮政，占住美国人的财产，束缚美国人的居住营业自由，也都是侵犯美国在华条约的权利的行为。同时日本在其国内，也以在华军事行动为理由，施行工业商业汇兑及其他各种统制，而使美商遭受非常的困难。美国对于日本这种种的侵权行为，一再向他提出抗议，而始终没有满意的答复。自然在外交谈判无效之后，美国可以把这个问题提交第三者仲裁，或由世界法庭裁判，但绝不会得到日本的同意，因为是非太分明了。一切的和平方法既都不能使用，美国除非对日屈服，只好施以报复的手段。

我们在研究美国大概要采取什么报复手段以前，应先说明他在法律上可以采取的手段是些什么？

在国际法上由于引起报复的原因不同，所以报复的手段也不一样。如果一个国家的行为虽不违背国际法与条约的规定，但对其他国家却发生不利的影响，则其他国家可以类似的行为相报复。例如甲国提高关税或制定严格的移民律，以抵制乙国的货物或限制乙国的人民入境，这原是国际法所许可的，乙国不能根据法律出来反对。但既于他不利，自然他也可以在不违背国际法与条约的范围之内，用相似的手段对甲国实施报复。这种报复在国际法上的名词是 retorsion，普通即译作报复，我们在这里可称之为"狭义的报复"。如果一个国家的行为，违背了国际法或条约的规定，构成一种国际侵权行为，因而使其他国家的政府或其人民遭受很大的损害，则其他国家就可以用次于战争的强制手段相报复，如武力示威（Display of Force）、经济绝交（Mon-intercourse and Hoycott）、平时报仇（Peace Reprisals）、禁出口（Embargo）、平时封锁（Pacific Blockade）等，以求达到赔偿的目的。这些手段本为国际法所禁止，但如用于正当的报复，则是容许的。"武力示威"是强国对弱国使用的方法，很能生效；但若对强国使用，则很容易引起战争。"经济绝交"是十九世纪常用的方法，国联盟约十六条也规定为制裁的一种。其效力大小完全看相争国原来的经济关系是否密切。"平时报仇"为加于挑衅国政府或其人民种种强制的手段，如没收共有或私有财产等。这种手段国际法学家多已不赞成。"禁出口"是扣留在报复国港口内，停泊的船只与货物。如只禁止本国的船只驶往被报复国，就名曰平时禁出口（Civil or Pacific Embargo）。如禁止被报复国在报复国港口内停泊的船只离开，以便日后发生战争时即加以没收，就名曰战时禁出口（Hostile Embargo）。前者不大使用，后者也不甚通行。近几十年来，战事发生后，多给一个期限使敌船有离去的机会。"平时封锁"是对被报复国的港口所加的实际封锁，但并不禁止第三国的船只出入。这是十九世纪最常用的一种方法。日本对我国所用的就是平时封锁，但他是非法滥用，而不是合法报复。

从引起美国对日报复的原因看来，以上各种手段美国都可以使用。日本在其国内，借口对华军事行动所加于美商的困难，并不能说是违法，所以美国只能实行所谓"狭义的报复"。但对日本在中国破坏条约的行为，他可以实行所有其他的各种手段以为报复。

美国对日报复并不必限于国际法上所讲的手段，有许多其他适合目的的方法，本都可以考虑。不过我们若研究起来，必须注意三点：第一，美国现在并无意对日本作战，所以凡是足以引起战争的报复手段，他不必遽然使用。目前他只能使用比较和缓的方法。第二，美国在国际法上可以行使的报复手段虽然很多，但美国总统因受国内法（包括宪法及国会通过的法律）的限制，未见得能完全行使。所以我们必须注意国会的态度。国会如果赞成报复，就可以减少总统在法律上所有的困难。第三，美国在外交上向来是尽量避免与他国采取联合的行动的，但并不反对采取平行的行动。在现在情形之下，美国对日报复，如与他国合作，也只能做到平行的行动，而不能做到联合的行动。我们注意了这三点便可进而一一讨论实际上可能的报复手段。

（一）"狭义的报复"

最简单的，莫若提高日货的入口税。例如日本的生丝每年输入美国的很多，美国若加重丝的入口税，日本的丝业就要受很大的影响。依一九三零年，国会通过的关税法，如果外国对美国商业取歧视办法，美总统得取消该国的最惠国待遇，以示报复。日本在其国内借口对华军事行动所加于美商的困难，因各外商所受的都一样，所以不能算歧视。但日本在华对日商与美商待遇显然相差太远，美总统很可以根据此种事实，行驶关税法所授于他的权力。此外，对于日本在上海干涉并检查美国邮政的行为，华盛顿方面曾讨论过两种报复的方法：一是停止派送日本邮寄的各种宣传品；一是恢复在上海美国自办的邮局。前者比较容易实行；后者必须先由国会通过。

（二）"禁出口"

美国可以实行的禁出口，较国际法上所讲的范围大，包括信用输出、军火、军需原料与借款。这种报复手段，最能发生效果；但实行起来，必须先得国会的同意。国会如不通过必要的法律，美总统就完全不能实行。第一，中日战争发生后，日本输入的美国货物有许多是记账的，例如电影片。

这种信用输出原非法律所禁止，美政府只能加以劝阻，最多也只能警告出口商将来如不能索还此项债款，政府未便予以协助。倘国会赞成报复，它可以通过法律，禁止出口商对日信用输出。第二，过去一年以来，日本向美国购买的军火数量很大，尤其是飞机及其零件。美国若禁止军火输往日本，日本当然要受相当的打击。依一九三七年修正的中立法案，美总统遇其他各国战争发生时，得宣告此种事实，并禁将军器与军火输往交战国。这种规定对侵略国与被侵略国，同样适用。意阿战争时罗斯福即曾宣告禁止军火输入意阿两国，结果对阿比西尼亚很不利。这次中日战争较意阿战争尤为激烈，但美总统尚未实行这一项规定，想系因恐对中国也不利。按非战公约的精神，实施军火禁出口时，本来对侵略国与非侵略国应加区别。美国国会所以未加区别者，是受孤立主义的影响，深怕卷入战争的漩涡。近来很有人主张修改这条规定，以制裁违约的国家。这恐怕是不容易的。但如对歧视美国者与不歧视美国者，加以区别，国会比较能予以同情的考虑。中立法若照这样修改，美总统就可以对日实行军火禁出口，而同时不致妨害中国自美国购买军火。不过美国的军火商一定要反对罢了。第三，日本自美国购买的军需原料也不少，废铁是最大的一宗。美国可以禁止这类物品输往日本。依中立法案，美总统得禁止人民自己出口并运载军需用品赴交战国。但美商可以把这类的物品卖给交战国，不过在离美国前，货价必须完全交割清楚，同时并不许由美国船只运载。那就是说交战国可以用现钱向美国买军需原料，并由自己负责运输。这一项规定实行起来，显然有利于日本，而有害于中国。所以美国如欲对日报复，必须根本禁止售卖军需原料给日本。这样却又需要修改中立法案。第四，美国可以禁止人民购买日本的公债或贷款给他。现行的詹森法（Johnson Act），只对赖债不还的国家禁止人民贷款。若为对日报复，国会未尝不愿通过一个类似的法案，禁止人民借款给对美国有歧视待过的国家。

（三）经济绝交

日美的经济关系，极为密切。在一九三六年日本输出总额的百分之二十五是到美国；输入总额百分之三十是来自美国。她卖给美国的，以人造丝为大宗。从美国买的则为重要的原料（棉花钢铁等）与重要机器及汽车。如果美国对日本实行经济绝交，日本感受的痛苦，必极严重。不过美国有关系的出口商一定是反对的。所以美国最多只能提高日货的入口税率，甚至提高到禁止入口的程度。至于输往日本的货物，如非在禁出口之列，美国大概是不干涉的。

（四）"平时报仇"

这种手段过于激烈，美国不会采用。第一，日本并未以武力夺取美国的公有财产，所以美国对日报复，也不至于夺取日本的公有财产。不然就有因其战争的可能。第二，日军在中国既占住美侨的财产，美国也可以侵害在美国的日侨财产。但报复本是对国家的行为，不应该施于无辜的人民，所以美国不致出以这种手段。

（五）"长距离封锁"

平时封锁危险性太大，美国绝不会实行。第一，美日的距离太远，美国实际上也不能派出太多的军队封锁日本的港口。第二，日本的海军力量并不可侮，如美国真的实行平时封锁，除非日本甘心屈服，她必出而抵抗。结果就要发生战争。平时封锁既不可能，有人提出"长距离封锁"（Long-Distance Blockade）的建议来。大意是不派军舰去封锁日本的港口，而把住重要海洋航线，阻止日船通过。同时美船也不驶往日本。如此就可以发生封锁的效果。这种办法有两种困难：第一，美国自己的力量不够，必须与英国海军合作，而合作又不免表现为联合行动的方式，恐非美国舆论所许。第二，美日间的商业及运输利益势必为第三国所得，美国的出口商及海洋运输业必出而反对。如果这两种困难不成问题，长距离封锁实行起来，很可以发生效果的。

（六）"武力示威"

这是美国在一八五二年对日本用过的手段；但现在日本是强国了，美国绝不能轻易再使用。如果使用，无疑的要引起战争。至于有人主张与英国合作的海军示威。或能发生很大的效果。不过因为合作的局势尚未成熟，所以一时也不会实现。此外美国在中国可以采取两种近乎武力示威的手段：一是增派军队驻扎上海天津；一是派军舰在长江保护美货的运输。前一种手段一定会引起日本的反感，但并不一定引起武力冲突。后一种手段她值不得使用，因为现在没有美国商轮在长江里正规的行驶。目前这两种手段美国都无使用的准备。

综上所述美国对日报复可能的方法很多，可是大概会采取的很少。平时报复从人道主义上讲是美国所不愿意的。与英国联合举行海军示威及长距离封锁，效力都很大，但因政治的条件尚未具备，目前决不能实行。经济绝交虽也有效，不过因美国须同受痛苦，所以一时也不会采用。美国如真的对日报复大概要采取的手段只有"狭义的报复"与禁出口。

美国大概能采取的既只限于"狭义的报复"与禁出口，我们因就这两种手段的影响，加以说明。提高日货入口税，当能减少日货的入口，甚至把日货完全摒除于美国境外。对日停止信用输出，可以增加日本入口商的困难；他们如果改以现金购买，就可以减低日金的外汇价格。对日本实行军火与军需原料禁出口，可以使日本受相当的打击。禁止贷款给日本可以使日本无法排除她财政上的困难。至于这些影响发生后，是否使日本改弦更张，则当要看日本是否已消耗到将要崩溃的程度。

省治改革的一端

陈之迈

中国最重要的一个特色是地大。因为地大问题也就复杂繁多。其中的一个最难之点就是各省的情形特殊，而国家则必定是要绝对统一的。因为这种情形会发生出许多的问题。现在抗战十六个月，西南几省已经成了后方的重镇，民族复兴的根据地。西南几省情形就异常的不一致。这是天然的情形，人力固然可以改善许多，却绝对没有泯除的可能，且亦无勉强泯除的必要。广东中山一县比之青海一省的收入为多，人力是没有办法将此类情形变更的。所以问题就在如何可以在国家统一的绝对条件下谋求地方的极度发展以支持抗战建国的重任。这是中央政府与各省政府所要特别研究策应的事实。

一省有一省的特殊情形，当政的似乎应当针对着这种情形来制定推动行政的计划。过去有许多人对于这个问题实际情形发生错误的见解。

有许多人误解"统一"就是"划一"，即误解英文Unification为Uniformity。这是很严重的错误。一位英国的学者曾说："政府是推动一个社会公共事务的机构，它的性质因此须与它所要担任的事务相称。政府应如何组织系于政府要做什么事务。换言之，政治制度是要来适应社会需要的，因而必须切合社会的环境。"（Zimmern the prosrects of Democracy，P.317）。政治制度必须切合社会的环境，社会环境不同，政治制度也不能一致。一个农业社会与一个工业社会的政治制度不能相同；以渔业为生的社会与以畜牧为生的社会的政治制度亦不能一致。从国家与国家之间来说，理论固然如此，从一个国家中的行政区域来说，理论也应如此。但这里有一点根本不同：一个国家的行政区域间因社会环境不同而产生的政治上的差异必定要绝对地维持国家的统一。

我们常想中国各省的情形既大不相同，只有一部省组织法来普遍应用于各省不是一种最好的办法，正如全国一千九百三十余县都适用一部县组织法不是行得通的。县照现在的办法是分三等的。这证明政府是看到县与县间的区别的。对于省近来政府中也有人主张分等，或者是分为两等。这固然是比较好的办法，但仍然不彻底。我们以为省与其学县一样分等，不如由中央政府最高立法当局，斟酌各省的实际情形及其需要，每省制定一种组织法，例如有一部四川省政府组织法，湖南省政府组织法等等。制定这种组织法时必须要一方面顾到中央统一的根本原则，同时又要顾到省特殊的情形及其需要。在我们对于各省情形极其需要尚不十分明了之状况下，这不是一件容易办到的事情，更不是一件容易做好的事情，但却是一件值得即行着手而徐图改进的事情。

也许有人怀疑这也会妨碍统一。对于这一点，如果我们认清这件事的性质，是绝对不致引起怀疑的。在联邦国家中如美国瑞士，各邦都有其《宪法》。我们在民国九十年间曾试行过这种办法，湖南浙江等省均曾经制定过《省宪》。但就在这种极端的情形下仍然不妨碍统一，美国瑞士等国绝对的是统一的国家。说联邦国家不是统一国家是将统一与划一混淆的说法。但我们提议每省都可以由中央颁给它一部组织法并不是把中国改成联邦国家。其实这种办法连欧美等国市约章制（Municipal Charter）都不能相提并论，虽则市约章是上级制定的，已与邦自制宪的宗旨办法均不相同。省宪及市约章的一种重要目的是赋予省或市相当限度的自治权。我们的提议绝对不是这个意思。这个提议唯一的目的就是适应各省的特殊情形，丝毫没有让省自治的意思，更绝对没有引起妨害统一的怀疑的可能。我们所要改正的地方只有使一个省的政治组织与其社会环境及需要不致因强求划一而成弊柄。改革以后，各省不是联邦中之邦，更非联省自治之省，亦非自治市之市，尤非从前广东西南政务委员会或北平冀察政务委员会的情形。省在中国行政系统的地位绝对没有变更，完全和现在的一样。但是这样办却有其特殊的好处。举例来说

省政府的委员会全国都一律同官阶的。按现行官等官俸表他们支领同样数目的薪俸。广州同西宁的生活程度简直不能比拟，为什么省政府委员的薪俸必须一律？（其实事实上也并不一律，法律成了具文）。这是从小处说明划一的无聊。我们也不明白为什么广东省政府和青海省政府一定要是分为

民、财、建、教四厅，厅下分科。委员的数目一定是七至九人，各厅一定设秘书一人至三人，科员四人至十二人。这样不过从表面来说。省政府组织法因为预感到各省的情形不同，所以只能大体的在形式上规定，对于真正的省政反完全不能就其特殊情形而为法律上的指示。如果我们采用各省个别组织的办法，则中央统制指导的力量反而可以加强而同时地方当局在行政上也得到许多便利。我们常以为湖北省政府一件最重要之事就在防水，广东省政府一件最重要之事就在解决洋米输入的问题，湖南省政府一件最重要之事就在整理发展钨矿，正如六安的县长一定要注意茶业，景德镇的政府一定要注意瓷业一样。省政府的整个行政方针都应当集中到几件特殊之事上去，省政府的组织也应当适应此特殊的情形而厘定其组织。因为组织是要来办事的，不是为组织而有组织。有了能办事的组织才可以集中力量来尽量建设一省，得到中央的指示，而又同时可以切合当地的情形。现代化的政治不只在这一点，但这是现代化中国政治重要的一端。政治贵乎切合实际，不在虚有其表。"等因奉此"的文书政治只是敷衍因循；好大喜功，"百废俱举一事无成"的政治往往也是自欺欺人。切实造福地方的政治固有多端，勉强做表面上的整齐划一而不顾实际总非其中之一。能够真正体会到地方的特殊情形及其需要来制定其政治组织是使得政治组织能担任建设重任的一个重要的改革步骤。现在中国的建设事业经纬万端，没有健全的政治组织是不可能的。政治组织的改革也不只上述一点，但本文只提出这一点来供研究行政组织者的参考。

湘西题记

沈从文

我这本小书只能说是湘西沅水流域的杂记,书名用《沅水流域识小录》,似乎还切题一点。因为湘西包括的范围很宽,接近鄂西的桑植,龙山,大庸,慈利,临澧各县应当在内,接近湘南的武冈,安化,绥宁,通道,邵阳,溆浦各县也应当在内。不过一般记载说起湘西时,常常不免以沅水流域各县作主体,就是如地图所指,西南公路沿沅水由常德到晃县一段路,和酉水各县一段路。本文在香港《大公报》发表时,即沿用这个名称,因此现在并未更改。

这是古代荆蛮由云梦洞庭湖泽地带被汉人逼迫退守的一隅。地有五溪,"五溪蛮"的名称即由此而来。传称马援征蛮,困死于壶头山,壶头山在沅水中部,因此沅水流域每一县城至今都还有一伏波宫。战国时被放逐的楚国诗人屈原,驾舟溯流而上,许多地方还约略可以推测得出。便是这个伟大诗人用作题材的山精洞灵,篇章中常借喻的臭草香花,也俨然随处可以发现。尤其是与《楚辞》不可分的酬神宗教仪式,据个人私意,如用凤凰县苗巫主持的大傩酬神仪式作根据,加以研究比较,必尚有好些事可以由今会古。土司制度是中国边远各省统治制度之一种,五代时马希范与彭姓土司夷长立约的大铜柱,现今还矗立于酉水中部河岸边,地临近青鱼潭,属永顺县管辖。酉水流域几个县份,至今就还遗留下一些过去土司统治方式,可作专家参考。屯田练勇,改土归流为清代两百年来处理苗族方策,且是产业共有共享一种雏形试验。辛亥以来,苗民依旧常有问题,问题便与屯田制度的变革有关,与练勇事似二而一。所以一个行政长官,一个史学者,一个社会问题专家，对这地方的过去、当前、未来如有些关系，或不缺少研究兴味，更不能不对这地方多有些了解。

又如战争一起，我们南北较好的海口和几条重要铁路线都陆续失去了，谈建国复兴，必然要从地面的人事经营和地下的资源发掘作起。湘西人民常以为极贫穷，有时且不免因此发生"自卑自弃"感觉，俨若凡事为天所限制，无可奈何。事实上，湘西的桐油，茶叶，木材，竹，棕，都有很好的出产。地下的煤铁虽不如外人所传说富厚，至于特殊金属，如锑，银，钨，锰，汞，金，地下蕴藏都相当多。尤其是经最近调查，几个金矿的发现，藏金量之丰富，与矿床之佳好，为许多专家所想象不到。湘西虽号称偏僻，在千年前的《桃花源记》被形容为与世隔绝的区域，可是到如今，它的地位也完全不同了。西南公路由此通过，贯串了四川，贵州，云南，广西的交通。并且战争已经到了长江中部，有逐渐向内地转移可能。湘西的咽喉为常德，地当洞庭湖口，形势重要在沿湖各县数第一。敌如有心冒险西犯，这咽喉之地势所必争，将来或许会以常德为据点，作攻川攻黔准备。我军战略若系将主力离开铁路线，诱敌入山地，则湘西沅水流域必成为一个大战场——一个战场，换一句话，可能就是一片瓦砾场！"未来"湘西的重要，显而易见。然而这种"未来"是和"过去""当前"不可分的。对于这个地方的"过去"和"当前"，我们是不是还应当多知道一点点？还值得多知道一点点？据个人意见，对于湘西各方面的知识，实在都十分需要。任何部门的专家，或是一个较细心谨慎客观的新闻记者，用"湘西"作为题材，写成他的著作，不问这作品性质是特殊的或一般的，我相信，对于建设湘西、改造湘西，都重要而有参考价值。因为一种比较客观的记载，纵简略而多缺点，依然无害于事，它多多少少可以帮助他人对于湘西的认识。至于我这册小书，在本书第一章上即说得明明白白：只能说是一点"土仪"，一个湘西人对于来到湘西或关心湘西的朋友们所作的一种芹献。我的目的只在减少旅行者不必有的忧虑，补充他一些不可免的好奇心，以及给他一点来到湘西为安全和快乐应当需要的常识，并希望这本小书的读者，在掩卷时，能对这边鄙之地给予少许值得给予的同情，就算是达到写作目的了。若这本小书还可对这些专家或其他同乡前辈成为一种"抛砖引玉"的工作，那更是我意外的荣幸。

我生长于凤凰县，十四岁后在沅水流域上下千里各个地方大约住过五六年，我的"青年人生教育"恰如在这条水上毕的业。我对于湘西的认识，自然较偏于人事方面，活在这片土地上的老幼贵贱，生死哀乐种种状况，我因性之所近，注意较多，也较熟习。去乡约十五年，去年回到沅陵住了约四个月，社会新陈代谢，人事今昔情形不同已很多。然而另外又似乎有些情形还是一成不变。我心想：这些人被历史习惯所范围、所形成的一切，若写它出来，当不是一种徒劳。因为在湘西我大约见过左右年青同乡，谈起国家大事，文坛掌故，海上繁华时，他们竟像比我还知道的很多。至于谈起桑梓过去当前情形，却茫然发呆。人人都知道说地方人不长进，老年多保守顽固，青年多虚浮繁华，地方政治不良，苛捐杂税太多，特别是外来人带着一贯偏见，在各县以征服者自居的骄横霸蛮态度，在兵役制度上的种种苛扰。可是都近于人云亦云，不知所谓。大家对于地方坏处缺少真正认识，对于地方好处更不会有何热烈爱好。即从青年知识分子一方面观察，不特知识理性难抬头，情感勇气也日见薄弱。所以当我拿笔写到这个地方种种时，心情实在很激动，很痛苦。觉得故乡山川风物如此美好，一般人民如此勤俭耐劳，并富于热忱与艺术爱美心，地下所蕴聚又如此丰富，实寄无限希望于未来。因此这本书的最好读者，也许应当是生于斯，长于斯，将来与这个地方荣枯永远不可分的同乡。

　　湘西到今日，生产，建设，教育，文化在比较之下，事事都显得落后，一般议论常认为是"地瘠民贫"，这实在是一句错误的老话。老一辈可以借此解嘲，年轻人决不宜用之卸责。二十岁以下的年轻人更必须认识清楚：这是湘西人负气与自弃的结果！负气与自弃本来是两件事，前者出于山民的强悍本性，后者出于缺少知识养成的习惯；两种弱点合而为一，于是产生一种极顽固的拒他性。不仅仅对一切进步的理想加以拒绝，便是一切进步的事实，也不大放在眼里。譬如就湘西地方商业而论，规模较大的出口货如桐油，木材，烟草，茶叶，牛皮，生漆，白蜡，木油，水银，进口货如棉纱，煤油，烟卷，食盐，五金，近百年来习惯，就无不操纵在江西帮，汉口帮大商人手里，湘西人是从不过问的。湘西人向外谋出路时，人自为战，与社会环境奋斗的精神，很得到国人尊敬。至于集团的表现，遵循社会组织，从事各种近代化企业竞争，就大不如人。因此在政治上虽产生过熊希龄，宋教仁，多独张一帜，各不相附。军人中出傅良佐，田应诏，对于湖南却无所建树。读书人中近二十年来更出了不少国内知名专门学者，然而沅水流域二十县，到如今却连一个像样的中学还没有！各县虽多财主富翁，这些人的财富除被动的派捐绑票，自动的嫖赌逍遥，竟似乎别无更有意义的用途。这种长于此而拙于彼，也精明能干，也糊涂到家的情形，无一不是负气与自弃结果。负气与自弃影响到政治方面，则容易有"马上得天下，马上治之"观念，少弹性，少膨胀性，少黏附团结性，少随时代应有的变通性。影响到普遍社会方面，则一切容易趋于保守，对任何改革都无热情，难兴奋。凡事惟以拖拖混混为原则，以不相信不合作保持负气，表现自弃。这自然不成的。负气与自弃使湘西地方被称为苗蛮匪区，湘西人被称为苗蛮土匪，这是湘西人全体的羞辱。每个人都有涤除这羞辱的义务。天时地利待湘西人并不薄，湘西人所宜努力的，是肯虚心认识人事上的弱点，并有勇气和决心改善这些弱点。第一是自尊心的培养，特别值得注意。因为即以游侠者精神而论，若缺少自尊心，便不会成为一个站得住的大角色。何况年青人将来对地方对历史的责任远比个人得失荣辱为重要。

　　日月交替，因之产生历史。民族兴衰，事在人为。我这本小书所写到的各方面现象，和各种问题，虽极琐细平凡，在一个有心人看来，说不定还有一点意义，值得深思！

记安南的旧戏

陆侃如

我总算和安南有缘，已经走过四次了。第一次在赴欧途中，停留于西贡及舍隆等地，二三日，其余三次都在滇越道上往返，因此，我认识的安南人较多。第一个安南朋友还是在船上认识的，往来在巴黎的课堂上也遇到不少。最近还认识了几位服务于河内乃广州湾的文化机关里的安南人，渐渐地由生而熟，由事务上的接洽变成友谊的"聊天"，以至于无所不谈。下文所记安南旧戏的情状，即根据他们所谈者，再参以书本上的记载。

安南可说没有独创的戏剧，其新戏来自法国，其旧戏则是中国戏的支派。

他们旧戏的戏班子大约可分三种：一种是世家豢养的，其搬演即在家中厅堂内；一种是各地游行的，其搬演都在街头或旷野；有一种是有固定的剧场，也有固定的观众的。近数十年来，私家旧戏班之风已微（这自然是亡国的影响），但安南旧家尚以邀请临近平民看不出钱的戏为必不可少的善举，这种戏常是雇游行戏班子到家中搬演者。不过近来游行的戏班子也渐少，而小规模的戏园则颇兴盛。这兴盛的原因之一，便是当局对创办人毫无法律上的限制。

我没有机会听安南的旧戏，然因朋友的介绍，却参观过一次旧戏的戏园。进大门后，即为观众所坐的大厅，约占全体建筑物之半。至余一半又分成两部分：一为戏台，台的正中央供有神龛，又一为演员食宿及化装之所。乐器则在戏台的两端。在演员的屋子内，挤满了一床，桌，砌末，唱本等，同时也供的有神。神座约尺许见方，每逢开演时，必焚香于其前，停演时则否。神前供有糖果，蜜饯，香蕉，花生等物。据说有某几戏园内还供有孔子的神位。

一个正规的戏班子,至少包含二十位演员。八位男演员专扮神仙,王公,文武大小官员,以及各级的好人和坏蛋。六位女演员专扮女神,女战士,以及各种人士的妻室。其余六七人为候补演员。其中至少须有二三人为知名的角色,为全体的台柱子。这些人除由老板供食宿外,又有三十至五十元(越币)的月薪。此外还有捧角的人送的礼,可以算是"外快"。至于鸦片,则送的也有,老板预备的也有。演员们每日下午五时起床,吃饱了饭,排定了节目,于是一边抽烟,一边准备出台。

那些戏园还不懂得运用广告,大都只在开演前将本日戏员及演员写在一张大纸上,挂在园门口。若遇大规模的名剧,则印成传单,交演员及乐工等一切在园内工作的人,分头送给他们的亲友,以及本城的要人。票价头等五毛,二等三毛,三等二毛(越币)。遇名剧时也增高些,然亦很少超过一元的。

戏台上所用乐工大都是六人,所用乐器大约有十五种。其中有一种所谓"赞美的鼓"(Tambour Deloge)是颇特殊的。金鼓红色,高约二尺,置于三脚架上。据说从前此鼓应由观众中资望最高的一人来打击,算做一件光荣的的事,而现在则任何人都可充此职了。这鼓的应用,与其他乐器迥殊,乃是对于某句戏词或某种动作加以赞美的表示。这正如我们的"叫好"或鼓掌相同。现在击此鼓者却常每分钟击二三次,不再分别什么好坏,故观众已不复留意于此,而几乎成为赘扰了。

其余乐器可分为两类。第一类中包含四种鼓与一种锣。第二种鼓专于演员由白而唱或由唱而白的过渡时用之,第二种专于大将出台时用之,第三种专于大战开始时用之,第四种则在肉搏时自始至终均须打击。第二三种鼓黔于台后的演员寝室内,无固定的乐工。至于锣则于戏中有宗教仪式时方应用。这五种乐器只是戏台上某种动作的标识,没有多少音乐上的意义。第二类方可算是真正的乐器,包含九种:两种小鼓,两种胡琴,一笛,一琵琶,一喇,一钹,一拍板。

布景极简单。戏台正中是神龛,龛两旁为两门,龛前有一桌,桌旁略置椅凳。无论是客厅,餐室,卧房,抑是官署,永远是那一套。有时把戏台变成户外的景色,今略举数例。一,庙:在台中央铺一草席,席上置一桌,桌旁置二椅,桌上也置一大椅,椅上又置一凳子,上有香烛及饭碗,并应一红地金字的牌子，上写"关公"二字，这边算是一座关公庙。二，山：在台中央置一方桌，桌上置椅，算是一座山；而于桌之四角伏四个孩子，手中各持五六尺长的棍子，棍端盘以带叶的树皮，算是山上的森林。三，舟：两人伏于台之前部，手持一幅灰色布，不断地抖着，算是河流中的波浪；另有二人，手持木浆，嘴里不断地发生出"咿呀"的声音，渐渐走进那副布来，同时又有一人掷一草席于布上，便算船已近岸了。他如车轿犬马门窗等，也不必细述。这些，近人美其名曰"布景的象征主义"（Symbolisme Scenique）。

剧本的内容据说大都是历史的，而且常常取材于中国史，其中三国一段尤为安南人所爱好，如"周瑜三吐血"，"曹操献剑"等。说是历史的，不如说是传说的。这些构成剧本内容的传说的故事，一般安南人早已熟悉，所以他们听戏并不是对于剧情有什么好奇心。有一位法国学者注意到这一点，便拿来与希腊戏剧相比拟，说剧情虽为人人所知晓，但希腊人愿与同国人共同陶醉于本国传说之中，以古史之再现于戏台而感到自豪与满足。（参看Qeorges Coulot 所著 *Je theatre annamitec lassique* 第六章，一二〇页。）其实呢，这正与北平人看旧戏一样，观众的兴趣不在剧情而在某个演员的唱做。情节虽已烂熟于观众胸中，而名角的唱做却是百看不厌，百听不厌的。

以上略述安南旧戏的情状。自从法人在大城市建筑新式剧院后，旧戏的势力已渐渐退缩到小城市里去了。

本期撰者：

潘光旦，李卓敏及崔书琴三先生是西南联合大学的教授，均在昆明。陈之迈先生是中央政治学校的教授，在重庆。陆侃如先生是中山大学教授；他与沈从文先生均是作家，现在均住昆明。

第一卷第三期（1939年1月15日）

时评

敌阁的更动

　　日本近期内阁，因诱"和"失败，作战无成，自问无法支持艰局，乃于本月四日辞职，而由平沼骐一郎代起。平沼组阁，十分顺利，没有遇到军部及其他方面任何的阻难。

　　要了解新阁成立的意义，非先知道平沼的政治背景不可。平沼是国本社的社长，可以说是日本法西斯主义的祖师。他在一九二四年组织国本社，以提创国粹主义，抨击"共产主义邪说"和不适日本国情的自由主张，挽救国民的思想的危机，发扬日本的固有精神为己任。后这国本社后更进而主张革内政，抑止政党财阀的自私，成立举国一致的政府，以绝国民不满的根源。国本社全国支部一百七十个，会员达二十万，少壮军人领袖如荒木、真崎、小矶、小烟、松井等皆加入。不满现状的少壮军人都崇奉平沼为日本政治上的救星，而平沼的声威亦大著。九一八事变后法西斯的势力日趋高涨，平沼的声威和地位也一天比一天重要了。所以每次法西斯政变中，都有他的名字，每次组阁时，都有他的呼声。但主张维持现状的元老重臣们都怕他，不让他登台。直至二二六事变后，因他表示决意解散国本社，西园寺元老才荐他由枢密院副院长，升任正院长。近来他虽很少说话，不过在少壮军人的头脑里，仍有法西斯祖师的印象存在，而他和军人领袖方面，也保有相当的联系。西园寺苦心维持自由主义内阁的最后一个法宝——近卫——失败后，被抑了很久的这位大师终于出台了。

所以平沼内阁的第一意义，是法西斯政治的由实质而表面化，而自由主义的一缕微息也完全窒断了。九一八事变后日本的政局始终在自由主义和法西斯主义的激斗状态中，一面是主张维持现状的元老、重臣、政党、财阀们，一面是主张打破现状的法西斯军部。血盟团事件，五一五事件，二三六事件等法西斯阴谋虽然未达目的，但维持现状派的势力显然在日趋削弱。近卫内阁本是西园寺的最后一张牌。近卫既然又失败，军人所希望的法西斯内阁自然终得出现。

就新阁的成分而言，新阁阁员大部是近期内阁的旧人，表面上新旧两内阁似乎无大区别。这是因为近卫内阁自中日战后经过多次改动，实质上已经法西斯化，已经事事听命于军部。平沼和幕后的军部既不愿过于刺激反法西斯的人们——尤其财阀和政党——自然亦不必过事更张。但在本质上两个内阁是不同的。近卫是资产阶级的代表，属于自由主义系统，他所领导的内阁的法西斯化，是受着战时气氛的包围和他本人缺乏魄力的原故，根本是被动的、消极的。平沼是日本法西斯主义的创导者和推行者，他所领导下的内阁，自将以主动的，积极的，合作的态度，来赞助军部推行法西斯政策。这是可以注意的第二点。

今后日本的内外政策将更进一步法西斯化，这是毫无问题的。不过在对内方面，是否将如一班人的推测，实行统一政党，执行全部总动员法，不无相当疑问。鉴于平沼的邀民政党的樱内和政友会的前田入阁，与其说是平沼想推翻既成政党，不如说他希望既成政党法西斯化。如果这次议会中政党不太阻难的话，统一政党的问题大概不至实现。在另一方面说，日本的政党议会政治，九一八后一再遭军部的摧残，事实上早已名存实亡，要在法西斯内阁下振奋起来，那也是不可能的事。至于实行总动员问题，其中最紧要的是经济统制。关于这一点，在对华战事日益困难的阶段中军部认为已不能再缓。不过军部也并不敢与财阀为难，正和财阀的不敢过于触怒军部一样，所以两方并无不可妥协的可能。总之，平沼内阁将一步一步地渐进的，但是坚决的，向全能政府方面走，不过当时似尚无强制蛮干的必要。至就平沼内阁的对外政策而言，有田虽然蝉联，但如不能迁就军部的主张，决不能久于其位。新阁此后对华战事，殆将更逞强地蛮干下去。对苏虽然早已认定是不可妥协的敌人，但稍微聪明点的人都知道在应付一个中国海困难的时候，是不应向苏联挑战的。对德意将以东施效颦的资格，多得些同情，强化防共协定，由精神的，而经济的军事的，观于今日报载驻德大使大岛和驻意大使白鸟的活跃，其真意已不难推知。对于英美法显将放弃宇垣的迁就谄媚政策，而以开放中国经济利益和承认日本无力造成之局面为交涉原则。（信）

美国对日态度的硬化

美国对日的根本政策，久以九国公约与不承认主义为基础，本无改变可言；但其态度则无疑的日在变动，且日趋强化。日本破坏九国公约愈彻底，损害美国权益愈严重，则美政府对日德不满亦愈露骨。我们不要以为罗斯福前年十月五日芝加哥演说中所提的"隔离侵略者"者的政策已经放弃。罗斯福虽未重提过"隔离"一词，但他确实仍想实现"隔离侵略者"的理想的。如果侵略者不变更其侵略的行为，而美国人民又达到了熟知侵略者的可怕的境界，那他一定会采取"隔离侵略者"的步骤。而以现势观之，"隔离"定然会先加之于日本。去年十月六日美国抗议日本侵略美国权益的一道长照会。其措辞本已经甚严峻，但美国人并未以为忤。及至日本十一月十八日送了一段推诿多端的答复而后，美国对日德印象更趋恶劣，于是乃有十二月卅一日措辞更严的照会。到了本年一月四日新国会开幕时，罗斯福总统于所致词中，更严斥独裁者，且有修正中立法，以适应现局势的建议。

按美国现行的中立法，美国与交战国的经济关系本所不禁，但禁（一）以军火售与交战国；（二）买卖交战国的公债股票等；（三）以其他货物售与交战国而不用现金；及（四）以美船装运交战国所购货物。这中立法，中日事变起后，美国政府因恐中国吃亏，故从未宣告发生效力。但在此法律之下，美政府亦难以采直接向我国为经济援助的办法，或各种制裁日本的办法；所以倡让修改者向不乏人。

如果罗斯福、赫尔、毕德门等能继续向国民阐明日本侵华所含蓄的危险，则中立法的修正，侵略与非侵略国家的区分，对华的经济援助，及对日某种程度以内的报复，当为实现不院之事。但我们也不敢轻视美国孤立主义者现存的势力。这种势力在美国仍极可观。他们以为一切报复的举动，无论如何正当，俱包含着战争的可能性；所以他们反对对中立法有所修正。他们以为只有维持中立法，才能帮助防止美国有袒中抑日的行动；亦只不使美国对交战国有左右袒，才能防美国加入战团。他们成见甚深，所以中立法的修正势必受他们的阻挠。

孤立派最怕战，我们如能于一二月内加敌人以严重打击，使美人知道日本决无能力与美作战，或者就是减少孤立派势力的一种最好的釜底抽薪式的办法，而也是促成美国助我的最好办法。（平）

国际经济制日的端倪

近日国际方面颇露经济制日的消息。据伦敦的电讯，英首相于一星期前与财相西门进行谈话，曾就经济上以报复手段加诸日本问题加以讨论，关于此事，各专家主张在不列颠帝国各属地，对于日本货物提高进口税，并将进口限额予以缩小。西门财相似不赞成，但英国政府最后决议如何，当以美国态度为转移。美纵不采取同样措置，只须出以类似的措置，则英政府即可以强硬办法加诸日本。无论如何，英国对华放款数额定必切实与以提高，则可断言。英政府前所核准之第一批放款计有五十万镑。此外中国在西南各省建造铁路，由英国投资一项计划，亦以拟议及之。他日若果见诸事实，自须另以巨额放款畀予中国。美国方面，罗斯福既已咨询国会。修改中立法，以便引用该法以制裁侵略国。复准备向国会提出法案，要求授权政府，对于各国中以歧视待遇加诸美国利益，或因种族宗教关系，以其实待遇加诸美国公民者，均得在经济上行使报复手段。虽然表面上，美国政府没有指名何国，间其用意当然针对德国和日本。

以上两个消息都还没有具体化。然而这个动向是值得注意。欧美诸强，在过去期间，为极端恶战怕战的心理所支配，得了恐日病。虽然明知日本是个侵略者，明知如果侵略者得到胜利，一定要掠夺欧美诸国在远东一切的利益，明知在正义上，或利益上，他们都应援助中国制裁日本，而终于不敢有所作为。不但制日一辞，听者掩耳，就是以物质帮助中国的拟议，也为一般人认为危险的举动。只怕措举稍一不当，日本便要问罪。日本深知这个心理，也便充分的利用这个心理，对于欧美诸强加以恫吓，对于欧美在远东的利益作得寸进尺的侵夺。过去一年半日本狰狞睥睨的态度，与欧美侧目缩头的窘态，都是由此怕战的心理与以战挟制的策略所造成的。近来国际的消息，似乎证明欧美诸国已渐觉悟过去怯懦退缩之非计，而日本之处处刻刻以战作要挟，适足以暴露其"色厉内荏"的真相。数星期前，英美对华信用贷款，就是英美趋向积极路线的初步。日本对于英美此举，当然是不高兴，然而事实已经证明日本不因此而履行其恫吓。贷款固然对于中国有帮助，然后要彻底的助华，必须双管齐下，于助华之外，加以制日。上面所述的消息，就是这新路线第二步的端倪。我们当然不知道英美的觉悟是否彻底。不过假令英美果然于最近的将来，行使经济报复的手段，对于日本国外信用贸易等等加以制裁，日本也断无能力向英美挑战。到那个时候，日本过去种种以战为恫吓的纸老虎，便完全戳破，欧美诸国也可更为了解，以事实答复恫吓的积极路线，是唯一正确的路线，而世界正义和平的维持，只有联合世界民治国家，向这个积极路线上迈进。（岱）

对于六中全会的企望

钱端升

中国国民党中央执行委员会将于本月二十日举行全体会议于重庆。这是本届中执会第六次的会议,第五次是于去年四月中与临时全国代表大会相连接而举行的,所以,中执会又有七个月未开全会了。

在过去七个月的期间中,国内外发生了不少足以影响我们民族命运的事件与变化。就中最重的事件为徐州的失陷,为张高峰日苏冲突事件,为英法德意的慕尼黑协定,为广州武汉的失陷,为汪精卫提和的失败。最重要的变化为我们民族自信力的增强,为我们抗战军事力量的维持并充实,为西班牙政府军的继续抗战,为美国憎恶德意独裁主义的尖锐化,为英美对日态度的强硬化。

徐州与广州武汉的失陷,从人民及土地的立场言之,是大损失;从军事的及经济的立场言之,则逼我变更战略及方策。张高峰事件判明了日苏两方的军事力量,同时也证实了日苏均不愿战,日本不能于侵华时同时为攻苏,苏联也不因同情于我,而对日作战。慕尼黑协定是德国的大胜利,是英法怯战爱和的大表现;在慕尼黑协定以后,在反独裁(即日德意),反侵略(也即日德意)的壁垒(假使能成立)中,英法永远丧失了做主动者做领导者的地位,同时我们也再无与日本争德意友谊的可能。汪先生提和的失败统一了国人抗战的意志,澄清了国内对于和战的矛盾,庞杂,且不健全的思想与看法,并改善了友国对于我国的观感。

民族自信力的增强,与抗战军力的维持并充实,是两件最可以自庆的变化。自信力不是一件可以一朝一夕养成的事,在台儿庄以前,国人的自信力实极薄弱；但自台儿庄之后，虽经徐州与广州武汉的失陷，而国人的对于抗战仍坚持如故；这是自信力增强的表现。至于军力亦显然地在增加，所以徐州陷落与武汉陷落以后的情形，便与京沪失守以后的情形不同。因为军力的充实，所以军事当局对于第二期的抗战，能抱着极大的希望。西班牙政府军的继续抗战阻止了法西斯势力的勃涨，减少了德意对英法两国的威胁。这件事直接增加了英法反法西斯的大众的信力，间接减少了法西斯集团（日本在内）的危险性。美国憎恶德意独裁主义的尖锐化使全世界民主势力较趋积极，更与柏林—东京—罗马轴心以当头一棒。英美对日态度的强硬化当然更有利于我们的抗战。

纵观过去七个月中的许多重要事件与变化，总算有利于我们者多，而有害者少。这是中央执行委员会于日内集会而对于过去作一检讨时，尽可引为欣慰的。但全会当然不能因此而引为满足。对于于我有利的变化，全会应督责政府，加以促进。对于于我不利的变化，全会应督责政府，加以防阻，或谋为补救。其他应做而尚未做之事，全会更应责成政府努力去做。

说得具体一点，我们谨以下列数事，期望于全会：

第一件，政治及经济财政方面的必要改善，必须与自信力及军力的增加同时进行。要抗战胜利，单靠自信力与军力的增加是不敷的。我们是穷国弱国，我们一定要以最经济的方法，利用我们的人力物力，才足以支持战局。而要能用最经济的方法，则政府的用人之道，行政方法，经济的设施，财政的调度，非有与军事方面同样彻底，同样敏捷，同样妥当的改善不可。抗战也是无可讳言的事实。这是全会所应首先注意的。

第二件，民主的势力需要最大的扶植，民主的习惯亦需要最殷勤的养成。民主制度为政治上最成熟的制度。我们固然不能，也不必事事学英美，但大体上，民主制度的基本原则我们当然应接受。而且在这民主国家与独裁国家对立的世界上，我们为求保持美国等国的同情及援助起见，我们更不能不有所自白。我常被英美人质问，问我中国凭何资格，堪称民主。逢到这个问题，我自己觉得我的答复总不免有些牵强。我着实以为在此抗战期中，拥护抗战的统帅，授统帅以统率指导的大权这件事，与尊重民主精神，采纳民主制度这件事，应并行不悖，而且也有并行不悖的必要。现在制度之下，国民参政会为代表民主主义的机关。本届国民参政会于半年内，即须中止职权。我希望这次全会能对于下届的参政会做一番规划的功夫，庶几下届国民参政会的代表人民性可增加，而监督政府的权能也可增加。

第三件，在抗战期中，一切无谓的摩擦与无谓的纠纷应予避免。这也是节省时力，以应付大事的必要条件。非更张不可之事，与非更换不可之人，固然不能姑息；但可以不必更张，或不必更易者，或即有更张更易，而不能有若何显著的进步者，则绝对不应更张或更易。如果因轻易有所更张或更易，而致发生机关与机关间，人民与官府间，或中央与地方间的摩擦，则便足以直接间接影响前后方的战局。所以关于此事，全会亦应促起政府的注意。

第四件，为养成人民的民主力量及增加人民知己知彼的能力起见，宣传政策应有一番新的考虑与新的决定。民可使由之，不可使知之，决不是今日的办法。国人中没有运气受过教育的人不必说了，即使受过教育的人，甚或受过高深教育而十分关心国事的人，亦能有多少机会知道一些真确国情？因为新闻的检查太严，而公布的消息太少，于是有许多本来热心国事的人们，也闭户不问国事。这决不是一种健全的现象。我们要知道有许多看起来好像不利的消息，公布了也只会使有志者激励，而不会使一般人沮丧。更有许多好像机密的消息，在未公布以前早已传布于国外，公布了至少可以免除种种无谓的猜测。这只就新闻多开放与少开放而言。至于书版及其他印刷物的检查，亦足以发生种种流弊。受审查者如果遇到了几位近情人理的审查者，固然是无甚大苦；然以中国之大，又安能希望个个审查者能近情合理呢？此外，在积极方面，宣传机关所应做而未做之事，或没有做好之事亦在在皆是。对于宣传政策，这次全会诚有加以改善的严重必要。

末了，要抗战早日成功，更要友邦早予我国以援助。要友邦援助，外交与国际宣传自然均有重要。我国现在英美法的大使固差满人意，但在国际宣传方面，在数量上既极微小，既极不普遍，而在质量上，则更因缺乏切实、合理、有远大准确眼光的指导，而有种种参差矛盾，且无补实用的不良现象。关于这层，全会也应制定方案，责成主管机关迅予改善。

临全大会所通过的抗战纲领固然是尽善尽美，但政府须有具体的设施，纲领才能显出力量来。上面所举几点，在大体上当然仍不出抗战建国纲领的范围，但俱系针对我们最急之需而言者，且又比较具体，所以谨以贡献于将开的全会。

英美对日采取经济报复之希望

傅孟真

在十一月初我们即在报纸上和报纸以外听到些英美对日将取"经济报复"的说话。这一件事，酝酿了两个多月，还不见分晓，有些人未免感觉失望。但是我们要知道，国际间形势的演进，总是迟缓迂曲的多，何况这样大事。这两个月中的形势演变，处处指示我们，这事的酝酿正在积极进行中，或者在最近有一种方式可以实现，实现之期间，大约是在美国国会讨论完内政之后。

英美两国之对中国问题，有个根本相反的所在。美国政府对中国之态度，是绝对可靠的，但美国政府领导美国舆论之力量，甚不如英国政府领导英国舆论之力量，而美国舆论，尚须多少操纵的工夫，方可给政府于发动后一个后盾。英国则不然：他的舆论，自中日战争开始时即趋于激昂，美国政府却多方抑制他，尤其在抵制日货一点上如此，偏偏英国政府领导舆论的力量又是很大的。这样"一上一下"的形势，自前年日寇开始攻侵以来，无形中给日寇一个大帮助。但是，形势演到目前这个阶段，这个"一上一下"的状态颇有改变，在最近的将来更有大变之可能了。

先谈美国政府做的工夫。两年中束缚美国政府行动者，无过于其国内之孤立派，这一派不以党派为限，而有其普遍的力量，尤其在他们国内所谓自由主义者，所谓基督教会中，有甚大之势力。本来罗斯福总统所执行的（或者可说希望实行的）外交政策，固是民主党的正式外交政策，也是共和党的正式外交政策，但每党之中都有些个孤立派，于是外交政策之分野，并非党的分野了。前国务卿司汀生常说，罗斯福总统是懂得外交的，偏不敢有所作为，他不懂得内政，偏要多所施作。在巴纳事件中，他和竞选总统的共和党领袖蓝顿写信给他，赞成他的外交举动。这都可以证明孤立不孤立无关于政党。前者在比京会议后，和在巴纳事件中，美国政府颇思进一步制裁日本（并不是打仗），却都被他们的孤立派在箭在弦上时打消了。美国政府鉴于此而失败，不得不慎重，故用工夫先自转移舆论起，即先自减少孤立派的势力起。似乎他们希望在去年夏天便可以有一个明显的转变，这事虽未如其预料之速，大体的趋势都是如此的，不幸有所谓慕尼黑四强协定，给美国孤立派一个绝大的鼓励，使得罗斯福一时闭口无言。却也幸而又有德国排犹的新事件，其荒谬绝伦之处，使得美国犹太人，有自尊心的人，略有人道观念的人，大动情感，尤是使得所谓基督教孤立派以及在理论中分世界国家为"有"、"无"两格，无形为德意两国辩护的急进孤立派，难乎为情。美国当局似乎是充分的利用这个机会，以图推进其外交政策。既表示其为舆论所领导，又想更进一步的领导舆论。同时日本小鬼虽不会又公然的向美国闯祸，如巴纳事件，然而"关闭门户"，抹杀九国公约，并公然的暗示其不承认（在答复美照会末节中），实在给美国政府一个易于运用的机会。此次美国对付德国反犹太的态度之严厉，固不是专为东亚形势而然，却是很有帮助于其东亚政策之积极化。照平常的道理说，在美国舆论这样涌起反对德国反犹之下，应该暂时把中国问题忘些，然而同时两件事俱在报纸上表显其重要。看来美国政府是想把两件事（对日对德）作为一事而一举应付下来，其方法都是取经济方面的。

十二月份的《美亚》（Amerasia）中有里夫（Earl Leaf）氏一文，统计美国舆论对日本否认门户开放之反应。其中要点云：

……一星期中，各地各报著社论论此事（日本否认门户开放）者至少有七百家。分析这七百个社论，可以看出在这一回日美关系紧张时，美国人的情感如何……对日宣战？不是。这固然不在话下。但还有中间的办法用起来可以使日本觉悟。美国的记者，不是正在要求这些办法，便是认为此等办法为日本毁约，"关门"，摧残美国商务之行为之不可免的结果……

假如国民的公意可用全国的报纸作代表，在外交事件上，如总统罗斯福和国务卿赫尔已经得到美国人民的"强固的一致的赞助"，这赞助是赞助他们的停止在经济上赞助侵略者，并帮助为侵略而受害者之政策，这不仅是对受害者之同情，尤其是为开明的自利心……

七百社论中，只有十个，反对政府在经济上有所举动……七百之中只有十个！

试看美国政府的办法，对日本一个公文又一个公文，指示其抹杀门户开放政策。在这一点上或者有人觉得美中不足，他何不将领土完整一齐放入，因为这两事正是《九国公约》的两个要点。但是为导引美国舆论赞助政府起见，他这样措辞是更妥当的。这些步骤，显然都是为着有所动作。照美国的法律，大总统本有对妨害美国商务的国家停止其最惠待遇之权（在实行上即是增加日本货进口的税率），然而国务院似乎不想小试，不试则已，要试则稳当的广泛的试。在国会开幕之日，参院经部分改选众院经全部改选，民主党之多数减少时，罗斯福竟这样的勇敢演说，指斥侵略国，其语气之重远超过以前的，想必是已经把舆论准备好了，否则鉴于比京会议巴纳事件之覆辙，何至作出如此勇敢迈进的态度而无所准备？过去一年中，罗氏在内政上威望稍减，然在外交上则威望日隆。看来行动是不至着空了。

英国情形却另是一样。历来的美国政府是最不可靠的，他是永远在迁就他所认为事实道利害中。日本之蛮横，德国之霸道，意大利之凶狠，都是他为"均势"辅植起来的，现在都去咬他。自前年日贼侵占卢沟桥事件发生后，他对日本是步步妥协的，事实上即等于步步鼓励。直到十一月初，张伯伦首相在国会发表其荒谬的说明。（他说中日战争结束后，日本无钱了，所以中国的建设仍须英国帮忙！）惹起遍天下的责难，尤其是在美国，英国政府似乎才转方向。本来英国政府的态度是很靠不住的，幸而有一大便利于我国之处即日本态度太猖獗了，太不为他留地步了。所谓"建设东亚新秩序"，其中的一个含义即是把英国势力自华北华中乃至华南一齐赶出去。果真日本独占了东亚，不特香港难保，半个大不列颠帝国是在威胁中的。以英国政府之顾虑实际利害，对此等必来而显著的事实，自然是透彻明白的。加以德意之进步，日益骄横，张伯伦政策之以加速度趋于失败，英国政府更不能不顾虑到美国的同情。本来张伯伦在九月末之两度飞往德国，终于成立了所谓《慕尼黑协定》者，其政策固在妥协，却也不止是无条件的妥协，而是一面妥协一面整饬军备。一面向德意让步，一面不肯失去美国的同情。上两事可以说是相辅的，但所成就者是拖延而不是解决，下两事是相反的。张伯伦的目的，似乎不仅是拖延而是想能解决。从前一义说，他算办到了，果真拖延至今。但是拖延些时候终于不免时，则发动时间是否比不拖延更为有利，那可就难说了。从后一义说，他的失败是十分明白了，他的退让政策只可以引起更多的欧洲问题，决不听解决任何的欧洲问题，意大利对法之无理要求，尤其可以看出这事是越闹越糟的。于是英政府不能不转向美国拉拢。有两件事是大可注意的。其一是艾登之访美，艾登本是一个不赞成政府现行政策的政府党，照常理论，他访美似乎无多意义，但他之访美，却是英国内阁通过的，并且报告给国会过，这就大可注意了。其二罗斯福在国会演说后，张伯伦竟正式的发表声明予以热烈的赞许。这个演说，是抨击独裁国的，而张伯伦之声明竟发表在赴意叩头之前三日！这里边的微妙，颇可看出些了。张伯伦虽仍然仍旧妥协，并更积极的叩头，但是下一步的事，他并不是不准备着。英国人好对中国人说"凡美国人所能办得到的，我们都能办到"。其实这是空头人情，为大英帝国整个的利益着想，在远东不能不拉拢美国"偕行"，即其整个的外交政策，也不能不迁就美国些，尤其在妥协趋于失败之后。

在下列的几个情形促动之下，英国政府不能不对日趋于积极，一是日本之公然声明要独吞东亚，二是日德意之联系必将加强以资敲诈，三是英国之不得不拉拢美国。在这整个的趋势演进中，英国之又忽然对日妥协，可能性极少了。

报载今天（十日）张伯伦赴意，此行之结果，可以预想到，表面上必是热热闹闹，公报上必"开诚相谈，成就不少"，事实上必于大事件上一无结果，因为墨索里尼的要价，张伯伦应承不下。所以张伯伦之个别妥协策，必将没落，而罗斯福之整个防备策，必将抬头。在这个趋势中，英国对日态度自然要转于积极。

英美合作本有许多困难，英国不放心美国，觉得他言大而空，不着实际。美国更不放心英国，以为英国是老猾，专为自己的利益，用人做猫脚爪。一个怕对方是空炮，一个怕对方半途自行妥协，使得伙伴出相。所以英美合作，固然需要国民心理的根据，而方式上亦须讲求的，此点在美国尤重要，因为政府的举动必须使得人民相信，他不是上了英国的当。这个方式，似乎一年中已经试验成功了，即所谓"平行动作"也。

根据以上的考量，我认为英美对日之经济报复将在一两个月后成为事实，即美国国会把内政军备讨论完了以后。

连带着还有两个问题：一，这个报复是否可以扩为战争？二，这个手段是否有效？现在分别把他的答案写下：

第一，这一报复决不至扩为战争。我们要知道，英美必是先断定日本决不敢扩大战局方才肯采用这个手段的。自卢沟桥事件以来，日本人学当年意大利受制裁时的样子说，"要干预便是战争"。这调固然可以吓人，但是，张鼓峰事件及此次对苏联渔业交涉，切实证明了日本决定无扩大战争之诚意。苏联看穿了，乃更强硬，英美看穿了，经济报复说乃抬头。

第二，这个手段虽轻，然在日本的今日，却很容易收大效。此在战争开始时，或者效力太轻，在今天，日本是已经打了十八个月的了。日本的经济力量是脆弱的，在打了十八个月以后，日本银行准备金消耗到差不多了的今日，全靠对外贸易和小量金矿赚些外汇。如英美给予这样一个打击，他的购买战争及工业品原料是无所出的，在战时发生此情况是不能支持的。

日本外交政策的检讨

王迅中

自日本集中全力对华侵略战事以来，日本对外问题的重要者只有两个：一个是对华问题，一个是排斥与中国有利害关系的欧美列强的干预问题。

第一个问题比较单纯，因为自中日战争扩大以后，日本对于中国，就已有了一个比较固定的政策，就是用武力来打击中国，使得国民政府屈服或灭亡为止。战事的延长和战区的扩大，虽出日本当局的意料之外，就是军部本身，也未尝不感到焦急与苦闷，但是表面上还是装着顽强的样子，提出不辞长期对华作战的口号，决定蛮干下去。一般人民虽然苦于卫兵的残酷，战费的重负，内心里怀着怨愤不安，自杀的惨案和反战的传单时有发生，不过严密的警纲和麻醉的宣传，至少在最短期间，还可阻止这种情绪的表面化和集团化。所以自对华作战以来，无论日本任何的报章杂志上，没有见过对华停战的样字。日本当局虽然会几度示意德意调停中日战事，但这不过暴露它的想用外交手腕，使中国畏慑屈服而已。即如最近敌相近卫的声明，虽含义至为广泛微妙，其用意仍在求中国的屈服，我最高军事当局也已经详细揭破他的阴谋。日本正梦想着"彻底膺惩抗日政府"，加紧制造傀儡组织，结成"立体式"的"东亚协同体"和"东亚经济集团"，实现"东亚新秩序"的迷梦。日本没有俾士麦克那样伟大的政治家；西园寺和近卫决没有俾士麦克那样的魄力；普奥一八七〇年战后普拉格条约（Treaty of Prague）那样的宽大，也决不能重现于中战败的中国与胜利的日本之间，在全日本被昙花式的军事胜利笼罩着的今日，军部的对华政策可算已得举国的默契——至少没有人敢公开辩论或反对。

第二个问题就比较复杂了，决定时也比较困难，意见也比较分歧了。日本在六十余年来的侵华过程中，所遭遇到的困难，事实上不是被侵略者的中国，而是与中国有利害关系的欧美列强。三国干涉的结果使得日本不得不将甲午战役胜利所换来的辽东半岛吐还中国，华盛顿会议的结果又使日本不得不将二十一条中的重要权利放弃，九一八事变后中国自卫力量的增强，至少在日本人看来，又是英国支撑后台的结果。历史的苦杯使得日本当局深深感到：解决中国问题的最要关键，是怎样排除第三者的欧美列强的干涉，而这个工作也是最困难最费考虑的问题。

自中日战事爆发以后，欧美列强为维护其远东利益计更，为主持国际正义起见，深深同情于中国的抗战。有的不但在道义上，并且在物质上，给了中国很大援助。美国的态度虽然比较消极，但是单就坚持否认非法占领的一贯精神及继续白银协定两件事而言，就已给予中国不少的鼓励和帮助。日本当局深知如果不能排除这些国家对于中国的援助和关心，不但不能使战事在短期内结束，并且即使能侥幸获得决定的胜利，因为长期战事的消耗，无论在军事或经济力量方面，都不能和列强保持平衡，因此难保不踏三国干涉和华盛顿会议的覆辙。现在日本在外交上，也可以说是在整个国策上，最困难的问题，就是怎样排除这些国家对于中国的援助和关心。关于这一点，日本的外交当局，及政治界和舆论界的稳健份子，还敢坚持一下，或发表一些燥急军人所不愿听的主张或言论；但他们的权利也被剥夺的仅限于此了。

苏联对于中国的这次抗战，因为利害一致的关系，援助最热心，态度也最坚决。日本一向以防苏为侵略中国的借口，且自加入德意法西斯集团后，对苏更无妥协的余地。所以自中日战事发生以来，日本对苏，在外交上始终采取攻击的姿态。但在实际上，日本又极力避免实力冲突；渔业纠纷和张高峰事件，一部少壮军人虽高唱"膺惩"，但外交当局始终主张隐忍，主张用和平谈判方式解决。法国在远东的利害关系比较轻微，外交政策总是追随英国之后，不值过于重视。英在中国有巨额的投资和贸易，和日本同是靠工业收入维持霸权的国家。美国是中国门户开放的创导者，和日本同是太平洋上的霸权国家，英美都不愿日本在中国的势力过分膨胀，因而都成了日本大陆政策的劲敌。这两个国家已不知费了日本外交当局的多少脑汁，已不知引起了外务省与军部间的多少龃龉。

九一八事变后，日本的军部常常严酷地批评日本外交的错误，要求清算追随欧美的附庸外交，高倡自主外交，压迫当局脱退国联，废弃伦敦军缩条约，造成所谓"光荣的孤立"。对华作战后，对于英美的在华利益，毫无顾忌地肆意破坏。甚至袭击英国公使，轰炸英美军舰，侮辱英美侨民和教士的事件也屡屡发生。任是外交当局在可能范围内，始终坚持本身的立场，不愿盲目地追随军部，得罪英美。当战争初起时，日本外交当局极力主张亲美，不但动员了外交人员和资本家，去游说美国当局及资本家，维持孤立政策，即国内报章杂志也一变九一八以来一贯的反美立场，而常登恬不知耻的捧角式文章。当美国军舰被炸的消息传至日本后，当局更示意青年团体向美国公使馆献金，露出献媚的鬼态。外交当局对英起初虽然也采取抨击政策，但对军部的要求进攻华南，断绝中国军火来源的计划，始终主张审慎而不加赞同，素主协调外交的广田外相如此，广田下台后的宇垣外相虽以富有魄力识见著称，不但没有对英强硬，反更进一步主张和英协调，进行外交的谈判，恢复英国在华的权益。至于对苏外交当局也主张缓和紧张的关系，张高峰的日苏冲突，宇垣坚主退让，终以和平方式解决。反对宇垣政策的人送了他一顶媚英缓苏的帽子，纷纷加以抨击。到了今年九月欧洲各国以捷克问题剑拔弩张的时候，军部再不能忍耐了，终于决定了南进政策，攻击广州，逼得宇垣不得不挂冠而去，不过宇垣的政策并非出自他的独断，是经过五相会议所通过的，宇垣不过是创导和执行者而已。宇垣挂冠之后，很多人念迎合军部的法西斯外交的"革新派"也许会得势，满铁总裁松冈洋右，和被宇垣调到意大利的白鸟敏夫，也许有调任外相的可能。外相的悬缺，隔了将近一月之久，仍归有田。有田在外交界，向被法西斯的革新派目为"欧美追随外交"的人物，并且是宇垣外相时代的外交顾问，所以他的政策当然不会和宇垣有根本不同之点。关于有田就职谈话中，"负责与列国减少摩擦"的一语，便可知有田政策的内容。近卫请有田上台的意义，也不难推知不过有田对德意的态度比宇垣积极，因为他是签订防共协定的当事者，这或许是军部容许有田上台的一大原因。有田外交的基础有两点：（一）加强防共协定，希望由精神的进而为经济的军事的互助。大岛以驻德使馆武官而升任大使，驻意大使又是以法西斯外交主张出名的白鸟充任；日本的态度望不言可知了。（二）对于英法美，仍希望以中国问题为中心而进行谈判，不过不得不斟酌军部的意见，所以比宇垣的政策要强硬些。关于有田的要求取消九国公约，可知日本想以中国经济权益的开放，作为英美法承认日本武力造成的特殊局面的交换条件。自英美贷款中国的交涉成功后，日本立即指使傀儡政府增加欧美货物的华北关税，并宣布德意加入中国的经济资投。这不啻是对英美采取了一种报复的威胁。

简言之，日本当局现阶段的外交政策有三（一）对于中国方面，仍本作战以来的一贯政策，一面用武力消灭中国的抗日势力，一面加紧傀儡组织，制造"立体式的东亚协同体"。（二）对于德意方面，极力设法增进法西斯集团的联系，强化反共协定，一以牵制英国的远东政策，再以希望从德意方面补充因和中国作战而消耗了的经济力和军事力。（三）对于英美法等国，仍愿进行谈判，不过有一个坚决原则，要以承认或不干预日本在中国以武力造成的特殊局面，作为开放中国的经济利益或保障各国在华利益为交换条件。

论我国战时及战后的税制

朱炳南

租税制度，如同其他社会政治制度一样，是一个历史的产物，由一国的环境演进而成。税制的类型与其在历史上所发生的变动，每每反映当时客观的情势，尤其是当时的经济状况。

我国税制的性质与其在历代的变动亦不能逃此例外。因为几千年来我们迟留于一个农业经济的社会，人民经济活动整个的都在农业上面，人民所得多来自土地，财富也以土地生产物为其主要表现方式。在这样的经济情形之下，国家税课自然也要靠土地生产物为其主要源泉，田赋成为国家收入的基干。我们财政史上所举历朝重要的税制变革，无论是户调、租庸调、两税法、一条鞭法，实际上与其说是税制的变革毋宁说只是征收技术上的改善。

如果我们把租税制度的进展划分为几个阶段，我们几千年来的税制，自然属于所谓农业经济的租税系统。虽则我们古代即有"阛市之征"，以工商为"末技"；而在税课上加以歧视，显明的君主以率"轻赋"为号召，甚至有完全免征田赋的事实。但终因为商业不发达，此种工商之征始终不能取田赋而代之；直至民国初年，田赋还是中央政府主要收入之一。

但经济生活的变动，终久会反映在财政制度上。远在明代，就可以看出我们税制转变的线索来。其时海通渐繁，外国传教士商人纷来我国海岸贸易，拿金银来换取我们的货物，金银大量流入我国。英宗年间，沿海诸省及江西湖广等地始行金花银折征田赋之法，终止了历史上实物赋税时代。内国贸易受了国际贸易的刺激，亦渐繁盛起来，所以"商税"在明代的税制中占一个颇重要的位置。据云，征收此种"商税"的关卡，遍布全国，有三四百局之多。

明代税制上实的变化已见端倪；在清代则此种变化已甚为显著了。海禁大开以后，国际贸易日见繁盛，明代对国际贸易采无税主义，清代则开始征课关税。洪杨之乱，因财政支绌，清代又新创厘金。这两种"商税"的税收，后来竟驾凌田赋之上。至民十七年，国民政府划分国地收支，田赋正式划归地方。田赋在国家收入中的任务从此才告中止。这说明我们国家的税制逐渐脱离农业经济的系统——至少中央政府的税制是如此。

翻阅我们中央政府预算的税课项目，就可以发现近几十年来国民经济的改变所给予我们财政制度的深刻影响。就关税、统税这二种"商税"加上盐税而言，每年总占中央课税收入百分之九十以上。中央财政脱离了农业经济的系统，但是又走进一个极度的消费税系统。大家晓得消费税制是累退的，负担不公平的，同时又是最没有弹性的。没有弹性的理由有二：一为我们主要的消费税税率，平时即已提高到不留余地的高度。譬如盐税，有人以为如果把盐税税率减低，使每人有能力购买其应需的数量，全国销量最少将达六千万担。以每担征税五元计，反可使盐税收入增加一万万元以上。增税反有使此种消费税税收有减少可能。第二个理由，为消费税的征课对象不是剩余所得。提高税率，对经济社会生产行为将发生较严重的波动，故不宜常常轻事更张。

消费税制是违反一个良好税制的原则，无论在平时或战时，都不足以适应国家的需要。近几年来，朝野上下，即已感觉到中央税制有改善的必要。照理想讲，改善的途径应从我们现有的间接税到直接税，从对物税到对人税，从客体税到主体税，从消费税系统到所得税系统。如果我们的税制要现代化，我们要朝着这方向走。战前一年，中央首次开征现代的所得税。论者誉为为我国税制划一时代。但是基于我们现时所得税的性质，实际上对我国的税制不能发生质的变化。我们的所得税为一局部的所得税，其征课标的，并非个人的综合的纳税能力，而是某种收益，故仍不是一对人税或主体税。

战争对我们的税课有相当的影响，虽然我们的战费似乎不靠税课为挹注。战争发动后，我们举办两种现代的新税。去年十月，公布征收遗产税暂行条例，随后又公布非常时期过分利得税条例。但同时政府扩征转口税。凡国内民船轮船、铁路公路或航空运输的土货，除已完统税矿税烟酒税外，一律由海关征收转口税，税率为从价百分之七·五。印花税则加征一倍，土酒土烟税率亦为提高五成。

　　不论这几种新税将来施行的实效如何，至少我们已有改我们消费税制到直接税制的工具了。现行所得税，遗产税，战时过分利得税的希望如何呢？

　　由于我们的所得税是一个局部的所得税，其主要征课对象仅为个人薪给所得、营业所得及存款息金。财产所得尚未包括在内，范围颇为狭窄。而且由于征收技术上的困难，租界的存在，外力的阻挠，我国特殊的家族制度等等理由，我们所得税成功为一个综合的一般的所得税，恐怕犹需要相当时日。就现行局部的所得税情形而说，个人薪给所得部分，恐怕只能征及于一班公务员其他的从业员及自由职业者恐未能征及。营业所得，因为我国商业组织幼稚，账簿不备，纯利不易查明，我们不相信在上年度所得税收入中，有多大部分是从征收营业所得而来。因此公务员个人薪给与内国银行存款息金，实构成现行所得税收的两大基干。但这个税是有前途的，假如我们能把它的征课范围扩大，主要的须包括财产所得。不过把它变成一个综合的一般的所得税，恐怕不是一朝一夕间的事。至于遗产税的开征，恐亦遭上述所得税所遇的困难，尤其是特殊家族制度一个因素。从财政方面看，在短期内，怕亦无大希望，中央二十六年度预算遗产税一项，就只列二百万元。至于战时过分利得税，顾名思义只是一个暂时的征课，战事终止以后，不久终要废除。当然过分利得税仍可用营业利得税的方式，在一般利得税之下，继续征收。依非常时期过分利得税条例，凡营业利得超过资本额百分之十五至二十者，其超过额征收百分之十累进至百分之五十。财产租赁之利得，超过其财产价额百分之十二至百分之二十者，其超过额征收百分之十，累进至百分之五十。这项税开征的理由，自然是无可非议的。但从财政的立场看，恐怕是难以乐观的。关于营业过分利得部分将遭遇现行所得税营业利得部分同样的困难。在繁盛都市已多沦陷于敌手及商业组织未改善之前，此部分的过分利得税是没有多大希望的，有希望的只是财产租赁过分利得部分。由于人口大量向内地安全区迁移，内地城市一时过着意外的繁荣。房屋求过于供，房租飞涨数倍。这种战时意外所得提出归公是万分应该的。但如征收此项财产租赁过分利得，自须对于财产的原价及租金加以严密的调查。如果此种困难无法克服，连此部分过分利得税亦无甚希望。但假如此种困难可以克服的话，我们对现行的所得税范围愿提供一个意见。我们应将此项财产的常态所得（即低于财产价额百分之十二那一部分的租赁所得）包括在所得税征收范围之内。现行所得税之不包括财产所得，久为国人诟病，应趁此时加以修正。如果此项利得可以在过分利得税之下征收，为什么其常态部分不能在所得税之下征收呢？我们以为最低限度，城市财产所得应该放在所得税征收范围之内。

话回转过来。此三种新税对我们的税制有何影响呢？由于我们经济的特质，社会政治家庭的制度，在短期内，此三种税收决不易使我们现在的税制发生质的变化，如果可观的条件未成熟，如果经济社会未相当的工业化，由消费税系统到所得税系统的变革是不易成功的。无论我们怎样诟病我们的消费税制，但税制的改变，决不像有些人所说，一蹴可就的。从消费税系统到所得税系统，从对物税转到对人税，或者还须经过一个收益税系统，但必须经过一个比较长期的时期，则可以断言。

此次战争给予我国财政的影响至为重大，虽则战费的筹措，多赖发行公债一途，但无论租税收入如何薄弱，多一分税收对抗战就多一分帮助。而且迟早总要把税负设法增加的。公债终要还本付息。我们到现在已因战事发行了十五万万元。战事延长下去，又必须增发。战后单就债务费一项言。中央预算每年将要添上一二万万元。何况战后疮痍满目，建设复兴，处处需财。我们预料将来财政政策，不能不以财政为其主要目的，战时更不必论了。

在这一个战时战后的非常时期，租税的社会政策既然是一个次要的顾虑，为增强我们的财政力量，支持抗战起见，我们如果未有其他更合理公平的筹款手段，不妨增征几种消费税，如奢侈物品税之类，甚至一般交易税亦可。一般交易税的收入可能性极大，欧战后各国多相继采用。其实消费税制的本身无甚弊害可言，如果国民财富分配均平，消费税制比直接税制还好。因为在国民财富分配均平的情形之下，消费税消失其累退性，同时税务行政上也比直接税更为简便。假如战事延长，则将来国民生活无疑是更困苦，更艰难。那时恐怕只有大贫小贫之分。在这时候消费税间接税的弊害亦随财富分配不公平而俱去了。所以消费税的弊害是相对的。弊害的程度随一个社会财富分配不公平的程度而转移。我们不能以消费税在欧美经济社会的位置来衡量它在别一个经济社会的位置，一般交易税在苏联税收中，占一个很重要的地位，而并不以它为一个间接税致受摈斥，此中道理，实甚明了。至最近有人提议将我们的税制整个改为累进制者。如果他们的意思是要政府采用个别的累进税，原则上这自世界为我们所赞同，但倘若他们的意思是真要把税制整个累进化，则恐怕只是不切事实的妄想。

病与艾

钱 穆

我幼年曾受一段私塾教育，当时读了《论语》读《孟子》，读到《滕文公章句上》，我的私塾生活遽尔中止。《孟子》便没有读完。后来不记在哪一年的冬天，忽然立意要将《孟子》通体读过一遍，那时恰是阴历的大年初一。我把自己反锁在一间空屋里，自限一天读完一篇，第一个上午便读《梁惠王章句上》，读到能通体背诵为止，然后自己开锁出门吃午饭。下午则读《梁惠王章句下》，到能通体背诵，再开门吃晚饭。如是七天，直到新年初七之晚餐，我的一段心事始告完毕。

这大概是廿余年前的事了。但我每逢新年，往往回忆到那七天。虽则在阳历的新年，我也会时时连带想到这件事。今年的阳历新年，我依然照例想到了此事。只是以前所能通体背诵的，现在已通体忘却，只记得有那么一会事，又常零碎的记起七篇里的几许话。

我常觉得孟子有一些极耐人寻味的话，我时常会记忆起。我此刻则忽然的记起了如下的几句，孟子说：

七年之病，求三年之艾，苟为不畜，终身不得。

这是一般设想的譬喻。他的大意是说，一个人已犯了七年的病，而他的病却非储藏到三年之久的艾，不能灸治。但是问题便在这里，倘使此人事前并没有蓄藏三年之久的艾，我想他那时不出三个办法。一是不惜重价访求别人家藏三年之艾的，恳求出让。但是此层未必靠得住。一则不一定有人藏，二则藏的不一定肯让，三则或许要价过高，我不一定能到手。第二个办法是自己从今藏起，留待三年再用。可是他病倒在床已有七年之久，从今藏起尚待三年，这三年内，病况是否可待，还是没把握。第三个办法是舍却艾灸，姑试他种治疗，但是更无把握，而且医药杂投，或许转促其死。明知三年之艾定可疗此病，只是已是七年之病而更要耐心守此三年。

我时时想起这段譬喻，我想那病人该追悔到以前没有预藏此艾，现在开始藏蓄，虽知有十分可靠的希望，但是遥遥的三年，亦足使他惶惑疑惧，或许竟在此三年中死去。我好如此设想那病人的心理变化。

我想一大部分的病人，似乎走第三条路的多些，走第一条的亦有，决意走第二条的要算最少，因为那七年病后的再来三年，实在精神上难于支持。而孟子却坚决地说，苟为不畜，终身不得。他的意思似乎劝人不管三年死活，且藏再说。我不由得不佩服孟子的坚决。

但是我现在想到这几句话的兴味，却不在那病人一边。我忽想假谈那艾草亦有理智亦有感情，那他一定亦有一番难排布。我如此设想，倘使艾亦有知，坐看那人病已七年，后事难保，倘使艾亦有情，对此病人不甘旁观。在理智上论，他应按捺下心去耐过三年，那时他对此病人有力救疗，但是万一此病人在三年内死了，岂不遗憾终天。在情感上论，那艾自愿立刻献身，去供病人之用。但是理智上明明告诉它，不到三年之久，他是全无效力的。我想那病人的时刻变化，那艾的心理亦该时刻难安罢。

因此我忽而想到时局问题，想到目下大家说的一句"争取时间"的口号。我想那病人与那艾亦正在"争取时间"，只与我们所说的争取时间，略有些差别。我们说的争取时间，似乎专指在战场上与敌人相争持的争取时间，而我却因孟子的话想到在后方的人亦各有他的争取时间，尤其令我想到那艾。照孟子的话，三年之艾似乎与二年零十一个月的艾性质功能绝然不同。艾该自藏到三年，但是那病人的状况，却使他总想姑一试之，感情上总有另一个希望在摇动它。今设此病人万一待到两年零十一个月而姑试用此艾，结果药性不到，仍功验，那非从头再蓄三年之艾不可，而他的病却要等到十二年以上，岂不更焦急？

这是一件怪动人情感的事。我不知别人是否如此想。病是十分危笃了，百草千方胡乱投，那艾却闲闲在一旁，要在此焦急中耐过此三年。艾乎艾乎！我想艾而有知，艾而有情，确是一件够紧张亦够沉闷的事。

廿余年前七天里背诵过的《孟子》，全都忘了。适在新年偶忆前尘，胡乱想到的只要关于孟子，自己仍觉得有趣，实在有趣的应该是在廿年之前吧。姑尔写出，或许世真有艾，同情此意。

冷屋随笔之一

钱钟书

赁屋甚寒，故曰冷。下笔不拘，故曰随。皆纪实也，是为引。

文人是可嘉奖的，因为他虚心，知道上进，并不拿身份，并不安本分。真的，文人对于自己，有时比旁人对于他还看得轻贱；他只恨自己是个文人，并且不惜费话、费力、费时、费纸来证明他不愿意做文人，不满意做文人。在这个年头儿，这还算不得识时务的俊杰么。

所谓文人也者，照理应该指一切投稿，著书，写文章的人说。但是，在事实上，文人一个名词的应用只限于诗歌，散文，小说，戏曲之类的作者；古人所谓词章家，"无用文人"，"一为文人，便无足观"是也。至于不事虚文，精通实学的社会科学与自然科学等专家，尽管也洋洋洒洒发表着大文章，断不屑以无用文人自居——虽然还够不上武人的资格。不以文人自居呢，也许出于自知之明；因为白纸上写黑字，未必就算得文章。讲到有用，大概可分两种。第一种是废物利用。譬如牛粪可当柴烧，又像陶侃所谓竹头木屑皆有用。第二种是必需日用，譬如我们对于牙刷毛巾之类，大有王子猷看竹，"不可一日无此君"之想。天下事物用途如此众多，偏有文人们还顶着无用的徽号，看了竹头木屑牙刷毛巾，自叹不如，你说可怜不可怜？对于有用人物，我们不妨也给与一个名目，以便跟文人分别。譬如说，称他们为"用人"。"用人"二字，是"有用人物"的缩写，恰对得过文人两字。这样简洁浑成的名词，不该让老妈子小丫头包车夫们专有。并且，这个名词还有两个好处。第一，它充满了革命化的平等精神，专家顾问跟听差仆役顶了一个头衔，站在一条线上。第二，它不违背中国全盘西化的原则：美国有位总统听说自称为国民公仆。就是大家使唤的人；罗马教皇自谦为奴才或用人的用人（Servus Servorum）；法国大革命时，党人都赶着用人叫"哥哥"（Freres Servants）；夫总统者君也，教皇（Pope）者父（Papa）也，哥哥者兄也，在欧美大国都跟用人连带称呼，中国当然效法。

用人瞧不起文人，自古已然，并非今天朝报的新闻。例如《汉高祖本纪》载帝不好文学，《陆贾列传》更借高祖自己的话来说明云："乃公马上得天下，安事诗书？"直接痛快，名言至理，不愧是开国皇帝的圣旨。从古到今反对文学的人，千言万语，归根还不过是这两句话，"居马上"云云，在抗战时期读来，更觉得亲切有味。柏拉图《理想国》排斥诗人文人，啰嗦讨厌，那有这样斩截雄壮的口气？陈石遗先生诗说："工于语言者，于法老不贵；颐指气使人，安能为词费？"所以汉高祖能够实做其皇帝，而柏拉图空抱了一部建国方略（Republic），一部建国大纲（Laws），只能梦想着"哲人为王"，来过他的政治瘾。照此看来，不但文人是贱骨头，不配飞黄腾达；就是那些反对文学的名流，也似乎文章做得太长，议论发的太多，不像个话少官高的气概。柏拉图富有诗情，汉高祖会发诗兴。吟过《大风歌》，他们两位尚且鄙弃词章，更何怪那些俗的健全的灵长动物。高地耶（Theophile Gautier）在《奇人志》（*Les Grotesfues*）里曾说，商人财主，常害奇病，名曰诗症（Poes Ophodic），病原如是：财主偶尔打开儿子的书桌抽屉，看见一堆写满了字的白纸，既非笔记，又非账目，每行第一字大写，末一字不到底；细加研究，知是诗稿，因此怒冲脑顶，气破胸脯，深恨家门不幸，出此不肖逆子，神经顿成变态。其实此症不但来源奇特，并且富有传染性；每到这个年头儿，竟能跟夏天的霍乱，冬天的感冒同样流行。药方呢，听说也有一个：把古今中外诗文集部付之一炬，化灰吞服。据云只要如法炮制，自然胸中气消，眼中钉拔，而且从此国强民泰，政治修明，武运昌盛矣！所以古罗马教宗土兜铃（Terullian）在《象教论》（*Deidolatria*）里主张若要大道光明，极乐世界实现，非铲除文学不可。至于当代名人与此相同的弘论，则早已在销行极广的各种大刊物上发表，人人熟读，不必赘述。

文学必须毁灭，而文人却不妨奖励——奖励他们不要做文人。朴伯出口成章（Lisp in Numuers），白居易生识之无，此类不可救药的先天文人毕竟是少数。至于一舞文人，老实说，对于文学并不爱好，并无擅长。他们弄文学，仿佛旧小说里的良家女子做娼妓，据说是出于不甚得已，无可奈何。只要有机会让他们跳出火坑，此等可造之才无不广书投笔，改行从良。文学是倒霉晦气的事业，出息最少，临近着饥寒，附带了疾病。王世贞《文章九命》是将千古文人的千灵百毒，说的详尽。我们只听说有文丐；像理丐，工丐，法丐，商丐等名目是从来没有的。至极傻笨的人，若非无路可走，签不肯弄什么诗歌小说。因此不仅旁人鄙夷文学和文学家，就是文人自己也填满了自卑心结，对于文学，全然缺乏信仰和爱敬。譬如十足文人的扬雄在《法言》里就说："雕虫篆刻，壮夫不为"；可见他宁做壮丁，不做文人。陆克哈（J.G.Lockhart）替他岳父作传，记司各德自恨只能为大伟人记载武功，而自己不能够也轰轰烈烈做番功业。扬雄，司各德之流尚且怨命，悔做文人，何况其他弄笔头相好。因此，我们看见一个特殊现象：一切学者无不威风凛凛，神气活现，对于自己所学专门科目，带吹带唱，具有十二分信念；只有文人们怀着鬼胎，赔了笑脸，抱愧无穷，就是偶尔吹牛，谈谈国难文学，宣传武器等等，也好像水浸湿的皮鼓，敲擂不响。歌德不做爱国诗歌，遭人唾骂，因在语录（Gespraeche Mit Eckermann）里大发牢骚，说不是军士，未到前线，怎样能傲战歌。现代的文人比歌德能干多了；在善造英雄的时势底下，能谈战争，能作政论，再不然，能自任导师，劝告民众。这样多才艺的人，是不该在文学里埋没的，也不会在文学里埋没的。只要有机会让我们变换，我们可以立刻抛弃文艺。别干营生。在白朗宁的理想世界里，面包师会做诗，杀猪屠户能绘画；在我们的理想世界里，文艺无人过问，诗人改而烤面包，画家变而杀猪——假使有比屠户和面包师更名利双收的有用职业，当然愈加配合脾胃。

　　雪莱在《诗的辩护》里说文人是人类的立法者（Legislator），卡莱尔在《英雄崇拜论》里说文人算得上英雄。现在的文人有点不同；他们只想做英雄，希望变成立法者或其他。竟说是英雄或立法者，不免夸大狂；想做立法者和英雄呢，那就是有志上进了。有志上进是该嘉奖的。有志上进，表示着对于现实地位的不满足和羞耻心。知耻近乎勇。勇是该鼓励的，何况在这个时期？

　　要而言之：我们应当毁灭文学人而奖励文人——奖励他们不做文人，不干文学。

拜 访

希 声

拜访变为虚文时,人生又加上了一种无聊!

它也如许多的礼节一样,跛脚在时代后面,给近代洋装革履的人戴上一顶红缨帽。

在民至老死不相往来之后,当是舟车的方便增进了人世的往来。然适百里者宿舂粮,适千里者三月聚粮,到应远道相访,不是一件容易的事情。惟其不容易,非是人情之所不能已或事实之所不能免,总不会老远跑到朋友家里,专为说一句"今天天气好"。

事实之所不能免,无话可讲。若夫人情之所不能已者,或友好久别,思如饥渴。月夜风清,扁舟相访。相悲问年,欢若平生。如是杀鸡为黍,作十日饮可也。乘兴而来,兴尽而返亦可也,或彼此闻名,神交已久,一旦心动,欲见其人。如是绿树村边,叩门相访。一见如故,莫逆于心可也。语不投机,拂袖而去亦可也。总之这种访问是有些意思的。

到了近代,工商业把城市变成了生活的中心,交通的方便又把人流交汇于几个大城市里。于是一个城居交游不必甚广的人,亲戚故旧,萍水相识,总有上百个。即使你每天拜访一个,风雨无阻,一季之中,平均每人你访不过四次,人家已经说你疏阔了。何况拜访之不已,加以送往迎来:送迎之不足,加以饯别洗尘。其他吊死问疾,贺婚祝寿,一年也有不少次。你看人,人要回拜,你请人,人要还席。请问一生有多少精力,多少时间,消耗在这些无聊的虚文上!

本有一些无聊的人,既已无聊矣,不妨专讲究这些。因为除了这些,他会更无聊。他并不在乎老远跑到你家里，问你"今天你没出门罢？"他也并不在乎请一座各不相识的客人，让你们乌眼相对。反正他认为他很有礼貌的来拜访过你，又很有礼貌的请过你吃饭。就坐在家里静候你去回拜，心里盘算着你几时可以还席。

对于这般人，我无话可讲，不过不懂的是：为什么我们把拜访人看成了礼节？不等人家请，不问人家方便不方便，也不管有事没事，随便闯到人家里搅扰一阵，耽误人家的事情不算，还要人家应酬上一堆无聊的话，这便是礼节。

我想认此为礼节的只有几种人：一种是贤人，人家去看他，他认为是访贤。一种是阔人，他要一大群无聊的人替他去摆阔。还有一种是闲人，要人替他去消闲。再有，便是一般莫名其妙的无聊之人，一生专以无聊为聊。

我恳切的希望请那般无聊的人都到贤人阔人闲人家里去。让真能享受朋友的人在读书作事之暇，一壶清茶，三五知己，相约于小院瓜棚之下，或并不考究而舒服的小客厅里，随便谈天。说随便一字不虚。先是你身体的随便放，任何姿态都可以，这里没有礼节，你想站着，绝没有人强迫你坐。再是你说话的随便，没有人强迫你说，也没有人阻止你说。你可以把心放在唇边上让它自由宣泄其悲哀，愤懑与快乐。它是被禁锢的太闷了，这是它唯一可以露面的地方。它最痛快的是用不着再说假话，而且它好久没说真话了！还有听话的随便，你不必听你不愿听的话，尤其用不到假装在听。因为这里都是孩子气的天真，你用不着假装。就是装也必立刻被发觉。最后是来去的随便。来时候没人招待你，去时也没人挽留你。反正你来不是为拜访谁，所以谁也不必同你讲客气。

让我们尊重旁人的家，尊重旁人的时间。我们没有权利随便闯进朋友的家里去拜访，自己且以为礼！再让我们尊重旁人的自由，尊重旁人的情感，我们没有权利希望朋友来看我或是希望朋友来回拜。真是朋友的话，聚散自有友谊上的自然节奏，你极加上一点人工也未尝不可。打扫干净你瓜棚下那一方土地，预备好你能贡献给你的朋友的一点乐趣，那怕渺小到一句知心话。发几张小柬邀他们来。至于来不来，是每一个人的兴趣与自由。如此还不失其为自然。

凡不自然的皆是无聊。

本期撰者：

傅孟真先生是史学家，是中央研究院历史语言研究所所长，朱炳南先生是云南大学财政学教授。

王迅中，钱穆与钱钟书三先生俱是西南联合大学教授。希声先生是西南联合大学一位教授的笔名。

第一卷第四期（1939年1月22日）

时评

英政府一月十四日的对日照会

前数日英国关于中国问题的对日照会，无疑的，是中日战史中一件重要文书。论精神，他与民国十六年北伐时期中张伯伦外相的说帖相同。两者，都表现了英政府对于中华民国的准确认识，因此发出这说帖及照会的政府都愿以同情的态度来协助中国完成他的独立及统一。论立场，他与美国政府去年十月六日及十二月卅一日的对日照会相同。他们都以九国公约为立场，都以华府会议所建立的太平洋秩序为正常的秩序，也都以不承认主义为国与国间相处的无上道德。我们敢说自西蒙冷落了斯汀生起，英国对于不承认主义的拥护盖从未有如此的切实而不含糊。论文字，十四日的英照会要比去年年底的美照会更斩钉截铁。而且，英照会中对于十二月二十二日近卫声明书的看法及解释完全以十二月二十六日蒋先生的纪念周演辞为张本。这尤可以表现英政府认识远东局势的充分，与同情中国的热烈。我们对于能发出这样一个照会的英国当然愿表示我们最大的敬意与感谢！

我们深望英国能使照会中所表示的立场及决心具体化，美国的态度本早已十分明显，法国据说亦将对日作同样的表示，十六日开幕的国联行政院则将予共同制裁暴日事件（根据盟约第十六条）以讨论：现在正是对日应有具体及有效行动的时会，我们深望英国不要失此良好的机会，失此可以同时重树世界正义与恢复英国利益的良好机会！（端）

张伯伦访意

这旬日来，报纸上的国外新闻，差不多都让英相的访意，占了首要地位。离英前的准备，过法时的接洽，到意时的欢迎，都描写得使读者宛如目睹。两国首相两次的谈话，虽有冠冕堂皇的正式公报报告："经过情形，极为融洽。能以诚恳的态度，坦白交换意见"。可是有许多电讯指出这次会议的无结果，稍为"僵化"，判为"失败"。因而有人推论到世界和平，还能维持多少时候，大战是不是不可免。

世界重视这次的访问，是应该的。一个老成硕望，举足轻重的大英帝国，向一个新近崛起，咄咄逼人的独裁国，用访问的方式，来调整两国关系。地中海的风波，此后是否可暂平静，独裁国的轴心，此后是否仍然坚固，胥可于此次访谈的结果决定，本就够重要了。何况意大利又对法国，发表了殖民地的要求，一心想要趁这次访问，怂恿英国出面调处以满足他……要求。同时法国惟恐，英国"慷他人之慨"使法国吃亏，极力争求这个外交自办不必英国代劳，生怕英国在这次访问为意所利用。所以这次访问，又成了一个法意纠纷的大关键，更值得世界注意了。

这样一个值得重视的会谈，竟至谈无结果，英意的关系僵化了吗？大战的危机迫近了吗？我们以为未必。

英意关系，并未因此僵化。张伯伦氏远访的主要动机，不是来调解法意的纠纷，而是来调处英意协定的许多问题。这些问题里，撤退在西班牙的意大利志愿兵，是一个症结。英国希望意能早日撤兵，以免动摇地中海的均势，英意在地中海无冲突，便可互相倚重以应付欧局。张氏此来大概有劝墨氏即撤兵的意思，这点没有达到，墨氏只允于国民军得胜后方撤志愿军，英国不免失望。但这并不是说英便因此敌视意大利，或使英意的协定等于废纸。英意协议本只是说"意国允诺，在西的意大利志愿兵与军械，若至西国内战结束时，尚未撤尽，即应全部撤退"，对于志愿兵的撤退，本无严格的规定，张氏想较此更进一步，这次未能走通，英意的关系没有改好，但也不至变坏。墨索里尼本来很想趁此得到对法纠纷的有利解决，哪知张氏坚守他对法国的诺言，对此问题不多说，只劝意与法直接交涉。墨氏自然也不免失望，但这也不至即使意敌视英国。英国本不负调人的责任，且曾屡次表示不干涉这两国的纠纷。这次态度只表示英法协定的坚固，但未必便是英意协定的破裂。所以这次访谈的结果，英意两国关系未能如双方期望的改进，但也未因此僵化。看两相正式谈话后酬酢的殷勤，两国官方表示的婉和，便知说两国关系"僵化"是不安的。我们要注意说"僵化"，说"失败"，是与意为敌的法国哈瓦斯通讯社，与反对独裁的美国合众社。英国的路透电，及德国的海通电，却侧重"融洽""双方互相明了"。

至于大战的危机是否因这次无结果而迫近？意大利的报纸，对法仍肆意谩骂，德国又将提出殖民地的要求，加上近几日的谣传说意已在非洲法属边境上集重兵，似乎战争真要来了，美国大使所报告的战事将于春间爆发要实践了。但是沉静想想，似乎不至如此严重。英意并未决裂，上已说过。法意之间仍将剧闹，但闹到真动枪战，两国想还都没有这个决心，以反映意大利外相意见著称的报纸，不是已露出"意国或当考虑与法国进行谈判"的意思吗？英法协定，经此愈坚，使人不敢轻易挑拨，反于和平，加层保障。不过英意关系未曾改进，德意轴心因而未稍松懈。笃于自信，勇于冒险的希特勒君，是否将趁此又来一惊人之举，却是不能不顾虑到的，且看后事如何。（鋐）

关税担保债赔各款的新处置

本月十三日财政部关于关税担保债务及赔款事项，向总税务所发的电令，是一件极重要的处置。用担保债务及赔款的关税，在七七事变以前，每年约有二万一千万余元，内中赔款及外债约占七千七百万余元。这自然是一笔很大的数目。这笔巨数债务之能否按期还未付息当然对于政府的信用大有影响。敌人有鉴于此，所以尽量夺取海口，夺取我国最重要的几个海关。到了现在，若以七七事变以前各关所征的税而言，这战区内各海关所征的关税已占关税全数十之八九而强。敌人的目的无非要使得我们财政陷入于进退两难的境域。我们如果因大宗关税落入敌手而停付债赔的本息，则我政府的信用立会发生不良的影响。如果我们继续于关税大部分遗失之后，仍继续偿付关税所担保的债赔，则政府势必更穷。老实说，我们所遭遇的困难是无法瞒人的，尤其无法瞒外国人的。所以去年五月政府对于英日所定关于关税处置的办法，采装聋作哑的态度，亦自有其不得已的苦衷。

据此次财政部发言人的声明，在过去十六个月中，虽逢战事，但海关收入，应付债赔各款，仍总有余裕。惟以日人既将战区内各海关收入勒存日籍银行，复不履行应付债额，以致应付之款不敷甚巨。政府为维持债信，且保障债权人利益起见，在过去十六个月中，曾准总税务使农商银行，垫付至一万七千五百万元之巨，且由中央银行供给应需之外汇，使海关担保的债赔得以按期全部偿付。但自本年一月起，则财部不准总税务司继续有所借垫。换言之，政府只有负责偿付战区外各关应摊债额，而对于战区内被日人控制的各关所应摊债额，则政府宣告暂不负责偿付的责任。

　　上述的处置显然的是一个极重要的处置，因而他一方面减轻政府每月约六百余万元的负出，但可一方面则或可损及政府的信用。在大体上讲起来，财政部的新处置正当的。不但是正当的，而且我们还嫌财政部的行动过迟。我们以为这种步骤财政部早应采取，因为农商银行垫付如许巨款对于政府是一宗难胜负担的大损失。但停付关税所担保的债赔的大部后，政府的信用不免要坠落。我们不知道财部对这信用坠落的危险，已采取何种防止的办法。这办法是非常重要的。我们实希望我们的财政当局者能获各友邦的信任，因而各友邦政府消极的肯努力不使我们的信用下坠，积极的肯借款我国，以补充我们日削的外汇基金。然而要望财政当局者得着这样的信任。中央似向须虚衷考察国内外舆论的向背，而作最大的努力。空言与宣传是不济事的，姑息则更足以害事。（端）

敌输出贸易的锐减

　　近报载日本一九三八年上半年的输出贸易比前年同期的减少了百分之二十一，这个衰弱的趋势仍在加强中。对外贸易在一个国家经济上所占的地位，对日本比对一般其他国家要重要得多。日本的经济命脉一向是靠生丝和棉制品的输出，和各种原料的输入；他们的工业和军备亦是建在这个基础上。这次战争发生以来，日本为求入超的减少，对于输入贸易施行了许多统制和限制的办法，结果入超数额仍高，而输出贸易则大受影响。这是因为日本输出品制造上所用的原料，由外面运去的比国内生产的多得许多。原料输入受了限制，汇兑手续繁杂，原料供给不够，输出品产量减少，成本加高，输出贸易自然地因此大减。不过这并不是日本输出贸易跌落的唯一原因。敌人为安慰他们的人民起见，说输出贸易的减少是由于世界各国的不景气。

一九三八年中各国的经济情况固然不算好，却是这一年内各国的日货抵制运动比战事刚发生的时候增强了许多。这个运动对于日货销售的影响比世界经济不景气的影响更大。全球各色有心人看到日本在华的横暴残恶的行为，受良心和正义感觉所使，都想有所报复。如在英美二国，虽然他们的政府至今还没有积极地实行对日经济报复政策，却是许多英美人民早已自动立愿不买日货或日本原料所做成的物品。不但欧美人民在这样做，许多亚洲非洲如印度，海峡殖民地，荷底东印度等处的人也努力抵制日货。有八九处的日本重要市场去年上半年所进的日货比前年上半年的减少了百分之二十五到七十五。此外，以前日货在世界市场的畅销是靠价钱便宜，现在这种竞争力量减少了不少，因为自战争发生以来，日本国内物价，不论批发或零售，都腾贵起来。所以各输出品工业一方面受原料供给缺乏和原料价格高贵的影响，许多工厂因之停工或减缩作业，又一方面因为生活费上涨，劳动者的生计愈见困难，工资不得增加，制造业的原料和人工成本都被提高，日货在世界市场的售价自然地比从前高得许多。因为中国的抗战，英国兰开夏和印度的棉工业近来又繁荣起来。日本的输出贸易继续跌落，则其购买外来物品能力愈见减少；输入原料愈少，输出愈没有振兴的希望；同时若想多些输入，又怕入超数额因之增加。无论日本采取什么方针，只要战争延长一天，他的财政经济愈为动摇，亦愈近于总崩溃的一天。（佶）

君子与伪君子
——一个史的观察

雷海宗

观察中国整个的历史，可能的线索甚多，每个线索都可贯串古今，一直牵引到目前抗战建国中的中国。"君子"一词来源甚古，我们现可再用它为一个探讨的起发点。

"君子"是封建制度下的名词。封建时代，人民有贵贱之分，贵者称"士"，贱者称"庶"。"君子"是士族阶级普通的尊称；有时两词连用，称"士君子"。士在当时处在政治社会领导的地位，行政与战争都是士的义务，也可说是士的权利。并且一般讲来，凡是君子都是文武兼顾的，行政与战争并非两种人的分工，而是一种人的合作。殷周封建最盛时期当然如此，春秋时封建虽已衰败，此种情形仍然维持。六艺中，礼乐书数是文的教育，射御是武的教育，到春秋时仍是所有君子必受的训练。由《左传》《国语》中，可知当时的政治人物没有一个不上阵的。国君也往往亲自出战，晋惠公竟至因而被虏。国君的侄兄弟也都习武，晋悼公的幼弟杨干最多不过十五岁就入伍；因为年纪太轻，以致扰乱行伍而被罚。连天子之尊也亲自出征，甚至在阵上受伤。如周桓王亲率诸侯伐郑，当场中箭。当兵绝非如后世所谓下贱事，而是社会上层阶级的荣誉职务。平民只有少数得有入伍的机会，对于庶人的大多数，当兵是一个求之不得的无上权利。

在这种风气之下，所有的人，尤其是君子，都锻炼出一种刚毅不屈、慷慨悲壮、光明磊落的人格。"士可杀而不可辱"，在当时并非寒酸文人的一句口头禅，而是严重的事实。原繁受郑厉公的责备，立即自杀。晋惠公责里克，里克亦自杀。若自认有罪，虽君上宽恕不责，亦必自罚或自戕。鬻拳强谏楚王，楚王不从；以兵谏，楚王惧而听从。事成之后，鬻拳自刖，以为威胁君上之罪罚。接受了一种使命之后，若因任何原因不能复命，必自杀以明志。晋灵公使力士钽麑去刺赵盾，至赵盾府后，发现赵盾是国家的栋梁，不当刺死，但顾到国家的利益，就不免违背君命；从君命，又不免损害国家。所以这位力士就在门前触槐而死。以上不过略举一二显例，类此的事甚多，乃是当时一般风气的自然表现。并且这些慷慨的君子，绝不是纯粹粗暴的武力。他们不只在行政上能有建树，并且都能赋诗，都明礼仪，都善辞令，不只为文武兼备的全才。一直到春秋末期，后世文人始祖的孔子，教弟子仍用六艺，孔子自己也是能御能射的人，与后世的酸儒绝非同类的人物。

到战国时，风气一变。经过春秋战国之际的一度大乱之后，文化的面目整个改观。士族阶级已被推翻，文武兼备的人格理想也随着消灭。社会再度稳定之后，人格的理想已分裂为二，文武的对立由此开始。文人称游说之士，武人称游侠之士。前者像张仪以及所有的先秦诸子，大半都是凭着三寸不烂之舌，用读书所习的一些理论去游说人君。运气好，可谋得卿相的地位；运气坏，可以招受奇辱。张仪未得志时，曾遭楚相打过一顿，诬他为小偷。但张仪绝不肯因此自杀，并且还向妻子夸口：只要舌头未被割掉，终有出头露面的一天。反之，聂政、荆轲一类的人物就专习武技，谁出善价就为谁尽力，甚至卖命。至于政治主张或礼仪文教，对这些人根本谈不到。所以此时活动于政治社会上的人物，一半流于文弱无耻，一半流于粗暴无状。两者各有流弊，都是文化不健全的象征。

到汉代，游侠之士被政府取缔禁止。后世这种人在社会上没有公认的地位，但民间仍然崇拜他们，梁山泊好汉的《水浒传》就是民间这种心理的产品。汉以后所谓士君子或士大夫完全属于战国时代游说之士的系统。汉武帝尊崇儒术，文士由此取得固定不变的地位。纯文之士，无论如何诚恳，都不免流于文弱、寒酸与虚伪；心术不正的分子，更无论矣。唯一春秋以上所遗留的武德痕迹，就是一种临难不苟与临危授命的精神。但有这种精神的人太少，不能造出一个遍及社会的风气。因为只受纯文教育的人很难发挥一个刚毅的精神，除非此人有特别优越的天然秉赋。可惜这种秉赋，在任何时代，也是不可多得的。

至于多数的士君子，有意无意中都变成伪君子。他们都是手无缚鸡之力的白面书生。身体与人格虽非一件事，但一般的讲来，物质的血气不足的人，精神的血气也不易发达。遇到危难，他们即或不畏缩失节，也只能顾影自怜的悲痛叹息，此外一筹莫展。至于平日生活的方式，细想起来，也很令人肉麻。据《荀子》记载，战国时代许多儒家的生活形态已是寒酸不堪。后世日趋愈下。汉代的董仲舒三年不涉足于自己宅后的花园，由此被人称赞。一代典型之士的韩愈，据他的自供，"年未四十，而视茫茫，而发苍苍，而齿牙动摇。"这位少年老成者日常生活的拘谨迂腐，可想而知。宋明理学兴起，少数才士或有发挥。多数士大夫不过又多了一个虚伪生活的护符而已。清初某理学先生，行步必然又方又正，一天路上遇雨，忽然忘其所以，放步奔避。数步之后，恍然悟到行动有失，又回到开始奔跑的地方，重新大摇大摆地再走一遍。这个人，还算是诚恳的。另外，同时又有一位理学先生，也是同样地避雨急走，被旁人看见指摘之后，立刻掏腰包贿赂那人不要向外宣传！这虽都是极端的例子，却很足以表现一般士君子社会的虚伪风气。这一切的虚伪，虽可由种种方面解释，但与武德完全脱离关系的训练是要负最大的责任的。纯文之士，既无自卫的能力也难有悲壮的精神，不知不觉中只知使用心计，因而自然生出一种虚伪与阴险的空气。

我们不要以为这种情形现在已成过去，今日的知识阶级，虽受的是西洋传来的新式教育，但也只限于西洋的文教，西洋的尚武精神并未学得。此次抗战这种情形暴露无遗，一般人民，虽因二千年来的募兵制度，一向是顺民，但经过日本侵略的刺激之后，多数都能挺身抵抗，成为英勇的斗士。正式士兵的勇往直前，更是平民未曾腐化的明证。至于知识阶级，仍照旧是伪君子。少数的例外当然是有的，但一般的知识分子，在后方略受威胁时，能不增加社会秩序的混乱，已是很难得了。新君子也与旧君子同样地没有临难不苟的气魄。后方的情形一旦略为和缓，大家就又从事鸡虫之争；一个炸弹就又惊得都作鸟兽散。这是如何可耻的行径！但严格讲来，这并不是个人的错误，而是根本训练的不妥。未来的中国非恢复春秋以上文武兼备的理想不可。

征兵的必要，已为大家所公认，现在只有办理方法的问题。目前的情形，征兵偏重未受教育或只受低级教育的人，而对知识较高的人几乎一致免役。这在今日受高深教育的人太少的情况之下，虽或勉强有情可原，但这绝非长久的办法，将来知识分子不只不当免役，并且是绝对不可免役的，民众的力量无论如何伟大,社会文化的风气却大半是少数领导分子所造成的。中国文化若要健全,征兵则当然势在必行,但伪君子阶级也必须消灭。凡在社会占有地位的人,必须都是文武兼备,名副其实的真君子。非等此点达到,传统社会的虚伪污浊不能洗清。

一般或特殊

沈从文

人类发明文字后，文字的使用，最先只是少数人有这个权利。因此凡用文字保存的知识，多具特殊性，少数人能运用它，多数人可不能享受它。直到后来发明了印刷术，而且发明的主要原因便是印行经典，力求普遍。多数人虽因此能享受经典，还是不能自由使用文字，这限制自然是由上而下的。多数人能够享受文字的用处，已算得到一般化的意义了。照理想说来，社会组织从法老帝王的极端专制，到民主政治的人类原则平等，知识学问的特殊性必然渐归消灭，一般化必然渐次可以实现。

可是另外还有个事实值得注意，就是人类求生技术越进步，社会越复杂，一切必分工进行，各有所守，各有所专，种种知识学问又会自然而然趋向于专门化，特殊化。一般性日少，特殊性日多。

一个民族的文化或文明，重在一般事情能够特殊化，同时这特殊化的东西又能应用于一般生活。能够这样，是进步。不能够这样，是堕落。这是"必需"的，也是"必然"的。举个浅近的例，昆明地方城乡转运的交通工具，大部分还是牛车，若有人能设法使牛车行动较轻便，或甚至于造出一种木牛流马来代替，就是一般的特殊化，这种费力少效用大的交通工具，每人都能用，都能有，就是特殊的一般化。提起地面交通工具时我说马车牛车，不说汽车，因为我们这个国家一直到如今还不能够真正自造一辆汽车。

关于牛马车辆问题，不过借来譬喻一下罢了。文学方面也有特殊一般问题存在，很可讨论。

文学作品简单说来不过是用文字拼拼凑凑产生的一种东西罢了。古怪是它的存在，好像很有用，又好像无用。即如说有用，它的用处又随人解释，各有不同。现在假定承认它有用，就文字说，不管它是和普遍口语离得极远，还是和口语十分接近，想运用它来编一支小曲，一段短短故事，使情感或理想成为一种型式，或者更不怕汗牛充栋来写一部大书要他发生好作用，必得透彻了解它的性质。比方说，在试验中必作到能令文字"平铺成为湖泊，凝聚成为渊潭"。必有耐心与残忍，肯"扭屈文字试验它的韧性，重摔文字试验它的硬性"。一个作家对于文字的性能了解得越多，使用它作工具时也就越加见得"恰当"。我不说"美丽"，说的是"恰当"，正因为一切所谓伟大作品，处置文字的惊人处，就正是异常"恰当"处。运用文字，表现自己或社会，希望恰如其意所能言，写它出来时，且能明白在某一类读者中必然留下一个什么印象，可能引起些什么反应，既是每个作者的愿望。这么说来，了解文字性能似乎也可以算得上一种"知识"，而且算得上作家所不可少的知识，这知识稍稍说得不同，便是技巧，调排文字的技巧。

在这时提起技巧，很自然会成为一种迂论，一种反世违俗见解。原因是有句话在可解不可解情形下流行。一切文字都是宣传。

"一切文字都是宣传"，正如说"一切文字都可载道"，可是自从在作家间流行着这句话后，有好些人从此以后似乎就只记着"宣传"两个字。在朝在野服务什么机关的，也都只记着"宣传"，不大肯分析宣传的意义。标语口号盛行时，什么标语口号能产生什么结果就不大明白。于是社会给这些东西笼统定下一个名辞，"宣传品"。这名辞内容，包含了"虚伪"，"浮夸"，"不落实"，"无固定性"，"一会儿就成过去"种种意义，又给创造它的人一个称谓，"宣传家"。宣传家可分两种：有少数是能干的，人虽能干，依然不会得人敬重。居多倒是愚笨的，因为仿佛极有信仰，实在无多知识。这件事平常人不能说，不许说，用意虽好，说来还是很容易令拿笔的老实人灰心，护短者生气。但居指导地位的又照例不肯说。所以慢慢的情形就越来越不同，直到有一天，"宣传"两个字当做什么解释，指导者也弄得糊糊涂涂。这一天不一定是"未来"，也许"过去"已有过了。

现在我们一提起用文字作宣传工作时，真像是早已由少数专家的特殊知识，进步到多数人的一般化知识了。想证实它并不困难，许多地方"文化人"忽然加多，便是一例。另外给人一种意义是凡拿笔的通可称为"文化人"，社会进步战争支持全少不了他们。理由是他们会宣传，正在用笔战斗。若让我们说真话，多数拿笔的朋友们，对于这一项知识，应当说实在太薄弱了。"抗战八股"与"自我批判"两句话近来在刊物上常可见到，说明这薄弱的存在。想增加这种"文化人"的知识，也许还得从宣传家写成的小册子以外想办法？也许还得另外什么人写点东西出来。这本书说不定只是一部小说，内容仅仅写到普遍社会所见的"愚"与"诈"，"虚伪"与"自大"，认识它，指摘它，且提出方式来改善它，与战事好像并无关系，与政治好像并无关系，与宣传好像更无关系，可是这作品若写好，它倒与这个民族此后如何挣扎图存，打胜仗后建国，打败仗后翻身，大有关系！他教育的或者只是一小部分读书人，为的是这些人真正爱重这个国家，有了觉悟，很谦虚的需要接受这种教育。这作品不特内容能启迪他们，文字也能启迪他们。

在目前，重庆或桂林，长沙或昆明，忽然有许多读书人都被称或自称为"文化人"，这么一来对"宣传"好像极有意义，因为宣传与热闹本来不可分开。文化人一多，事情就热闹起来了。不过我倒觉得另外有些作家，特别值得注意。这些人好像很沉默，很冷静，远离了"宣传"空气，远离了"文化人"身分，同时也远离了那种战争的浪漫情绪，或用一个平常人资格，从炮火下去实实在在讨生活，或作社会服务性质，到战区前方后方，学习人生。或更抱负一种雄心与大愿，向历史和科学中追究分析这个民族的过去当前种种因果。这几种人的行为，从表面看来，都缺少对于战争的装点性，缺少英雄性。然而他们工作却相同，真正贴近着战争。目的只一个，对于中华民族的优劣，作更深的探讨，更亲切的体认，便于另一时用文字来说明它，保存它。他们不在当前的成功，因缘时会一变而为统治者或指导者，部长或参政员。只重在尽职，尽一个中国国民身当国家存亡忧患之际所能尽的本分。他们在沉默中所需要的坚忍毅力，和最前线的兵士品德，完全一致。这种人和"文化人"比起来，在当前是个"少数"。

这种人的产生增多，并不靠"宣传"，火用火可以接引，这种人当前看来少，战争若持久，此后会加多。不拘是作家，是专家，将个人能力参加到战争方面时，毫无可疑，这是一个贡献生命最切实最合理的方式。话说回来，这种人的态度是很容易被人轻视与忽视，这种人且常常不免被某种"文化人"奚落。原因极简单，"文化人"是在目前唯一有多量时间使用文字的人，他若作的是"宣传"工作，一切无宣传性的工作，需沉默努力而且更需时间和耐心的工作,都容易被误解,受奚落。好在这一切是无妨碍的,战争一延长,举凡冷静而坚实的工作,就会见出它的意义和效果。

据我个人看法,对于"文化人"知识一般化的种种努力,和战争的通俗宣传,觉得固然值得重视,不过社会真正的进步,也许还是一些在工作上具特殊性的专门家,在态度上是无言者的作家,各尽所能来完成的。中华民族想要抬头做人,似乎先还得一些人肯埋头做事,这种沉默苦干的态度,在如今可说还是特殊的,希望它在未来是一般的。

论中国经济的进步性

吴半农

抗战十八个多月，我国的经济已在其形态和本质上发生了激烈的变化。在一方面由于战区的扩大，通商口岸的丧失，工体中心的被占领，交通路线的被切断，目前的经济活动已彻底退入内地，国民生产和收入已大行缩减，物产运销和对外贸易已受到严重的限制。其影响所及必使我国的财政和经济感到极大的困难。这是无可讳言的。但在另一方面，由于经济重心的内移，战时经济的措施，我国的经济组织中却也产生了许多进步的趋势和有利的条件。这些进步的趋势和有利的条件不仅是目前"抗战必胜"的重要支柱，并将成为此后"建国必成"的良好基础。这是每个关心现阶段的经济问题的人所必需切实认识的。忽略了这些新生的进步力量，必将为眼前的困难所蒙蔽而成为民族失败主义的俘虏，这于抗战建国的前进都是有害的。

首先我们应该认识的，便是我国的经济生活，随着沿海口岸和通都大区的沦陷，国际交通和对外贸易的封锁，已渐由"对外依存"进到"对内自给"。这一转变含有两种重要的意义：（一）鸦片战争以来，我国的经济一直是在帝国主义的垄断和侵略下挣扎生存，各个经济部门都充满着半殖民地的色彩；经过这次转变，我们才第一次踏入独立自主之途，而渐以平等地位与世界各友邦开始正常的经济关系。（二）过去国内的民族产业经常受着外厂和外货竞争的威胁而呈现衰颓不振的现象；现在国内市场差不多已完全脱离帝国主义的羁绊，外厂竞争固然失却作用，外货输入亦已受到限制，广大的西南和西北实已成为我国民族资本发荣滋长的独占场所。需要决定供给。我们如能善于利用这一良好的时机，民族产业的飞跃发展实是一件必然的事。

第二，我们应该指出的，便是由于都市经济的破坏，主力民族资本业已大规模向内地移动，渐以西南各省的经济建设为其主要的活动范围。我们知道，我国的资金，由于对外贸易的经常入超，由于内地的兵连祸接，曾以各种方式集中于少数都市，造成过去都市"充血"，内地"贫血"的严重病症。这些资金集中于少数都市后，一方面由于国内的企业衰颓不振，产业投资成为有产者的畏途，另一方面由于过去政府的公债政策、钞票政策、银行界的高利吸收存款政策，以及公债，地产，票金等投机买卖，又转而积集于银行家之手，形成了我国民族资本的主力。至一九三五年，这一主力，就我国各银行的实收资本和公积金言，已近四万五千万元，就存款言，已近三十八万万元之巨。中国的银行资本，在其形成和发展上，可以说和国民经济的发展完全脱节；中间经过一九三一至一九三五年我国政治经济危机的洗礼，以及政府对银行的统治力量的加强，新币政策的施行，国内公债的彻底整理和统一公债的发行等重要事件后，虽有少数银行改变了以前的营业政策而开始参加各项经济建设事业，但至战争爆发时为止，这类的放款和投资仍属尝试性质，在银行全部业务中并不占重要的地位；且其活动区域偏集于沿海口岸一二省份而未深入内地。现在则一方面因为海岸经济的破坏，一方面因为战时统制经济的施行，各大银行的总分支行及办事处业已遍布内地各城市，在政府的策励和指导下，积极参加后方各项重要的经济活动，如经过经济部工矿调整处对各工厂作迁移放款，建筑和增加设备放款以及营运资金放款，经过财政部贸易委员会对各重要出口商品承做押汇，以及经过经济部农本局对内地农村作农田水利，生产，运销，仓库，合作等贷款是。此外内地各省政府的建设事业亦多有各大银行参加。总之，目前的银行资本已渐集中内地并和内地的经济活动发生了密切的关系。这真是中国金融史上的一大革命，抗战过程中的一大收获，是值得我们深切注意的。

第三，我们应该指出的，便是经过这次主力民族资本和新式经济机构的内移以及政府的积极提倡和统制，内地经济现代化和统一化的成分已大大地增加和扩大。一般地说，中国工业化的行程虽远在鸦片战争结束后即以开始，但因为种种内在和外在复杂原因，这一行程始终没有获得长足的发展。直至"九一八"以后，政治的和经济的危机已经笼罩了全国，东北和华北的经济已经彻底殖民地化的时候，长江下游一带的经济机构才向着现代化的康庄大道大踏步的迈进。这一转变的特征，除了上面已经提到的各点，如资本主力的形成，银行资本的统一与政府的统制之下，货币制度和金融机构的现代化，银行资本的参加经济建设外，还有水陆空交通的飞跃发展，产业组织的集中化（如国货联营公司，中国棉业公司，中国茶叶公司，华南米业公司，以及水泥火柴等业的卡特尔式的联合组织，等等），国营基本工业的发展，政府与工商业关系的改进等等。凡此种种无一不是新的经济发展，新的经济力量；也无一不是向着经济统一化和现代化的道路推进。现在随着长江下游的经济势力的内迁，这些进步的经济组织和经济力量业已集中内地，与落后的经济组织与经济力量发生了接触，发生了感应，而使其改变面目乃至改变本质。

　　第四，我们应该指出的，便是随着战争的发展和需要，我国的经济活动已渐踏上"统制经济"之途。我们知道"统制经济"的呼声，在抗战发动的前几年，即已甚嚣尘上，惟当时条件缺乏，除了资源委员会所管理的钨业外，几毫无成绩可言。现在抗战十八个多月，各项重要的经济部门为了事实的需要，都已略具统制的雏形，要不能不算是战时经济的一大进步。就金融方面言，沪战发动后，政府即颁布《安定金融办法》七项及上海银行业公会所提《补充办法》四项，以限制存户提款。去年三月初伪中央准备银行成立，政府为防止敌人利用伪钞夺取我国的法币准备金起见，又于三月十二日规定《购买外汇请核办法》三条和《申请外汇规则》六条，以管理进口外汇。同年四月间，财政部又制定《商人运货出口及售结外汇办法》，《关系机关稽查出口货物外汇注意事项》，《出口货物售结外汇之种类及其办法注意事项》，《邮政包裹售结外汇办法及其注意事项》，《出口售结外汇二十四类货品名称及税则号数》等项章则，以管理全国出口外汇。贸易方面，除了上述申请外汇办法对于进口货物的数量和种类间接已有相当的统制外，出口货物方面并由财部专设贸易委员会及富华贸易公司，以负调整对外贸易，管理出口外票及办理对俄贸易之责。事实上，这一年来的出口贸易，由于交通困难、金融呆滞，风险太多：私人已无能力办理。大部出口货物或由政府自行营运，或由政府代运代销，性质上已略具国营的意味。交通方面，现已有水路运输联合办事处的设立，直属交通部管辖，专负管理水陆交通及调整后方运输之责。且我国的铁道公路多系国营或省营；目前贯穿西南和西北的两大公路系统又直接在交通部西南和西北公路运输管理局管辖之下；故统制更属易易。工联方面，除资源委员会所兴办的各种基本工业原属国营外，其他私营工厂亦以机料迁移、资金流转、原料供给、出品运销均须依赖政府，无形之中已归工矿调整处所管辖。即农业方面，由于农本局农业仓库和合作金库的设立，由于出口贸易的管理和交通工具的控制，重要农产品的生产亦已有统制的可能。

第五，应该指出的，便是抗战以来，经济行政机构已日趋系统化和合理化。抗战以前，中央的经济行政机关，除了实业部外，还有经济委员会、建设委员会和军事委员会所属的资源委员会三个组织。抗战发动后，军事委员会扩大组织，加设第三和第四两部管理战时经济事业。第三部偏于工业经济方面，于部内设工矿调整委员会及液体燃料固体燃料等管理处。第四部偏于农业方面，于部内设农产调整委员会。这些机关或权限不清，或系统不明，可谓极纷难紊乱之能事。现在则或经撤销，或经归并，已全部统一于经济部之一了。又如战前原有国际贸易局一机关，战事发生后军事委员会又有贸易调整委员会之设立；现在亦已归并，改称贸易委员会，直隶财政部。这些都是明显的例子。此外中央和各省的经济行政机构亦多有调整之处。例如广西的出口贸易原为省贸易处所经营，所得外汇向归地方支配应用，现财政部贸易委员会已与该省贸易处商妥。所有出口货物，除商人营运者外，概由广西贸易处照《维护生产办法》定价收购，转售贸易委员会运销。又如云南出口贸易亦向为省贸易机关所统制。最近财政部贸易委员会业已派员商洽调整办法，并已在昆明设立办事处了。

凡此种种都是抗战以来我国经济组织中所发生的重要进步趋势。而且这些趋势还要随着抗战的进行而继续发展。我们当然不能以此自满。但认清这一阶段的经济进步性并利用一切可能去克服困难，铲除落后现象，却是目前所切需的。

我国管理外汇的汇率政策问题

王元照

我国在二十四年冬改革币制时，本系采取外汇本位制度，根据过去数年汇率及当时特殊情势，颁了法定汇率，每元等于一先令二便士四分之一，由政府银行在此汇价下，无限制买卖外汇，以资维持。自战事发生，直至去年三月初，外汇汇率始终安定。但自实行外汇请核办法后，沪上外汇市场就发生了外汇暗盘，在第一星期内，下降尚微，其后则跌势甚猛，虽在四月中曾有一度回涨，但五月初又开始猛落，直至八月后半始见稳定，在过去数月中则盘桓于八便士至八便士半间，虽经广州武汉的失陷，但沪上外汇汇率幸始终未受影响。

因为暗盘汇率比法定汇率要低百分之四十五乃至百分之四十，要用外汇的人，自然都想依照法价向政府请购外汇。但政府为防止资金外逃起见，对于审核用途，标准严刻，因而引起各方的不满，且政府又令出口商人，依照法价向贸易委员会所指定之中交两行售结外汇，出口商人对此自不大愿意，曾多次直接间接向政府请愿，希望政府将法定汇率与暗盘汇率差额，津贴他们。因此有人主张干脆实行货币贬值，庶可将此汇率差额取消。但主张维持现在法定汇率者亦有多人。此外有人更主张实行贸易国营，一切进口出口外汇，均归政府经手，借以避汇率差额问题。

主张货币贬值一派的理由，大约可以总括为以下两点：即（一）货币贬值后可以减少进口，鼓励出口，因此，可以改善贸易结差。（二）货币贬值后，前时逃避国外之资金，定然回转，因此我们的外汇基金，亦可以增强。

主张货币贬值的人，引法美两国先例，希望借货币贬值办法，改善对外贸易逆差，并鼓励已逃避资金反转。但他们似乎忽略下面三件事实：第一，我国主持请核外汇机关，近来对于用途的审查，极为严格，故大多数进口货物，均系用公开市场外汇购来。汇率既教官价为贵，进口物价因之高涨，而限制进口的功效亦已收到。至奖励出口一节，因为我国土货输出，向系以外币做价格单位，货币跌价后，倘使出口商行，不削减货价，则所有好处，都将归于他们，国外购买者并不能得到利益。第二，目前我国虽维持法定汇率，但上海既有公开市场，则要想抛出外汇换回法币的人，尽可自由去做，不必等货币贬值。反之，倘货币贬值以后，新法定汇率不能维持，恐反足以引起外汇市场的纷扰和资本的逃避。第三，就是新汇率能维持的话，现在欧美列强间货币关系并未稳定，我们又在抗战时期，一切均在非常状态之下，似亦非确立新法定汇率之时。所以我对于货币贬值的主张，不能赞同。

主张贸易国营一派的理由，大约可总括为以下三点：（一）贸易国营后，出口外汇完全系国营贸易机关所有，可根本免除因汇率差额而生之争执。（二）我国对外贸易机构及性质，本不健全，可借国营予以调整，使其合理化。（三）贸易国营后，可以由政府通盘计划，调动公路车辆，并可以借此推进汇兑清算及以货易货制度，减少支付困难。

但是，国营贸易，在原则上纵有许多优点，实施起来却并不是一件容易的事，有许多技术上的困难，须待克服。即在承平时期，以我国行政效率的低弱，用政府机关去经营对外贸易，恐尚不免流弊纷繁；现在抗战时期，似乎更谈不到。我现在用不着去详举那技术上许多麻烦问题，我只须提出下列三事。

第一，现在许多提倡国营贸易的人，似乎只想到出口方面。国营出口，只要经营机关有钱去收买土货，就可利用现有中外私人贸易机构去办理一切，故比较容易。但进口问题，则极复杂。我们现在进口，除政府机关的购买不计外，大半是从公开市场取得外汇。贸易国营后，倘入超不能骤减，经营机关势须仍向公开市场补购外汇。政府一方面维持法定汇率，一方面又公然以跌价汇率购买外汇，势将难以自圆其说。

第二，我国进口贸易。多在外人洋行手中。这当然是一种畸形现象。近年来国人在出口方面，已挽回一小部分贸易。但进口方面仍然几乎是外商独占。自七七事变以来，敌人每占领一埠，就实行垄断该埠商业，使外商几无插足余地，因此引起英、美、法各国商人的怨怒。我国现在正需三国的信用协助，在此时实行国营贸易，既无绝对需要，又势必引起友邦商人的反感，殊为不智。

第三，我国并无海军能保护沿海口岸，因之贸易国营后，进出口货的海上安全，也成问题，敌人既随时可以检查外输，他们定会拿商品属于我们政府为词，与外输任意刁难捣乱。而国营贸易亦大受顿挫。

主张维持法定汇率一派的理由：多系针对货币贬值一派的主张而发，。他们所持理由不外以下两点：即（一）货币贬值后，进口货因价格高涨，不易输入，但正当之必需品，亦将大为涨价，对于抗战不利。（二）货币贬值后，倘不能维持，则不独已经逃避之资金，未能听望共返转，且恐因此人心恐慌愈甚；资金逃走愈多。

但是空言维持法定汇率，而不想用间接方法以补救现局，亦等于掩耳盗铃。我以为政府应在维持法定汇率的幌子下做文章，一面想办法去稳定公开市场的汇率，一面想办法去解决有此二汇率间差额所产生的许多问题。

现在公开市场的汇率，在八便士半左右，比较法定汇率约低百分之四十。可是我们的出口货价，并未增高；因运输不便，我的并且下降，欧美各国的物价，也并未怎样下落。照购买力平衡学来讲，我国的法币对外价值已经过低，贸易结差当趋有利，若无战事影响，这个汇率是应该可以维持的。

那么，为什么同时又要稳定现在公开市场的汇率呢？简单言之，约有两点：第一，政府虽然仍旧维持法定汇率，可是照目前现象讲，法定汇率的用途究竟有限，大部分进口货物均用公开市场外汇讲来，而贸易委员会所管理的商品，自今年一月一日起，又已由二十四种减为十三种，出口货物照法定汇率去结外汇的亦已大减，事实上无论国外国内仍在重视这公开市场汇率的升降。要想取得友邦的金融协助，我们尤其须设法维持此公开市场汇率，不使其再行下跌。

第二，我国管理外汇的目的，除防止本国资金外流，和国际收支不平衡外，本尚有第三种任务，就是防止敌伪破坏我国法币的阴谋。敌人早在那里讲什么"日满支货币集团"。他们规定伪满洲，伪华北准备银行的一元纸币，和日元三者相等，联成一片。他们早想把我国货币也挪进去。可是因为我们法币对外汇率在公开市场已跌落百分之四十五左右，没有办法联在一起。同时因为日元在我国暗盘跌落甚大，政府审核申请外汇又严，所以没有什么办法去施其捣乱伎俩。为维持我国币值完整起见，外汇跌价倒有一种保护作用，所以在最近将来，我们也用不着使公开市场汇率再涨回去。

且就欧美各国管理外汇的实例来讲，实行多元汇率制度的国家也不是没有；南美多数国家，至少都有两个汇率，即一个法定汇率，一个自由市场汇率。欧洲管理外汇国家，多数固只有一个法定汇率，但他们对于一部分出口外汇给与升水，进口外汇增微附捐。这在实际上也等于多元汇率制度。因上所言，我们现在尽可不必取消法定汇率，或实行货币贬值。维持法定汇率，在一般人心理上本有极大好处。且维持法定汇率，政府亦无多大财政损失。但同时，政府也用不着去承认公开市场的汇率，因为承认以后，总有相当责任，汇率上涨时固无问题，下落时必有麻烦，故不如在若即若离的关系中去设法维持现有的公开市场汇率。

既要维持法定汇率，而事实上又有公开市场的跌价汇率存在，那末在进口方面就发生公私各方依照官价请求外汇的外汇审核问题，在出口方面就发生贸易委员会管理出口各种商品的外汇结价问题。依现在请求外汇审核办法，商业组织多由外商银行代向中央银行请求，政府机关则直接向财政部请求，政府为限制进口起见，对于各项请求之审核，自不能不极严格，商业组织在请求不到或核准数目不足时，尚能在公开市场购买。但政府机关，则因有审计部的规定，苟用跌价汇率购买外汇，便不能保报账。办理请核手续，本有相当稽延，若结果仍未能请得，则申请机关除更改其行政计划外，将无他法，关于此点，实应有补救办法。我意政府机关亦应有在公开市场购买外汇之权；如此便可免稽误要政。

至于须依法定汇率售结外汇之十三种商品，在内地的出口商人，因为武汉广州相继沦陷，改用公路运输，成本陡增，虽体量小而价值贵的商品，尚能运出，但较为笨重货品，则不能担负此项运输费用，故政府除应设法增购车辆及改善路政外，并应给付出口商人相当津贴，以资协助。至于付与津贴的办法，则须视货品种类及地域而定。

有些人反对给与出口商人津贴。他们所持理由为：（一）给与出口津贴，无异自认废止法定汇率。（二）现在车辆缺乏，就是给与出口商人以津贴，也不能增加出口。我觉得此二理由，都不充分。关于这一点，倘若给付津贴的办法，不依照汇率差额，尽可算是一种奖励金，并不影响维持法定汇率政策。关于第二点，我们在战时，更要体念商艰，从远处大处着想，以维持他们生机，而不可过于从政府目前的利益着想。能增进出口，政府就应协助出口商行，不能增进出口，政府才可置之不望。统制贸易，究和国家经营企业不同，故商人的利益不能不予顾到。

　　总结起来，我主张不放弃法定汇率，但公开市场的汇率亦应暗中予以稳定。我主张在此事实上的双重汇率制度下，谋输入输出的调整，待战事结束后，再根据彼时情势，以决定新的汇率政策。

西北小故事

薛 邻

一、小学的成立

教育厅下令限一个月内在某某两县的二十个村子里成立二十所小学。二十个从外边新来的小学教育家出发下乡了。

十天过去了，半个月过去了，二十天过去了，教育厅还没有得到哪一所小学成立的报告。

教育厅长生气了，亲自下乡去踏查。

派往大井村办小学的戴铭，曾经当过太原模范小学校长的，听了厅长的的询问以后，皱起了眉头说："房子好容易盖起了，还正在想法到三十里铺去运木料，因为还没有桌子、凳子、黑板，也没有粉笔……"

厅长一听说，俯下身去，双手捧起一块石头，向屋内一放，"这不是桌子？"捡起一块破砖头扔在石头旁边说，"这不是凳子吗？"

"还缺少什么呢？"他接着说，指指白墙壁，"这就是黑板，"指指地上的黄土块，"这就是粉笔。"

这样，在二十所预定设立的小学里，大井村小学首先成立了。

二、军帽的来访

一顶军帽在炕沿上，从门外闯进来的小虎发现了，吓得倒退几步，退出了窑洞门，直叫"妈！"

妈与桂花菊花在南公田里摘南瓜。听到喊声，马上奔过来，怕是狼来了。

可是狼倒没有这样可怕。小虎说不出话来，只是呆望着炕沿上。大家跟了他的目光向炕沿上望过去，接着便面面相觑，不约而同的都在想："军帽！不得了！"

大家莫名其妙的往外跑。小虎跑在最前头，和谁撞了个满怀，抬头看：老总，大家抬头看：老总！穿了新军服的老总还背了一支枪呢！

光着头的老总一把抓住了小虎，说："干什么！你不认识我么！"

"噢，"小虎对着老总特别红的红鼻子，嘘开了笑嘴，"原来是三舅父！"

"三弟，你几时当了兵了？"

"兵？我是自卫队。大姐，我们那边早就有了自卫队了，你还不知道？"

"不错，我在高家坡也见过自卫队，可是拿红缨枪的。"

"我们昨天把红缨枪换了步枪了。红缨枪只能防防偷南瓜的贼。要是人家拿了枪，像我这样，走进来占了你们的窑洞，你们怎么办呢，如果大姐夫没有枪，像我这支枪？"

小虎得意了，戴上了三舅父的军帽。

三、追火车

形容同蒲铁路上火车走的如何慢，有一个流行的笑话，从前方回来的贺师长又提起了：

"在火车开行的时候，我们可以跳下车来，撒一泡溺，再跳上车去。"

开心煞了小猴子一样爬满火车的，把火车当玩具的士兵；急煞了带部队赶上前方的有心事的干部：

"杨方口还远着呢！"

过了两天：

"杨方口几时才能到呢？"

再过了两天：

"杨方口在哪里呢？"

多谢慢火车，部队却开到只有挤出炮兵阵地的所谓"国防线"，敌人也就穿进了里长城。同蒲铁路随即被敌人用去了。虽然我们回师的部队不时的把铁路切成一段段，铁路像传说里的毒蛇一样，一段段连起来又是一条活动怪物。

然而也多谢慢火车，过了几个月，它又使我们永远愉快的士兵大乐了一场，使我们的师长也高兴的翘起了胡子，他过了几个月，在后方的一块操场上，讲的满场人都笑了：

"平社车站打下了以后，敌人冲去了一列车。火车逃得虽然快，我们的弟兄们追的可也不算慢，一步不放松，直到高村军站。那里的敌人，远远的望见了我们，因为我们的前面就是敌人自己的火车，不好开炮，不好开枪，眼睁睁看着我们跟火车直冲进车站，以至占领了车站。站上的敌人随即往车上逃，弟兄们就去拖，拖下了一挺挺机关枪，还拖下了一条条腿子——一个活俘虏！"

现在呢，现在的同蒲铁路，贺师长说的好，"有火车走的时候算是敌人的，没有车走的时候还算是我们的。"

四、进城，出城

头戴军帽，身穿军衣，大踏步走去，全凭脚上的草鞋给老百姓认出了是什么人，"游击"。

老百姓像潮水一样的把他带到了"太平"了的城门口。

伪警察在心里笑："游击"，伸过手去，把站岗的日本兵挡一挡，让"游击"从身边过去了。

走进第二个日本兵的岗位，望见敌人向他一伸手，"游击"摘下帽子来一鞠躬，"皇军"得意了，心里说"顺民"，就让他过去了。

"游击"在街上买了一切他所想买的东西。

"游击"在街上碰见了"皇军"。"皇军"向他一睁眼，他摘下帽子来一鞠躬，"皇军"得意了，心里说"顺民"，就让他过去了。

"游击"在街上又碰见了"皇军"。"皇军"望向他手里新买的一支牙刷，他把牙刷送给了"皇军"，"皇军"满意了。好和气的"皇军"！

半天以后，回到城门口，"游击"望见守门的皇军在打瞌睡，机关枪在旁边休息。"游击"眼快手快，把机关枪搬到了手里。

他向城门外跑吗？不，城外还有敌人的岗位。

那么他向天上飞吗？瞧，他已经回头向城里跑了，好小子，那个"游击"！

过了一会儿，城里一条僻街的一所住房的门上响起了敲门声，轻轻的。"游击"知道敲重了，里面的老百姓一定以为是鬼子兵临门，要进去找东找西找女人。门开了，机关枪得了躲藏地。

"游击"这才换下了军衣，像鱼一样游在老百姓的水流中，敌人的毛手到脚边去捞摸他？敌人开始搜索了，他开始悠游自在的玩了。

一个礼拜了？十天了？走吧。"游击"借一运药的大车把机关枪运出了城门，心里想："还上算，一支牙刷换一挺机关枪。"

五、傻虫并没有空手回来

十四岁的勤务员，绰号叫傻虫的，硬要跟队伍一同去，想捡一些好玩的东西。

飞机场上响着一个奇异的声音。大家听惯了手榴弹的声音，可是第一次听见手榴弹接触飞机的声音，怪好听的，一阵阵。

手榴弹得意了：踏过数千里的草鞋也得意了，今夜又得了一种新的经验，三双两双的踏的上了飞机。草鞋也有踏飞机的福气！

傻虫投出了两枚手榴弹，就爬到了一只负了重伤再也飞不起来的铁鸟身上。钻进驾驶座，在朦胧的月光里，他第一眼碰到的就是明晃晃的一个像小孩子画的圆脸，就是月亮自己的脸吧？圆脸在傻虫的心上一闪：金的！傻虫眉开眼笑的向圆脸凑过头去，看见圆脸上只有一撇细眉毛，直竖在面孔上半部的正中。是眉毛呢，还是鼻头。傻虫虽傻，可是早已从连长那里学会了看钱了，于是他伸出手去抓圆脸，可是顽强的金属拧子揪牢了，死不肯放手。于是开始了一场激烈的战斗，战斗，战斗。

傻虫用尽了战术，还是徒然，圆脸还牢牢地揪在敌人的手里。

傻虫退出了战斗，搓搓手，预备作第二次总攻。忽听得圆脸嘲笑似的滴答滴答的叫起来，傻虫才发觉外边已经没有了喊杀的声音，爆炸的声音，机关枪绝望的口吃声音。没有风，一片秋夜的寂静。睁大了眼睛向圆脸望过去，傻虫看见那上面的眉毛已经长长了一倍，往下直伸到下巴上——十二点半了。傻虫明白：打坏了一大堆飞机的自己的队伍已经退走了，留下了他在敌人的手里。

"连长在归途上一定会对弟兄们说想去捡东西的傻虫多半给敌人捡去了。"傻虫想，简直想哭了，呆呆的坐在驾驶座上，恨不能飞出去。

飞机外的场地上传来三两双皮鞋的沉重的声音，近了，近了（傻虫的心上：糟了，糟了），可是又远了（傻虫的心上：好了）。

傻虫知道憋坏了的累极了的敌人已经不顾破飞机，只知道需要睡眠了，于是松了一口气。随后他狠狠的一脚踢破了已经把两撇眉毛一长一短的干竖在上方的那个俏皮的圆脸。

"给死鬼子报告时间吧！"微笑着说了一句，傻虫轻脚轻手的摸下了飞机。他在飞机沿边捡起来两支步枪。"赔我的两枚手榴枪，"一边想，傻虫把枪背在身上，回过头去，轻轻的说一声"再见。"

"站住！"从七八尺外袭来了这么一句。

傻虫吓了一跳，可是马上听出是中国人的声音，说得那么低的，大了胆，向声音的来处望过去，看见了一个受伤的战士躺在地上。走过去一看，认出是十连的一个班长。班长伤了一条腿，要人家扶了才能走，所以傻虫来得正好。

傻虫也回来了。

"傻虫，捡到了什么东西啦？"

傻虫并没有空手回来。傻虫带回来了两支敌人的步枪和自己的一个受伤的班长。

村　汉

李　欣

　　寨长挨了村汉王旦两巴掌，谁也不信这新闻。但它迅速的播散着，镇内充满了奇异的冶笑。因为事情实在太动人了。

　　马家巷里大树下，像这镇上的无线电台的收发着四街的琐碎新闻，没有一天遗漏过任何一件芝麻大的小事。有天晚上，烟店掌柜拿他老婆子的裹脚布擦脸的秘密也叫他们揭露出来了，好不稀奇！

　　午饭后，大槐荫下又堆满了那帮爱管闲事的人。他们先由天气谈到庄稼，稍一拐弯，拉扯上寨长被打的事情。有个绰号马麦圈用劲吸了口旱烟，把两只小红眼眯缝住，说道：

　　"人要是倒霉，盐也会生蛆。你想，寨长前些时候才死个骡子，背欠七八十块钱；这时又挨了王旦两巴掌。好一个礼物！"说了他挨着自己的长脸，等待同情。不用提，大家都笑起来了。

　　王旦是个穷庄稼人，老实的像条骡子，向来不敢大声和人家说话。他的老婆，一个好吃懒做的坏婆娘，也没挨过他的打；现在倒打起大王来了。好一个斗胆！

　　"他疯了吧？竟敢打寨长！"教私塾的迂阔先生，是个惑疑派，坐在一块红石头上，大腿压住二腿，手里捧着他那日夜不离的老水烟袋，他在这帮人中常占据领袖地位，说话时充满了自信力。"依我说：他是找死。寨长是个'有仇为记非君子'的人，你们看吧。他会放出法宝来的！"

　　有人说，"怎么会打起来？"

　　"麻绳栓豆腐——不用提！王旦早几年不是在寨长家做过活么，通共二十块钱工钱，到如今一个也没有拿到。前个多月王旦转手卖了寨长家一条骡子，把这笔钱扣了出来，昨天，寨长把王旦叫去，向他说，姓王的，把钱来！"

"骡钱我给你，我的工钱呢？"

寨长哼了一声，喊着："你撒赖吗？什么工钱？"

王旦就说，寨长你贵人多忘事，好记性。你的你记得，我的倒忘了？

寨长当时从椅子上站起来，暴躁的骂着，王旦，你放屁。你想讹诈我？你讨死了。我×你娘，我会欠你工钱……赶快给我骡钱，没有我打你的……哼！混账东西，你想上天飞？你在做梦。几句话把王旦说急了，往前走了一步，硬邦邦的喊出两句话：

"寨长，你说话时把嘴放干净些。我可也会骂人！"

"哎呀！这还了得……"寨长把水烟袋放到桌上，卷起袖来。"我打你这个杂种！"连咱也没想到王旦这时竟没说一句话，走近身伸出手来就打了寨长两耳刮子。左边右边，一边一下。听说，要不是有人拉住，这傻子不定干出来啥事呢！说也奇怪，王旦打了就走，寨长也没管他，只在后面喊着："好王旦……好王旦……有你的，你等着……"你想……这能算完么！事情当然不会如此完结的。因此大家争论着预测着可能的一切。

一个婆娘盘坐在树根旁掰鞭，不时拿着破月白布衫擦着鼻子上汗珠子，这时把鼻尖一声，蔑视的笑道：

"该打……难道说只许他压制别人。我……"

"你！你妈×"那婆娘丈夫在后面突然截住话头骂起来。"到处尽听你说话。你撒泡尿照照。看你那继孙女的像，是个什么样子。还不赶快给我爬回家去！"

那女人想接住说话，但瞧了一下她丈夫的黑毛大腿，有点吃不消，把话吞回去，低下头再也不言语。心里却想，"该打该打。"

私塾先生趁大家都静默的当儿，促着眉头，眼睛从老水烟袋移到前方坐的女人广阔胸部，判案似的弹着长指甲说，"王旦太冒失了，工钱是该要，不过……凡事有个理字，总不伸手打人！打寨长就犯了法。孔圣人说：必也正名乎！就是这种道理。假若王旦许打寨长，那还有何法可言，岂不是'王旦不王旦，寨长不寨长'么？"接着觉得用"也"字不甚恰当，便咯咯咳嗽了一阵，又下个注解。"我说的'王旦不王旦，寨长不寨长'，就是孔老圣人说的,'君不君臣不臣'的意思。君不君臣不臣,岂不陷于夷狄禽兽矣?"

有个小孩子插嘴说,"老师,什么鱼,羊角鱼?"

"哼!"不知谁在左边冷笑了,私塾先生赶快把视线收回来,在人堆中怯生生的查访一遍,又开始吸着水烟。那小孩子却接着说连句,"什么羊,大绵羊,什么大,鸡鸡大……"几人正笑着听着。

这时,王旦背着一包糖从街上过来,大家好奇地看着他,尤其是那婆娘,眼中充满了惊喜。王旦到这树下,停住脚步,把包放下来,枯涩的唉着。

"歇歇!王大哥。你糖啥价钱?"

"一串。唉!鬼年头糖也吃不起了。"他拿那破得几乎挂不住肩头的黑布衫,擦着脸,畏葸的望着老先生。

"穷人穷受,天下老鸦一样黑,有个法子!"那女人同情的说,后来斜眼瞥了丈夫一下。马麦圈在块破砖上磕着旱烟锅无可奈何的说:"命,生来是穷命,活着同狗混。有什么可说的。"

"穷命?"王旦低低的不在乎似的说"我不信!穷人受罪吃苦是可以的,穷人可不是活着来受欺负。×娘!我们虽穷也是个人,不是狗!我想了两天,心横了……没有什么道理。打了杂种两耳巴子。"

是的,他想了两天,才找出话来说明那两巴掌是打得不错,不过他到底是个粗人的那话说得十分笨拙。而且,他的心里终有点害怕,觉着这种行为简直是鸡蛋碰石头,是一定要吃亏的。他知着自己力量极孤单,惹不起寨长;乡人中有很多是敢怒不敢言的,只能给自己以不中用的同情,没人敢站出来帮帮他,不过事情已经是骑虎难下,只得硬着脖子走上去。

"管他娘,"王旦吐了一口吐沫,又把糖背起来。"人总得活下去。反正咱们一辈子下点牛力,吃点猪食,生点王八气,到后来,两脚一伸,完事。都要完的……"

他吞下半句话,离开了众人,走回家去了。

没进家门口,就听到那臭婆娘的怕人而且几乎是疯狂的吵闹声音。平日他是不会因此而动气的,因为他觉着那女人傻得可怜;但今天却例外的惹起了愤慨。

"你这婆娘,整天嚎叫像猪叫,谁咬了你?"他把糖包放下,满脸怒气的说着。"咱要有一顷八十亩，也会让你吵穷了！你那天不王婆骂鸡似的骂完槐树骂柳树？真不要脸，吵穷，好歹你让过下去，要不然每个人找个破碗，你东我西到大街上要饭去，那时你就心净了！"

"我心净？我心永不净啦！这一辈子跟着你这穷鬼，一年吃十二个月糠，一年三节，没尝过一点油水，我问你：这两个月谁见过肉啥样子？……"

"老天爷，你向我考究这事情呀，咱家通共有八分地，你就想抿着胡子喝蜂蜜么！我没见过有人像你，说得笑人。叫我说，你也没有官太太的福气，也只够上穿破布衫吃糠。要是你嫌我穷，滚你娘的，我不要你这种狗老婆——"

"王旦，"那婆娘正想说回骂几句辣心话，听见门口有人喊她丈夫，才怀着失去对手的恨意走回屋里，去奶那因营养不足到两岁还不会走路的孩子。王旦出去后，见是本镇公安局里的两个警士，他几乎喊叫起来！他明白事情发了。这镇上的公安局作过许多孽，比衙门口还厉害，凡事有理没钱一定吃大亏。镇公安局长还是寨长的本家兄弟，外号叫"活阎王"。不用问，寨长已下了毒手，点着了心窝子。

"王旦，"一个瘦个子警士恶意的笑了一笑。"局长请你去说件事情，跟我们去吧！"

"老哥，他跟我说啥事？我不去。"

"哼！你这个人卖豆腐背拖车，摆的派头不小，还想叫县长下帖请你吧。有什么事，我们那知道。反正你得去。"

"去！"王旦又轻轻的说，"上阎王殿去，我也不怕！"公安局是以前所谓关帝庙，门口还挂着"大义参天"的匾儿。但许多壁画都涂了石灰，蓝不蓝白不白的，上面改写成标语，左边是"为富不仁，就是土豪"右边是"吞食公款，就是劣绅"。局长办公室在大殿内，屋内陈设极简单，除了两张木床，几张椅子，一张以前是供桌现在当办公桌的香案以外，墙上凌杂纷乱贴着些县政府送来的告示，和县党部送来的传单，副官排长把兄弟的名片。泥塑的关公，穿着丝袍依然高坐在上方，全身满是灰尘，头上挂着一张蛛网。屋内充满了大烟的气味，间杂着粗野的笑声。

王旦先是站在廊下好一会，才被领进去。他木然的站在一角，慢慢的才从烟雾里发现了那个肥胖的公安局长和一个瘦客人，躺在床上吸烟。那边有几位警士围坐在一领席上摸着纸牌，不时的吐出下流的笑骂。局长却不在意，好像这是必须的。

局长眯缝着眼抽完那口大烟，仰脸静睡一会，才坐起来。一面对着客人说："少陪，我办点小事情。"一面走向办公桌。他并没坐下，合着一只眼蔑视的问道：

"你就是王旦吧？"

"局长你认识我。"

"哼！剥去你的皮，也不会不认识你这穷骨头！你现在整天装疯撒赖，到处讹诈行凶，不论谁你都打，你以为我不知道。跟你闲话少说，你打寨长了吧。"

王旦勉强撑住气势说，"我打他两巴掌，他欠我帐不给，还开口骂人。是我打他！"

"喝！"那边有个警士恶意的叫起来。"这家伙是茅房的石头——又臭又硬！"

局长气极了，不相信他敢说这话来顶撞他，于是拍了一下桌子，（一手灰）把碗茶都吓得跳动起来。

"就凭你这个穷光蛋，寨长会欠你帐？你想绑他的票吧！他骂你是混蛋，要不然他骂过谁？一辈子他也没骂我一次。叫我说，你不是王旦，你是王八旦！"

众人都哄笑起来，尤其是床上的客人，笑的简直像骡子叫。王旦咬着牙，强忍下这口气，低声说道：

"局长叫我来，就为的是骂我么？"

"别脏了我的嘴！我有闲工夫骂你！"局长坐下来，慢条斯理的说，"王旦，你的事情你知道，不用装傻，你以为打了寨长两巴掌，事情就算完了；他不是纸老虎，你一戳就破，破了又完事。他在我这里告下你，赖账行凶。我吃这门儿饭，要得管这事，你怎样说吧？"

王旦不服输说：

"局长，你当然要管的。你不是公安局长，也管得着。你是公道人，我的话已经说过：他欠我帐，我扣钱；他骂我混账，我就打他。别的也没啥说了，反正在你手下，你随便办吧。"咬着牙关一思索，又续上两句："我明白这事我闹不出个理来，他是寨长，我是个穷光旦！"

"你知道是穷光蛋就不该动手打人呀！"

"×他娘，作死的家伙！"

"……"从摸牌的警士嘴中吐出乱七八糟的话语。

公安局长把脸一沉，他喝了口茶，死板的说道：

"我也不打你，省的人说我欺负你。不过官司我要这样判：你把寨长的钱拿出来，再罚你个二十元，这警律第四条，限三天办齐。假若你……，那我就不客气了。"

"局长，你不用客气，"王旦被这分派气极了。"你让我死去吧！"

"哈哈！"那边传来的笑声。

"你死？想的倒痛快。死就可以躲过去么？你一条命值几个钱？想死有日子呀！你把罚款出来，再死，谁也不拉你。"局长说过后，向客人瞥了一眼，卖弄他的才干。"大爷，你说是不是"？

"没钱怎么办？"

"没钱活受罪，有的是法子。"

局长坚决的话儿把王旦困扰住，他知道他的根底鱼到了网上，纵有翅膀也飞不了。不承认就押起来了，解上县里去。乡下人谁不怕进县衙门。

凡是局长想得到的，王旦也想到了，冤有头，债有主，总得有个办法，有个结果！

这村汉粗中见细，明白上了套，脱不了，于是低声下气向局长说：

"局长，你宽恩秉公办罢。我承认罚款，不过我那有手？卖地也要人担当！让我回去想法子好不好？"

"你尽力去办好了。"局长笑了，好像一石头打中了一个野雉，在掠获物面前露出胜利的笑容。"你服了，我帮你忙主持公道！"等两个警士跟着王旦出去时，局长向那吸烟朋友说："大爷，你瞧！我这地方人，多讨厌！你讨厌，我也有一套套住你动不得！"

王旦重回到家里，看见老婆子正抱着孩子在那里哭，他带着气喊道：

"都与我滚出去！婊子婆娘，你不赶快走开，我就要杀了你！"

老婆子停住哭，瞪着惊奇的眼睛望着他，不知道他想干什么坏事。王旦握紧拳头，铁青着脸，瞧了瞧身后的警士。于是把拳头在老婆面前摇动着，几乎撞着她的鼻子。"走——赶快走——连你的臭孩子一起都滚开，这里再也不许你住了"。

老婆子听了这话，突然明白情由，知道这吃糠的地方也要给人了。像做戏一般，把孩子一摔，母子二人同坐在湿地上都大哭起来。王旦知道她的脾气，没等她向地上滚，就一把拉到门外，让她随便哭去。

"×你娘，没出息的东西，只会哭！哭有什么用？"

他抱着孩子，向警士点了点头，苦笑了一下，说道：

"家，地，东西全给你们留下了，你们随便办吧。回去告诉局长说：你们亲眼瞧着，王旦光身子和老婆出去了，再不用局长费心来传我！日子多，君子报仇三年，有时候咧。"

说着，挟孩子在肩下，任孩子哭喊，扬长走了。

两个警士像木人一般的怔住，看守着这几间破的狗窝似的屋子，半晌说不出话来。

本期撰者：

雷海宗先生是西南联合大学教授。吴半农，王元照两先生俱是经济学者，前者任中央研究院社会科学研究所研究员，后者在某银行服务。薛邻先生是诗人，是四川大学教授，刻在西北考察。李欣先生是一位青年作家，刻在河南从军。《西北小故事》与《村汉》均是从前线寄来的。

第一卷第五期（1939年1月29日）

时评

两广与晋陕的形势

近卫诱"和"失败，平沼继起执政后，敌人之加紧进攻，是理所必然之事，本不值得警异。关于近日敌人增兵两广，企图由西江北海夹攻桂省。调动北方军队，企图由晋西豫南鄂西进攻陕西，以及对桂林、株州、庐山、重庆等地的狂炸，可知敌人仍利在速战，而难以久待。现在我方对西江北江方面已配置运动能力较大的部队，在钦廉及广西南部则已积极破坏交通路线，所以敌人在粤桂方面，纵有三四师的援军，亦难以轻进。在西北方面则我方已配有大军，重兵器亦较完全，此外更有相当得力的游击部队可收臂助之功，所以敌方的速进也不可能。敌人求速战速决，而不能速战，更不能速决；我方则确实有可以久战的军队、军心与军械。在此情势之下，小胜负、小得失实在与抗战前途的宏旨无关。（平）

平沼有田的演说

日本第七十四次议会本月二十一日复会，首相平沼和外相有田各发表演说，阐明新阁的内外政策。平沼的演讲大多涉及国内问题，他声明尊重政党，放弃组织法西斯党计划。这个演说可以说是针对着国内反法西斯阵营而发的，含有哄慰和威胁的两重作用。平沼因得法西斯军军部的奥援而登台，无疑地将增加反法西斯人们的忧虑和不安。为减少不必要的摩擦和纠纷起见，他在就职后即声明并无解除政党之意，以哄慰反法西斯阵营中利害关系最切的政党。这次演说不过是重新声明而已。平沼叫政党乖乖地听政府话，在议会中少说些话，少捣些乱。言外之意仍对政党有些恐吓。据合众社记者向各政党探询结果，政友民政两党决与政府合作，且支持政府各项计划。伶俐的孩子们真能听话。不过他们又何必要用"深恐妨碍团结"等话来掩饰他们的可怜呢？

有田的演词可以归纳为三点：（一）对于中国，新阁决定创立"东亚新秩序"，以日"满"中为合作基础，希望英美及其他各国参加合作，实现"东亚的繁荣"；日本为国防必要起见，对中"满"将施以若干限制。（二）对于法国，用威吓的口气，警告勿再由安南运输军火往中国，否则将采适当处置。（三）对于苏联，仍采取势不两立的攻击态度，并谓日苏关系将因库页北部煤矿及渔业问题而更趋严重。出人意料的是有田演词中并没提及英美抗议毁弃九国公约的照会。但我想对华部分大概可以看做对英美暗示答复，一方面表示对于中国的要求和决心，一方面可想以共同开发东亚经济利益，引诱英美承认日本武力造成的政治局面。日本对于英美始终认为是解决中国问题的最要关键，不敢过于开罪，同时还梦想着利用英国的现实外交和美国的孤立主义，造成有利于日本的安协解决。对于法国趁着法意关系的紧张加以威吓警告，一则见好德意，一则希望滇越铁路不运军火。不过法国对于远东早有固定的政策，当不致受这种狂言谬论的影响。观于法国继英美之后向日提出内容相同的抗议照会，以及最近发表驻远东及驻安南两舰队司令，有田的狂论将徒然促进法国的恶感而已。至于对苏的攻击与其看作对苏而发，不如看作对内而发。日本一向以防苏反赤为侵略中国的借口，获取人民的同情，闭塞稳健派的反对。同时军部又素以日苏关系紧张，打开国难局面，为推进内外法西斯政策的护符。在中日战争日趋延长，对内控制愈趋逼切的时候，法西斯内阁又旧调重弹，用日苏关系紧张来刺激厌倦的人心，推进对内的控制。如果真是为攻击苏联而发，张高峰事件渔业交涉以及苏伪边境的冲突早有成为日苏正式冲突的可能，为何只缩着头嚷呢？（信）

国联行政院会议

国联行政院已于本月十六日至二十日开过第一零四次会议。这次议程中最重要的议案有二：一为西班牙内战问题，二为中日争端问题。关于前者，西政府外长台尔伐育要求行政院对于佛郎哥叛军方面外借志愿兵的撤退，与不设防御城市的轰炸二事，有严正的决议，且对佛郎哥过于极权国家加以谴责；但行政院所通过者则仍在于空泛而无力。我们唯一可以欣慰之点，即我们的代表在这次的会议中能充分站在正义的立场，为台尔伐育作声援，而一反从前各次会议时对西班牙问题不做声的怯懦行为，这诚是我们最近决心不再敷衍德意后的一种自然结果。

关于中日争端问题，国联自前年十月六日以来，本次会议（大会或行政院）有同情中国，斥责日本，并建议会员各国助我的决议案。但从未有共同制裁的决议。此次我方所要求者为一种范围小而执行易的共同制裁。我方建议由远东有关各国合组调整委员会，以主持，（一）抵制日货，（二）禁止以军用品供给日本，（三）予中国以经济援助。三种具体的制裁，但行政院此次所通过者，则既未列举上述三事，又未有上项调整委员会的组织，而仅征请各会员国，就其是与远东有关各国，相互协商，就中国方面所建议事项，加以审议，俾采取有效措置，以援助中国。换言之，我方所提原是具体的，能发生效力的建议，而行政院所通过者则为空泛的，不能发生实效的决议。但是我们也不必失望。要国联能为制裁，先要英法愿担负制裁的责任；要英法愿担负制裁的责任，先要使英法不畏日本，使美国能有动作。我们应加倍努力抗战，加倍努力外交，以取到这种不畏与这种动作的可能。水不到，渠不成，失望或悲观是徒然的。（端）

史订生与蓝敦

美国前国务卿史订生日前发起了一个不参加日本侵略行动委员会，劝告美人不再以足资日本侵华物品卖于日人。美国前届大选共和党总统候选人蓝敦则又于本月二十二日在其乡邦演说，大斥全能国家在拉丁美洲的野心，并请美洲各民治国家联合以抵抗全能国家。这两件事。虽其一与我国无直接关系，而均是正义的表现，十分值得我们的欣慰。

史订生是一位七十余的老人，参加过美国与西班牙之战，先后做过陆军部长，菲岛总督，与国务卿，为名律师，亦为大政治家。他是不承认主义的阐明者。他虽藉隶共和党，而其意见常为现政府所推重。他同情我们，但他更爱正义。前年罗斯福作芝加哥演说之后，他尝撰一长函，投登《纽约时报》，说明中日冲突的经过，与夫中立法之不应实施。此后他更多方谋转移美国孤立派的舆论，而使美人认识中日战争的真意。他今更以垂老之年，罔惜孤立派的批评，而组织反对日本侵略的团体。他的行动诚是大国大君子政治家的气概，我们中国对于他这种的义行诚然应十二分的感激，但是我以为表示我们感激的最好方法，不在打电报谢他，而在尽力于我们的抗战工作。他一定不稀罕我们的致谢。惟有使他老人家及身看见一个新的民主的中华民国勃兴起来，才可以不辜负他的一番好心意！

蓝敦于前年年底潘尼舰被炸案发生后，曾与共和党副总统候选人诺克斯分别致公开信件与罗斯福，声明赞助总统先生的主张和办法。这次里玛会议（见本刊第二期时评）他是美国代表之一。现在他回国了，返家了。他的斥责全能国家的演说，是无疑的为响应罗斯福总统对开会的演词而发的。美国孤立派的势力至今仍极可观。我们不敢说蓝敦的演说能生怎样立时的效力。但他毕竟是共和党的要人；以反对党领袖而与总统共鸣，则其所共鸣者势不能不引起一般美人的重视。全能国家的壁垒本是须要猛烈的加以打破的。不幸英法的现当局，方遵行所谓现实政策，与全能国家多所妥协，以致全能国家的势力日长。今美国朝野两大党的领袖既俱感全能壁垒之可怕，英法或者也会，因美国之故而感觉民主阵线有成立的必要罢。我们向深信日本的总崩溃当在民主阵线成立之后，所以对于蓝敦的表示，也感无限的欣慰。（都）

政治之机构化

傅孟真

在欧洲，近代政治之进展程序中，有一个出力不出名的大工作，是无穷的无名英雄以无穷的努力才把十九世纪晚年的成绩奋斗出来的。这个大工作叫做政治之机构化。历史上很少记载这些英雄的事业，并且很少记载这些事绩的演进，因为这些事都不是轰轰烈烈的。然而十九世纪下半叶以来欧洲列国政治运用之效能，正多由于这一点上之进步，这是潜心看近代史的人都该知道的。

原来欧洲也不曾有机构化的政治，虽说有些自中古传来的遗物和遗训，支配着行政，所谓"有机构的政治"是不发达的，所以政治不外乎宫廷之谋计与斗争，行政不外乎人事之消长与变动。所以列国之间"兴也勃焉，衰也忽焉"，这都是因为个人的分素太重了。在中世纪和近世纪的初年有些地方，其地方自治颇能机构化，其政府却不能，这样的欧洲国家在后来也都趋于衰败了。只有英法两国能于较早的时期中把政治机构化，这个事业随着这两个国家的开拓而开拓，随着这两个国家的进步而进步。其中英国尤能在此一道上擅长，法国却以政治常常剧变差居后列，在十九世纪约六十七十八十诸年间，英国政治和一般行政之机构化在世界上居第一位，其能发挥其巨大国力，这当然是主因之一。政治之机构化即等于我们国中的一句常言"上轨道"，设若这轨道不是过于不合理的，上了轨道自然可以发挥政治的大力量，不上轨道自然是乱轰轰相消相灭，决不能发挥政治的力量。有时可凭大人物之努力，不曾机构化的政治也未尝不可照耀一时，如中央亚细亚时常崛起的豪杰，如铁木真一流的人物，但，这终不是国家百年有道之长基。

在古代中国的政治学理论中，本来也有两派的争论：一派主张人治，以为"有治人无治法"，一派主张法治，以为"有治法而后有治人"。这一套争论，直到黄梨洲手里还辩论不休。凭借近代的经验看去，两种说法，实在"相反而相成"。历史上给我们的印象是这样的：在创造或改革的时代，似乎人的分素格外显得重要，在守成的时代似乎法的分素有莫大之力量。其实这个印象，不尽可靠。在创造或改革时，虽靠大人格为推动力，而其推动之成绩必须能够安定下来，方才可以算做真实的贡献，否则"人在政举，人去政息"，纵使可以在历史上留一奇迹，终不能开拓三百年的泰运。想把成绩安定下来，保持到后来，必须把政治机构化，因为人是无常的，机构是有常的。开创的时代固然要"法"，守成的时代却也要人。若使守成的时代只注意法之保持而不问人之能不能，自然不久便腐败下去，到了腐败，所谓法者自然也坠地了。所以我们在今天这个洋洋大观的世界中，大可笑古人何以只能看到一面。其实法治人治是一事不是两事：有治法然后有治人，惟治人方能用治法。

以上所说，虽不免如辕固生所谓"寻常家人言"，却实实在在是政治中的一个要义，发挥起来固可守成，一部大书缩约起来，也不过是两句话——治人治法，相互为用缺一不可；求政治上轨道，非机构化不可。

近几年中，中国政治的进展，其神速为明初以来数百年中所未有。其所以有此成绩者，固然由于人力之发挥，并不由于法治之运用，但若为中国长久着想是不是如此便足，我辈心中不能不有所顾虑。我并不是说不重视人的因素，我们知道拨乱反正当然要靠人的因素。但就历史上看去，创业是一阶段，定功又是一阶段，前者靠人力，后者恃机构。制度是国家的根本，中央亚西亚旋风式的起落，在政治中是不可为训的。

从国民政府在南京建都以来，十年以上了，似乎尚未能把政治机构化。其所以如此，自然有其不可免的原由，内部纠纷，至于战争，外来压迫，不得喘息，都是使建国工作受影响的。但这些事实固然是不可抹略的事实，凭此事实固然可以恕谅至今政治之还不曾机构化，然而政治之还不曾机构化却也是一件不可抹略的事实，为建国起见不能不加以注意，且谋改正。

所谓政治之机构化，换句话说，即是"政治之非个人化"。在这一个要求中，并不是忽略个人的因素尤其在拨乱反正的时候，这个人因素是绝不可以忽略的。但若是政治完全靠个人因素，这政治决不是近代政治，凭这政治可以成立国家，却不能稳固的。

政治之非个人化，可以从多方面去看。自封疆大吏之僚幕制进步为官属制，是"非个人化"之一例。以考试为用人之标准而实行"文官制"（Civil Service）也是"非个人化"之一例。但政治之非个人化不止于此。举凡各机关之能发挥其职权，国家制度之受尊重，法令之能切实奉行，下级在职者之能施展其才能，皆靠政治之能摆脱不需要的个人影响。拿中国目前的现状来说，同一机关，如果他的长官在错综的人事上有好地位，事情便好办，否则不易办事，到处遭人的忽略，或至藐视。这是把个人的重要性放在国家的政务之先了。又如，办事好讲交情，甲与乙要好则相助，不要好则相梗。举例，假设和财务当局要好，领经费时便可省去很多麻烦之类，这是把个人的关系放在国家的责任之先了，尤其不可为训。又如同为国人，同样服务，某也某也自居为某人的人，亦被指为某人的人，某进则一大批人弹冠相庆，某退则树倒猢狲散，这样不由主义与职任而由个人关系的结合，自亲戚至于徒党，也是不使政治上轨道的一个大原因。中国若要现代化，非扫除这些毛病不可。

有一个什么会，最近塌台了，负责清理积案者，发现了原主办人的便条子好几寸厚。会中虽有一理事会而永久不曾开过，有预算，也不曾照预算规定的项目实行。这个现象在中国目下各机关中似乎相当流行，这是应该彻底矫正的。有些教育界出身的人也有时犯这样毛病，真可叹惜了。一部或其他一机关的长官，无论如何智慧过人，赤心为公，如不靠组织使同僚发挥其才力，但靠自己，是不易成大功的，独断尚是一个办法，独办却不成一个办法啊！

想把中国政治机构化，须有五年的大努力，上下一致的决心，并且要牺牲某项某项的小方便。在抗战中有些事固然行不通，然也有些事未尝不可作。以下举出几事，有的目下可以加以注意，有的在战事胜利结束后不可不加以根本的改良。

一、欲求政治之能机构化，不可不先把机构简单化。政治之能机构化，是要先养成这样一种普及的习惯，方才可以推行下去的，机构如果太复杂了，一般人不易养成遵守他的习惯。目下我们政府的整个组织实在过分复杂些，求其"身之使臂臂之使指"，固不可得，求其互相调节，亦不可能。且以其复杂之故，自然容易引起人之逾越，因而"复杂"成了"机构化"的障碍。

二、法令必须自上遵守，不能因人事上有何一种方便一时间加以忽略。如果感觉某一法令有何不好之处，自当计较他的如何更改，但在未更改前是不该拿他来迁就人事的。

三、制度及法令不可常在改动中，若常在改动中则永久不能建设政治中的秩序。至于关系国家根本及人民行事者，尤其不可常改。政治中必有了秩序，政务方才容易推行，常改动的状态中是不能出产秩序的。

四、国家治，必须"贤者在位能者在职"，然后国家可以治。所以"尚贤"应当是民国立政的根本，"亲亲"却是'民国思想'之仇敌，所以有一切任贤避亲的法制与习惯是当从速建立或养成的。

五、各级官员的职权必须划分，下级的人不可侵上级的权，上级的人尤不可侵下级的权。因为下侵上权，已经可以招致政务之紊乱了，而上级的人代下级办事，更容易使其僚属全部木偶化。一个机关里的事务每每是很多的，必须一切职员均能发挥其智力。然后可以办得好，其中指臂之间自然要有条理，主管者自然要有决断，但下级人之创见不可抹杀，下级人之智力不可不使其发挥。若不然者，久而久之，一切僚属都成木偶人或应生虫。这个机关便僵化了。

经济自给与战争

王赣愚

处在国力竞争尖锐化的时代，各国经济政策，几无不走向自给自足一途。以往有不少人妄信"经济自给"的推行，反要使各国埋头于对内发展，间接可以减少彼此经济利害的冲突。殊不料近年来国际形势的演变，适证其反。

现今所谓"经济自给"，实公然漠视世界经济与国内经济之不可分性，硬把军事需要来决定国家经济的路向，战争中的主要筹码，既然是物质力量，而物质力量与其依靠国外供给，不如力谋国内自足；所以眼前各国不断地作物质的占取，为着就是企求到国际贸易一旦有中断危险时战时军需品及原料之自给。纵使自己是个穷国，也要极力向外拓地，以求军需原料的来源，或运用科学方法另谋制造代替物。此等国家之强行"经济自给"，是备战，是准备更宏大更惨酷的分赃战争，这是无可疑义的。

处现局下，各国为实现"经济自给"计，必定以经济适应政治需求，而不以政治适应经济需求。经济措施的"政治化"其反映于国际关系上的，便是国力的计短较长。"力"的尺度，不得不衡之以经济的标准，而"力"的运用，则始终决于政治的考虑。"力"之于一国是实现无上意志的工具。在解决两国以上意志冲突的过程中，"力"便是公认的仲裁人，强者占上风，弱者受支配，已成了这个战争世界上的一个公例。战争是运用国力以求意志超越的政治表现，所以各国所争夺不已的一切物质，没有不是与它们作战力相关联的。贺特利氏（Hawtrey）在其《主权的经济意义》一书中，说得最彻底："战争的主因就是战争，因为人类每认战争之最有价值的目标，是在于对有利军事力量的物质之取得。"军需物质增长一分,国力必定加强一分,能战胜把握也多了一分。各国之攫取作战资料,到如今已非昏沉暧昧的争求,却是光明公开的呼声。当国与国间"自助"的观念没有完全消除以前,际兹国家权益没有集体保障的时候,哪一国愿意承受有损自己力量的经济安排?哪一国又愿意保持低首下心于人的现有地位?

从这个观点上说,现今所谓"经济自足",与其说是经济的措施,不如说是政治的措施;与其说是对内的策略,不如说是对外的策略;与其说是和平的手段,不如说是战争的手段。重政治而轻经济,先对外而后对内,成为现今咄咄逼人的高度武装世界之现象,又何足怪?在现代战争中,经济或军事的需求有时也很显著,然政治的需求却居在一切之上的。"经济自给",无疑的已成了各国备战的理论根据,国际战争的一种政治动力,现在让我分列以下几点,略述其缘由:

第一:在国际自由贸易制度之下各国所需之原料,资本以及劳动,不妨仰给于国外,因为一切产业的发展,悉以利润大小为依归,而从未拘限于政治境界之内。纵使一国缺少了特种资源,固不必攫取殖民地或强占他国领土,才得到供给或来源。但在现今"经济自给"制度之下,一国资源的多寡,土壤的肥瘠,气候的寒热,以及资本的大小,几乎完全决定这个国家的经济力之厚薄。除攫夺殖民地或强占他国领土外,一般贫乏的国家,确实没有增加经济力的其它较有效办法。因此,在国力竞争中,侵略土地便认为解决资源问题的唯一途径。"无"的国家固无时不从事侵略,以强求自给,而"有"的国家亦何尝踌躇满意呢?

严格说来,只有处着特殊环境中的国家才配得上谈"经济自给"。往往因为环境不同,各国的成就亦不能一致。其实在今世并没有一个国家能够完全实现自给理想。至若那些患贫血症的"无"国,如德、意、日等,在争取"经济自给"的狂潮中,没有不积极从事拓地,以实现大经济单位的计划。德国之急于要求殖民地,意国之急于经营非洲,日本之急于侵略大陆亚洲,都是以扩大经济单位为目标的。如果拓地一时做不到,它们只有缔结类似经济而实属政治性质的同盟。贸易政策变成霸权政策,商务协定竟成军事协定。"无"国相结以抗"有"国,或许是暂时的现象,然其对世界和平前途之为害,不可谓不大。

第二:国际经济关系之"政治化",又是"经济自给"的必然结局。在自由贸易制度下，经营交易者大抵是个人，而国家不过运用关税权以决定交易条件而已。但在"经济自给"制度下，国家在国际贸易上，殆成全权操纵者，无时不在决定一国贸易的数量与路向，无时不把经济措施迁就备战需要。到此，所谓国际贸易，充其量不过是经济侵略的一种方式。侵略国在对外贸易上实以被侵略国为货物的尾闾，本国所生产的，由其推销；本国所缺乏的，由其供给。国际的经济关系，到如今已使"力"占了极其重要的地位。一国有了强大的"力"，便可以冠冕堂皇地做出强取巧夺的勾当。市场的侵取，资源的攫争，以及资本与生产的垄断，无一不仗着"力"以促其成。

各国实现"经济自给"的方法，因囿于环境，未必能趋一致；然其公然违背平等互惠原理则一。此种趋势，只须一考各国所采行之外汇统制，输入限额，以及货币购值一类的政策，不难得其明证。实行"经济自给"的国家在国际交易中，不惜滥用厚此薄彼的歧视手段，步步加强本国的物质力量。在领土以内，经商外人之横受歧视，尤为显著事实。此等国家是民族仇恨的激动者，此等事又是国际报复主义的发端。如果世界上只有一二国家对峙倾轧，其对于国际贸易的恶影响，或还许是有限的。若使大多数国家都处着敌对的地位，结果恐怕只有彼此相抵消相摩擦，而终非至两败俱伤不已。

第三："经济自给"显然是战争的未雨绸缪之一种政策。我们离去上次大战结束，虽已到二十年之久，然而全世界仍不能完全摆脱大战所发生的深刻影响。战后国际形势演变的昭示，反而是战争在今世必发的趋向。在战云弥漫的状态之下，国际分工主义的先决条件——普遍和平——根本不能存在了。到了和平难望的时候，谁还坚信古典经学派所倡自由贸易的优点呢？谁还不想出充实国力的更可靠的其他办法呢？好些国家在平时犹可富裕无虑，但到了战机急迫，总是感觉自己力量不足。战机之酝酿愈显明，国力之竞争亦愈剧烈。

备战措置不能没有厚固的物质基础。眼前盛行的"经济自给"所能做到的，不过对于战时不可或缺的物质，倾力大量生产，或特加保护，以免仰给于国外。工业国须从农业方面图发展，农业国亦何尝不须从工业方面求扩充？虽然技术的进步，科技的发明，都要助长这个不自然的趋势，但其中主要的动机，还是企求战时经济力量的来源之独立。以往国与国间有无相通的假定，就是普遍和平，而现今迫近的战局竟已把这个假定推翻了。从经验上讲，一个国家在作战的过程中，仅恃世界市场，供其所需，济其所乏，终久要遭惨败。上次大战德国所以终不免于屈服者,实由经济力量的枯竭,而非由于军事力量的薄弱。殷鉴不远,各国怎能骤然忘怀呢?

一般缺乏资源的国家,在战期间奋命求存的必然性,已够辩护其牺牲生活程度强求经济自给之合理。"无"国的不安感觉,谁也不敢说其无因,不过强求补剂于"经济自给",终久是失策。推行"经济自给"的结果,是增加国家作战的力量,还是消损国家作战的力量,本成极大疑问。一国在企求自给的途上,即或可以避免战期封锁的影响于一时,仍不能避免战期封锁的影响于远久。从纯经济的立场来论,自给政策是人民物质福利的致命伤。购买力的锐减,资本的敛迹,不合国情工业的勃兴,以及必需品消费的限制等等,都是许多国家妄想自给所偿付的代价。大众生活的不安定,在民治传统未稳固的国家,立刻种下了暴力政治的根苗。倘使暴力政治听其发荣滋长,而不速加遏止,则社会必渐由混乱而至于崩坏。在经济危机日趋恶化的过程中,执政者除发动战争或制造战争空气外,似无他法以消弭政潮或镇压骚动于未然。由此以观,"无"国自始就带着一种好战的癖性,或一种掠夺的恶习。"有"国未必均非"侵略国",但现今"侵略国"几乎俱是外强中干的"无"国。侵略欲的无限发泄,乃一国经济的病态。但是这种病态并不是无从救治的先天缺陷。今后要避免战祸,非从救治"无"国的病根做起不可。

综观上述各点,所谓"经济自给",在"无"国是应付急迫战机的措施,在世界是促进国际战争之焰的动力。这项政策的盛行,要算是在一九二九年之后。因此,我们很容易认它是经济不景气的产物;其实经济不景气仅是近因,而战争心理却是远因。大战以后,各国人士畏战之极,而惟虑不早备战;备战之狂,而犹恐不足作战。从观念以至行动,都显露着极大的矛盾。因为只着眼于战争的需要,谁都想从最短近的途径去增加国力的数量,而不肯从最宽大的途径去充实国力的基础。国力的尺度不单是军事,实则经济远比军事来得要紧。但妄想"经济自给"的国家,偏要把军事来决定或支配国家经济,结果所树立的不外是"权力经济"(Power economy),而不是"福利经济"(Welfare economy)。"权力经济"的核心问题,是如何予国家武力以物质的援助,谋战胜的虚荣,而人民生活程度根本不在考虑之列。先政治而后经济,重国家尊荣而忽社会福利,是"无"国的新姿态。就国际现势来观察,"经济自给"的坚持,对世界和平总是不利:成功可加强"无"国的武装主义,失败也要逼着"无"国作困兽之斗。如果说它是第二次大战的的烟幕弹，似非言过其实。

人们惯说近代战争是经济帝国主义的产物。其意以为自由贸易制度下，各国或因市场的攘争，或因投资的冲突，或因资本主义社会的内在矛盾，必然掀起了国际政治的无穷纠纷。似此，各国如能自脱于世界经济漩涡，而进入"经济自给"之境；小之在国内可以建立社会的新秩序，大之在世界上亦可促进普遍和平，此诚何乐不为？其实这是妄想，是不切实际的揣测。欲只在政治领域内，解决本国经济更生的问题，绝非现实国家所能容易做得到的。尤其极度工业化但缺乏原料的国家，如德、意、日等，更是不能例外。假使对于特种原料的供给，"无"国倘不求之于国际贸易，势必走上武力侵略的途径。于是产生原料的区域，即成觊觎蚕食的对象了。拓地以扩大经济单位，缔盟以增厚军事力量，许多破坏和平的盲动妄举，几乎无不假"经济自给"之名而有所借口。这种危险的局势，断不能让其永远继续下去。今后改造国际经济关系的途径，虽然不应完全恢复自由贸易的旧观，然若不设法遏抑"经济自给"的气焰，世界战争的爆发，似可断定其是必然的结局。

然而，企求"经济自给"的"无"国，大致是经济失常的国家。从原则上说，除其侵略行为应受国际制裁外，其它各国似当本着互助的精神，务使其迅速恢复经济的健全状态。或者有人却以为与"侵略国"谈经济调协，差不多等于"助桀为虐"，它们共沾的权益愈多，拓地的欲望亦愈大。从远大处看来，这种说法犹嫌其不彻底。我总以为经济调协与国际制裁，非但并行不悖，且须相辅而行。综言其故有二：（一）"侵略国"以其逐渐倚赖外来资源及远地市场之故，对集体的经济制裁之感觉，必定日形锐敏；（二）国际贸易的扩充，定会提高"侵略国"人民的生活程度，内部反战的势力也跟着逐渐形成。由此推论，国际经济调协，固可增厚"侵略国"实力于一时，实则树立和平基础于久远。目前问题的关键，便是如何使"侵略国"积极赞助经济调协，而不致从中作梗。当然，如果这层没有做到，经济调协毕竟还是空谈。

现代国际战争的直接原因，大半仍是政治纠纷，而不是经济利害冲突。经济厉害冲突只有在政治纠纷恶化中，形成战争爆发的助力。所谓"经济自给"，虽是经济问题，实际则又是政治问题。居今日牵一发而动全身的世界上，我国人士对于"经济自给"的政治涵义，似应加以特别注意的。

英美法制日助我的最近形势

钱瑞升

自从去年十二月中英美信用借款成立的消息公布以来，国人皆知国际形势正在发生于我有利的变化。但因我们希望英美助我太切，所以助我的程度不如我们所期望的那样高时，或是有利形势的进展不如我们所期望的那样快时，我们常会感觉一种失望。有时，旁人的助我本不若何热烈，但我们却容易做过分的、不准确的解释。这种过分或不准确也是使我们感觉失望的原因。

这几天的报纸，充满了好的与不甚好的国际消息。好的消息有时容易使一般人存过分的奢望，不甚好的消息则又容易使国人生不必有的悲观。实则这种奢望或悲观是犯了不能客观的过失。

我们要知道，世界上六大国，除了德意与日本一鼻孔出气，无药可救，苏联显而易见地在助我，均不可论外，其余英美法三国，确实均是同情于我，均是想助我，而且这同情这助我之心，均是在增加的。自从战事发生以来，国人对于美国固尚少责难，但对于英法则有时期待甚殷，有时疑其不怀好意。这种态度上的骤变，实在对不起英法，也是在表现我们对于英法尚缺乏认识。例如广州失陷以后，国人中很多疑英日有默契，所以日人敢闯入华南，这实在太冤枉英国了。这种枉疑直到英大使到湘有了极好的表示后，才完全消失。又如越南对军火运华事，有时合作，有时不甚合作，遇到不甚合作时，国人亦辄疑法国态度有变。这实在也对法国情形缺乏了解。即对美国而论，国人中亦很多因美国至今未能采取积极行动而有所不满者。实则美国亦有许多美政府无法控制的特殊情形存在。

英美法的基本政策，自中日战争开始以来，实未有多大变更。他们的政策有二点，第一是维持华府会议所建立的太平洋局面，第二是极力避免用战争或可以引起战争的手段来维持这局面。这两点是有连带关系的。如果日本之力十分强大，可以容易的破坏原有的太平洋局面，则英美法必无法助我们，因为他们助我时或会有引起战争的可能。如果日本之力甚小，别无应付英美法的余力，则英美法必尽力助我制日，因为此时才可以维持原有的太平洋局面。

我们抗战愈久，则日本的力量自然愈减小，而英美法助我的范围也自然愈大，程度也自然愈高。但在某一个时候要望英美能与我有效（即致胜）的助力，则当然要看英美是否能完全合作，英美能合作，则法国必加入，英美不合作，则英法合作或美法合作亦无甚大作用，所以法国的向背比较无关重要。

要英美能合作，一定要美国先领导，而英国能跟上。最近美（十二月三十一日）英（一月十四日）法（一月十八日）之相继会照日政府，反对日本的所谓"东亚新秩序"，并坚决维持九国公约，本是三国合作的先声。然而积极地行动一时仍未必即能发动。积极地行动本不能超过经济的范围。然而即经济的行动至今仍有其困难。

先就美国而言。要美国对日实行经济制裁（报复即制裁的一种），或对苏作有效地财政援助，修正现行的中立法实有必要。惟中立法修正，总统才可放手去做。亦惟中立法修正，总统才可认为民意已有表示。然而中立法的修正运动，唯经参院外交委员会主席华德门等及若干民众国体几连一年的呼号，而至今仍未能发动。最近（一月十九日）众院外交委员会且决议暂缓讨论中立法的修正问题（哈瓦斯电）。外交委员会中的少数党领袖为波拉。波拉先一日（十八日）会与总统做谈话，且云与总统的意见完全一致（哈瓦斯）。有此谈话后而外交委员会仍决定暂缓讨论修正中立法的问题，则中立法在最近数月内恐难有修正的可能。于此亦可见美国孤立派的势力至今仍极可观。

美国既暂不修正中立法，则除利用增加关税税率值，以抵制日货进口，并积极劝飞机商不卖飞机与日本外，美国于最近期内殆将不易有他种制裁可言。至对中国，则除扩大信用借款的范围及数字外，亦无直接贷款中国政府的可能。

美国制日助我的范围于最近期内既不能有若何的扩大，则英国的行动范围势亦难望其扩大。我们固甚望一月二十一日英国工党机关报每日民生报所载三百万英镑避制借款的消息可以证实，然最近美联通信社屡传英财西蒙反对采取任何制日的政策，如果英国因受美国暂缓修正中立法的决议的影响，与欧洲局面不安定的影响，而又有所迟疑，我们也不以为奇。

至于法国，则自广州陷后，越南本不愿军火过境。但日相有田在日国会开幕时（一月二十一日）所发表的演说中对英美采期望的态度，而对法苏则采警告的态度，且谓军火如仍继续不断经由安南运往中国，则日本将采取适当的应付方法。先几天又有法国在远东的军舰集中安南海面的消息。或者法国于决定追随英美，向日提出照会之后，已采较强硬的对日态度，亦未可知。但美英如不前进，则法国的变化，亦不会能使我们满意的。

但是，无论英美法三国的步骤如何变化，我们绝无悲观的理由。美国近方有志于整军经武，海陆空军的预算皆有极大的增加，对于中太平洋自夏威夷，经中岛，威克岛，关岛，以迄菲律宾，以及在阿拉斯加以西的阿路与华岛，似乎皆将增加海防或要塞的设备。这种扩军，这种设备，除了对日外，哪能有他种意义？美国实力愈强，而日本实力消耗愈大时，亦即美国愈可有动作，而愈少牵入战争的危险之时，至于英法的情形大致相若。所以我们目前的最要之着，仍是如何改善我们的外交内政，一面以促进我与英美法间彼此的认识，一面更以增加我们抗战的效率。抗战的支持率愈大，国际援助的范围与效力亦愈大。至于在最近期内，则逢到国际形势稍有进步时不必过分高兴，逢到稍有退步时亦不必过分丧气。

中学课程标准问题

郑毅生

去年暑假，教育部实行国立各院校统一招考制，由教育部指定地点，委托当地大学或教育厅办理全国国立院校一年级新生入学考试；试举由教育部根据各生投考志愿，及入学考试成绩，审核录取，分发各院校肄业。以往各校之分别招生制度，至是全国废止。

此次招生地点，原定在武昌，长沙，吉安，广州，桂林，贵阳，昆明，重庆，成都，南郑，延平，永康等十二处同时举行；事实上上海亦在暨南大学同样办理。此外湖北，江西，贵州，广西各教育厅，及河南，贵州，四川各中学亦有保送或考送之学生。录取结果计国立院校十九处共取五〇五六名，代办省立院校二处共取三三七名，合计五三九三名。而报考人数约万余人，与录取人数约为二与一之比。

往时华北两三大学招考新生，因报名人数过多，且限于校舍及设备，取录较少，其比例仅为十一比一至十三比一，遂为社会所诟病，以为故高声价；而执教大学者则又每以中学成绩过差为惜。此次统一招生，招考地点凡十三处，各地办理考试者多由两三校合办，命题悉依颁高中课程标准，答案之评定亦以课程标准为绳墨，而去取支配又由制定课程标准之教育部决定之，可谓比较客观的考试方法，各地中学生之真实程度亦可于焉显示。

此次录取五三九三人之总成绩尚未见过，惟近得其一部分七〇五人之国文，英文，算学三科成绩，录之于次：

分数＼人数　科目	国文	英文	数学
零分	○	○	一四
一—五	一	二一	三五
六—一○	五	三八	二九
一一—一五	七	四二	二六
一六—二○	一七	四六	三五
二一—二五	二九	四九	四二
二六—三○	四六	四七	三九
三一—三五	四一	四二	五一
三六—四○	六○	五三	六一
四一—四五	七三	四七	六二
四六—五○	七八	四九	四七
五一—五五	八六	四三	三四
五六—六○	七六	四八	四六
六一—六五	六三	四三	三四
六六—七○	六一	三六	三五
七一—七五	二四	三一	二五
七六—八○	二○	二七	二六
八一—八五	一一	二一	二四
八六—九○	四	一三	一三
九一—九五	三	五	一○
九六—九九	○	一	一四
满分	○	○	三
未详	○	三	○

以上仅就其评定分数排列，不假为详密之统计，若以五十分为及格，则不及格者国文占百分之五○，英文占百分之六一·四，数学占百分之六○。若以六十分为及格，则不及格者国文占百分之七三，英文占百分之七四·五，数学占百分之七一·三。高中既以升学为主旨而用同一标准教学，同一标准考试，其成绩竟如此低劣，诚不能不令人惊异。录取者如此，未取者更可知。

推究考试成绩低劣之故，不外下列数者。

一、大学教育所认定之"中学课程标准"与中学教员所认定之"课程标准"程度不一，部分高中课程标准，各科目标颇多抽象之规定，如"使学生能自由运用语体文外，并养成其用文言文叙事说理表情达意之技能"，"培养学生读解古书，欣赏中国文学名著之能力"，"使学生对于需要英语为内容之专门学术建立进修之良好基础","训练学生计算及作图之技能,使其以为丰富敏捷"之类。所谓"叙事说理表情达意之技能","读解能力","欣赏能力","良好基础","丰富敏捷",此在大学教员之观念及解释,与中学教员所采者自有不同,对于成绩评定自不免较严。

二、中学学生上课及作业实属过多。二十五年六月教育部第二次修正高中课程标准规定每周教学总时数为三十小时,虽较旧制度略减,仍嫌担负过重,二十三年八月第一次修正之课程标准,则于每周教育时数外,复定有课外运动及在校自习时数,其数约当于教学时数之三分之二强,而校外之自习及作业时间尚不在内,第二次修正课程标准虽将自习时数之规定取消,但自习时间万不能少于教学时数三分之二,课外参考作业时间亦不能少于教学时数之半,是每周教学虽有三十小时,其自习及课外作业必须三十五小时,平均每日需十小时以上,功课之繁重盖莫逾于今日之高中学生者,成绩之不良亦由于此。

三、中学课程不能适应中学之能力。说者或以为中学成绩低劣由于重要科目教学时数过少,及程度过低之故。然现行课程标准,国文英文每周均五小时,数学四小时(甲组自第二学年起六小时),三者占全部教学时数之半,不为不多;而课程标准所拟定之标准及教材大纲,亦已尽优尽密。窃以为今日中学生成绩之不能优良,实由于课程标准过高,超越中学生所能接受之能力所致。体力脑力既感拮据,求其成绩优良不可能。

此外若师资问题,设备标准问题,自亦为成绩低劣之主要原因,然课程标准问题如不解决,虽有良师与良好设备亦难期学生成绩之进步。年余以来,教育部于中学课程颇有修正,然于教课用书尚仍旧贯,则课程标准值实质自亦未变。故对课程标准问题全国教育专家仍应与以严重注意。

《锦瑟》解

赵萝蕤

我们中国人自古以来的"自我"心一定不大。"我"字之见于诗文者,真是凤毛麟角,沙里淘金。偶尔进出一个"我"来那是不得已。至于那些狂夫野人叫几声"我本楚狂人""我欲乘风归去"这种疯话而外也是稀世之珍。像李商隐这样深情缠绵的人,想来总要十七八个"我"字了。谁知劈头一首《锦瑟》,这样个人自我的倾露,竟无一个"我"字,真令人诧异。

　　　　锦瑟无端五十弦

若译成英文必是:

(1)(I am)the Figure lute(of)Fifty strings.

(2)(I am like)the Figure lute without(any)reason,(of)fifty strings.

(3)(my year are like)the figured lute without reason,(of)fifty strings.

"我"既短不了,"是"更少不得。也许可以译成:

(4)The fifty harp, I wonder(of)fifty strings.

根本不是一句整句。反之"锦瑟无端五十弦"在情绪上虽不完整,在意义上却截然是个个体。译英文为白话:

(1)(我是个)锦瑟,无端有五十根弦。

(2)(我的年纪像)锦瑟,无端的有五十根弦。

也是无故把许多不言之隐说穿了。"锦瑟"是不是我,在李商隐心中正不愿意告诉你我的我听。"无端"也许是形容"锦瑟",也许形容"五十弦"。李商隐也没有说得明白。我们只知道在这鸿蒙大荒之中有一个无端的锦瑟，无端有着五十根弦。更不管寻常的锦瑟是二十五弦，十五弦；还是两个瑟加起来是五十岁。李商隐只活了四十九岁，为何不说"锦瑟无端四十九弦"？弦多得很恰像人们的华年一样，所以：

一弦一柱思华年

（1）One string, one peg, thinking of tender yeas.
（2）One (each) string one (each) peg reminds (me of) tender years.

一根弦，一根柱，每一根弦，每一根柱想想华年，或说：一弦一柱都使我想起华年。是谁想起了华年？是弦柱还是我？也许在一弦一柱之中即含有华年的凄凉；也许这一弦一柱声音的凄凉，使我感叹华年；也许每一根弦每一根柱就代表我过去的每一年。

在英文中，在此就需要一个标点符号了（：），在此两点中又缺几句话：那时的情境像……就如同……比如……，成了一个扩大的比喻句（sxtended simile）以便接着下面莫名其妙的四句。但在原诗中则一无所有，只是个晦隐的等同词（metaphor），甚至于简直是叙事体。

庄生晓梦迷蝴蝶

（1）(Like) sage chuang, gawn dreaming of fluttering butterfly;
（2）(Like the experience of) chuang shen dawn dreaming Puzzled bya butterfly;
（3）chuang shen`s wakening dream (of an) ehesive butterfly.

庄生晓梦着一只飞扑的蝴蝶，庄生的晓梦为蝴蝶所迷，庄生的晓梦是捉蝶摸一只迷离的蝴蝶，都摸不着庄生和蝴蝶的关系。究竟是庄生的晓梦是蝴蝶，还是庄生晓梦着蝴蝶？是为蝴蝶所迷，还是一只迷离的蝴蝶？在这译文的字眼中更无所示意。但是我们知其事者，知道庄生曾经梦见过自己变成了一只蝴蝶，醒来时不知庄生是蝴蝶，蝴蝶是庄生。这一个"迷"字又迷住了庄生又迷住了蝴蝶，在李商隐的心目中正有一种似是而非，恍焉忽焉无分彼此的境界。这是用典故的妙处。西洋人因限于字面的形态，所以每用一典必寸断寸结，不能如一"迷"字的入神而化，但是一个头脑习惯于西洋逻辑思想者一定要问：然则然矣，庄生之迷与蝴蝶之迷和"思华年"有什么关系？聪明一点的可以添进一段"我过去的某种经验，正如庄生……"，或者"我的过去的华年正如……"，或者"我和爱人的经验正如……"，或者"人生经验正如……"，但在我们习惯于自己的语法思想的人心中，更在李商隐心中，这些假设都已缥缈于不言之中，如果你问急了，他一定要回答说"余欲无言"。诗人的确只是给你几句谜语猜着罢了。所要领略者，在这些谜语之中有无一贯的境界，是看这几根硬生生的骨头，有无蜕变的能力，是画龙点睛呢？还是画蛇添足？第二个似乎又是谜。

望帝春心托杜鹃

（1）（……）King wang, spring heart haunted cuckoo.
（2）（……）Wang Ti's spring heart rerpesented（by）cuckoo.
（3）（……）Wang Ti's spring heart enters（into）cuckoo.

故事很简单，望帝死了以后，人民都很想念他，但他的灵魂已变了一只杜鹃，天天啼血。故事很清楚，但说完了"庄生晓梦迷蝴蝶"何以要说"望帝春心托杜鹃"？庄生既然迷于蝴蝶，望帝何以要托杜鹃？在这两句中正有一说不出的"我"字，藏在里面。借着庄生和望帝的名字倾一下肺腑而已。经验之中迷离扑朔诚然有之，其奈望帝的春心至情还待杜鹃的眼泪来表其万一？因此有庄生之事来说其境，又有望帝之事来说其情。

沧海月明珠有泪

这一转其转得突兀，在译文中，我们只见三件事：

（1）Blue sea moon bright pearls tears;
（2）Vast sea moon bright pearls tears.

沧海，月明，珠有泪。在原诗中这三小段并不独立，我们所看见的是在大海月明之下有鲛人在掉眼泪。这正是诗人给我们预备下全诗的境界：在沧海月明之下，鲛人所落的珠泪或者强能代表我此时的抚今思昔？在沧海月明之下，鲛人亦免不于落泪，何况乎"庄生晓梦迷蝴蝶，望帝春心托杜鹃"？

在沧海月明之下,正是碧海万倾心潮升落之时,更月色如鳞,掩抑着万倾的珠泪?这真是隔靴抓痒,不得其所以了。但是"春蚕到死丝方尽,蜡炬成灰泪始干"。不知蜡炬的眼泪是否即鲛人的眼泪?诗人的遗憾无穷,所以:

蓝田日暖玉生烟

Indigo field sun warm jabe gives vapor.

在这三件事中,我们不自主的要加上个"如果"蓝田日暖,"也许"就能玉生烟了,这是可能性,如果再加上一个时间性"如果当时"蓝田日暖,则"此时可以"玉生烟了。在求一个心所至爱的女人时,这个痴情者把玉种在地上,结果为至情所感,果然能持璧去求得这个女人,则此白璧之生岂能不待蓝田之日暖?这其间也有刻骨之痛的一个暗"你"暗"我",如果"我"当时蓝田日暖,处境如意,则"你"也可如玉之生烟了。但是在这一声叹息之中,诗人的心境决不会如此狭隘:可能性,时间性,你我之分,都不足以筑堤以阻此长江大河的长叹,其情其境分明毫无时空的阻隔。但是这句话正有别的读法。也可以说,此时回顾诚然是沧海之迷惘,但是当时亦会日暖,也会玉生烟来。读却可以如此读,但是为什要"望帝春心托杜鹃"?又为什么在"沧海月明珠有泪"的三句怅惘无奈的回想后又高兴说"我从前倒是得过意来"。殊不近情。

此情可待成追忆,只是当时已惘然。

(1) This offection (emotion) should last Making reminiscence only are those days already fading.

(2) This affection (emotion) may last becoming reminiscence only those days had always been sad.

这种情绪也许久萦于怀而成追忆,但是当时历历在目的种种已经是惘然了。这种情绪也许可以因回忆而萦绕于怀,只是当时却早已惘然了。

这一种结果结出了庄生四句的情境;这才是此恨无转成惘然。

每一句用英文译出后,丧失了语法的个性,字与字之间更空疏而没有内容。但是原诗的蕴藉也像音乐似的,在如许和声及单音中有多少印象聊联想能慢慢从这丰富的字与音中升起来。我的感慨又走到前面来了。如果这一首诗的每一句都冠以"我"字，则这个世界真是窄的可以，若这"我"字却完全消减并不深藏寡言，则亦未免落于徒有瑰奇之辞藻而无刻骨之深情。因之在将此诗玄思曲解之余，更附这一点渺不可及的乱想。

夜 行

流 金

　　山渐渐在黄昏中消失了，举目一片黑暗。仅有天际微光可以看出山路的轮廓。若使我们人不在山中，谁会想到这不是一个宽垣的平原？无月无星之夜，凭着视觉，无论山和海，原野与陂泽，……都只能给人一种同样的感觉。在山中，我常常欢喜黑夜的来临；白天，无论走到哪里去都是些一个连接一个平凡的山头，人就好像完全被禁锢在这样一个天然的牢狱里，虽有时候对着一座山，被山阻着的去处，也会引起一些好奇的揣度，以为必然有些发现，但翻过这座山，入目又是另一座山，照样的从草长林，红色的土坡，黛黑的岩石，都像平淡无奇，会把人一点点的幻思也夺去。夜间，则眼前一片黑，俨然魔性。黄昏拂晓之际，从山石林木轮廓上，尤可以使人任意安排一些比平凡更动人的想象。一切都有了生气，有了不可解不可思议的光与影，气味与声音。我们欢迎黑夜。

　　白日过去，举凡随白日而来的事实，（战争实在是一种极单纯的事实）都同样成为过去了。

　　火药味渐渐在晚风中淡散了，一阵暴风雨似的袭击之后，我们的一支小队伍，又在黑暗中从流水道的山沟中向另一个山地里走去。两小时紧张的心情，于是渐渐松弛下来。随着渐深的山中的夜，思想该到活动的时候了，然而一种从山地中发出的某种声音，实在使我痛苦。那声音简直是在逼人勒人，两只脚和一颗心都将被缚着，不能挣扎，无从外脱。当一个人听到那种声音的时候，一切人生的幸福与痛苦仿佛都失去了意义。假如那声音所表示只是无端的愤怒，与绝望的哀怨，总还不至于使我这样发生无力之感。这声音实在只是一种悲叹，一种临死的低唤。一个人当生命离他躯壳而去的时候，剩下来一种忏悔的无言之语，发为微弱的哀鸣，然而那不是普通人所能懂的。像这样深深打动我的声音，是少有的，古怪到无可形容的。那并不是人声，却只是泽地里一只鸟的孵雏！那声音好像是向我说，"怎么办，怎么办？"怎么办，打下去拖下去，历史是一段长长的日子造成的！

一个伙计被什么东西绊倒了，爬起来时轻轻骂着，"死了还挡着路！"

另一个手电筒晃了一下，就是人警告，"不许，不许，你走你的，这不是地方！"

"搜一搜！"

"不能挨，不能挨。"

"好臭！"

"你完了也不会是香的！"

星星慢慢的出来了，像海上的小灯，一盏盏浮在神秘莫测的空际；弱光之下，路旁可以发现一堆一片东西，都如用一种特殊的气味代替语言，"这是我倒下来，完了。这是我。"可是谁不想对这个多知道一点点。

人是一种古怪的生物，也慈悲，也残忍，某一时节的漠然之感，便是慈悲与残忍的混合物。在另外一时一地，许多人，当走过一个死尸之旁时，必争着将他的衣物取去，虽长官不断地阻止这种无义的举动，自己也都会把斩获的鬼子官身上所有给人欣赏。有人说，"这不许的，命令！""有命令吗？我们打死了，还得挨鬼子刺刀和马蹄呢！"啊！这是一种如何深刻的民族间的仇恨，这时节，复仇的火焰，正在战胜者的胸中燃烧。一切理性都燃烧了，正如熔炉，铁汁在滚动，都无声息。肉搏之际原是很沉静的。呻吟与呼喊依然沉静。

队伍中，时时迸发着低低笑语之声，与诅……声。谈着白日里战争的景状；每个人都是英雄，都说下一次再有机会必杀更多的敌人。单独的走着，听着，我知道部队里伙伴的性格和本领。我计算如何分配他们的职务，我的心也渐为他们所鼓舞，白河里，从那些质朴固执得意的脸上，看出一种为读书人所缺乏的气质；我感到一种壮健的生命的呼跃；这时节，从他们笑骂里，也有着同样的感觉。这是一群粗人，一群兄弟。我和他们一起，是我的运气。算算时间已过了危险地了，于是队伍中有了歌声，唱着《游击队之歌》：

> 我们生长在这里，
> 每一寸土地都是我们自己的，
> 无论谁要强占去，
> 我们要和他拼到底。

歌声很粗犷，且不整齐，夹杂呼啸，可是却赋予人们以一种无限的力量与希望。

半夜时，我们已从山地到了汾河旁边。听到了汾水的歌声。

我特别酷爱着这种歌声。从现在我们抵抗外人侵略，使人想起古代我们祖先在这块土地上最先和野兽其次和异族斗争的种种情形。汾水的年岁太大了，当我们现在居处的南方还是在树木上住身的蛮荒时代，它便养育着我们的祖先；且启示了初期的文化之光。你看它从万叠丛山中奔流而出的精神，你不能不叹服它的毅力和生命的充实。从它的歌声里，一个人似乎能读出比历史书上记载得更详尽的人类进步的历史。你听那声音，从粗暴的情怒至柔和的燕贴，似乎在告诉我们，她也因异族的蹂躏过，而又以那饱经忧患的老人的口吻，告诉我们每一个朝代异族的侵凌终被打退的情景，给与我们以胜利的坚信。

山渐平处，河面也渐宽广；我们从迷濛中看着汾水的河面，水底的青天，水中的星光的抖擞；一阵阵的冷风从从河上吹来的我们迅速地悄悄地下了最后一座山，并河而行了。我们沿河走去。

星星渐渐繁密，光清而冷。这时节正不知道有多少思妇离人的做着悲喜之梦；多少的老年慈母，不寐中宵，牵念着出征的骨肉；在我们这个小小队伍中间，也不知有多少年轻的心，从暗淡的星光中，凄然地怀念着远离的家园和血染赤过的土地破碎的乡村，以及一切随战争而被毁去这时代，人心都是苦的，行进的沉默，增加了每个人心上的重量。

河边的沙石，在脚下发出一种寂寞而单调的声响。河水流在宽平河床上，稳静而纡徐，河边上的小村落，时有沉闷的犬吠声互相呼应，我心想，这个国家，这个世界！假如一个人当此夜深独自从河边上走过，听自己的足音，和那种犬吠，他会有一种如何的感觉？我似乎在谈着一个悲哀的故事，而我自己却同时是那故事中的一角。我想起那一切的声音，钢铁崩碎与生命的呼喊。一切完了，归入沉寂。炮弹穴成了水塘，土地重新耕犁，长上麦子。……把这些一齐加起来，也就是一部人类斗争史。

山的容颜依旧，水也同样的流，天上的星星还是各在它的位置上放射微弱的光；我想象着古代的山河星辰，以及我们的祖先和异族斗争的情景；我又想着未来的日子，是否也会有像我们这样的一个队伍从这儿走过，别人是否也会有着和我一般的感想？我沉浸在那个过去与未来的情景中。队伍依然在进行。……若使土地也和短促的人生一样的变化多方，世界又会怎样呢？

下弦月和晨光一同降落到山上，河面上升起了一层薄雾，渐渐弥漫到山中；黑暗从白色的晨光中褪落；当玄色的阳光从远的山外生长的时候，一部分的朝雾被阳光拉散了，一部分又从山上飞升向高处。于是，万物苏醒了。我们却因此到了安息的时候。

整夜的行军的疲倦，使我们切望到达宿营地，这时，唯一的快乐，便是让身子自由地躺下，部队中，已时常可以听到一种询问的声音："到了吧，还有多远？不远了吧？"

"弟兄们，快到了，宿营地就在前面。"听到这种话，大家似乎都振奋了一点，然而到"前面"的路，在这些疲乏的人，已比整夜的路长得多啊！路上，时时抱怨着"前面"太远，事实呢，谁能知道前面有些什么。个人的前面不问是什么，总之，到了，躺下，完事。未完的事呢，让后来世。

汾河被山阻向西流，我们部队随着河流的方向，转入一个平旷的山原，原上有稀疏的林木，晨露远未在林梢上散去；林子里，遥望有一个不小的村落，那便是我们的宿营地。我们望着这林子，有种说不出的欢乐。林外，有一片青油油的麦田，这时，小麦青绿的嫩叶，在晨光中舒展；年老的村汉，赶着黑色和灰色的毛驴，缓缓地在田塍上行走，用一种敬爱的朴实的热情，迎接着我们。村前，集合了许多妇孺，女人们交头接耳，谈论着两年前×军到这地方的故事；小孩子却用一种好奇的目光，投在这一群不速之客身上。俨然有所搜索，俨然有所得，"这是什么人，是游击。"这里，还算是人间。

三月初，汾河流域上下游沿铁路公路的城市村镇，均为敌军占领。只有一些僻处山中的村镇，还在我们手里。这小村庄便是其中的一个。这地方，沿汾河下去可至汾西县；向东翻过数条大山，约八十里到灵石。男妇老幼居民约二百左右，他们秉有山西农民的那种共通的质朴与诚实，至于那份山西商人所特具的圆通机诈性，却不能在他们身上发现。我们和他们在一起作息，约莫有两个月直到我们离去之时，这村庄已化为普西一个小小的游击队的根据地。读者如对于这个地方发生兴趣，不惮烦劳，翻开山西灵石县的地图，当不难找到一个不甚引人注意的地名——榆树坪。但在这里却是我们的天堂。

在早晨太阳光照射的窑洞中，大家都沉沉地睡着了。就中有一个在睡梦中如闻警报，如闻飞机高远声，迷糊中爬起来，伸出个头向天空搜寻，望了一阵，见毫无消息，低头却发现了山下有乡农妇人正在推磨石磨杂粮，做干饼，微笑着，缩头重新睡去了。

遗传与政治（书评）

潘光旦

十年前我在《时事新报》的《书报春秋》栏里介绍过一本书，叫做《优生与政治》，作者是英国人文主义者谢雷（F.H.S.Schiller）。最近又读到一本新书，题目是《遗传与政治》，作者霍尔登教授（J.B.S.Haldane）也是一位英国人。似乎英国人喜欢做这一类从题目上看去有些牛头不对马嘴的书，讲政治理论的人不都熟悉白介特（Walter Bagehot）的那本名著《物理与政治》（译本似改称为《物理与政理》）么？

其实遗传与优生一类的学问和政治的关系是再密切没有的。从柏拉图写他的《理想国》起，一直到现在，在政治哲学家的眼光里，它始终是基本问题之一。无论政制的形式如何，最关紧要的总是实行这政制的人。旧式的国家至少要有良好的领袖，新式的国家更需要品质在一般水平以上的公民。人品的良窳，一半固由于环境与教育，一半却基于血统与遗传。

谢雷写他的那本书的动机，是因为他觉得一班从政的人对于这方面太不措意了。或虽措意而见解异常错误，经不起经验与学理的盘驳。寻常的政治家也有发为种族改良的议论的，记得不多几年以前，有一位中国政治家主张用造林的方法来改善中国人种说，大家在绿油油的环境里浸润久了，品质自然会日臻秀美。这种淑种的学说也许有它的道理，不过我们疑心至少峨眉山里成群结队的猴子是一些例外。它们未免太对不起那绿油油的环境了！席勒的书一半是为这一类的政治家写的。

不过十年来，至少在西洋又出了一类新的政治家，就是，有了一些半生不熟的遗传与优生知识之后，喜欢对民众大作其威福的政治家。有人说犹太民族是一个劣等民族，他就硬把他们逐出国境以外，好比我们尧舜时代"流四凶族"一般。又有人说社会的下层阶级里有许多痴顽的种子，他就制定法律，硬把他或她的输精管或输卵管割断。反过来，因为有人主张过，日耳曼民族是世界上最优良的民族，或今日的意大利人恰好就是古代罗马人的嫡裔，他就用尽奖励的方法，来增加这种民族分子的婚姻与生产。霍尔登教授的这本新书又是为这一类的新兴的政治家写的。

霍氏是一个生物化学家与植物遗传学家，最近在伦敦大学任教。因为他是一个生物化学家，他极看重环境；因为他是一个植物遗传学家，他也极看重遗传。他这本新书就在这"性""养"并重不分轩轾的科学的态度下写成的。全书六章，首章论流品的不齐与其所以不齐之故；第二章叙遗传的法则。这两章的目的专在供给一些基本的知识。第三章论遗传疾病或缺陷的由来，因而推论到消极的优生政策的效力；第四章论轩轾的生育率（即阶级流品间不同的生育率），因而推论到积极的优生政策的前途。他以为消极政策可以有几分效果，但无须乎采用绝育的严厉手段。以前主张取消腐刑的人所提"断者不可复续"的一层理由，霍氏也提到了。至于积极政策，他以为根本可以不要，事实上也不会收效。他说，一个时代里，越是受人推尊的一类人似乎越不容易留传子孙，遑论保世滋大，例如中古时代的神父阶级和当代有百千万家财的富翁阶级。这真是慨乎言之。不过平心而论，霍氏这种见地也有些矫枉过正。希特勒和墨索里尼所强制推行的鼓励政策固然大可讥议，一种比较借重舆论与教育的积极政策还是不妨提倡的。霍氏的议论无疑的是对德、意人口政策的一个反动。

第五、六两章论种族的同异与种族的倾轧问题，也是针对目前德国的种族武断政策而发，他认为种族之间是有分别的，但这种分别并非绝对的，而是相对的，是一个程度与统计的分别，而不是类别的分别；并且这种分别也不是一成不变的，乃是可用选择的力量而发生转移的。不过世界上绝少真正可以称为种族的民族，不特犹太人不成一个独立的种族，就是日耳曼人也不算是。目前纳粹党的排犹政策其实不过是在成见支配下的一种庸人自扰而已。至于种族通婚，霍氏认为不须禁止，也不必鼓励。对于霍氏的种族问题的讨论，我认为全部可以接受。

不过有一点我认为有说明的必要。操切的政治家，根据了一知半解的生物知识，来作威作福，固然大可叹息。不过我们要了解，一个政治家只是知识不足或知识错误，他的举措还不足以偾事，必也于知识不足或错误之上再加上充满了情感作用的成见，才会误尽天下苍生。讲到这一点，目前德国的人口与种族政策就和一二十年来遗传学与优生学的发展不十分相干了，十分相干的还是五六十年来作俑于戈必拿（Gobineau）与臧伯令（Chamberlain）一班人的种族武断主义，而臧氏所负的责任尤为重大。关于这层，可惜霍氏没有讨论到。

全书有四处提到中国和中国人。一处说到中国人口的生死率都高；第二处说中国人与日本人的平均智力不在白种人之下；第三处叙中西通婚的一个实例；最后一处讲到中国人与印第安人虽同属蒙古利亚种，而中国人的品质容或在印第安人之上，但是美国白种人对他们的态度的好坏很有出入，可见种族间的成见是基于情绪作用，而与客观的事实很不相干。

本期撰者：

王赣愚先生是云南大学教授。郑毅先生是西南联大的教授。赵萝蕤女士于燕京大学毕业后曾在清华大学研究英国文学多年，为诗人陈梦家夫人。义山《锦瑟》诗待解者甚多，赵女士《锦瑟解》系就一译文商榷。流金先生曾在山西作游击战半年，著作甚多。钱端升与潘光旦二先生在本刊已有过文章。

第一卷第六期（1939年2月5日）

时评

五中全会闭幕

中国国民党第五届中央执行委员会第五次全体会议已于上月二十一日至三十日在重庆举行。这次的会议举行于第二期抗战开始之际，自然应对首期抗战的经验，与其成功失败，加以详尽的检讨；检讨过去然后能计划将来。所以开会的时间大部分用于听取党政各机关的报告。这次提案本不多，决议案则更少。决议案大都集中于经济财政问题。这本是应有的现象，因为经济财政方面可议之处本多，而有待努力改进之处更多。

全体会议的宣言则以加强团结，积极奋斗，与加紧建设三事为全体国民致力的目标。关于第一点，全会欢迎全国国民，不问向来党派，均奉行三民主义，从事抗战及建国的工作；但不愿国民党发生二重党籍的事实。关于第二点，全会深以国人对过去工作，未尽确实努力，未尽取得协调，且言行亦未能一致。关于第三点，宣言之所包括者较广泛，最具体的一点，则为国防最高委员会的设置。这委员会将有权统一党政军的指挥，但如何组织，与旧有的国防最高会议有如何关系，则尚无公布的消息可作依据。总观全会的工作，属于精神的砥砺方面者，似比具体的兴格为多。（平）

张伯伦与希特勒的演说

张伯伦于一月二十八日在梓乡伯明罕有一演说，希特勒则于三十日在国会中作其一年一度的掌政纪念（他是一九三四年一月三十日掌政的）演说；这两篇演词都是与世界大势有关，都值得我们的注意。

张伯伦的演说是访意回国后首次的重要表示。张伯伦一方面坚持他的绥靖欧局的政策是唯一良妥的政策，另一方面则力主扩军的必要。这两点实际上都没有什么新奇而言。绥靖政策他当然得维持，因为是他的政策；放弃这政策，也得放弃他自己。扩军更是前年春天以来英政府一贯的政策；张伯伦的前任鲍尔温倡之于先，同时也得保守党以外各党的协助及默赞。张伯伦演说中可以注意的倒不是绥靖政策与扩军政策，而是下列两点。第一，他对于自由及民治极力赞扬，且热烈的响应罗斯福之斥责暴力与侵略；第二，他对于墨索里尼推许备至，而对于希特勒则并无若何的提取。换言之，张伯伦正企望英美有进一步的合作，墨索里尼能趋向和平，即大战不幸爆发，墨索里尼仍可脱离德意轴心。

希特勒的演说显系受了张伯伦演说的影响。希特勒仍在狂勃地宣传德意志民族的优良，仍无理地糟蹋犹太人，仍诡辩地曲解威尔逊的民族自决主义，仍坚决地要求殖民地。但这些都是应有的文章，几如老生的常谈，不足为异。最可注意的是：第一是希特勒并没有提出退款赔偿的要求，第二是明言政制的不同不是国际冲突的原因，第三是声明如有任何国家攻击意国，德必以全力助意。张伯伦演说中的坚决口吻毕竟产生了效力了。张伯伦一坚强，希特勒即不敢随便糟蹋民主政治，不敢任意要求了。同时关于墨索里尼，希特勒与张伯伦却有异曲同工之妙。张伯伦想勾墨索里尼。希特勒勾得更利害。结果墨索里尼势更将有曲可取，有乱好捣。张伯伦也该觉悟了。张伯伦真要维持和平，应对一切侵略取严正的态度，采防范的方法。（兴）

西班牙内战

巴萨龙纳已于一月二十六日失陷了！

巴萨龙纳与马德里为西班牙两大都会。自从大前年年底叛军进逼马德里以来，巴萨龙纳的重要日增，近一年余以来且为西政府所在地。巴萨龙纳的陷落自然是西政府方面严重的打击，也是叛军方面重大的胜利。而叛军之所以能获些胜利，当然要归功于意大利之大增援军。怪不得巴萨龙纳陷落的那晚上，罗马要举行狂大的庆祝，墨索里尼要得意忘形地大放厥辞！那种狂妄的庆祝，和西政府外长台尔伐育十日前在国联行政院席上关于政府军方面撤尽外借志愿兵一事相比，益衬出所谓不干涉政策的失败，与英法袖手不助的可耻。

一班军事专家都说政府军不能持久了，最多再支持三月。不过这也未免太重视佛郎哥的实力。去年四月十七日英意订协定时，大家也说政府军至七月底便不能再支持下去。结果则政府军到日前才失去巴萨龙纳，马德里则至今未守。现在的英国的工党，法国的社会及共产两党，美国的斯汀等正要求三国政府改变他们向来的政策，而使西政府能得其应得的军火与志愿兵。如果这种要求见诸事实，西战的形势尚可转变，而叛军尚可消灭。即使法国边境仍不开放，英美仍不取消军火运西的禁令，以奈格林政府之能得民心，能受中左各共党的一致拥护，以及西政府方面人民斗志的坚决，西政府亦必能继续抗战半年以上。如果在继续抗战期内，欧洲大战即会爆发，则西政府仍可获得最后胜利。谁能说西政府快要完结了呢？（端）

所望于国民参政会者

王赣愚

国民参政会第三次大会将在本月中旬召集于重庆。这次大会距离第二次大会，为时仅有三月。在此短时期中，我国抗战已进入最紧要的阶段了。广州武汉的陷落，是我方军事重新布置的开端；敌人诱和的失败，是全国抗战决心坚定的明证。各国助华态度的显明，军士战斗精神的旺盛，以及后方经济建设的猛进，实为最近数月来于我战事绝对有利的新变化。参政会第三大会适于此时举行，其任务之重大，较诸前两次大会，当然有过之而无不及。

本次大会的任务，和前二次大会一样，一方面在检讨抗战以来当局对内对外施政方针，一方面在提供政府采纳的种种具体建议。第一次大会的莫大收获，是使《抗战建国纲领》得到全体一致的热烈拥护，表示我们的统一，加强我们的团结。第二次大会在这项纲领下更进而注意各项实际问题，结果也很圆满的完成了任务。现在抗战已到最严重阶段，我们当然殷望本次大会成为国家求存复兴途中继往开来的一个重要枢纽。

大家都承认参政会在我国政治发展上，具着非常重大的意义。我们尊重这个机关，非但因为它能在此时收集思广益的功效，而且因为它能此时替国家树立民主政治的规模。今后中国政治的路向，似可断定其是民主政治；而扶植民治根基的绝好时机，无疑的是在眼前的抗战期间。老实说来，在领导民族战争的过程中，政府要发挥团结与统一的更大力量，在政治上任何安排免不了出以民主的方式。所以战时民意机关之亟应设置，其理由极为显明。

国民参政会成立于抗战周年纪念之日，不啻为政制上一大进步的表现。就远处大处说，我国战后的政治归趋，大致由此表现而确定。虽然参政会是战时政治体制，非可比于寻常议会，但只要我国将来是向民主大路上走去，参政会一类的组织，就应让其永远存在，或听其自然演变。在现制下的参政会，姑不问其产生方式如何，也不问其职权大小如何，如果人选得宜，运用稳当，亦可使政府与人民由此溶成一体，开政治统一的新局面。本届参政会任期不久即将届满，我们极盼望中央当轴对于下届参政会，在组织上、职权上、与夫在人选上，均善加规划，以策万全。须知这个机构，不只在抗战上，即在建国上，俱有存在理由。今后如有新的配置和新的调整，他不应只替战时树规模，且当替战后奠根基。这是值得格外注意的。

不过，国民参政会的改造或调整，专靠政府的规划是不够的。一般参政员明白了该会对我国未来政制的影响之大，尤须奋其智能，渐次求该会自身的改造或调整。这项组织，到如今已有半年多的历史，同时也有两次集议的经验。就工作上看，其急待改进之点，我们敢信不一而足。在本次大会开集的前夕，让我从原则上提出应加注意的几点：

第一：本次大会应该参照前几次大会的经验，对于该会议事规程再作一番检讨的功夫。弊端亟当革除，优点务求发扬，以期养成良好的议会习惯。议事规程之合理确定，是任何合议机关执行职权的先决条件。各国议会类多自行决定议事方法，以利立法之进行，其中明定于条文者固多，依据惯例者亦不少。英国国会议事规则，大都是由历久经验累积而成的，其内容繁颐。非待某条某款被违犯时莫知其详。美国国会议事规程，虽于每次改选后，重行议决采用，而且时常变更，然其中也不得不藉着惯例以济其穷。

我国改元以后的历届国会，喧扰纷争，以至弄出受贿动武的勾当，实在屡见不鲜。以往议员的恣行越轨，大半要归罪于议事规程之凌乱或松懈。所最可痛心者，因议员律己不严之故，竟引起国人对代议制度之恐惧心理。这种心理的养成，是我国民治发展的致命伤。

抗战期中的国民参政会，以其性质，虽非真正议会，实则不失为宪政过渡的一种机构。所以我们培养议会习惯，必从此时做起，又必从此机构着手。第一二两次大会，在议事上，很明白的呈露许多亟待补救的缺陷。如个人建议权之漫无限制，如议长权限之含混不明，如辩论时间及次序之紊乱无定，又如何询问方式庞杂不一，都是值得我们注意的几点。此中许多缺陷，虽第二次会已想法暂时补救，然本次大会更当力求根本补救。我们如能在这个雏形的议会里，做到组织的民主化和行动的规范化，到了宪政时期，便不会蹈民元以后国会扰争的覆辙了。

　　第二：（此段删去）

　　议长以外，各国议会又有委员会之设。委员会制本有常任与专任之分，二者兼用，效能尤大。现今我国参政会中只有"驻会委员会"的设置，见于"组织条例"的规定。"议事规则"中则更设五个委员会，所有提案必经其审查，其审查的方法，则类似美法二国制度，包括取消、搁置及修正的大权，而与英制迥然不同。严格说来，以提案之繁多，会期之短促，审查是议事程序上不可缺的阶段，如运用得当，则大可节省大会的讨论时间。至如英国的"全院审查委员会制"，因为参政会非真正立法机关，似不必勉强仿行，徒滋纷乱。似此，今后应加考虑的一个主要问题，就是如何在参政中增设常任的与专任的两种委员会：前者有固定的职权，后者则仅有特交的职权。这两种委员会，既能替大会尽其审查的功能，那么大会必定有余暇向政府提出建议或询问，藉收集思广益之效。

　　第三：参政会职权，就条例上看，与中政会相似，是讨论及决议政府在抗战期间对内对外主要施政方针的机关。虽然该会不在现制立法系统以内，虽然最后决定权及紧急处分权都保留在国防最高会议，但该会对于施政方针之决定，都得随时与闻，自由讨论，其职权也算不很小。综观前两次大会经过，半因会期太短促，半因个人建议权未有适当限制，所以大会对于各个提案，特别是第一次大会对于政府交议的案件，不能在内容办法上加以充分讨论，只能在空泛原则上加以形式的通过。这似乎有违政府设置该会的本旨。前两次大会中提案非常之多，举凡内政、外交、军事、国防、经济以及教育等等，均有提案。参政会热诚共商中枢大计，我们十分钦佩。不过在十日会期内，除政府报告及开会闭会仪节所应占的时间外，所余大会的讨论时间够否仔细审议那些巨细靡遗的提案，诚为绝大疑问。参政员之急于建议，用心未尝不好，但结果恐难满人意。今后要革除提案过多，审虑不周的弊端，我以为在大会开集以前，或在每次会期中，提案范围有酌量预先划定的必要。

　　第一次大会，在十天中议决了一百三十余件提案，其中参政员建议者约占一百以上。参政员初次集议，急欲声其所怀，其提案之多，宁非无因。第二次大会的提案，已比初次稍减。此次大会提案也许更见甚少。不过我以为提案多本不足虑，提案杂却可愁。假使某政员所说"上自抗战建国大计，下至一器一物之微，均有提案"是事实的话，那么，就是会期较长的大会，恐怕也只得马虎决议，敷衍了事而已。值兹抗战时期，重要问题涉及军事，外交，政治，以及经济等各方面。这些问题如果都列在议事范围之内，实嫌其过于广泛，何者应尽先讨论，何者应从详讨论，莫由判定。拙见以为在抗战现阶段上，军事与外交都得由最高领袖统率着，国策既已确定，绝对不容重事研究，再度审议。大家在这两项大问题上，必须诚意接受最高领袖的指导方针，莫使有任何分歧。军事外交，都需要后盾，后盾即在政治与经济。抗战发动以来，国人往往只注视军事的胜败和外交的得失，而忽略了与军事外交相配合的各部门的工作，这是不对的。所以本次及以后的大会，须以政治与经济问题为讨论的主要范围。关于其他次要问题的提案，固非不必交议，但须求其不多占大会极有限的时间。

综上所言，参政会无论有何要求，无论抱何思想，都要深刻认识抗战与建国的联系性。在建国途上，培植民主势力需要最大的努力，养成议会习惯亦需要最大的决心。我国将来政制的演变，大体系于当前参政会的成败。由此而观，第三次大会的举行，实划出该会从组织到工作加以一番彻底检讨的大时期。愿各参政员善图之！

国际联盟与援华制日

王化成

当九一八中日争端发生的时候,国际联盟的纸老虎还没戳穿,所以我们就走上了国联的道路。以为一定可以得到一个公平的结果,后来莱顿调查报告书发表以后,日本退出国联,而国联对他,竟无可奈何,我国失望万分,自此在国联会议席上,也就很少再提中日争端。

自卢沟桥事变以来,我国展开全面抗战,同时又向国联申诉,希望唤起世界的注意,并得到国联的援助,国联对此,始则交九国公约签字国会议。无结果而散,继则使各国分别援华,又未发生效力,于是这次国联行政院会议中,我国派代表提出援华制日的要求,请国联采取集体行动,(一)抵制日货,(二)禁止军火汽车运往日本,(三)给中国政府以财政上的援助,(四)组织调查委员会,专司其事。

国联行政院的决议是:"由与远东有直接关系的会员国,邀请其他与远东有直接关系的国家,就愿代表拟建议,举行协商,加以考虑,以便采取有效之措施,以援助中国",这个议决案的内容,无非是请英法与美国相商,各别援助中国,我们所希望的集体行动,没有达到,而所得的结果,只是一个空空洞洞,遥遥无期的办法。我们对于国联,当然失望。

日本侵犯我们,其违反国际法律与道义,尽人皆知,我国的英勇抗战,已十有八月,时至今日,我们向国联所要求的几项,实不为过分,当意阿战争的时候,国联对于侵略者,会立即加以制裁,大快人心,其后岁不幸失败,然其用意可嘉。我国与暴日抗战已久,而国联未敢稍有举动,是不是日本对我作战,还不算侵略?是不是我国的地位,还不如阿国?是不是远东的问题，还不如非洲的重要？其中必有原因，愿以局外人的资格，来替他分析一下。

最显而易见的原因，是国联对日制裁发生了困难，第一，欧洲时局，到现在没有安定，意大利取得了阿比西尼亚，还没有消化，现在又向法国提出了殖民地的要求，德国不久以前，才吞并奥国，瓜分捷克，现在又蠢蠢欲动。西班牙的内战，至今没有结果，并且最近政府军节节败退，在这种情形下，国联中的主要角色，如英如法他们自己的国防，还未充实，自顾不暇的时候，哪有余力，来应付远东。

第二，自从慕尼黑会议以后，英法极力想掌握欧局，所以对德对意，不惜牺牲，尽力拉拢。日本是德意的同盟，制裁日本，势必得罪德意，至少又给德意来与英法为难的一个机会，这是与英法日后在欧洲所推行的政策不合，因为怕得罪德意，所以容忍日本。

第三，即使对日实施制裁，能否发生效力，颇有疑问。德意两国不但绝对不参加，还会从中阻扰。美国参加，到何种程度，并无把握。至于其他各国，最近因德意势力膨胀，往往为环境所迫，不得不与德意亲善（如波兰，捷克，南斯拉夫），将来能否一致合作，对日制裁，也不敢预料。当初对意制裁的失败，一方面由于国联决定限用渐进的经济方法，一方面由于各会员国得自由参加，斟酌行事。这一次如果对日制裁，上述的弊病，能否避免，都是极大的问题。

对日制裁，诚然是一个复杂而又为难的问题。但是顾忌，也不可太多。固然欧局一日不安定，英法一日不便过问远东的事情。所以关心远东的人，常在叹惜，以为远东为欧局所累。其实这种的牵连受累，绝不是片面的，而是彼此的，要不是日本造成九一八事变，使国联的威信扫地，集体安全，何至于一落千丈？军备竞争，又何至于再起？德国或许还没有敢撕毁和约，意大利或许还没有敢侵占阿国，也未可知。这几年以来英法在远东受日本的打击，在欧洲受德意的压迫，东西兼顾，首尾受敌，于是全盘一塌糊涂。要知道等待欧洲安定，再解决远东问题，那是永远没有希望的。欧洲远年的情形不说，单就欧战以后而论，始终就没有过一天安定。我以为欧洲与远东，既然息息相关，与其安定欧洲，再解决远东问题，还不如先解决远东问题，帮助欧洲的安定。

至于英法目前在欧洲，为求和平起见，不得不处处向希特勒，墨索里尼讨好。其实这两位都是贪得无厌之辈，愈敷衍，则野心愈大。如果早把日本制服，到还可以替他们斩除党羽，减少势力。

固然，制裁日本不敢说各国一致参加，也不敢说方法尽善尽美。然而如果在远东有直接关系的主要国家，如英美法苏，同心协力，一致对日，虽制裁限于经济方面，亦必能置暴日于死地。这是绝无问题。世间主张和平正义的国家，对于侵略者的制裁，不是没有能力，而是缺乏决心。

国联行政院会议，此次对于制裁日本，未有具体的决定，除去困难而外，或许还有别因。英法是与远东有直接关系的会员国，美国是与远东有直接关系的非会员国，当国联行政院所讨论中国提案的时候也正是英美法三国对日阵线成立，而有所表示的时候，国联对于此时，请英美法三国相商，如何援助中国，或许当时三国间已成立谅解，故国联即以此相托。因为即使实施集体制裁，主要的行动也还要靠这三国出力不可。

还有一层，可以使我们往乐观方面想的，就是在国联议会决案发表的时候，消息传来，英国又以三百万英镑，助我维持法币，或者，这就是三国援华的初步表现。我们很希望国联这次所以没有发动集体制裁的原因，不完全由于困难，而是因为在国联之外，找到更妥善的办法。

这一次对日抗战，在现今是我们的神圣工作，在将来是我们的光荣历史。我们不依赖外国，同时我们也不忽视外交的活动，我们应以最大的努力，继续求国际局势对我的好转。

国情普查与云南的人口

戴世光

国情普查是一个新名词，它的涵意是指一个国家中各种基本情形的普遍调查。我国统计法施行细则，第十条是这样规定着："基本国势调查，包括国家之人民，土地，资源及政治，社会，经济，文化等，同在某一时间内举行之普遍"；第十一条则谓："办理基本国势调查之一部分，为某一种普查，如户口普查，农业普查，工业普查以及生命统计资料的登记和交通与租税等统计资料等的收集的一个总括名词"。现在仅就国情普查的内容、特质和实施等分几点来说明：

一、国情普查的类别

我们已经说过，国情普查是一个概括的名词，在分类时可以根据所普查的对象的不同，而分为若干个别独立的普查。（一）以人口为对象的即人口普查。这一种是比较最重要的。一个国家构成的必备条件是人民、土地和主权，缺其一即不能成为国家。是以一个国家应该随时知道它的人民的数和质。人口的数量和品质的统计实在是一个国家最低限度的需要。不过普通人口普查是指静态的人口。如果以人口的生长进化等比成一个活动电影的话，人口普查正是抽出来的一张静止影片。因此另外还有一种动态的人事登记，主要的项目包括生育、死亡和婚嫁。以前例而言，动态的人事登记正是用以记载所抽出两张静止影片之间的变化。由理论上来看，如果把两个人口普查期间人事登记的结果与这个普查范围中人民迁出后移入的数目加减到第一次普查的结果上，应该等于第二次的人口普查的结果。不过这只限于整个范围中的数量和固定的品质，如性别；至于分区的数量仍然不能知道，除非有严密的移动登记来补救。在事实上我们由每次普查的结果中所需要知道的资料很多,而且生死登记难完全无遗漏,尤其是生育登记。所以很少国家是用生死登记来推算下一次的人口普查的。(二)农业普查。如果普查的对象是农业,普查的统计单位是农场的话,这种普查就属于农业普查,主要的项目是:熟地生地的面积,植物动物的产量,地权的分配,资本的数量,借货的方法及农业方法之改良。在农业普查方面所谓登记,只是以一年为单位的静态普查。(三)工业普查。如果普查的对象是工业,即为工业普查。不过此中有一问题就是应该预先下一个单位的定义。尤其是在我国所谓工业是属于手工业及工厂制造业之间的一个阶段中,更需要把单位说明,至少应由家庭工业,手工工厂,用动力之小工厂,及新式工厂分别入手。至于要普查的基本项目,除资本,生产量,生产种类,工人工作情形等以外,应就各分类本身的情形而略有增加。(四)商业普查。普查的对象如商业,而单位是商店,基本项目要普查的是资本,售出货品种类及数量,批发及零售价格等。(五)其他普查。此种性质稍不同于上述四种普查,因为被调查的单位多半集中,同时由行政机构中常能根据行政系统征集要调查的资料。这种如副业,教育,交通及租税等。

二、国情普查的目的

由目的而论,国情普查应该根据各种普查来说明。(一)人口普查。静态的人口普查之目的可分为三方面来看。第一是政治的,知道各区划的人口质量,可以作民选的基础。第二是经济的,可以做征税的标准。第三是社会的,其效用较多,可以说所有社会政策的采用及地方建设的实施之基础。关于人事登记方面,主要如卫生改良的根据并可由之看一个国家民族之兴衰消长。(二)农业普查。有了这种普查,主要可以知道的是土地分配状况租佃情形,地价之高低,及每年农作物的产量,以及各种家畜的数量。这些都可以作改良农村经济和增加农民幸福的依据。同时是国家资源给计的一部分,可以根据农业普查及其他普查的结果来决定经济政策的原则。(三)工业普查。一般的目的是在表示各种工业在国民经济上的重要性,由此可以推定一个国家对于某种工业经营依赖的程度,和工业各部门的盛衰。同时这种资料也是关税政策主要的根据。(四)商业普查的目的是在知道各地域各种货物消费的情形,人民购买力的增减,商业的兴衰等。(五)关于其他普查。矿业是国家财富的一部分,目的是介乎农业普查与工业普查之间的。租税是财政的，可以知道人民在租税上的担负，并由之间接可以推定财富数量。此外如教育交通等都有它一般的级极特殊的目的。兹不多赘。

三、国情普查的特质

据说在纪元前三千零五十年，埃及曾为了建筑金字塔，办过一次人口调查，用意是根据调查的结果，好分配可以抽调的工人。随后我国在西历纪元前二千二百余年（民国纪元前四千一百余年前），大禹曾把九州的人民及土地调查一次，事后将结果铸到九鼎上。以上两个例子，骤看去好像是属于一个国家基本情形的普遍调查。那么是不是可以说在四千年以前已经有人口普查呢？我们的答案：是即使假定这两种传说是可靠的话，我们依然不能承认它们是国情普查中之一种，因为在近代观点之下，国情普查应该具有四种特质，而上述两种都不能完备。哪来所谓四种特质是什么呢？总括起来说是：（一）统一性（二）普遍性（三）截断性（四）规则的连续性。统一性是指每一种普查本身的方法及内容的一致。换句话说，我们要有一致的普查项目，因同一方法来调查和整理，才能由整个范围中来下结论，进一步才可以由不同的时间来作比较，不同地域上作比较。普遍性是由空间而论，应该是在一个短时间内包括整个范围的普查，所以凡只包括某范围的一部分的都非国情普查。截断性是由时间而论。普查原意是由静止的现象下去分析变动。如由变动中分析变动则所得到的不是真确的变动。尤其是时间在生长变化消减的各种基本情形，必复有截断性的普查，才能免掉重复或遗漏。规则的连续性是指举办普查并非一次即了，而是应该由法律规定隔若干年举办或每年一次，不应间断。

四、国情普查的实施

在实施中要决定的有两大部分：调查与统计。调查部分应决定调查何种项目，用何种调查方法，如何组织如何训练人选，如何推动。所以调查方面是决定如何将各种对象身上，我们所需要知道的性质，收集到事前拟定的表格上。至于统计部分，是指如何将所收集的不规则的无系统的材料，整理编制成有规则有系统的统计资料。由我国情形而论，调查的实施，是应该尽量的用本地人材，如小学教育及有知识的乡长及保甲长等，充任各种普查的调查员。而原则上应该采用义务的替国家工作，无所谓薪金。这个问题在我国的人口及农业普查中尤为重要，因为我国除了城镇，几乎都是农场，农人不能填写调查表的多，非用调查员不可，人口更不必说。如一创办即采用薪制，或按时间或按工作多少，都非我国经济能力所能允许。在统计方面论，既为普查，原则上是包括一个国家，材料之多，自不必论。整理统计时，如以快及准为标准，则非用机器整理不可。但是为了经济，此层颇有考虑的必要。我国地大人多，用机器是太贵。以印度为例，人口约有三万万五千万，人工便宜，结果数十年于兹，印度始终以人工整理。可惜一般人工整理的方法，都是不机械的；如划记法（我国各种统计机构多采用之），如条纸法（印度所采用，句容农业人口调查亦试用过），都是慢而不准确，有错误不易审查，因此在统计材料整理方面，我们应该研究一种介乎机器与人工之间的整理方法，庶能在经济的原则下求迅速后准确。

　　以上仅是一般的介绍，说不到学理上的探讨。兹就上述观点来谈谈云南去岁编保甲时举办的人口调查。那次调查由性质而论，是的确想向人口普查方面走，其目的是想求得十八岁到四十五岁之间的各地壮丁数和六岁到十二岁大之间的就学儿童数。际此抗战期间，云南地居后方，此种工作意义之重，自可毋庸赘述，关于调查方法及统计手续，大致系根据立法院通过之保甲条例，及地方自治法规，调查后统计人员完全利用各地方乡镇长等及小学教师。原则上是义务工作，并无报酬，统计整理部分也由各乡镇自己负责。结果这种大规模的工作差不多都能按期完成。这一方面表示云南行政系统的相当健全，一方面也表示各地方人员和小学教师肯热心服务。不过就国情普查的性质及内容而论，尚有可以增改之点。第一本次调查分公共号所调查表，船户调查表，寺庙调查表，及普通户口调查表四种。在原则上，如果根据人口调查中的实际，是可以用这四种调查表格来调查的，同时以任何一县，四种调查表的结果加起来，应当等于全县的总数。不幸这次调查方法似乎是根据住所制，而公共号所调查表只要填人数，其余基本项目竟付缺如，一方面公共处所调查的结果和其他三种不能加，一方面人口质量的分析不完备。此处应预先制定一种调查表，根据住所制以户口为唯一的对象，无论公共处所寺庙船户抑普通户，应根据一致的内容来调查，第二是缺少前面所讲的截断性。各县调查并不一致，而且什么时候调查就记载什么时候的事实。此处应该估计各县大致筹备就绪后，决定某一天为普查日作截断的标准。第三是统计整理方法有点头重脚轻的毛病。因为分乡镇各自整理，工作是太繁重，而且统计人员不敷分配。此点至少是应将各县乡镇之调查表集中在县政府，由有经验的人员划一整理。第四是在调查表上的项目，除公共处所以外，本已包括的项目有：性别，年龄，教育，婚嫁情形，职业，受军训否与病疾，可惜在统计方面编制有年龄与性别（包括儿童教育与军训）职业与性别和废疾人数三种。事实上全省的材料如能经过合理的整理，其结果不仅是对施政方针是一个很重要的根据，同时由各方面的学术研究而论，也是很有价值的资料。当然以上各点仅就实际情形所允许的而论，尤以第四点如果现在能将各县所属乡镇之调查集中统计，为时尚不算晚，其结果不仅有益于本省行政及学术研究，而且其统计结果及整理方法也足可以供全国或各省人口普查的参考。

美国中立与远东政策

张道行

美国的现行中立法，肇端于一九三五年八月，中经一九三六年二月和一九三七年五月两次的修改，现在有效的便是一九三七年五月一日的修正法，全文共分十五节，综其内容不外下述几点：

（一）两个或两个以上国家之间，如总统认为有"战争状态"发生，总统即应将此事实予以公告。并立即禁止境内各种军火（原料品除外），运往交战国或内乱国（第一节）。

（二）总统对于其他物品，如认为必要亦得禁止，但以在一九三九年五月一日以前为限。交战国得以现金向美购买此类物品，但须自负运输的责任（第二节）。

（三）交战国或内战之双方不得在美国借债或发行公债（第三节）。

（四）禁止美国商船载运军火军械或战争用品赴任何交战国（第六节）。

据一般公允的观察家的意见，这个中立法的缺点很多：第一，该法所禁止的军用品不能包括原料品，例如煤油棉花钢铁等物，而实际上煤油乃是飞机和坦克车的重要燃料，棉花可以制造炸药，钢铁可制枪炮之类。上次国联的对意制裁，美国即不肯对双方禁运煤油。后来制裁失败，一部分的原因便是在此。第二，该法第二节规定交战国双方，得向美国购买禁制品以外的货物，只要能够付给现款和自负运输之责，这对交战国之一方而无海上商船以及大海军为之保护时，当然是居于显然的不利地位。第三，该法对于交战国双方，不问是非曲直，侵略和被侵略，同样的适用同等的办法。

职是之故，美国对西班牙内战虽很早就实施了中立法，而对于此次中日战事，则迄今尚未适用，因为美国对于远东，不但是九国公约非战公约的重要缔约国，而且在前年十月五日，早就宣布了日本在中国的行动，是违反上述两个国际公约。因此不分侵略与被侵略的中立法，自然不好援用；如果硬要实施，虽和美国国内法不相抵触，但和美国的国际义务，则不相容。何况依美国宪法的成案，又有国内法的效力不能超过国际法的效力的原则呢？

其次，在事实上美国果真实施现行中立法，无异是帮助侵略者，无异是为虎作伥。因为实施中立法的意义，便是禁止军火的输出。那时中国便无法向美国购买有关生死存亡的军火，而日本则依然可以向美国购买原料和械器，利用高度发展的军需工业，继续制造军火来支持它的战争用品。原料和械器对于日本可以说比较军火成品，更为重要，日本自己有的是大量的商船，运输原料更无问题。再进一步言，如果美国实施中立法而日本一旦对华宣战，则日本更可对各国船只，行使交战国的海上临检权，整个的断绝我海路上军火接济。

最后，更重要的是，美国的远东政策，根本不同于美国的欧洲政策。现行中立法是针对欧洲局势而定，当时未能料及，或顾到运动的事变。上海密勒氏评论报，在一九三五年中立法采行后即声称：美国对于欧洲的纠纷，虽然采取中立，但对中日间问题则不然。国联处置东省事件时，美政府所表示愿与国联合作制裁日本的态度，迄今犹未变更。一九三七年七七事件发生后，美国政府虽然也曾一度下令禁运飞机出口，但不久即因国内外舆论的压迫而取消。可见美国当局也深知中立法本身的缺点，此次中日事件性质的不同，以及美国对于远东根本上不宜保持中立等。

所以近几月来，美国国内舆论，颇都主张修改现行的中立法，罗斯福总统在今年一月四日对国会演说时，即明言"现行中立法实施情形，容或失之不平等，不公允，甚且厚于侵略而薄于被侵略，此种事态，衡诸人类本能，未便任其长此不变"。自从罗氏此项演说发表后，国内舆论毁誉参半，孤立派又复起而活动阻止，但政府方面似仍将以全力达成修改的目的，其主要之点有如下述：

（一）得就侵略与被侵略国，显然加以区别。

（二）对于侵略国得实施"排斥主义"；质言之即军火禁运办法，经济的财政的制裁手段，暨其他一切抵制办法，加诸侵略国。

（三）对于被侵略国，得以一切方法，加以援助（但不规定在该法之内）。

　　这几点当然都是我国国人所希望的修改。具体言之，即对侵略国禁运军火，包括各种军用原料品在内——停止贷款与举债等。并由国会授权总统，得宣告交战国之一方为侵略国，届时对于被侵略国即可予以"事实上的偏袒"。侵略国方面如采取报复手段，总统亦得以报复之手段对之。

　　就原则而论，修改后的中立法，应与国联的制裁相适应。即当国联议决制裁某一违约国时，美国应与国联会员国行动一致。例如当国联会员国向违约国禁运军火，断绝经济和财政上的往来时，美国即应采取同样行动，务使国联制裁之效，不因美国的中立而减少。尤其对目前的中日事件，国联已于去年九月依盟约第十六条，通过了对日制裁的决议，将来各会员国如切实执行时，则我们当然希望美国修改后的中立法，对之不生任何阻碍，并且可以促进该条的实施。

　　总之，美国现行的中立法，其主旨在于避免战争，修改后的中立法，应更进一步，含有维持和平的作用在内。美国一般人以为避免战争与维持和平，二者不能兼容，以为美国若果负起了维持和平的责任，就不能避免战争；欲避战争，就不能负起和平的责任，殊不知维持和平与避免战争是一件事，而且是相须以相成的，也只有维持和平，才能避免战争。否则若单求避免战争则战争反不可免，一九一四到一九一七年的经验便是例证。因此修改后的中立法，应以维持和平为主要目的，最重要的就是要和国联制裁相配合。

　　尤有进者，以美国对远东的条约义务而言，它本有维持和平的责任。其主要根据便是九国公约。它不仅应尊重中国主权与领土的完整，而且有维持中国门户开放义务。该约第七条规定："各缔约国同意，无论何时遇有缔约国中任何一国认为涉及本公约之适用，而应加讨论之情势发生时，各缔约国间应相互充分坦白交换意见。"所以前年十月六日美国在宣布违约以后，并主动的促成国联召集比京九国公约会议，美代表台维斯更明白表示中日事件与九国公约具有密切关系，中日两国不应直接交涉，而应听由九国公约会议处理。这显然说是美国与远东和平，具有直接关系，不能置身事外，故现已起而与问。最近美国两次照会日本，抗议日本的非法破坏中国的门户开放，也是为此。去年十二月三十一日的二次照会，更明言："美国人民遵守暨主张机会均等之原则，不仅为在商业上获得利益，且望获得政治与经济之安定。"

那末，或者要问美国果真如此做法，日本会不会和美国开战呢？据许多政论家的意见，日本在现在决不敢如此冒险。美国远东问题专家（Dennett）便说过：

> "我们目前所能够断定的，是日本和美国现在都在危险中过生活，一个是因为她的蛮干政策，一个是由于她的犹豫不定。一九一六年美国与德国的针锋相对，相当于一九三七年的美国与日本的针锋相对，这个比较，不完备的地方是在一九一六年的德国，还可以怀疑美国之参战，能否影响整个的战局，而现在靠美国的军需将来靠美国的资本的日本，则深知日美战争，即日本的自杀。"

我们观于去年年底，英美对华借款成功后，日本国内舆论，依然只攻击英国，高喊驱逐"英帝国主义的象征"，而对美国则依然保持和缓的态度，即可知日本决不敢和美国作战。美国才是世界的权威，美国应该履行她对人类的神圣使命——维持和平。

末后，依我个人的意见，美国应该根本废弃中立法。因为在连带关系发达到今天的世界，和国际条约上立下了那么多的新义务的时候，真有世界大战争发生时，无论哪一个，也无论在法律上或事实上，都不易保持中立。在另一方面，逢局部战的国际冲突，即不宣告中立，也不一定转入漩涡。一九一七年世界大战时的美国和今日中日战事的美国相比，即可了然。于此，足见中立的理想，已不能和今日的国际社会相适应。西儒普里提斯（Politis）说得好："中立制度，在于今日，固无异于一真实的无政府主义，不能再与人类法则，互相调和；更不能与经济要求，及人民感应相吻合。它是已不可救药地被人摈斥。它很像命运已注定寿终正寝的一种法制。"

彼 此

徽 因

朋友又见面了,点点头笑笑,彼此晓得这一年不比往年,彼此是同增了许多经验。个别地说,这时间中每一人的经历虽都有特殊的形相,含着特殊的滋味,需要个别的情绪来分析来描述。

综合地说,这许多经验却是一整片仿佛同式同色,同大小,同分量的迷惘。你触着那一角,我碰上这一头,归根还是那一片迷惘笼罩着彼此。七月!——这两字就如同史歌的开头那么有劲——八月,九月带来了那狂风,后来,后来过了年——那无法忘记的除夕!——又是那一月,二月,三月,到了七月,再接再厉的又到了年夜。现在又是一月二月在开始……谁记得最清楚,这串日子是怎样地延续下来,生活如何地变?想来彼此都不会记得过分清晰,一切都似乎在迷离中旋转,但谁又会忘掉那么切肤的重重忧患的网膜?

经过炮火或流浪的洗礼,变换又变换的日月,难道彼此脸上没有一点记载这经验的痕迹?但是当整一片国土纵横着创痕,大家都是"离散而相失——去故乡而就远",自然"心婵媛而伤怀兮,眇不知其所蹠",脸上所刻那几道并不使彼此惊讶,所以还只是笑笑好。口角边常添几道酸甜的纹路,可以帮助彼此咀嚼生活。何不默认这一点:在迷惘中人最应该有笑,这种的笑,虽然是敛住神经,敛住肌肉,仅是毅力的后背,它却是必需的,如同保护色对于许多生物,是必需的一样。

那一晚在××江心,某一来船的甲板上,热臭的人丛中,他记起他那时的困顿饥渴和狼狈,旋绕他头上的却是那真实倒如同幻象,幻象又成了真实的狂敌杀人的工具,敏捷而近代型的飞机:美丽得像鱼像鸟……这里黯然的一掬笑是必需的，因为同样的另外一个人懂得那原始的骤然唤起纯筋肉反射作用的恐怖。他也正在想那时他在××车站台上露宿，天上有月，左右有人，零落如同被风雨摧落后的落叶，瑟索地蜷伏着，他们心里都在回味那一天他们所初次尝到的敌机的轰炸！谈话就可以这样无限制的延长，因为现在都这样的记忆——比这样更辛辣苦楚的——在各人心里真是太多了！随便提起一个地名大家所熟悉的都会或商埠，随着全会涌起怎样的一个最后印象！

再说初入一个陌生城市的一天——这经验现在又多普遍——尤其是在夜间，这里就把个别的情形和感触除外，在大家心底曾留下的还不是一剂彼此都熟识的清凉散？苦里带涩，那滋味侵入脾胃时，小小的冷噤会轻轻在背脊上爬过，用不着丝毫锐性的感伤！也许他可以说他在那夜进入某某城内时，看到一列小店门前凄惶的灯，黄黄的发出奇异的晕光，使他嗓子里如梗着刺，感到一种发紧的触觉。你所记得的却是某一号车站后面黯白的煤气灯射到陌生的街心里，使你心里好像失落了什么。

那陌生的城市，在地图上指出时，你所经过的同他所经过的也可以有极大的距离，你同他当时的情形也可以完全的不相同。但是在这里，个别的异同似乎非常之不相干；相干的仅是你我会彼此点头，彼此会意，于是也会彼此地笑笑。

七月在卢沟桥与敌人开火以后，纵横中国土地上的脚印密密地衔接起来，更加增了中国地域广漠的证据。每个人参加过这广漠地面上流转的大韵律的，对于尘土和血，两件在寻常不多为人所理会的，极寻常的天然质素，现在每人在他个别的角上，对它们都发生了莫大亲切的认识。每一寸土，每一滴血，这种话，已是可接触，可把持的十分真实的事物，不仅是一句话一个"概念"而已。

在前线的前线，兴奋和疲劳已掺拌着尘土和血另成一种生活的形体魂魄。睡与醒中间，饥与食中间，生和死中间，距离短得几乎不存在！生活只是一股力，死亡一片沉默的恨，事情简单得无可再简单。尚在生存着的，继续着是力，死去的也继续着堆积成更大的恨。恨又生力，力又变恨，惘惘地却勇敢地循环着，其它一切则全是悬在这两者中间悲壮热烈地穿插。

在后方，事情却没有如此简单，生活仍然缓弛地伸缩着；食宿生死间距离恰像黄昏长影，长长的，尽向前引伸，像要扑入夜色，同夜溶成一片模糊。在日夜宽泛的循回里于是穿插反更多了，真是天地无穷，人生长勤。生之穿插零乱而琐屑，完全无特殊的色泽或轮廓，更不必说英雄气息壮烈成分。斑斑点点仅像小血锈凝在生活上，在你最不经意中烙印生活。如果你有志不让生活在小处窳败，逐渐减损，由锐而钝，由张而弛，你就得更感谢那许多极平常而琐碎的磨擦，无日无夜地透过你的神经，肌肉或意识。这种时候，叹息是悬起了，因一切虽然细小，却绝非从前所熟识的感伤。每件经验都有它粗壮的真实，没有叹息的余地。口边那酸甜的纹路是实际哀乐所刻画而成，是一种坚忍韧性的笑。因为生活既不是简单的火焰时，它本身是很沉重，需要韧性地支持，需要产生这韧性支持的力量。

现在后方的问题，是这种力量的源泉在哪里？决不凭着平日均衡的理智——那是不够的，天知道！尤其是在这时候，情感就在皮肤底下"踊跃其若汤"，似乎它所需要的是超理智的冲动！现在后方被缓的生活，紧的情感，两面磨擦得愁郁无快，居戚戚而不可解，每个人都可以苦恼而又热情地唱"终长夜之曼曼兮，掩此哀而不去"，或"宁溘死而流亡兮，不忍为此之常愁"！支持这日子的主力在哪里呢？你我生死，就不检讨它的意义以自大。也还需要一点结实的凭借才好。

我认得有个人，很寻常地过着国难日子的寻常人，写信给他朋友说，他的嗓子虽然总是那么干哑，他却要哑着嗓子私下告诉他的朋友：他感到无论如何在这时候，他为这可爱的老国家带着血活着，或流着血或不流着血死去，他都觉得荣耀，异乎寻常的，他现在对于生与死都必然感到满足。这话或许可以在许多心弦上叩起回响，我常思索这简单朴实的情感是从哪里来的。

信念？像一道泉流透过意识，我开始明了理智同热血的冲动以外，还有个纯真的力量的出处。信心产生力量，又可储蓄力量。

信仰坐在我们中间多少时候了？你我可曾觉察到？信仰所给予我们的力量不也正是那坚忍韧性的倔强？我们都相信，我们只要都为它忠贞地活着或死去，我们的大国家自会永远地向前迈进，由一个时代到又一个时代。我们在这生是如此艰难，死是这样容易的时候，彼此仍会微笑点头的缘故也就在这里吧？现在生活既这样的彼此患难同味，这信心自是，我们此时最主要的联系，不信你问他为什么仍这样硬朗地活着，他的回答自然也是你的回答，如果他也问你。

信仰坐在我们中间多少时候了？那理智热情都不能代替的信心！

思索时许多事，在思流的过程中，总是那么晦涩，明了时自己都好笑所想到的是那么简单明显的事实！此时我拭下额汗，差不多可以意识到自己口边的纹路，我尊重着那酸甜的笑，因为我明白起来，它是力量。

　　话不用再说了，现在一切都是这么彼此，这么共同，个别的情绪这么不相干。当前的艰苦不是个别的，而是普遍的，充满整一个民族，整一个时代！我们今天所叫做生活的，过后它便是历史。客观的无疑我们彼此所熟识的艰苦正在展开一个大时代。所以别忽略了我们现在彼此的点点头。且最好让我们共同酸甜的笑纹，有力的，坚韧的，横过历史。

冷屋随笔之二

钱钟书

在非文学书中找到有文学意味的妙句，正像整理旧衣服，忽然在夹袋里发现分用剩的钞票和角子；虽然是分内的东西，却有一种意外的喜悦。譬如三年前的秋天，偶尔翻翻哈德门（Nicolai Hartmann）的大作《伦理学》，看见一节奇文，略谓有一种人，不知好坏，不辨善恶，仿佛色盲者的不分青红皂白，可以说是害着价值盲的病（Wertblindheit），当时觉得这个比喻的巧妙新鲜，想不到到今天会引到它。借系统伟大的哲学家（并且是德国人），来做小品随笔的开篇，当然有点大才小用，好比用高射炮来赶蚊子。不过，小题目若不大做，有谁来理会呢？所以小店开张，也要请当地长官参加典礼，教员求加薪，定说得一二十元上下可以影响到整个人类文化，正是同样的道理。

价值盲的一种象征是欠缺美感；对于文艺作品，欠乏欣赏能力。这种病症，我们无妨唤作文盲，依照色盲的例子。在这一点上，苏东坡完全跟鄙人同意。东坡领贡举而李方叔考试落第，东坡赋诗相送云："与君相从非一日，笔势翩翩疑可识；平平漫说古战场，过眼终迷日五色。"你看，他早把不识文章比作不别颜色了。说来也奇，偏是把文学当作职业的人，文盲的程度似乎愈加厉害。好多文学研究者，对于诗文的美丑高低，竟毫无兴会和鉴别。但是，我们只要放大眼光一看，便知此等现状，不值得我们少见多怪。看文学书而不懂鉴赏，恰等于帝皇时代，看守后宫，成日价在女人堆里厮混的偏偏是个太监，虽有机会，却无能力也！无错不成话，非冤家不聚头，不如此怎会有人生的笑剧？

文盲这个名称太好了，我们该向民众教育家要它过来。因为认识字的人就，未必不是文盲。譬如说，世界上还有比语言学家和文字学家识字更多的人么？然而有几个文字语言专家看文学作品时，往往不免乌烟瘴气眼前一片灰色。有一位小学大家云："文学批评全是些废话，只有一个个字的形义音韵，才有确实性。"拜聆之下，不禁想到格利佛（Gulliver）在大人国瞻仰皇后玉胸，只见汗毛孔，不见皮肤的故事。假使苍蝇认得字——我想它是识字的，例如《晋书》苻坚载记就说，苻坚草密诏，闭门不使人知，只一苍蝇来绕笔端，少顷蝇化为黑衣童子，将诏书内容漏泄于外，便是绝好的证据，并且见于正史，当然千真万确。假使苍蝇认得字，我说，它对文学，定跟那位小学家看法相同。眼孔生得小，视界想来不会远大，看诗文只见一个个字，看人物只见一个个汗毛孔。我坦白的承认，苍蝇的宇宙观，极富于诗意；除了勃莱克（Blake）自身以外，所谓"一花一世界，一沙一天国"的胸襟，苍蝇倒是具有的。它能够在一堆肉骨头里发现了金银岛，从一撮垃圾飞到一别撮垃圾时，领略到欧亚长途航空的愉快。只要它不认为肉骨之外无乐土，垃圾之外无五洲，我们尽管让这个小东西嗡嗡的自鸣得意。训诂音韵是顶有用，顶有趣的学问，就只怕学者们的头脑还是清朝朴学时期的留遗，以为除此而外，更无学问，或者以为研究文学不过是文字或其他的考订。朴学者的霸道是可怕的。圣柏甫（Sainte Beuve）在《月曜论文新编》（Nouveaux Lundis）第六册里说，学会了语言，不能欣赏文学，而专做小学的功夫，好比向小姐求爱不遂，只能找丫头来替。不幸得很，最招惹不得的是丫头，你一抬举她，她就想盖过了千金小姐。有多少丫头不想学花袭人呢？

色盲决不学绘画，文盲却有时谈文学，而且谈得来特别起劲。于是产生了印象主义的又唤作自我表现或创造的文学批评。文艺鉴赏当然离不开印象，但是印象何以就是自我表现，我们想不明白。若照常识讲，印象只能说是被鉴赏的作品的表现，不能说是鉴赏者自我的表现；只能算是作品的给予，不能算是鉴赏者的创造。印象创造派谈起文来，那才是真正热闹。大约就因为缺乏美感，所以文章做得特别花花绿绿；此中有无精神分析派所谓补偿心结，我也不放妄断。他会怒喊，会狂呼，甚至于会一言不发，昏厥过去——这就是领略到了"无言之美"的境界！他没有分析——谁耐烦呢？他没有判断——那太头巾气了！灵感呀，纯粹诗呀，真理呀，种种名词，尽他滥用；因为滥用大名词，好像不惜小钱，都表示出做人的豪爽。印象倒也不少，有一大串陈腐到发臭的比喻。假使他做篇文章论雪莱，你在他的文章里找不出多少雪莱；你只看见一大段描写燃烧的火焰，又一大节摹状呼呀的西风，更一大堆刻画飞行自在的云雀，据说这三个不伦不类的东西就是雪莱。何以故风不会吹熄了火，火不至于烤熟了云雀，只能算是奇迹罢。所以，你每看到句子像"他的生命简直是一首美丽的诗"，你就知道下面定跟着不甚美丽的诗的散文了。此种文艺鉴赏，唤作创造的或印象主义的批评，还欠贴切。我们不妨小试点铁成金的手段，各改一字。创造的改为捏造的，取"捏"鼻头做梦和向壁虚"造"之意。至于印象派呢，我们当然还记得四个瞎子摸白象的故事，改为摸象派，你说怎样？这跟文盲更拍合了。

  捏造派根本否认在文艺欣赏时，有什么价值的鉴别。配他老人家脾胃的就算好的，否则都是糟的。文盲是价值盲的一种，此地表现得更清楚。有一位时髦贵妇对大画家威斯娄（Whistler）说："我不知道什么是好东西，我只知道我喜欢什么东西。"威斯娄鞠躬敬对曰："亲爱的太太，在这一点上太太所见与野兽略同。"真的，文明人类跟野蛮兽类的区别，就在人类有一个超自我（Trans-sub Ective）的观点。因此，他能够把是非真伪跟一己的利害分开，把善恶好丑跟一己的爱恶分开。他并不跟日常生活粘合，而能跳出自己的凡躯俗骨来批判自己。所以，他在实用应付以外还知道有真理；在教书吃饭以外，还知道有学问；在看时小姐以外，还知道有崇高的美术；虽然爱惜身命，也明白殉国殉道的可贵。生来是个人，终免不得做几桩傻事错事，吃不该吃的果子，爱不值得爱的女人；但是心上自有权衡，不肯颠倒是非，抹杀好坏来为自己辩护。他了解该做的事未必就是爱做的事。这种自我的分裂，知行的歧出，紧张时产出了悲剧，松散时变成了讽刺。只有禽兽是天生就知行合一的，因为它们不知道有比一己嗜欲更高的理想。好容易千辛万苦，从猴子进化到人类，还要把嗜好跟价值混而为一变，做人面兽心，真有点对不住孙行者！

  痛恨文学的人，更不必说：眼中有钉，安得不盲，你只要想。不过，眼睛虽出毛病，鼻子想极敏锐；因为他们常说，厌恶文人的气息。与以足者去其角，传之翼者夺其齿；对于造物的公平，我们只有无休息的颂赞。

居里夫人小传（译文）

惟 一

居里夫人，举世皆知为发明镭锭之科学家。偶读西文杂志，见夫人小传一篇。足以鼓励国难时期，设备简陋中之我国科学家的勇气。因解释其大概，以飨读者。

在一八九一年秋天，有一位波兰小姐叫做玛丽·斯克罗陀甫斯卡，表现着紧张的情绪，在巴黎大学注册。

青年学子们看见这位衣服褴褛，举止羞涩，坚决沉静的小姐，常问这是什么人？答案是很含糊的：这是一个外国人，她的名字长而难读。她坐在物理班前排的。

她对于青年男子们毫不感兴趣，但是对于科学课程，十分热心。她的用功，真是一刻千金的不肯放松一点。

她太怕羞，不敢和法国人交朋友。她的生活，真像庵里的尼姑，简单而孤独，整日在波兰区独自用功。她的进款，是四十卢布一个月，等于三个法郎一天。这小小数目，房金饭费衣服学费等都在内了。

于是她的食物，不得不缩，减到极小限度，奶油面包和茶，是她的日常充饥品。冬天没有煤，冻得手冷身颤。有时喫两枚鸡蛋，等于山珍海味了。

这样贫乏的营养，经过了几个月，这位丰满健康的小姐，就很快的犯了贫血症。工作之后，常觉得头晕眼花，有时倒在床上不省人事。她以为她是病了，不知道是饿坏了。

玛丽专心求学，对于婚事，丝毫未加注意。到了廿六岁的时候，她仍抱着独身主义。到了一八九四年,才在她试验室里邂逅遇见了居里先生。他是一位科学的天才,当时已三十五岁尚未娶妻。他俩彼此心心相印。数月之内,就结了婚。

在一八九七那一年冬天,玛丽对于法国科学家培格尔发明铀盐之自力发光,颇感兴趣。他俩决意想把这发光的原因找出来。这是要长期试验的。试验室在哪里呢?这是一个很困难的问题。后来他们得到物理学系主任的帮忙,得在地下层的贮藏室里,把不用的机械放在一边,腾出一小块的空地出来,让她做试验。这地方又小又潮湿,冬天又冷,是很不宜于作试验的。

玛丽在这个地方,日夜试验,把已知道的原子,都试验过以后,她想这发光的一定是一个新原子了。这是很动人的一个假设,但怎样来证实呢?

居里先生对于夫人试验的进行,很感兴趣,他放弃了自己的试验,来帮助夫人。两颗头脑,四只手,不间寒暑,在一个狭小潮湿的工作室里,耐劳忍苦共同努力了八个年头。他们在铀的混合体内找到了两个新原子。一八九八年七月,他们寻出一个新原子叫做波兰尼姆铀,是纪念她心爱的祖国波兰的。一八九八年十二月,他们宣布第二个新原子叫做镭锭。他们相信这原子有无限的发光力。

奥国的波西米亚是产铀盐的,用以制造玻璃。铀盐是从矿石里提出来的。铀盐提出以后,所剩杂质甚多,俱是无价值的弃材。但其中却含有钋镭两原子。他们遂向奥国政府索取了一吨弃材,开始从事工作。工作室太小了,他们向医学院借用了毗连的一个棚子。这棚子本来是用作解剖室的,早因不合用而放弃了的。棚子里没地板器具只有几张破旧的厨房桌,一块黑板,一个老旧的生铁浇成的火炉。

夏日炎暑,这地方热得像火炕。冬风凛洌,离火炉数尺以外,冷得像冰窖。但大部分工作,须在院子里做的。因为熔炉没烟囱,烟头太浓,气味太难受了。

玛丽后来说,在这个可怜的地方,她过了平生最快乐的光阴。她献身科学,忘却了一切。日间用和她身体同样长的大铁棍搅镕质,夜间则倦倒床上。

因为一切设备简陋到极点,工作进行非常困难。她把矿质一斤一斤的熔化,提取发光的镕质。后来愈提愈浓,最后则达到了提取净质的时期。这时候她的简陋的设备,更阻碍她的成功。这可怜的棚子,四面通风,把煤铁的屑,吹到溶质里,使她苦心劳力得到的净质复含杂质。这是多么烦恼的事啊！她有时竟觉得失望了。

但她的坚强的意志是百折而不挠的。虽然她的企求，在不可知之类，她仍耐着性向前进行。到了一九〇二那一年，已经工作了四十五个月，她竟成功了。她得一厘的镭，并且定了它的原子量。

在以前，化学家多怀疑镭之存在，到了现在他们为事实所屈服了。

成功是从艰苦困难中得来的。

她的试验是成功了。但他们还遭遇了经济的困难。居里先生在大学里的薪水，只有五百佛郎。他们生了一个女儿以后，家用加增了。他在一八九八年曾请求过一个一万佛郎的讲座，但被拒绝了。直到一九〇四年全世界都承认他的成绩的时候，他才得到这个讲座。

玛丽此时也在凡赛尔一个女子中学当教授，家用可以勉强敷衍过去。他们夫妻俩继续教书，克尽厥责，毫无怨言。但是他们的体力，经过长时间的劳作以后，渐渐的削弱了。

镭的研究，渐渐普遍。人们知道它的发光力大于铀两百万倍。它的光能透过最黑暗的物体。只有厚的铅片，才能阻止这光的穿过。而且它于人类有莫大用处——用以疗癌。

比国和美国最注意癌的研究。但是他们不知道提取的方法。某一星期日，居里先生得到美国的一封信，询问镭的提取法。他对他的夫人说："我们有两条路。一条是将提取的方法详细告诉人们。"玛丽便随口答应到："是的，当然的。""还有一条，"居里先生说，"我们自居为镭的发明者，我们请求专利权，对世界上保留镭的制造权。"

玛丽想了数秒钟，便说"那是不可以的。那便与科学精神违背"。

居里先生顿时现了晴霁的颜色。笑道："我们应当可以得到一个完美的试验室了。"

玛丽凝视片刻，想起了她成功所得物质的报酬，一刹那间便放弃了这意思，说道："物理学家都把成绩完全发表的。倘若我们的发明是有商业价值的，那是偶然之事，我们不应因以为利。而且镭能医病……我们更不应趁这机会图利。"

这事轻轻的决定了。居里先生说："今晚我就写信，把提取镭锭的方法，完全告诉美国工程师。"说完，他俩就坐自行车到森林去了。他们永远决定了富与贫。到了晚上，他们满载了野草闲花，欣然回家了。

世界上的荣誉，如雪片飞来。贺电堆满了一张桌子。新闻纸上的文章，成千累万。问他们要照片的信，收到了几千封。诗家的贺诗，亦收到不少。有一美国人写信来问，是不是可以把他的一匹骏马叫做玛丽。

不幸得很，在一九〇六那个年头，四月十九日那个雨天，在科学教授会喫了饭以后，居里先生在倾盆的雨中走回家。他心不在焉的走过一条街，忽地里来了一架马车，一刹那间一代巨子，在那无情的转轮之下，成了古人！

丧葬完了。法国政府要给玛丽同她的孩子们一笔抚恤费。玛丽断然拒绝了，说："我不要抚恤。我还年轻，可以自食其力，并抚养我的孩子们。"

同年五月十三日，巴黎大学科学教授会一致通过把居里先生的讲座，请玛丽继续担任。这是女子在法国高等教育中第一次得居那种要位。

消息达到了她的时候，她说"让我试一试看"。当她第一次上讲堂的时候，讲堂内外，成了人山人海。拍掌声停息的时候，人们以为新教授想必照例恭维前任一番，并对大学致谢意。但玛丽开口便说：

"我想起物理学在十年来的进步，我们对于电和物质的观念的进步不能不表示惊异……。"

居里夫人开始所说的话，就自居里先生最后的一句。听众们的泪水夺眶而出，滚滚顺颊而下了。

居里夫人所得到的各国学位和荣誉甚多。后来巴黎大学和巴斯德学院联合设了一个镭锭学院。内分两个试验室。一个是镭锭试验室，由夫人主持。一个是生物试验室，试验癌的治疗法，由一位著名医生主持，在家庭反对之下，夫人把价值一百多万金佛郎的，一公分重的镭，赠与镭锭学院。这实物是夫人和居里先生一生所手制的。

欧战的时候，她赴军医院服务，主持 X 光线，收集了许多 X 光机器，召集了许多使用机器的人才，在受伤的兵士们身上找寻子弹。她在枪林弹雨之下，和 X 光线剌射之中，不断的工作。

一九二〇年美国妇女筹了十万元美金，买了一公分镭，赠与玛丽，请她到美国走一趟。当时她已五十四岁了。

她到了美国，受了无限的欢迎。

三十五年的长期间，居里夫人与镭为伍，受镭光的刺激。欧战四年中，她受了更危险的 X 光的刺激，血液受影响了。一九三四年五月，她病倒在床上了。

最后，她的强健的心脏停跳了。一代大科学家遂与世长逝。经检验后，知道杀夫人的罪犯是——镭。

本期撰者：

　　王赣愚先生是云南大学教授。王化成，钱钟书两先生是西南联合大学教授，张道行先生是中央政治学校教授，戴世光先生是清华大学国情普查研究所研究员。王赣愚先生与钱钟书先生在本刊俱已有过文章。

　　徽因女士是建筑家，在国内外建筑学杂志上，常有关于建筑的专门论著；她所著的诗文小说亦散见于国内各文学杂志。

　　惟一先生是一位教育家。《居里夫人小传》虽是一篇译文，译者实含有提倡贫苦时期不忘科学的深意。

第一卷第七期（1939年2月12日）

时评

敌国议会论战

　　日本的议会政治因为宪法及法律上的种种限制，不能充分发挥权力，欧战后因为自由主义的澎湃，政党议会政治虽仍一度抬头，但不久便被九一八的浪潮所摧毁，一九三二年的五一五法西斯政变后，政党完全屈服，从此每况愈下，近卫内阁的辞职象征着自由主义的没落，平沼虽未取消政党，但政党的存在已经无足轻重。所以日本人民对于这次议会非常淡漠，一般舆论的推测，都认为主要问题如庞大预算统制等必能如政府所预期的通过，争辩也不过涉及那些不着边际的问题而已。第七十四届议会自一月二十一日复会迄今，将近二星期了，每天都是辩论，问题虽然涉及政治、经济和外交等各方面，但都没有针对这政治的要害，语气与其说是攻击，毋宁说是质疑，对于政府的含糊答复，既无迫击的勇气，更谈不到短兵相接。

　　这些辩论虽无积极的意义，但在消极方面，可以反映出日本国内，对于战事的怅惘，经济的忧虑和外交的苦闷。关于对华战事，虽然没人敢公开表示怀疑，但如政友会议员原口的质问对华浩大战费将继续至何时，占领区域如何建设，东方会议员北聆吉的粮食将如何解决，民政党议员中岛的质问对于中国法币究采何政策，政友会议员山本的质问对于深入中国民心的三民主义究将如何应付，以及某议员的质问"东亚新秩序"究至何时实现，都暴露出日本人民对于战争前途的忧虑和战后统治的怅惘。

关于经济方面，对华战费迄至今年三月止，已耗去七十四万万日圆，加以昭和十四度预算之四十九万万（连预备金五亿五千万在内），合计将达一百二十三万万，若将昭和十二年度海陆军经常费之十八万万，十三年度之十二万万及来年度之十一万万五千万合计在内，将达一百六十五万万之巨额。公债方面迄至去六月止，已发行一百四十亿，七月至今年三月止，平均每月发行三亿五千万计，合计将达一百七十余万万，大藏省的预备金，国民的邮政贮金和各银行及大公司的公债金大部变成公债了，但按昭和十四年度预算，尚须发行公债五十五万万，究将如何竭泽而渔？纸币的发行石渡藏相公开承认去岁年底已发到二十八亿五千万，较之战事前的十亿左右，增加将近三倍。税收方面在"北支事变特别税"的名义下，去昨两年已经增征三亿一千七百万，下年度尚计划增税二万万。这种杀鸡取卵的办法无异自掘坟墓。而在收入方面如对外贸易额的锐减，入超的激增，黄金的减少，储金的消耗，和平工业的凋落，国民收入的减低，物价指数的增长，生活程度的提高，日本的经济基础将根本动摇。所以在这次议会中，关于经济的质问最多，如巨额战费的如何筹措，公债消化力的如何维持，恶性通货澎涨危机的如何避免，对外贸易的如何安定等，都使军部及政府当局穷于应付，政党虽无追击的勇气，但已充分暴露日本经济的危机了。

外交方面民政党的质问扩军计划是否以苏俄与中国两国为标准，对苏准备是否有缺陷，英美庞大的海军计划是否威胁日本国防，万一太平洋中发生紧急事变，海军力量够否应付，海军染料是否足用，一方面暴露对于军力的怀疑，同时也告诉了我们日本国民对于国际局势的忧虑。而关于英美外交的质问更多，政府对于英美的援华采何政策，对日经济压迫有何准备，民政党议员小山一再主张邀请英美，举行国际会议，有田答复既谓对英美政策现尚未便强硬，但又认为在当前情势下，欲使第三国明了东亚局势，殊属不易，外交途径颇多荆棘，惟当尽力避免第三国误解，以求其协力而已。政府及民间对于外交的苦闷，到此已昭然若揭了。（信）

苏日摩擦

今日，苏伪边境又时有冲突。据长春电讯，上月三十日，苏军越界侵入"满"境，致被日军击毙三人，本月三日，苏军复在孟克西里（在满洲里东北一百二十里之处）三次与日哨兵互相射击。苏伪边境冲突事件，自九一八以后，不断发生，而以去年张鼓峰事件为最严重。当时一般观察者，都以为苏日战事，恐不可免。而双方容忍的结束，停战谈判顺利进行，一时震动世界的冲突，遂告结束。然自张鼓峰事件之后，苏伪边境冲突事件仍是时常发生。这足以表示张鼓峰事件谈判，并没有彻底解决边境问题，而边境问题直至今日，尚是苏日间摩擦主因之一。

边境问题之外，可以促使苏日渐系紧张之事件，正日有增加。其明显者，如（一）渔权问题，（二）日轮被扣问题，（三）库页岛之边境事件，（四）油权纠纷，（五）中苏之关系，再加以日少壮军人骄姿狂悖的态度，两国间的摩擦当然因之而更为增加。

若谓苏日两国，将有意识的，借口于上列事件之一，诉诸兵戎，固或有神经过敏之嫌。张鼓峰事件的经过，很明显的指明，两国并没有大规模作战的预备与决心。无疑的，上列事件以后将继续造成地方或局部的冲突，而在可能范围之内，此项冲突总还是由双方容忍而局部解决。然而这并不是说苏日因摩擦而作战是绝不可能。别的摩擦虽未必直接产生战事，而一切摩擦的层叠确可造成两国间势不两立的局面。容忍，让步，等等，都是某种国策之下，冷静的处置。如果层叠的摩擦，真造成势不两立的局面，一个新的导火，也许可以冲破一切冷静的处置，而引着一个巨大的爆裂。（弋）

美总统援助英法

二月一日罗斯福出席参院军事委员会，表示美国应以军火售给民主国家，以加强民主国家的自卫实力。按美国国会委员会，有时公开，亦时守秘密。总统出席委员会本是不常有之事，且事关外交及军事，一日之会当系秘密。但军事委员会中的参议员不少向属孤立派者，如奈埃与克拉克即是，他们所主张的中立，本以美国不加入战争为主要前提，当然对于是非之间，侵略与反侵略之间，也不愿太作分别。他们认为罗斯福助民治抑极权的倾向，将促美国加入冲突的壁垒，他们不愿罗斯福的主张见诸实行，所以他们便泄露秘密于各报，所以这个消息便传遍天下，激起许多人许多国家的拥护，也激起孤立派及意德等国的反对。

从美国的宪法而论，总统绝对有权可以用上下军火输出的方式，来援助法英等国。美国的飞机及其他军火品制造业,在若干限度之下,是受联邦政府的管辖的;总统既是联邦政府的行政首长,当然可以促军火业尽量为民主国制货。中立法只能限制售军火于交战国,亦不能限制售军火于承平国家。孤立派当然要想法通过决议案以限制政府的权力,不许政府对德意日及英法间有所歧视;但这种企图固未必能成功。在成功前,总统固有权用多售军火的方法来援助英法。

  从人类的正义及和平而言,美总统的主张更值得我们的欣慰。老实说,德日意侵略轴心之所以敢如此嚣张,完全由于英法军备的落后,与美国的中立,而英法军备的落后则亦只在空军方面(陆军方面英法扩充较易),如果英法空军可以急起直追德意而等之,甚或上之;或即未追上,而美国即有不中立,即有将以实力助英法的表示,则侵略轴心的各国便须面面相望,抱头鼠窜而散。罗斯福的办法是双关的,一方可以增快英法的扩充空军,一方又表示美国可以不参战而已实力助英法。固然罗斯福因为孤立派妄引《美国边界即在法国》一语引起误会,于二月三日又声明美国国策未变,但他仍谓将以和平方法维持各国政治经济与社会的独立。换言之,他仍将用多多售卖军火的方法使来英法等不受侵略。(端)

政治的制度化

钱端升

本刊第五期中傅孟真先生有一篇文章，《论政治之机构化》。他所称的机构，不是什么"调整机构"的机构，而是"文物制度"的制度，亦即西文Institution 之意。他所主张的政治之"机构化"，不是说政治贵有适当的机构，而是说"政治之非个人化"，政治之应制度化（Institutionalized），政治之应以制度为基础，应有制度的基础（Institutional basis）。这"制度化"一道手续，这"制度的基础"一个基础，实在是古今中外任何有进步性的国家所不可不经的一道手续，所不可或缺的一个基础，而尤为当前的中国所应努力以求者。问题是十分重要，故今特将傅先生之意再加以引申。

人类的文化本是日积月累而成的。无论在哪一方面，在烹饪方面，建筑方面，耕种方面，文字方面，礼仪方面，或是在其他方面，我们均可证明人类今日所具有的造诣，是经过长时期的累积而获来的。

在政治方面，这累积的作用尤其是显著而不可少。政治的进步全靠两种作用，第一种是累积的作用（Comulative effect），第二种是革命。革命的需要任何人都不能否认。不论哪一个国家，到了政治积弊太深，无法改善，或是旧的制度绝对无法适应新的环境时，只有采用革命的手段，创造一个新的局面与新的制度。但在革命完成以后，在平时，要新的局面能巩固，要新的制度能发生效用，能发生福国利民的效用，则又非靠累积的作用不可。而要望日常的政治设施累积起来，则又非靠政治制度化不可。政治制度化的重要即在于此。

我们中国的历史上充满了革命与累积互相辉映，以使政治进步的例子。

在君主的中国时代，所谓创业就是革命。大概一个旧的朝代，因为有着政治上的惰性与忠君的思想做护符，除非实在腐败得不可救药时，是不容易推倒的。同时，一个创业之君，除非他自己有政治的天才（尽管他是一个草莽英雄），或是有极高明的辅佐者，也不易成功。我国历朝创业之君，尽多有许多不自知在革命，实在多是革命者。

在君主的中国时代，所谓守成也就是收累积的效果。在这里，制度化便成了一道不可不经的手续。天下可从马上得来，但不能以马上治之，所以汉高祖那样一个粗人，也须命叔孙通制礼作乐，至于政治上必要的规范制度的树立，更不必说。我们如以汉代文景之治，唐代开元贞观之治，为我国历史上最璀璨光明的时期，那我们也必须要知道那两个时期，不但是君贤臣能，而且也是制度确立，大家都循规蹈矩去任事的时期，政治上累积的功用特别显，而收获也特别大。"萧规曹随"的一句古语到了今日固已成为新任官安慰旧任官的僚属的一句套语，但在向昔则可以表现政治制度化的一种精神。

撇开中国，而言西洋各国的政治经验，革命与累积之相互为用，以及欲收累积之功则政治必须制度化，必为最昭著的事迹。我们取十七世纪英国克伦威尔（Cromwell）的革命及十八世纪法国的大革命为例。英国在十七世纪中叶实在需要革命，而克伦威尔也实在是一个了不得的人。他是能文能武的一个全才。他主张宗教自由，他主张民主政治，他主张为大多数人民谋福利。他是熟通战略的一员大将，他又能深得军心。他的治军的能力至今仍传为美谈。至于他个人的清廉刻苦为千古所稀有。他之能公忠为国亦为人所共认。但是，因为他不能于扫除斯图亚特王朝的暴政以后，赶紧树立一种可以全国共守的制度，因为他不能以最大的决心树立宪法（几个草案或则未成立，或则成立而未实行）及其他必要的法制，因为他好独办，大小文武一切之事统于一身，所以一六五八年他去世以后，虽然革命的群众拥戴他的儿子为继者，而斯图亚特王朝终于一六六〇年复辟，而克伦威尔的革命终归于无成。

拿破仑便不同了：拿破仑掌握了法国的政权几达二十年之久。在军事上他终究是失败了；他也没有能建立一个新朝，在个人的行为上他更多可以訾议之点，绝不能与克伦威尔的纯洁相比。但他的革命毕竟是成功了。波那派脱（拿破仑的姓）的王朝可以倒，波旁王室（大革命前的王室）可以复辟，但大革命时许多建树，并不随拿破仑之倒而倒，大革命所革除的许多大弊并不随波旁之复而复。为什么？因为拿破仑于在位的时候，曾经多方求政治的制度化。他不但改善了中央及地方的行政制度，修订了许多法典，他并且以全力促成法国政治的制度化，防制其个人化。他有许多兄弟及内兄弟们要敷衍，但他绝不纵容他们在法国活动。他每征服一个国家，便为他私人制造了一个地盘。固然他卒因这许多被征服国家的处理失当而致有滑铁卢的惨败；但是法国本身亦卒因政治的制度化而着着进步；这进步亦不因波旁复辟而中断，且至今仍在累积着。

再反过来看近代的中国，清代自开国直至和珅用事，政以贿成，政治渐渐变成宫廷化，甚或宦官化以前，除了歧视汉族这一点无可容忍外，实在不算一个恶朝代。我们如研究当日大一点的如吏治制度，考试制度，地方制度，小一点的如军机处处理公牍的制度，我们俱可发现其政治有一定的规范，一代比一代多一点的经验，少一点的轻率，而无人存政存，人亡政亡的现象。固然，清代的吏治制度等，取法于明代，得益于明代者甚多，但清代初期及中期之能遵循制度化的原则，则是无可否认的。及乾嘉以后，首有和珅，末有庆王之流，将二百年来的规度推翻，将政治变成个人化，于是清政不纲；重以近世民族主义的激荡，而毕命亦终不可免。

辛亥革命以后，起初十余年本非革命党人秉政，失败与紊乱是必然的结果，不值得感叹。最近几年，因为革命的党当了权，更加以党的领导者的贤能，诚如傅孟真先生所说，"中国政治的进展，其神速为明初以来数百年中所未有。"但也诚如傅先生所说，其所以有此成绩者，实由于人力的发挥，而并不由于法治的运用。因为政治的进步只靠人力而不由法治，所以第一，尚有许多应该可以实现的进步至今未能实现，第二，已经有的进步，在将来也未必见得能永久。换言之，因为我们的政治尚未制度化，累积的功用绝对不能发生。

我记得民国十七年《中央日报》刚刚创办的时候，就有人大声疾呼，说政治应制度化。可见当时已有人见到因政治不能制度化而生缺陷与危险。此后也有许多人提过政治制度化的重要。但是政治之未能制度化则前后十年，似乎未有若何变更。这是近十年来我国政治上最可引为遗憾之事！

推究政治未能制度化的原故，全国人民，尤其与政治有关及于政治有兴趣者，都得负责。在上者往往因人治有若干的便利，不能耐烦地努力于制度的树立。在被用之人，则亦往重视对人的服从，而轻视对法的服从。再进一步，则法为人立，人改法改；于是一切制度不是虚设不予实行，便是朝令夕改。制度既无一能有相当的永久,且能有真实的试验,则其宜与不宜,或应否有所纠正改善之处,自亦无从测知。更进一步,则大家对于制度之为物,便根本不能重视,不能有敬意了。

所以欲求政治的制度化,政府固然须深切知道制度化的可贵及制度化的必要,国人(尤其是对国事可以说话的国人)便须以最负责的态度,督促政府。凡合于制度化的设施应同声诩赞之;凡不合者应同声抗言之。国人但知贞观开元之治之盛,而大多不知此盛治之由于制度化。国人亦知魏徵之直,而大多也不知魏徵常常劝唐太宗牢守法度。民国的政治本全国人之事,须全国人知制度化的可贵与必需,务须个个人能以魏徵事唐太宗之法来对付国家,中国的政治才能由人的基础,而进于制基制度化。

国家与经济事业

张德昌

统制经济，计划经济，从一方面来看，有一点相同，就是以政治的力量支配，管理经济事业的发展。用政治力量干涉经济事业，虽为今日所盛唱，但追溯其演变经过，却有百年的历史背景的，这种演变我们可分为三个阶段来说。

远在十七世纪，欧洲各国如英法荷兰瑞典等，在重商主义的思想支配下，大家都有一个富国强兵的理想，为达到这种目的，各国行了各种政策，借以求本国工业，商业，航业及农业的发展，其中法国政府是最热心的，路易十四有种种的法令，奖励新兴工业，惩戒不遵守法令的工商业家，英国也是如此，不过他们的政策在大体上说，收效并不如其所期之宏。当然也有奏效的，如英国海上航业的发展，无疑的得力于航海条例之实行，但就全体以观，我们可以说当时用政治干涉经济事业是失败的，失败的原因，最主要是当时的政府组织不健全，其本身不能担当发展经济的任务。所以法国路易十四时代的政府是最热心于发展工商业的政府，但也是失败的政府，一个政府本身组织不健全，虽有有为之心，往往为了发展工商业，结果摧残了工商业。

重商主义时代的以政治干涉经济事业的先例，是我们在历史上找得出的国家与经济事业关系的例子，但是失败的例子，和近代之统制经济，计划经济，思潮没有直接的影响。

重商主义时代的政治干涉经济事业是失败了，所以引起来一种反响，这种反应是说明国家不应当干涉经济事业，这种说法不但有史料可证，且有其一套学理。力量很大，风行一世，但是到了十九世纪事实上给我们一个大反证。国家应当干涉，干涉的结果是有利于经济事业的发展的。十九世纪的佐证，是告诉我们国家对于经济事业的发展应加以扶助。管理。不但在生产上应加以调制，而且国家管理的范围应推广到各方面去，国家以政治力量支配管理全部经济事业的例子是十九世纪末以来的一个特色。在农业方面，欧洲在十九世纪后半有一大的威迫，即美国农产品的侵入，当时各国政府以借款，辅助金的方式来维持小农，发展合作事业使小农不受中间人的剥削，德国俄国更大规模政治改革土地现状，用铁路廉运政策便捷农产品的分配，用关税政策来保障农村。甚至美国，一个农场丰富国家，也采用政治方法来抵制加拿大农产品的侵入。在工业方面，政府规定各种法律限制工业合并，保障工业工人，训练无技术的工人，提高生产力，国家不只消极的管理，且渐渐的有政府兴办的工业，最初兴办的如军火厂，以及其他与战争有关的产业。铁道机厂在国有铁路国家也自然是国营的，有些工业国家办理，但又用辅助津贴的方法，使私人资本兴创，国家可以管理。如俄国的钢铁业是在政府重金津贴的有利条件下开创的，德国的造船业也是政府用政治方式助其成功的。至于交通事业，和国家的关系尤为直接有关，在铁路私有的国家中，英法等国政府逐渐的获得管制权力。一切经济事业，资本组织而外，技术占重要的地位。如果专凭私人去研究私人工厂商店去个别的训练工人，范围影响是很小的，十九世纪以来的国家在这方面尽了很大的任务。研究的机关，教育的机关，一大半是政府设立，或是予以方便。我们可以说没有十九世纪以来政治干涉经济事业的种种作为，近代经济事业不会有今日之发展。所以十九世纪以来国家与经济事业的关系最密切，政治干涉经济事业的权力增强，范围扩大，是近代统制经济，计划经济发生的第一个基础。

欧洲大战打了四年的仗，对于国家管理经济事业更进一步，开了一个新局面。在欧洲战争期间交战国的双方都严格的统制经济事业，其详情不必赘述。我们只简单说明两点，第一，在这四年大战中，政府支配经济事业的职权扩展到最大限度。英国战时内阁的报告中有一段说："最大多数的人都直接间接为公共而服务。军士官吏而外，有的人从事农作，有的从事制造，其他的人尽职于组织，转运及分配事业，所有生产机关都被政府由私人手中接收过来，铁道，航运，煤炭，工程制造业以及原料食粮柴炭等等，政府不但要免责养足，且免责管理，使个人国家两得其便。政府还要管理物价，抑止过分利润，管制运费，规定最高物价，管理出入口贸易。总之，但凡消费生产以及有关事业都使政府第一次做统制的尝试，因为这个战争，使国家之社会，行政组织起一大变化，这许多的变化中有许多是以后不能更易的。"政府既管理各种经济事业，战前的政府组织是不足以应付此重大责任的，所以第二点我们要注意的是随政府职权之扩大而将组织扩大。英国在战时政府聘雇的大小人员在二十三万以上，各交战国情形也是一样，政府第一次为最大雇主，这四年的设施，虽是战时情形，但留了很深的印象在人心里。国家统制经济事业已有几年的实际经验，达到最有效，最合理的结果。证明了经济事业应当在国家一个政府之下通盘筹划。这是近代统制经济，计划经济的第二个基础。

近代统制经济，计划经济的思潮，本此基础作为先例，以求建设新的经济制代替私人经济制度。他们的理论我们这里不必提。不过有两点我们要提出：一、在一政府下有一个全盘的计划；二、改变，扩大政府的组织，执行这个计划，以现在的政府的组织不能担负繁重的责任。

以政治力量管理经济事业，到了现在成了已成的趋势。不过对于一个已有工业基础的国家和一个未工业化的国家，问题的性质不同。对于前者，最重要的问题是如何把私人生产事业转移于国家之手。在这些国家里，工商业家，地主已有根深蒂固的势力，社会的阻力是很大的。不过就在这种国家，也可以用和平的方法达到国营的目的。对于一个工业落后的国家，问题便简单得多。比如中国并没有很大的工商业势力，推一繁重的问题是土地问题。在其他方面，没有任何私人的经济力量大过政府，政府是最大的资本家，也是最大的雇主。同时也只有政府是最大收罗技术人材机关，训练技术机关。用政治力量发展经济事业要容易得多，便捷得多。无论在战时及战后，中国的工业问题须取决于资本及技术问题的解决，说到资本及技术，除了政府外，有哪一个私人力量可与并论呢。

学生自治与学生自治会

潘光旦

在流徙中的许多大学,最近至少有一部分又逐渐能比较的安居乐业起来了。学生自治的呼声与自治会的组织就是比较能安居乐业后的一种表现。这是忧患之中可以欣喜的一件事。

学生自治是一个很笼统的概念,学生自治会也是一个很笼统的组织。唯其笼统,它们中间可以包括许多相干与不相干的东西。顾名思义,学生自治应该就是学生自治,自治会就是为自治而成立的一种结合,其间原不应该有什么太不相干的东西。不过,人类的行为十之八九是"非逻辑"的,即非逻辑所可范围的,名义表里相符的事,不是尽人能做,更不是尽人能一刻不间断的做,于是不相干的东西便借了人事推移、环境逼迫、潮流动荡等等的机会,不断的加入,变做一个概念与一个组织的中坚部分,充其极,可以教名义两方,不但不符合,并且完全相反。一切概念与一切组织如此,学生自治与学生自治会很不容易做例外。

根据上文的说法,再根据以往学生自治会办理的经验,我以为学生自治会可以有许多种类,而大要不出三四种型式。一是在学生个人与团体生活方面做些修齐功夫的;二是替学生大众办事或当差的;三是被校外势力所支配和驱策的。第一种是真正的学生自治会,第二种谈不到一个治字,不妨叫做学生自活会,即生活的一部分,不由学校统制,也不由个人分别处理,而由少数不怕事的热心分子代办。第三种谈不到一个自字,应当叫做学生被治会。

第一种比较名义相乎的学生自治会是难得遇见的,但是它的需要却最大,尤其是在这流离颠沛的时期里。中国旧时的教育,我们以今度古,无论在方法上怎样的不赞成，在目标上是不错的。这目标可以叫做自我制裁。自我制裁又可以分做两方面，在理智生活方面是自知，在情绪生活方面是自胜。所以荀子才有"自知者明，自胜者强"的两句话。西洋自希腊而降，最高的教育理想，其实也逃不出这自知与自胜的范围。

近代的教育尽管有许多的进步，但是离开这自知与自胜的鹄的还远，在教人自胜的一点上，似乎还不及以前的成功，许多办教育的人也似乎根本不把它当做一回事。各级学校里尽管有训育或生活指导的主管部分，但成绩是不容易有的，有也全部是消极性质的，例如纠察学生的行为，或惩罚学生的过失等。这也难怪，自胜的功夫本来是应该从一个人的里面做出来的。一个青年，发育到相当程度以后，对自己的情性，对自己所处的环境、社会，纵无外来势力的特殊启发，也会有几分了解。对一己的情性和环境发生接触时，应该怎样的控制自己，在什么场合之下应该动，应该进，在什么场合之下应该止，应该退，又应该动止进退到什么程度，什么是操守，操守应该有什么分寸——对这些，即使没有一派特殊的道德教育加以诱掖，他也势所必至的会因阅历经验的逐渐增加，而体会得到，而施之于言行举措。这样一个人，就他自己论，是一个生活有节制的人，对社会论，他是一个不同而和的分子，是一个能群而不能党的分子，是一个真正的健全分子。自胜的功夫由个人的内心出发，但其终极却是社会；它是健全的团体生活的第一个条件。

我所了解的学生自治是拿这种自胜功夫做基础的。它原是每一个青年学生自己分内的事，初无须乎团体的组织。不过人品是不齐的。大学里的青年固然曾经一番选择，但此种选择既完全限于知识一方面，他们的性情、意志、甚至于基本的生理与心理上的健康，依然可以有很大的不齐，其程度也许和一般的人口没有很大的分别。我们在一个学校的社会里，所发见的个人生活的缺乏节制，往往不下于外间普通的社会，这大概就是一个原因了。因为人品不齐，因为有一部分人对自己的生活过于缺乏自胜的能力，团体的组织事实上也就成为必要。团体的力量，于勗勉与鼓励一般人的自我制胜外，对这一部分人，也可以收督促，警戒的效果。

我近年来所见到的青年生活的不节，最可抱隐忧的一端是公私不分。国家设学校，教育青年，是国家的责任。青年享受大学教育，是青年的权利。大体说来，这是不错的。但若我们把这种权利与义务之分看得太分明，太认真，那就错了。第一，求学不单是权利，也是义务，要大学教育办得有效，必须青年学生先行了解这一层义务的道理，了解学生和国家并不处对立的地位，权责之分根本上原是不应该太分明的。第二，大学教育去普及尚远，在国难正殷的今日，才力上应该进大学而不能的青年更不知有多少，一部分已经在大学里的青年，就才力论，也许根本赶不上这些失学的青年；他们自以为应享的权利，说得缓和些，是侥幸得来的，说得严厉些，是攘夺得来的，何尝是真正分有应得？这两层看法，许多的大学青年似乎并不了解。这样一个青年完全受了狭义的权利观念所支配。他一心着意在享受公家的施惠。公家要他付些代价时，即使这代价不过是一个名义的，即使他有能力付此代价，他也是靳而不与。他对公物是尽量的利用，甚至于尽量的糟蹋，惟恐别人多得了一分，他少得了一分。有时候更可痛心的是，他竟会把公物自由支配起来；假若有人自由支配他自己的东西，他一定会向学校当局告发，但自己自由支配起学校的公物来，他却腼然不以为耻，对公物作自由支配时，这种人往往还会利用团体的名义，有时候并且会成为一种团体的行动，好像出之以团体，便没有罪名似的，或许以为即使有罪，当局也不容易确实指认，无从责罚！

公私不分不过是大学青年行为不检的一端，其它可以指出的还有。不过，如果大多数的青年能在这一点上多下一些自胜的功夫，其少数缺乏自胜的力量的，再由学生组织从旁加以督促，我敢断言学生团体生活的健全，已经可以增进不少。不但如此，就青年学成后的事业而论，这也未尝不是最关紧要的一点。近年办教育的人时常听见一种批评，就是，以目前学生的行检而言，恐怕将来的政治与社会事业不会清明到什么程度，所谓不清明，其实就是不廉洁，不干净。这种皮里阳秋的话不还暗示着公私不分的一大恶德么？

关于其它两种名不称义的学生自治会，我不预备多说，也不值得多说。第二种的学生会当然也有它的好处。练习组织，守法，表达公意等等，不用说，是很好的。团体越大，越是组织不起来，就是勉强拼凑成功了，动不动也容易闹翻——这原是我们的一大通病，上自全国的政府，下至学生结社集会，历年来在这方面已经不知吃了多少的亏。所以这方面的训练是很需要的。至于练习替大家办事，或管理膳食，或协同学校维持公共卫生，或编印一种刊物，再或在文艺上作些团体的表现，例如举行演说比赛会或编演一种剧本等等——这些，都不妨在课余做一点，做了总有几分益处。不过大家得了解，这并不是学生自治工作的主体，根据上文比较严格的立场来说，它简直和学生自治很不相干。至于在学校范围以外的种种，例如办民众学校，宣传这样，宣传那样等等，更是与自治的真义背道而驰，不值得鼓励了。自治应当是每个青年对内心的一种工作，而这些所谓服务的活动，却是一种外骛，一种舍己耘人的勾当。这勾当并不是根本不应当做，一个人充实了自己以后，尽管帮别人的忙，也是应该帮别人的忙，不过，那我们不能不假定是应该在一个人学成之后。服务是一个很动听的名词。发挥得最多的要推基督教徒，但目前大部分的基督教徒，连西洋的也算在内，也正犯着这个毛病，就是己不能立，而要立人，己不能达，而要达人，不先成己，而要成物！这种外骛太多的学生会，因为切心于立人，达人，成物，我们也不妨叫做学生治人会！

至于第三种的学生被治会，那更是自郐而下了。学生治人会虽不足为训，至少学生还居一个主体，到了被治会，他却完全成了一个客体。近年来因为政治的原因，外界常有种种的势力，种种很有组织的势力，直接和学生与学生团体发生关系。所谓直接，指的是不经过学校当局的手，甚至于完全不知照学校当局，学校当局要知道它们一些内容，犹且不可能，遑论管理。结果就发生两种怪现象。一是学校系统内横生了一些新的系统，为学校的统治所不及。喻以生物学，好像是人体内长了癌，喻以政治组织，是邦国之内又产生了一个邦国（Imperium in Imperio）。我曾经亲眼看见一个学生，以区党委的资格，大出布告，攻击学校，后来又用同样资格，向学校的副校长拍桌大骂。这是系统中别生系统所必然要产生的结果。第二种怪现象是这样来的。这些外来的有组织的势力种类似乎很多，性质不一样，往往不一样到彼此不相能的程度，于是乎倾轧与冲突便层见叠出。甲办刊物，乙不容不办，甲征求同志，乙不容不征求，甲在学生组织里树立势力，扩大范围，乙更不容自甘落伍。究其极，学校一般的生活既呈分裂之象，所谓自治会一类的组织更成一明争暗斗之场。有时候这两种怪现象还会合而为一。有一次，在某大学里，甲乙两方起了冲突，学校照章分别加以惩处，而外界有组织的势力竟会向学校要求收回某一方面的惩罚的成命！

不过学生被外来势力的统治的弊病还远不止此。要完全从青年发育与青年人格的立场来说，结果更可以教人痛心疾首。我们相信青年的时期是一个充满着理想的时期，青年的心地是纯洁的，是和平中正的，是富有探讨与衡量的能力的。一个人在青年期内而没有这许多特点，那他就终其身不必希望再有，教育的目的之一就在帮青年的忙，来培养这许多特点，使前途不因青年期的过去而成为昙花般一现的东西。如今外界有组织的势力来到以后，因为主张总有几分偏执，因所执不同，而不能不和别人竞争角逐，角逐之际，又不得不用手段，于是理想主义去，现实主义来，中正变为偏颇，和平成为狠戾，纯洁转为龌龊，探讨衡量的机能日归消灭，党同伐异入主出奴的精神日以滋长，终于把一个二十岁光景的青年催促成一个"未老先白头"的中年人。至于各派势力互争雄长之际，有时候不能不乞灵于金钱，那更是卑鄙龌龊，坏人心术之尤，我们如今提到它，也觉得有几分罪过！

抗战以来，局面算是改变了不少。外界一切有组织的势力既可以在光天化日之下公开的活动，似可以不必再仰仗学问未成熟的青年，来做摇旗呐喊的工作，同志既从此可以自由征集，也似乎不必竞着先鞭，惟恐学校里的青年被别人攘夺了去。我是一向主张学生不入党，不入任何党的，我如今还是这样主张，我如今借这个机会，一面奉劝大学的青年要明白自己的地位，要尊重一去不再来的青年时代，于理智方面力求自知，于情绪方面力求自胜，能自胜即能自治，能自治方能自强，一面更要替他们向外界的政治派别请命，让他们有一个真正能自治的机会。

热烈与迟钝

吴景岩

从表面看起来,好像西洋人比较热烈,中国人比较迟钝。不过从日常生活上观察,我们可以发现中国人确乎是一个不善于热烈表情的民族。无论是久别重逢的夫妻或是朋友,我们从来不用热烈的拥抱或接吻来当众表示欢欣;也从来没有人看见过我们在国庆日那天喝酒,胡闹,狂欢。即使在中国的历史上,我们很少见过疯狂的大的群众暴动,说得更浅俗些,在所有的国产影片内我们很难看见一个紧张的热烈的镜头。不过,是否可以因为我们不善于热烈的表情就断言我们是没有热情的民族呢?这当然是不妥的。个人以为中国人不善于热烈表情的原因,或许是为传统习气所束缚的关系。中国人向来轻视轻浮急躁而羡慕老成,所以常常对人加以"喜怒不形于色"的好评,假如有一个人当众狂欢大笑,别人一定认为他没有好的教养,甚至于说他是疯子。过去旧家庭教育女子,要他们"笑莫露齿,话莫高声",假如不许用大声音说话,笑的时候也不许张着大嘴,事实上中国女子就被剥夺了表现热烈感情的方法。

抗战初起,北平的学生带着汽水和饼干去慰劳二十九军的兵士,兵士们很羞涩的接近汽水瓶子,匆匆喝干,有些兵士忽然坚决的把瓶掷在街心,考其用意,不外表示他们坚决的意志。但是他们的动作看起来很畏怯,生硬,不自然,他们虽有热烈的感情,但是他们的表示并不充分。又如某地防军出发抗日,到车站欢送的有很多学生,当列车缓缓出站时,学生的队伍里浮起壮烈的歌声,并且叫着激昂的口号。而从车厢内伸出头来的兵士,很笨拙的注视着我们,脸上一点表情也没有。我不相信他们纯朴的心里真是一点感动也没有，但是事实上他们脸上确实没有一丝感动的表情。我们从书报上看见许多西班牙的兵士装在开赴前线的卡车里，他们的样子都是热烈而愉快。难道我们的士兵对于保卫国家的战事就不感觉到兴趣，以至于那样的沉默吗？在抗日战役中，我们的士兵曾有过不少的可歌可泣的壮举，这实足以反证我们的士兵的热烈和勇敢。平时我们看不见他们热烈的表现，一定因为他们受着传统习惯的束缚，很早就丧失了充分表现自己情感的能力。

因此，我们可以说中国人并不是一个没有热情的民族，有时候我们看不见中国人热烈的表情，那是因为我们在表情方面比较迟钝的原故。我们虽然"迟钝"，但我们仍不失为"热情"，如果一个民族实实在在有了"热情"，倒不在乎他们表面上表现出来的是"迟钝"还是"热烈"。因此我们在这方面的"迟钝"是不足为害的。

不幸我们的迟钝不仅表现在这方面，同时还表现在行动中，不仅表现在个人的行动中，而且表现于整个国家的行动中。

中国人走路姿势就决然和西方人不同，西洋人挺胸凸肚，勇往迈进，我们走路时总以从容不迫端方儒雅为上着；关于处置事情，中西民族也各有不同的习惯，西洋人办事讲求迅速明确，中国人办事须审慎，须合乎人情。再看看中国一切的社会上的改革和变更也都是"慢慢来"的而不是突变的。在传统习惯上，我们赞美雍容，和谐，安静，因此反对粗忽急躁。然而在事实上过度的雍容和安静必流于迟钝，拖延，没有生气。这一个缺点影响于个人，可以使得个人办事效能减退，影响于整个国家，可以使整个国家不能充分的发挥它的力量，这个缺点是最不适宜我们生存于现代的。

如果要追溯这个毛病的来源，我想可以牵涉到很多的事情。至少，一个农业国家几千年的田园生活对于我们生活的态度当有若干的影响。我们几千年来生活在安静和谐中，因此我们比较安于静的生活，而不欢喜剧烈的变动，习于迟钝而不习于进取。时代变更得太快，我们习惯的变更跟不上时代，因此我们在新兴的民族前格外显得迟钝，老大，无能。不过，这个毛病并不是不可以改掉的。新中国的建立真正完成，这个旧的习性也许就跟着消失了。

抗战以来，很多人常常说起后方民气的消沉，似乎在各处都不容易见到一点热烈的战时气象，这种说法的确是对的，我们试看邻近战区的城市，城中居民差不多逃光了，事实上百业停顿，无异于一座死城，自然不容易在这样的城市里激荡起激昂的空气。至于远在后方的城市，只有从人口增加物价上涨这两件事上可以看出来现在是在打仗，其余的一切和平时没有显然的分别。不过，若是单单就后方都市的沉寂就断言中国民气的消沉，这也是不妥的。一班民众对抗战始终是赞同的，对敌人始终是不减其仇恨，战区难民流离荡析，餐风宿露，始终对政府无半句怨言，单就这些事实就可以测验出目前的民气并不很坏。因为我们向来安于平静的生活，向来在表示情感时不够热烈，向来在行动上十分迟钝，更因为一向就没有学会过现代国民政治活动的方式，一旦战事起来，我们就仿佛觉得并无事可做。所以结果一班人对抗战的态度成为：打的时候我赞成，没有打来我闲着，真的来了我跑开。在情感上大家认为抗战是天经地义该作的事，在实际上大家又无从与抗战联系起来，无从与抗战发生关系，因此在我们后方的都市里只看到一片寂静，听不见热烈的呼声。不过，我们不能因此就否认在每一个角落里也还有熊熊的怒火在无声的燃烧着。

迟钝这一习性表现于个人方面为目前表面的民气消沉，表现于整个国家方面的则为全国行政效率的不够。近来不少人谈到战时行政改革问题，甚至有人说抗战以来我们动员的只是军事，政治并没有动员。这些情形也是实在的。熟悉中国官场情形的人很容易明白中国行政机构的不健全，行政官吏之无能，一切政令行使之困难，这一切情形抗战以来并没有大的改革。而这一种"效率不够"的毛病并不只限于政治方面，推而至于一些交通机关，金融组织，工商团体，几乎无往不是害着同样的毛病。这些毛病，稍稍留意后方情形的人是不难明白的。

"热烈"自然也不完全是一件好事，过于热烈的人往往易于冲动而不善于观察，并且最热烈的人在事业上也就是最容易失望容易悲观的人。个人如此，整个的民族，亦大体如此。虽然热烈易流于浮躁，但是"迟钝"决不能比拟深沉。当然最理想的人是能够冷静的观察而又能够明敏的实行者。我们整个民族在观察事物上也许并不后人，但是在实行的时候，毋庸讳言的，我们缺乏明敏的动作。

假如我们不够"热烈"，那是无伤大雅的。假如我们过于"迟钝"，这倒是整个民族的一种伤害。我们应该及早驱除这一个不好的习性，让新中国建设的洪流把它冲洗到茫茫的大海中去。

谈读尼采（一封信）

冯 至

××：

你因为学医已经读了几年德文。你正在青年，你内心的发展使你不满于只读德文的解剖学课本，渐渐开始读一些德国文学和哲学的书。你读过海涅和叔本华。关于海涅，我曾经劝你还是少读为佳；海涅的诗，几乎每个学了一年德文的人都能读懂，但是除却几首很纯净的情诗外，大都是些油滑的腔调，使青年读者只随着那单调的韵律沉浮，不想对于感情作更深的试探，同时他阻拦着我们向歌德和荷尔特林（那两个德国最崇高的诗人）的路。叔本华的散文，流利通畅，浅显易解，读着的确是一种享受，可以读，可以常常读它，要把它当作美丽的散文，千万不要以为是在读德国的哲学，理由讲起来话长，将来遇机会时再详谈吧。——最近你来信说，怀着无限的热情在读尼采，时时刻刻都离不开他。我听了，我为你欢喜，又为你担心：欢喜的是你能够把海涅和叔本华放在一边，而和这近百年来德国最伟大的思想家接近，我们只要翻开他的任何一部著作，便会感到一种新的刺激，新的启发，新的战栗。这种刺激、启发、战栗，在我们有史以来，算起来，并没有多少次。担心的是，怕你把尼采当作教主，看成先知，将他所说的话记在日记簿上作为你思想上的根据，那你就将要永久迷惑，找不到出路。

近几十年，在德国被人引用最多而最滥的，莫过于尼采了。他的话出现于各党各派所著的书上，被人用为书前的题词，被人作为行文的引证。在社会主义者的宣传册上，法西斯党人的演说词中，在无神论者和天主教学者的论文里，都能发现尼采的话。他的全集几乎成了格言宝库，尽量供给各党各派的掠取。尼采自己也说过："最坏的读者像是掠人财物的兵：他们拿去一些他们所能用的，污毁了、搅乱了那些剩余的，冒渎了整体。"而偏偏是尼采遭遇这样的"兵士"最多。至于这种遭遇的原因，就是他著作中充满了相反的意见。因此一部分被人"拿去"，一部分被人"污毁"，而整个的尼采遭了"冒渎"。当你想引证尼采的一句话时，你就要提防在他另一部或另一页的书上有一句意义相反的话在等待你的反对者来引用。——所以我们读完一段，不管它那有力量的文字是怎样感动我们，千万不要立刻就把它当作真理。最好是把他对于某一问题所发表的意见，聚集起，把不同的来比较追溯这些意见不同的原因，同时不要忘却整体。尼采曾经受过严格的 Philologie 的训练，他这样赞美 Philologie："它教给我们读书，那就是慢慢地，深深地，瞻前顾后，怀着沉思，打开坦荡的门，用精细的手指和眼去读。"我们读尼采正应当这样读，不要把他的著作任意割裂。

　　再进一步，尼采不希望读者成为他的信徒。凡是先知先觉，都是教大众信仰他。如果尼采也是先知，那么他只让大家信仰一句话：认识自己的路。他说："你只要忠实地跟随你自己吧：——那你就是随从我了。""这就是我的路——哪里是你们的呢？——我这样回答那些向我问路的人。"他不但让我们走我们自己的路，而且教我们在读尼采的时候处处要防备他："我要唤起对我最深的猜疑。""一个大师的天职是要让他的学生防备他自己。"尼采觉得一切意见，一切真实，都要自己亲身体验，亲手去取，绝不是一件物品或是一种技术似地可以互相传授。尼采不要求信徒，他最怕有一天被人称为圣者。——你一定要问，在苏鲁支的口调里不是充满了说教的语气，而苏鲁支不也是披着教主的衣裳出现吗？——但是我们要认清：苏鲁支并不是尼采，尼采只不过是写苏鲁支的人。

　　上边两点是一般尼采读者最容易犯的毛病。但是我们应当取什么态度呢？我们要了解他的书，不能不顾及他的生活。他的生活是怎样呢？没有家，没有职业，没有团体，只是在瑞士的山上，意大利的海滨，从这里迁到那里，从那里迁到这里，他是一个永久的漫游人，在人生万象中他是一个旁观者：人类的问题几乎没有一件不映入他明朗的眼中。他常常患病，病使他的思考深沉。他对于人生下犀利的批评，有独到的解释。在这不断的批评、不断的解释中，他分析支配欧洲文化有十几世纪之久的基督教是奴隶道德的产品，认为自从欧洲中古直到十九世纪中叶许多哲学家所创造的哲学系统只是对于现实的规避（关于哲学系统，那位和尼采很相似，比他早生半个世纪的丹麦的思想家 Kiekegaard 说过这样有意味的话：创造系统的哲学家好像是一个人建筑了华丽的宫殿，自己却只能住在旁边的木板房里）。他面前的世界是隐蔽在道德、宗教、种种传统的面具下活动，而这些面具都是空虚。无怪他立在高山上，俯视尘寰，想到他所处的时代，有置身废墟之感！所以他在他的自传中，一再致意，说他是 Dekadeng 时代里产生的儿子，可是这个儿子渴望新生，正如人在病中渴望健康一样。他在病里观察，健康却是一个远方的憧憬：什么"超人"呀，"向力的意志"呀，便在他的幢憬中闪烁着。

他对于人生的一切批评和解释是从什么地方出发呢？当尼采把许多道德观念重新估量而加以否定时，他却认定一种道德基本是确凿不可移的：正直（Redlishkeit）。在他看来，我们只需要纯洁，不管是哲人也好，或是一个舞台上的小丑也好。这种对于纯洁的需求，便是尼采所谓的正直。只有心怀正直的人，才能放开眼光，广看万象，而万象也赤裸地映入他的眼中。他说，"不是在你们的眼停止认识的地方，却是在你们的正直停止的地方，你们的眼才毫无所见。"可是这种对于纯洁的需求，在人生中不但被虚伪所骗，并且也常常被"善"所蒙；我们应该立在善恶的彼岸，养成能以感受这个字的力量，然后方可以渐渐和尼采接近。

另一方面，我们要忌讳执着，我们知道尼采在希腊文化里发现了 Dionysus 的精神，而为舞蹈唱过赞歌。舞蹈在他是一个比喻，比喻我们流动的人生。安息或停滞的地方，便是虚无，枯僵；人们时时要努力从虚无或枯僵里跳出来。人生如此；他的书，也无处不在流动：我们读它，像是置身于春夏之交的时候，那无常的风雨，冷暖的变化，使我们无时不有新的感受；又像是投影于一条涓涓不断的河流，我们的影子和我们的周围随着水纹波动……

我们去随着他想，随着他动，但是不要模仿他。

再用一个比喻来说，尼采是一片奇异的"山水"，一夜的风雨，启发我们，警醒我们，而不是一条道路引我们到一座圣地。

到这里，这封信可以结束了。信里的话，多半是我初读尼采时所走过的歧途，写给你供你参考。

人

孙毓棠

梦 语

埋掉你人生一切的欲望,
也别在云轮上描你的幻想,
斩除你胸中的喜、恶、和柔情……
用不着悲伤,反正你我到如今
已经什么都没有了,只剩下
(你得承认这个世界给你只剩下)
秃山,死草,一片铁青的天。
文明熟烂了,腐臭了,生了毒,
城市烧成了荒墟,田野吸饱了血,
几千年历史的荣华化一缕烟尘;
万丈的长鞭鞭在我们
袒裸的背脊上。到如今你我真是
什么都没有了,
只两眼空空,
两手空空,
赤条条一个身躯又回返到
灰蒙蒙太古时期的
一个无所惧,无所牵挂,

孤零残忍单纯的"我"。
我们也看见过大礼帽，红酒与诗歌，
四轮车像水，绕着高楼流，
画笔下的春光是乐园的微笑，
美女有花腮和花样的衣服；
我们也懂得思想的霓裳舞，
最细腻的悲哀和最美丽的爱情
但是到如今，这个世纪里，
你我已什么都不想，
什么都不能了。让我们
把这些人生琐碎和零星的
抓两把，向一阵狂风般
都挥向太空一万重云海外。
到如今我们很简单，
伸开空空的两手向着苍穹，
我们要的只是大地，大地和
天风，天风，你吹罢！
要你吹得猛，吹得刚强，像剑，像刀，
我们赤裸着身体站立在
赤裸裸大地的高原上，
我们已无所惧，无所牵挂，
要头顶着罡风作另一种人。
你不信？我让你知道，
雕鹰给了我两臂的钢爪；
黑鸟有眼睛，我也有眼睛，
（看得透万物的阴猾和毒狠的心）
狮子给我鬃发，蛇给我钩牙；
山狼给我条血红的舌头；
巨鲨给我一身甲，猎狗给我嗅觉；
章鱼给我以抓挠的力量；
森林里我会虎吼，敏捷我学猿猴；

我胸膛里滚沸着蜈蚣的毒水……
谁要来厮杀？好哇，尽管来，
我正要黏腥，鲜血和肉，
好紧搂住这战争的世界和时代！
你我是万万年来禽兽的子孙，
自然得回返为厮杀的禽兽。

如果我死了，我不怨天，
我一堆白骨也不会讥笑我，
我深深地了解死。死，我不出声：
万万年来已死的兽没留下爪痕，
已死的飞禽没留下半根毛羽。
如果我活着，啊，如果我活着，
如果我还有生命的烈火与力量，
我恨文明，我看不起爱情，我不想望
一切会毁灭的琐碎零星；
我不要柔弱的青春，不要已往。
即便这世界只剩给我
秃山，死草，一片铁青的天；
别看我赤裸裸，两眼空空，
两手空空，
在天风和大地之间，
我倒要烧炼出我多年热望的
一个崭新的世界和崭新的新时代。
我要在我创造的新时代里
作一个无所惧，无所牵挂，
残忍而单纯的创造的人。

原始时亚当初逐出天门，
当前也是座蛮荒的世界：
秃山，死草，一片铁青的天，

空旷,新鲜,有的是时间由着他摆
布。
他对,他错,我们都不管,
他倒曾作了他当作的工作——
千万代人生人,和人造的罪恶。
如今世界是重又回头了,
上帝把蛮荒交给了你我,
我们也有智慧,时间,与力量,
让你我再开始另一度的创造:
索性叫花蛇酿好了毒,
盘在你伊娃淫荡的肚子里,
好重生产比禽兽更残酷的人,
重创造比人心更阴险的文明,
重摆布比文明更凶狠的战争,
教将来你我千万代子孙,
一代代去慢慢尝这无极的罪孽。

我们可以笑了,因为我们
有未来,有前程,又懂得善恶……

醒　语

炮火在青天上,炮火在
原野和海洋上;更凶的炮火
将要在未来的每一分
每一秒的时间和空间里。
我爱这人生,爱完美和光明的人,
也该爱毁灭,爱阴黑,爱死。

本期撰者:

　　张德昌先生是西南联合大学教授。钱端升与潘光旦两先生在本刊俱已有过文章,是读者所熟识的。

冯至与孙毓棠两先生均是现代诗人。前者著有《海盗船诗集》，长于作叙事诗，他的历史叙事诗《宝马》，年前于天津《大公报》副刊发表时，曾被誉为新诗运动以来的有数著品。后者曾留德习文学，现在任教武汉大学，为国内治德国文学专家。

吴景岩先生是西南联合大学学生。

第一卷第八期（1939年2月19日）

时评

海南岛被占

报载本月十号，日本在海南岛登陆。我国因为缺少海军，不能加以有效的阻止，这是很可痛心的事。自从广州与武汉沦陷以后，日本在南北两战场，进退维谷，毫无进展。这次海南岛的被占，可算是一个很重要的事件。但是他的重要性，不在现在，而在将来。

就现在对华作战而论，日军占据围洲岛，储藏军火，囤积粮食，建造飞机场，借以进攻我国西南各省。在军事上，比海南岛，更为近便。所以为目前作战起见，占领海南岛，实无十分必要。但是海南岛面积甚大，物产丰富，为敌方长久行军计，其价值又远在围洲岛之上。如果布置完备，实无异第二台湾。

再就远东国际关系而论，海南岛的被占，意义实在重大。日本当局，最近曾一再主张，要将欧美的势力，逐出远东。海南岛虽是中国的领土。但一向属于法国势力范围，所以这次海南岛的占领，可以说是日本驱逐欧美势力的初步。不久以前，英美法三国，曾向日本，提出照会，重申九国公约。不承认以武力或非法手段所造成的局势。日本对于三国的照会，不但置之不理，反而占据海南岛，实无异向三国示威。

万一海南岛，为暴日长久占据，建造海空军根据地，对于英美法三国，在远东的威胁更大。海南岛位于香港海防之间，两地间的联络，以及与其他各处的往来，随时均可切断。菲律宾、新加坡亦可随时受其威胁。海南岛靠安南最接近，而法国在民治国阵线中，又是最弱的一份子，将来说不定日本即从此下手。去年夏天，日本即有占领海南岛的意思。当时英法两国，曾警告日本政府，谓日军如占领海南岛，英法必实行合作。现在日军业已登陆，英法二国将如之何？

世界上的侵略国家，对于一般爱好和平的国家，进攻不已，压迫日甚。如果总是采取委曲求全，与息事宁人的政策，终有一天会后悔无及的。现在已经到了民治国家下决心的时候了。（化）

省市参议会亟应成立

去年九月间，国府颁布省市临时参议会组织条例以后，即通令各省市定本年一月一日为参议会成立的日期。在此短促时期中，许多省份，或因情形特殊，或因筹备不及，未能如期设立。近日来，经这些省份先后声请，中央遂准许湖南，湖北，云南，贵州，广西及江西等省展期两个月，河北省展期三个月，察哈尔省暂时展缓成立。数月来，其他省市（指行政院直辖的各市）谅已积极筹备，但我们迄今尚未闻有任何省市参议会正式成立的消息。

省市参议会，就其目的而言，与国民参议会相仿佛，是国民政府在抗战期间为集思广益，团结全国力量而设。该会虽不能与普通省或州议会相比拟，但在此时却算是我国促进省（市）政兴革的民意机关。就其职权上看，除对于施政方针行使决议，建议及询问三权以外，省市参议会，对于未经省市政府执行的议决案，如经次期集会三分之二维持原案或修正原案时，还有权督促省市政府付诸实施（除呈经行政院核准免除执行者外），这种职权为国民参政会所未有，如果运用适当，定会发生很大的效能。

然而，一般人对于地方参政会议的设置，自始就发生了疑惑，以为在此战事紧急之时，遍设民意机关，不但有碍事权集中，且会惹起意外纷扰。我们看法却不尽如此。战时固不必添设旁枝机关，但绝对不可缺少沟通人民与政府的民意机关。向来我国中央之于各省，各省之于各县，在推行法令上，都感到莫大扞格，其症结大致即在民意机关之未设立。以我国幅员之宽广，交通之不便，各省实情之不易传达中央，亦如中央意旨之不易尽达各省，在今日各省市设立参议会，对抗战时期当局的施政方针，俾得参照地方经验与需要，随时与闻，自由决议使法令与实情融会贯通，溶成一片。如此，我们敢信对国家统一有很大的裨益。

在现制下，省是地方机关的最上一级。国家许多建设事业，实际上必须听各省规划推行，而中央干涉权亦有其相当限制。省市参议会适于战时筹设，其职务之重大，当可以想见了。不过在抗战期间，政制改革贵乎有弹性，每每因时因地，定其取舍，不必势在必行。所以参议会一类的组织，在沦陷省份中，因为事实环境所不许，似乎不必勉强筹设；但至于其他省份，尤其是内地省份，因其已成立后方重镇之故，却应积极设立，以期辅助抗战建国工作的进行。（贡）

交通管理问题

抗战以来，沿海东南各省的交通工具大部分沦陷。于是发展内地各省的交通，变为当务之急。就过去十数月的成绩而论，我们不能不承认我们交通当局的努力，已有相当成就。湘桂路在极短的期间建筑完成。最近通车可以自桂林直达浙江。固然这一段长途行车，未必有顶大实际的用处，然而在敌骑深入的今日，这也可以表示我们负固苦干的精神。此外沟通川滇的叙昆铁路，沟通桂越滇缅的两条国际铁路也方在赶工建筑中，而滇缅公路的完成，是在滇缅铁路未成之前，一条重要的国际交通线。在航空方面，滇越间的飞航已经成立，重庆仰光间的航线也已经决定，此后我们可以利用法国航空公司，与英国皇家航空公司原有的欧亚航线，以与欧洲通航。凡此都是我们应该引为满意的。

独是，新交通线的建设固然极为重要，而此一切新线的管理也是不可忽视。交通线是后方的脉络，脉络若是滞塞不灵，便失其用处。上述各新交通线，大部分尚在修筑计划期间，管理问题一时尚未发生。然而只就已成者而论，管理方面确乎有改善之必要。湘桂为新成之路，员工亦系旧路指拨之人，而站上车上人员之效率，时有令人表示遗憾之处。固然，在军事紧急时期，我们期待不能过苛。然而把一切的缺陷都推诿于非常时期，也是我们后方一般的弱点。惟其是非常时期，更要提起精神，以朝气与条理二者征服种种的困难，才能充分得到我们努力经营新建设的用处。我们希望各项新交通线早日观成，我们更希望交通当局对于管理问题特别加以注意。（山）

国际现局与中国

燕树棠

美英法三国关于他们在远东所处之地位于去年十二月三十一日，本年一月十四日十八日，先后向日本提出照会，以坚决同样的口调，声明他们在远东的地位，仍以一九二二年华府九国公约为根据。换句话说，他们三国向日本一直主张维持在中国的门户开放机会均等，并尊重中国的独立主权及领土与行政之完整。自从九一八事变以后，远东局势紧张以来，这是英美法三国对日本第一次强硬的协调表示。

本年一月一日，美国大总统罗斯福出席参议会军事委员会报告，声明美国政府决定援助英法，抵抗侵略。二月六日，英国首相张伯伦在下议院声明："英法两国具有联带一致的关系，法国生存攸关之利益遇有威胁时，不问此项威胁来自何处，英国必须立即与法国合作。"法国外长庞来亦曾在众议院声明：一旦发生战争，法国当以全部军力为英国之助。这些声明，差不多就等于英法美三国对付德意日所成立的一种军事谅解。

一九一四年世界大战以前，德国主张侵略主义，联合奥意，组成所谓"三国联盟"，遂即促成英法俄三国组成所谓"三国协商"。当时国际政治中，处于主动地位的强国有德奥意英法俄美日八国，其中六国分为两个集团，彼时对垒，互相敌视，武装和平维持了七年，一旦决裂酿成一九一四年的世界大战。大战之后，到了现在，德意日三国主张侵略主义，破坏集团安全制度，组成德意"轴心"并成立德意日三国所谓"防共协定"，现在促成了英法美三国军事谅解。俄国与法国早有互助共约。这几年国际政治中的主角是英美法意日俄德七国，现在一面有了防共集团，一面有了民主集团，这个集团又是两个对垒,互相敌视,目前虽不致因西班牙问题引起世界大战,但现在的武装和平,究竟能维持到什么时候?恐怕无人断定。

国际政治中,何以发生这种离合?大概说来,由于三种情形:第一,国策。凡是一个现代国家都有它的基本政策作为它对内对外的施政方针,作为它立国之本。先说德意日的国策:

德国自上次世界大战战败以后,国势消弱,人民困穷。希特勒组织国社党,夺取政权,复兴德国,他认为德意志民族之优秀应该统驭世界,即退一步,德国的势力也应该西至莱茵河,东边陆路至乌拉山,水路至多瑙河而至黑海,恢复非亚两洲的殖民地;并伸张势力到中美南美;即最低限度也要占据欧洲中部。希特勒当权以来,他撕毁巴黎和约,莱茵设防,重建军备,吞并奥国,占据捷克国的苏台区,是他进行国策的第一步,从今以后,他大概要东进了!

意国自从统一之后施行民治,成效不佳。世界大战之后,左派滋扰,惹起社会之不安。墨索里尼组织法西斯党,夺取政权,扫除敌党,大权独揽。他作着重建古罗马帝国的迷梦,想着把罗马城作为统治世界的中心,扩张他的势力,北至巴黎,东至多瑙河,西据西班牙,南据非洲,把地中海成为他的内海,并要借大拉丁亚族运动,远伸势力于中美南美。他第一步东进,知道巴尔干是一个火药库,不敢轻进,向持慎重。第二步向非洲进攻,吞并了阿比西尼亚国,侥幸成功了。现在他借帮助西班牙得胜的叛军之功,要驻兵西国大陆及西属地中海巴列牙尔群岛,并要求法国割让都尼斯及科西嘉,他要控制地中海的西部,打开一条向美洲去的大路。

日本军阀据封建势力,携现代工具,妄想占据亚洲控制太平洋,伸足于非澳美三大洲,领导黄人,驱逐白人称强东亚,争雄世界。他们常说的大陆政策和南进政策就是实现他们这种目的政策。从前的对中国作战及对俄国作战,夺取高丽及台湾,强占南满,那是缓进。这几年,九一八强占满洲,建立傀儡满洲国,以及目前对我们的作战并预备对俄作战,这都是吞并中国和驱逐俄国至乌拉山的蛮干急进的办法。日本朝野所常说的"依国策迈进",就是这种意思。

至于英美法俄四国的国策就与德意日不同了。英国地大物博,属地遍于全球,它由本部经地中海红海而通印度,及经大西洋绕非洲好望角而达澳洲等地的两大交通线,是它立国的命脉,它向来把这些海上交通线认为是它的生命线，准备了强大的海军，保护它的交通线和属地。

美国地处北美，陆地上无强国为邻，地大物博，物产丰富，故对外向无领土的野心，但它为保持自己在全美的优势，向来反对美洲以外的国家在美洲伸强势力。这就是美国所谓的门罗主义。此外，它在远东保有市场，这就是在中国推行的门户开放主义。它在国防上经营大西洋加勒比海，太平洋以及海军之数量，都依据这些政策进行。

法国抱着恐德病，所以它要维持强大的陆军，以防备东邻，它的经济的生命要依靠它的北非属地，及安南和东非的殖民地，所以它要维持相当的海军，保护它至北非及至东非和远东的交通。这些交通线也是它的命脉。

从前俄国那些无常识而不知天高地厚的共产主义的革命家对内普遍的没收和人财产，对外推行国际宣传，领导世界革命。当时在中国，中欧，以及巴尔干各国，引起不少的社会骚动，惹动了国际上很大的反对，俄国因此碰了不少的钉子，吃了不少的亏。后来，它对内施行所谓的新经济政策，颁布新宪法，趋向民治自由主义，对外放弃国际宣传，缔结不侵犯条约，承认集体安全制度，扩充军备，保卫白俄及西伯利亚，并拉入外蒙古作为它的缓冲地带。总而言之，俄国近年来的政策是保境安民，讲信修睦。

就目前这七个强国的政策看来，俄国受德日两国的威胁，英法两国在欧洲受德意两国的威胁，在亚洲受日本的威胁。美国的门罗主义在中南美受了德意的侵扰，在太平洋沿岸受了日本的威胁。英美法俄四国在国策上彼此间没有冲突，而各国与德意日三国有冲突。德意日三国有共同的敌国，所以能合作而有防共集团。英法美俄四国也是有共同的敌国，所以现在也不能不合作而成为民主国家的集团。

第二，思想。这几年国际上所谓思想斗争，不是共产主义与资本主义的斗争；这是前几年第三国际高唱阶级斗争，宣传世界革命的时候，所用一套名词，现在不多见了。现在国际上的思想斗争，是独裁国与民主国的斗争，是侵略与自由的斗争，是全能与人格的斗争。独裁者的想法看法，是说：他所属的民族是人类中最优秀的民族，他所领导的党是最强的党，他自己是最高明的人，以最高明之人，领导最强的党，率领最优秀的民族，以武力争雄称霸，统治世界，岂不美哉！他认领袖、党、国是一体，所以政府的一举一动都是源于"人民自然的愿望"。希特勒、墨索里尼、日本军阀都是怀抱这种思想，任意妄为，没有限制。这种人执掌国政，国际的和平秩序就没有了保障，所以说他们的危险思想是扰乱世界和平的思想。

民主主义是以法律之统治为原则的。信奉民主主义的人认为国内法及国际法中的各项原则，构成世界秩序之基础。自由，平等正义，公道，独立，人格，各种观念为法律之中的基本观念，这都是人类艰难困苦长久的努力所得来的，实为人类文明之基础，而自由之原则认为是民主主义之精髓，尤奉为至宝，自由若被侵犯，为防护自由，牺牲一切，在所不惜。抵抗暴力，是信奉自由主义的人不得已而为必要的牺牲。这种民主主义之意义与精神，年来英美法三国朝野的要人于正式或非正式的演词或宣言之中，说明至为详尽。再者，自由主义本是英美法的特产，他们了解的最清楚，信奉的也最切实，简单地说，民主国信奉法律之统治，独裁国信奉暴力之统治，彼此攻讦，这是现在国际上思想斗争之焦点。

德意日思想相同，自然要合作，英美法思想相同，也自然要合作。因此，现在国际上有独裁国与民主国两个不同的思想集团。

第三，实力。一个国家为推行自己的既定的国策，实现自己所怀抱的理想，必须仗凭自己的实力。国家的实力包括财力，人力，兵力。但在军事上决胜负，兵力尤关切要。现在的陆海空三种兵力，而以海空两军出奇制胜，关系较大。各国兵力的质量都保守秘密，详情虽不得而知，但大概的情形却是公开的秘密。现在世界上的七强之中，法，德，意，日，俄五国是陆军国，世界大战以前法德日陆军最强，现在就训练与设备而言，这五国陆军的优势大概相差不多。他们几国海军的数量在一九二一年华府会议，曾公开讨论，这几年迭建竞争，外界就知不清楚了。但去月二十七日英国海军部大臣正式发表了些数目字，可以略知这几个强国的海军力量的大概。依他的数字，现有的主力舰：英国十五艘，日本九艘，法国七艘，德国五艘，意国四艘。英国十五艘主力舰之外，还有各式军舰四百余艘——其中，巡洋舰六十艘，驱逐舰一百六十九艘，潜水艇五十四艘。英国现在建造中的重要军舰：计有主力舰七艘，巡洋舰二十一艘，驱逐舰二十九艘，潜水艇十五艘，航空母舰五艘，这七艘主力舰于本年内可以有四艘可以下水。他并说：一九三九年开始后，英国每星期，至少有一新军舰下水，日法德意都追不上英国。就这些话与数字看来，英国的海军实力现在还是居第一位。英国发表了这些数字是证明英法两国海军在欧洲对付德意的海军，是绰有余力。总而言之，英美法俄四国海军联合力量优于德意日是没有问题的。英法空军的力量不及德意，但现在美国卖给了英法两国许多的飞机，这件事是美国政府补助英法的空军抵抗德意的第一步。

据说，英法的空军因此就与德意的空军势均力敌了。日本的空军对我们中国虽张牙舞爪，但在七强之中，落伍而不足道。

那么，就陆海空的兵力而言，英法美俄四国的兵力优于德意日三国的兵力，这是极明显的事。现在德意日集团已经逼迫英法美俄四国联合起来了，若再加压迫，英法意俄四国不难采取一致的行动，到那个时候，侵略国的凶险或许就要低降下去，不难就范。不然，也许引起第二次的世界大战，在第二次世界大战，德意日三国必败，"理"不足，"力"不够，焉能不败。我们中国的中央政府早已认清了国际路线，沿着英法美俄这条路线走，是不会错的。一则因为英法美俄对我们中国没有领土的野心，一则因为英法美俄在国际上已占优势，必获取最后的胜利。这条路线是中国争取独立和自由最有利的路线，国内言论界也应该认识清楚。大家认清楚国际路线态度一致，政府方面推进外交，才能省力，言论方面对国际的评论，才能正确，对于抗战，才有帮助。

自信的根源

陈之迈

近来我们常常听到"民族自信"一个名词。一个个人在危难的时候丧了自信的力量是可悲的；一个民族也是一样。我们在"九一八"的事变的时候，不会起来与日本的帝国主义作殊死的斗争；那时我国朝野的人士表现着自信缺乏。六年的养精蓄锐使我们逐渐地恢复了自信心，所以在卢沟桥事变爆发的时候，我们虽仍然承认我们是一个弱国，却能举国一致地起来与日本帝国主义作全面的抗战。十九个月作战的经验更使我们坚定自信的力量，使我们有把握在世界上能够维持着独立自主的生存。

一个民族一个国家的自信心是建筑在繁复的基础上面的。我们试来分析一下从前对于这个问题的诸种说法。

有一种人是认定中华民族本身是有缺点的。这种人从许多方面来观察这个问题。一种看法是中国人的体质智力不如其它的民族，身体智力比较差。这种看法他们在初自诩是科学的；他们他们曾用种种测验的方法来证明这一点。中国的人的数目是很多的，测验本来就很困难，寻觅一种"代表群"是不容易的。近代科学所应用的测验方法很多，学说也是极度的纷纭，真正可以应用到中国人的测验方法是没有的。例如从前比较西化的中国学校往往用美国式的体高与体重来测量学生，而发现体重过轻的中国学生比例相当的高。又例如从前有的美国教会学校用地道美国式智力测验来测验中国学生，在限定时间之内中国学生谁是 Henry Ford 或 Abraham Lincoln，也发现中国中学生的智力不如美国学生。现在我们似乎渐渐觉悟到这种办法是荒诞的。心理学家萧笑嵘先生在《民意周刊》的周年纪念号中的文章已经把这一点证明了。虽然我们对于过远困难的优生问题仍待急起直追去求解决，根据于不科学的所谓科学结论是不必再使我们担忧的。

　　另外一种看法是关于中国人行为上的缺点的：自私，愚，假，好说空话等不一而足。中华民族是几千年来就爱讲道德的民族，我们喜欢悲叹世风日下。所以在讲论时事的时候总指出"中国人"的行为上的缺点，提出德育纲目来劝人改善。党国要人及教育界都喜欢这些。潘光旦先生曾经介绍过外国人对于中国"民族性"的观察结论，林语堂先生在所著的英文书中屡屡讲到中国人的"民族性"，晏阳初先生的平民教育促进会文是拟定了具体的方案来改良他们所认为中国民族最大的缺点。外国的游历家最喜欢著这类的书，民族性的研究也成了一种专门的学问。这种研究是应当引起我们注意的，但似乎无须因此而自卑。如果我们照看中国民族性的分析，也许我们会感到中华民族确是缺点太多；如果我们广博些去看其它民族性分析，我们便不大容易有肯定的结论。中国青年体质有的地方不如其它民族，例如中学学生中能符合航空学校体力测验的确不多，但是能够吃苦耐劳，能够适应各式样的环境的能力，却是共目承认的。最近一个美国人到日本的北海道去游历，发现那里的气候如同美国一样，但是日本人反嫌那里气候太冷，政府尽管在鼓励而移居前往的仍是寥寥无几。温暖和煦的美国加利福尼亚州有日本移民，北部便很稀少。但中国的侨民却是遍布全球，在若干地带如南洋还造成了雄厚的势力。这一点就足证明我们是能够适应环境的，我们才配缔造帝国。在许多弱点之中我们却有这一点极强之点。每一个民族的性情却是有好有坏的，有强有弱的。我们不可只见弱点而自卑，只要我们能够设法改正弱点，充分利用强点。这也是自信心的根据。

　　在民国初年中国内乱内战正激烈的时候，有许多外国人说我们中华民族不但是没有政治天才抑且是没有政治能力的民族。中国学生中附会这种说法的很多。那时许多人以为世界上的民族表现有政治天才的有古代的希腊罗马，近代的有央格鲁，萨克逊及现代的俄罗斯。这种说法就是外国人也有予以驳斥的。中华民族在历史上的确表现过惊人的政治天才，在中国的历史渐渐成为世界历史上极重要的一页。唐代的政制至今还为日本的典型。辛亥的革命及十六年北伐的成功也早已引起了全世界人士的注意，这些事实证明中国人不但有政治的能力，并且可以说是有政治的天才，不过我们政治能力或天才的表现方法与西洋的不同而已。中国人现在不可再来附会西洋人肤浅的说法，而认定中华民族是不能造成强固政治组织的。

最普遍的一种看法是关于中国固有的文化。这一点最关重要，因为这里所谓文化是包括所说的种种的。没有一个优秀的民族不能有优美的文化。体力智力较差的民族是不能产生高明的文化的。

批评中国固有文化在民国初年成了极普遍时髦的一件事情。专心研究中国文化的胡适之先生是此中的一员骁将。致力于提倡全盘西化的陈序经先生更是对此尽量的发挥。他们研究中国固有的文化，发现其中可爱的可保存的地方并不甚多：充其量不过是简易的文法，写意的山水画，幽逸的园林，舒适的衣服，可口的食肴，堂皇的宫殿建筑等寥寥数条。林语堂先生所讴歌的中国文化引起了西洋一般浅识之士的惊奇，而他所讲的也不过是女子的缠足，李笠翁的人生哲学，随园的食谱。中国旧时名士文人对于中国文化的欣赏也不过是限于这几点，诗辞歌赋里充满着潇洒闲逸放浪不羁的梦想。

熟悉近代西洋文化的人看了这些当然感觉到空虚。"无兵的文化"使我们警惕在这波涛汹涌惊风骇浪的世界上不能屹然独存。中国文化中的优点，经过几千年的变化，可以保存的不过是这寥寥数条，而这绝无仅有的数条又是那样的消极。

针对着这种看法近来又产生了相反的看法。现在有的人认定中国固有文化是世界上最优美的文化，其中无一点滴不值得保存恢复。中国文化缺乏自然科学从前已经成为定论，但现在又有做翻案的文章。中国何尝没有自然科学，罗盘与火药都是中国的发明。无聊的西洋人有时会说中国人发明了但是不用它来指挥船只在海洋上杀人越货，中国人发明了火药，但是不用它来制造杀人的利器，而用它来制造爆竹烟火。浅识的中国人听了这些居然自鸣得意。中国的道德哲学哪一个西洋民族都比不上，但是我们希望禁止西洋人拍照我们认为是家常的事情。我们希望西洋人相信中国没有人吸吃毒品，没有女子缠足，没有人虐待奴婢，甚至没有人在街上剃头。这种态度的目的说是要提高中华民族的自信，其实是心理学上所谓自卑的心理，而其结果是盲目地排斥外来的一切一切。在民国初年的时候，我们对于西洋文化是无条件的接受，是胡乱的接受。在政治经济的部门中，几乎一部近代政治思想史中所有的主义都是有人在中国提倡过，各自认为是诊治百孔千疮的中国的仙丹灵药。举例来说，提倡无政府主义的有李石曾、吴稚晖、张溥泉等先生；提倡社会主义的有陈独秀、李大钊等先生，此外还有提倡新社会主义的江亢虎先生；提倡基尔特社会主义的张东荪先生等等。至于中国的政治制度，则世界各国的现行政府几乎每一种都曾经成为我国模仿的对象：清末的《宪法大纲》是仿日本的；"十九信条"是仿英国的；民元的《临时政府组织大纲》是仿美国的；《临时约法》是仿法国的！十二年的曹锟宪法是仿法的中央政治而美的联邦制度。这种盲目的抄袭输入当然令人齿冷。但是到了近来，虽然有许多地方仍是模仿外国的，有的人却认为中国的文化应当保存，为提高中华民族的自信起见，舶来的思想均一律应当排斥。就是舶来的物品也应当拒绝输入。他们认定唯有这样方可以提高中华民族的自信。

中华民族的自信之应当确立是没有问题的。中国有中国的特殊性格，特殊环境，与西洋各国根本不同也是天经地义。但是不幸这种态度走到了极端——这种态度最容易走到极端——便成了盲目的复古。这种趋向近来似乎是越来越显明。中国人的一种最通常的心理的表现，换一种说法，则是我们一向根本不承认进步，不但根本不承认进步是不可能的，并且根本假定社会是日趋退化的。孔子是把古以非今的；秦初的儒生也是如此；就是康有为也得假托孔子来改制。所以复古在中国是最能打中人心的一种宣传。但利用复古来提高民族的自信是对于自信的一种误解。

我们也许可以说，缺乏自信是我们的一个通病。从一个人说起，背格言，粘座许铭是缺乏自信的一种表现。从整个民族来讲，根本假定今不如古也是缺乏自信的一种表现。我们时时感觉到自信的缺乏正是自信真正缺乏的有力证明。自信本来便不需要提倡，如果提倡者或接受者真有自信。

一个人或一个民族如果是健全的，他当然是能够征服种种环境上的困难，一个没有自信心的人根本不敢去开辟草莽。一个没有自信心的民族绝对没有勇气来缔造一个国家。这些都是极浅显的道理。但是在自信心不是没有而是相当动摇的时候，例如在近二三十年中，努力坚定的方法绝对不是自夸与复古。我们有自信，是自信能够征服种种的困难，可以不问困难的种类与程度。征服困难也不一定就是牺牲，因为牺牲究竟是一种消极的行为。中国历史上的英雄大半都是失败者：诸葛亮，关羽，岳飞，文天祥都是例子。我们所要求的是征服者，成功者，不是牺牲者，失败者，无论牺牲者、失败者的精神是如何的可佩。征服成功更不一定是用老的旧的方法。我们读历史的时候，常常看到先民的伟绩。这种伟绩我们崇拜，认定这种伟绩证明中华民族有征服困难的能力。了解这些成功者的事业可以增高我们对于中华民族的信心，确立我们的自信。但是最要紧的是这种自信不要使我们只知复古。我们的祖先曾用刀枪剑戟十八般武艺开疆拓土缔造凌驾罗马帝国而上之的帝国。但是我们不能在现在提倡用大刀及国术来抵抗日本的新式战争利器。我们的祖先曾统一了中国，消灭群雄，但是今日的政治家不能事事师事秦皇。唐代的政制固然是优美，但我们不能在今日来恢复那时的政制。我们祖先的丰功伟绩证明了中华民族是一个健全的民族；它们确立坚定了我们的自信心。但是我们不是就得事事师古，一成不变。我们更不可以因为崇拜古人而根本认定今不如古，学古都不会学得像样。这是堕落的心理，不但不足以提高或坚定自信，反而是斲伤自信。现在世界的一个特色就是向前看而不是向后看，自信心根据于有把握能够征服荆棘丛丛的前途。

谈谣言

陈雪屏

谣言与其它一切语言文字的报告，在实质上，是相通的。同是追述已过去的事迹，不过谣言所根据的事实较少，主观的补充和改造较多，特别在非常时期流行，传播较速，而且较广。普通的见解以"不可信"或"不真实"作为谣言的唯一标准。但我们如进而分析新闻，传说，供词和历史记载等的内容，会感觉到困惑，究竟其中有一部分是否也可以算作谣言。想为"谣言"下一确切的定义，颇不容易。就字面来讲，广义的谣言包括流言和讹言；就不可信的程度来讲，一为"传闻之未实者"，一为"无根之言"。谣言的产生和演变有时是逐渐的，有时是突然的，而前者与其它各种报告便几乎卡不出显著的区别。谣言的特点，勉强加以归纳，第一，其中潜伏强烈的情感成分；第二，它的演变往往在短时间积累而成；第三，它有直接的力量，可以使一团体立刻瓦解，或者使许多懦夫变成一群勇士。

一切报告的失真不是偶然的，人类也并没有造谣撒谎的天性。由于观察的范围有限制，记忆的不可恃，以及语言文字的意义暧昧，使得事件中的微细部分在传播时逐次遗漏，逐次消减。用一浅显的比喻，报告如同一段经过检查以后的新闻，有若干处印上口号和×号。新闻编辑用这样一个狡猾的手段，使读者凭借其它事实和个人想象，可以在空白中省出"文章"。但一位历史学家无论如何不愿将残缺的记载流转于后世；一位喜欢谈天的人不肯让他所说的生动故事屡次中断，令阖座为之不快；一位证人陈述案件发生的情形，虽明知有几点印象已模糊不清，而法官仍要强迫他去着力描摹。

谣言大都流行于非常时期。大众正经受着心理上的剧烈变化，一齐在等待着消息，任何消息同样被欢迎。往往不容传播者仅就他所见所闻和所能同意的作一简单报告，便可了事。层层的盘诘，种种的暗示，使他自己也终于为情感所推移，致于忘其所以，"信口开河"。补充和改造的范围因此大为扩增，与普通的报告又有不同。

由于上述三种基本因素的支配，报告断不能包纳所有的全部事实，愈传便愈失去真相。但立刻再续之以主观的补充和改造，使它重新归于完整。像是一件衣服，穿着日久，就不免破敝，如果主人还舍不得抛弃，加上几个补丁，也能保持原有的功用，而补缀累累，已绝对不会恢复旧观了。改造和补充随着当时情境，个人的愿望以及社会的传统而有种种不同的方式。作者曾在谣言的心理分析一书中提出"自以为是"，"联想和类比"，"夸张"，"自圆其说"，"主观的好恶"，"故意捏造"等六条原则来说明演变的经过。

大多数的补充出于不自觉。需要听众原是人类的一种基本欲望。我们为取悦于听众，所以说故事一定要说得动人，报告实在事件也一定要加上许多想象的资料。社会的影响逼迫我们如此做下去，而且因此凡能获得鼓励。一个平素极诚实的人竟可以坦然"造谣"，而不感觉到丝毫的惭怍。他并不是有意造谣，但他却从小养成了造谣的习惯。

谣言有时可以完全不根据任何的事实，仅由若干人的愿望和恐惧在推动，便突然产生，然再经过微细的增补；有时则根据相当的事实，但因事实的内容复杂，在互相传播时，很多部分被遗漏，而另外又有更多的部分被填入，逐次积累而成。就产生的方式而论，有突变与渐变的区别，但就演变的方式而论，渐变始终是一种不可缺少的程序。此外又有一种预示未来的谣言，因本无事实作为依据，也可以算是突变式。譬如昆明在九月二十八日初次受敌机袭击以后，接连几度讹传敌机将于某日重来，而且机数也能预知，从四十架增至六十架。这是真正的"无根之言"。

在平时我们听到一个消息，不免要追究它的来源，分析它的内容，总不肯轻易置信。但一切为害于人类生活的自然界变化，如水，旱，地震，瘟疫等，以及剧烈的人事变更，如革命，暴虐政治，国际战争等，使身受者忧惊，忿恨，惊诧，焦急或恐慌，因而失却应付的能力。事变本身已包含极多不可知的成份，任何有关于这一事变的消息，无论真伪的程度如何，反足以为不可知的成份作注解的，便立刻在团体中流行起来。一人在报告，数人或数十人在听，这些听众又再成为传播者。业已发生的事变非意料所能及，而未来更严重的变化又不知在何时降临。看到人人都表现着恐怖的面貌和张皇失措的举动,此外更有种种物质上的刺激,如市街中交通断绝,远处传来妇孺的号哭,枪炮的巨响等等,组成一幅可惊可惨的背景。未将是一片漆黑。我们想到个人的生死,顾虑到家庭的安危,或者更计算到国家的前途。如果坐守,应该预作何种准备?如果逃避,应该趋奔哪一个方向?这时候情绪紧张到极顶,理性失掉了主裁,唯有等待消息,来作行动的南针。任何消息都乐于接受。沉默中蕴藏着更大的危险,人人要打破这沉默。幸而听到片段的报告,就争相转达,再将自己的希望,忧虑和其它种种偏私的推测一齐融合了进去。人人企盼着来源不明的报告,人人播散着饱和主观成分消息。谣言的流布便同堤防决口后的水势一样,无孔不入。即使仍能保持相当的思考能力。也不容易抵挡得住这样伟大的渗透力。谣言激动群众,又像是狂风吹扬一阵枯萎的树叶,往往使得一个团体立刻为之瓦解。

上海战争自在大场退却以后,由于杂牌军队的战斗精神溃散,便一直立不住脚跟。其中还有一个有关于失败的原因,就是后方民众,先为谣言所震荡,人人争先奔逃,秩序乱。使得军队退到一处,连最低限度的给养都筹措不到,岂能再继续作战?依照常情而论,饱受教育的人应该较为镇定。但在九一八事变时,我曾目击东北大学生最初纷传日军将于何时到校,随即每人手携小包(不足容纳一件棉袄!)纷纷向各方作无目的逃亡。在北平沦陷之后,我又曾听说有几位所谓学者,因轻信日军在沿途会检查旅客,特别注意到眼镜和西装(这便是知识界的特征!)而将眼镜交邮局寄递,临时改穿蓝布大褂。结果,他们独被扣留。即使在抗战开始后,仍有少数地方当局为敌人的反宣传和当时流行的谣言所动,至于态度犹疑不定,坐失机会,贻误大局。真可痛心!

谣言的力量,一方面被当前的团体情绪所决定。愈变愈严重,情绪愈紧张,演变的范围便扩大,力量也更增强。另一方面,它不能脱离时代文化的背景。所以古代的传说和谣言中包括迷信的成分最多,而且文化低落的区域中谣言易于流行,也易于发生扰动。谣言可以引起普遍的恐惧,恐惧使一个团体因而分解。但谣言也可以激动普遍的忿怒,忿怒使一个团体更为团结,更向前进取,共同排除为害的障碍。

在抗战时期,危险和牺牲是不可避免的。我们只有一条前进的通路。人人都应该认清事实,而且敢于面对事实;人人有一个坚强的信念,任何变化不能使它动摇。然后不致为谣言所煽动，而效法"庸人"的自相惊扰。在民众训练方面，必须彻底将谣言如何产生，如何演变以及它的影响为如何等等问题，作为一个主要的科目，使大众在心理上先有一番准备，并共同遏制一切荒诞的消息，使不能无限制地散播。在政府方面，统制新闻固属必要，但有些无可更动的事实，仍应酌量披露，免得大众常包围于沉默之中，沉默最容易滋生错误的推测和虚空的情感，而更增添对于未来的忧惧。有时甚至于还可以利用谣言来加强抗战的力量。

大光寺

力 生

　　不想知道这个建筑是什么时代的，也不愿意问那个形态或花纹的来源如何，含有什么意义或故事，虽然我们知道在这伟大的佛教建筑中，几乎每一个角，每一个小点缀，譬如那好像一只眼睛的洞孔，一个螺旋纹的塔尖，都有他的故事。这些故事可以回溯到渺茫的远古，当人们还过着朦胧的生活，但是在感觉上仿佛宇宙间有个什么大东西在那动着，呼吸着，他们的生命完全受你摆布。于是竟觉得在哪一个刹那中，他好像真个的看到了那个或那许多个大东西。这使你惊异，恐惧，驯服。那么，他便凭着他的玄想说出活泼泼的动人的故事来。因为他的玄想，使他觉得这是事实。这个故事，口口相传，经过了长久的时期，蜕变，演化。传到一个艺术家，动了他的心，于是扼要的把他在造型上表现出来，譬如说那个眼睛似的孔洞或蛇形的塔尖似的，这来源，故事等等，我完全不想知道，在今晚，在这珍贵的今晚我愿我都全为生活而存在，体味生活的本身，不要让这客观的探讨去损伤这生活的本身。我和我的环境溶合在一起，我四周的各事物，建筑佛像，烛光，人影，花，树，以至于天上的星星，和那好像是一样的佛龛上的灿烂的宝石点缀，在呼吸着，是有生命的，正如在那远古的时候，因为他们是有生命的而存在。我在他们之中，他们和我一起生活着，我们这间有种语言，但是无揣的，就这样静默中，我们彼此体悟了。

　　我的朋友和我，我们两人很缓很缓的在那玉石的阶台上走着，赤着足（鞋需在入门时脱去），踏在这光润的阶台上，有种柔滑的感觉，好像不是我们在那走而是玉阶在那移动，上升，升到一个飘渺不知名的地方，移到天上。方才西天那一抹红霞不见了，天变成黑的，露出一天繁星。这个佛台的中点，是一个高入重端的金塔，烛光中显出他的辉耀璀璨，金塔的周围成个圆形排列着大小的龛宇。有些明亮得像烧了起来，有些只是极微弱的光，好像是呵上一层薄薄的金光。有些是深黑的，黑得使你只感到那里有什么东西，但是认不出他的形态来。"你看那星，像很近了，我们是在半空中。"静默的，我们在一个角落里立着，看，去感觉。那个金塔和许多的佛龛。他的形态线条，轻的，柔的，锐尖的，笨重的，交错纵横。忽然间在那紧张的，残忍的，凶猛的之间，呈显出那慈善的，圆浑的，和平的。这给人们一种安宁，解脱。人们感激，人们感激。于是便无条件的降服在他的面前，跪拜着，默默的在那受这形象的安慰同指示。你看那一排土人，伏跪在那，一动不动，远远的烛光只给了他们渺小的身躯一个模糊的轮廓。那远远的龛前的烛光，明亮的在燃烧。光舌跃动着，好像手爪，许多手爪，伸出伸出要抓什么。火光耀得那个和尚，着着黄衫的和尚的眼睛分外的乌黑，含着一种不可名的力和庄严，有修长的睫毛。

  我们缓缓的走着，去浏览这无数的佛龛，无数的宝塔。"你看，每个有他特别的性格和美。但是这各种式样的建筑，顶总是尖的，向上尖着，向天。是的，连人的祈祷，合掌，都是指尖向天。是渴望着理想世界，好像该是在上面，上面，在天上。"我的朋友见解是对的。在每个佛龛里都有玉石的佛像有多至十几尊的。每个佛的面孔的表情是这样的生动，我的朋友竟怕起来，说，"如果夜里他跑来怎么办？真骇死了。""不要怕，你看那一个不是很慈祥的朝着你在笑么？"并肩手携手，向前走，往来许多的人，沉默无既的往来走着。又有许多人在那跪拜。烛光的烟丝，袅袅上升，在空中散去。漆黑的天空，是在闪耀。在这寂静中，忽然有个沉重的祈祷声，冲破了寂静的空气。

  那是个沉重的祈祷声，最初很低，渐渐的高，声韵悠扬，波动传播到天空，只就这声音的沉重，使人觉得他的心的诚恳，信仰的坚决。他心里想："我该能感动我的佛。"是的，我想那至少是动人的，深入人心的歌声。在辽古以前该是一个空旷大地上，有无量数的人，贮着同样的心愿，呵出同样的声音，向佛祈祷。一片人海，声震天地。这样的若干年月，他们每个人忽然得到一个幻视，看到了佛。佛的面孔，庞大的，无量大的面孔。庄严的表情中，含着慈祥。这慈祥是安慰的，超渡的，指示的。是在这一刹那，这众生，这高声祈祷的人海，被震慑住了。突然的肃静了，寂无声音。如是许久许久，人们伏着头，不敢仰视。每个人不由自主的回想他的以往，是洁白的么？是污秽的，可耻可痛的罪迹，他们每个人自己都奇怪，何以到这时才知道？他们忏悔，他们不敢仰视。寂静如死，这个人海。但是，渐渐的一处一处起了哭泣声，重，长，很久很久。不敢仰视。又是一刹那间的事，他们每个人耳边听到一种声音。虽然不了解字句是什么，但是却领悟到这声音是一种指示，给予了他们一条道路，给予了他们希望，他们得到力。觉得背在身上的沉重的罪，被移去了。心底透出一丝的微光，这微光渐渐放大，放大，展到每个人的全身，耀到天空，无量数人的光的集聚，充满了宇宙。他们得到己心的明朗，他们才敢抬头。贮着一个希望，再看看佛，这个伟大的救主。他们要用他们的目光去感激这救主。但是，待他们仰起头时，那个伟大的像都不见了。他们惊异，眼望着天空去探寻，合掌向着天，再作祈祷。他是在天上。这时，他使每个人得到一种光明和力，他们被拯救了。

我们在那静静的听这个人的祈祷，是的，你该会有一天得到光明，被超渡。因为他心的诚恳，信仰的坚决。我们两个慢慢离开他，走到很远还听到这个人的祈祷声。我们经过一处一处，在每个龛前伫立些时，默默的，各人在体味，但不想说出来每个人的境界。我们只就这样默默的去浏览。

这一晚，我相信我们两个有同样的心境，明静像是一湾澄水，有春花的芬芳，春花的鲜艳，花朵在微风中摇曳，水皮上起了鳞鳞细纹。随着起了一阵无名的乐声，我们相对微笑了。佛光在照拂着我们。是的，在进门时候，我俩买了两束白花，走到佛的前面献敬。很自然的，就这样走到佛殿，并没有存着什么愿心。那个佛殿的侍者都在替我们接了花，放在花罇里以后，为我俩滴水了。是为我们祝福，他祝我们爱的隽永。在这个献敬以后，我们携着手，缓缓的游览了这一周。使我们两人彼此心里得到一种境界，感到无限的和平，永远的恩爱。烛光闪耀下，我看到我朋友的醉梦着的眸子和那含笑的圆唇。就这样偎依在我身边我们步出这个伟大的建筑，我们像游览了三十六层天。是个梦境，是个现实。

新文法

李嘉言

"新文法"这个名词,大概是数年前林语堂先生最先提出的。我在什么杂志上读到他的文章,现在是记不得了。他的意见大概是这样:

现代的白话文,有时要合乎说话的语气,便难免有不合文法的地方。譬如:一个人在上海要买两张到南京的二等火车来回票,在票房房前客人十分拥挤之中,卖票员忙碌的当儿,他必须言简意赅地说:

"两张二等,南京来回。"

这话若写在文章里,便犯了文法上的错误。但它并非不能达意。文章能达意就行。由此看来,普通所谓"文法",是已不适用现代文章了。所以我们有建立"新文法"的必要。能达意的就合乎"新文法",不能达意的就不合乎"新文法"。

按照林先生的意思,我可以再举一个例子,如某处贴的标语:

"中国国民党是救国救民。"

这在一般人看来,是不合文法的。但这句子的意思已尽够使人明白了。既能使人明白,就当合乎文法。这便叫做"新文法"。不过,这里面有个条件:看它的意思着重在哪一方面。这句子既用为标语,当然是宣传性质,它的意思当着重在告诉民众:中国国民党是"干什么"的。由于这个标语,民众很可以知道中国国民党做的是"救国救民"的事。这样可以说这标语已做到了"意达"的地步。如若这句子不用为标语,而写在文章里,意思着重在告诉别人中国国民党是"什么党?"那就必须改作"中国国民党是救国救民的党",才能达意,才算合乎"新文法"。所以,一个句子在不同的情形之下，它可以合乎"新文法"，也可以不合"新文法"。这应该是"新文法"最大的特色。也就是说："新文法"比"旧文法"的境界要宽大些；"新文法"可以包括"旧文法"，"旧文法"却不能包括"新文法"；"旧文法"绝对不与同情和原谅的句子，在某种情形之下，"新文法"则可以与同情和原谅。要不说明这点，让一般人看来，"中国国民党是救国救民"这句子竟被视为合乎文法，定然吃惊不小；若这样来教学生，那将没人会通文章了。其实，这个例子不过是比较刺眼而已，类似这样的例子，日常在书中也常看见而被人忽略的，还多得很。我为方便起见，在王了一先生《中国现代语法讲义》里找了下面几个例子：

"姑娘站了半天，乏了，这太阳地里且歇歇！"

"老天太实在果真是理家的人。"

"明日一早定要家去了。"

"这也小事。"

这几个例子大概都见于《红楼梦》。假使现在学生作文有这样的句子，一般人看来，是非改不可的。但"新文法"认为这都足以达意，可以不改的。

"新文法"也并非甘心自宽范围，故意奖励"不通"的句子，实有其语言的背境，使它不得不然。现代中国的文章，既称为语体文，写出的文章自然应当合乎现代的中国语言，但事实上我们的文章，不一定都合乎我们的语言，例如：

"素来多病的我。"

反之，也有我们的语言至今还未被我们的文章采用，例如：

"他们没有来呢还。"

前例是西洋式的，如今写在我们的文章里，似乎都以为过。后例是北平语，虽不见于我们的文章——至少是不常见，但以前例证之，若果以之入文，似亦不当加以责难。这便是"新文法"不能不自宽范围的理由。还有，现在作文虽应以国语为标准，却也常有以方言入文的，例如：

"我给了三块钱他。"

这是广东语，类似的句子，在学生的文卷中就常发现。与其讨论这句子在文法上能不能予以承认，却不如将国语的范围放宽些。这就是说"新文法"不斤斤计较其是否为国语，而是看它是否为一般人所常用；若为一般人所常用，虽非国语，亦可视为国语；如"素来多病的我"本非国语，但已为一般人所常用，"新文法"就承认它为国语；"我给了你三块钱他"不为人常用，"新文法"就不视为国语。这样看来，"新文法"虽是自宽范围，却也有一定的限度，而且还是以国语为标准的。

总之，"新文法"对于方言及外国式的句子，看它是否为一般人所常用，无后定其合否；除此则但视其能否达意，如能达意，即认为合乎文法。

上面是我本着林先生的意思，又读了朱佩弦先生的《新语言》（《今日评论》第一期）及王了一先生的《中国现代语法讲义》之后，所引起的一点愚见，自知所说甚陋，定无足取；但认此问题关系方面颇广，需要大家讨论，乃敢妄发谬论，借以求教于通人。

周末日

吴 风

啊，熙攘的大城
你华灯辉煌之街上
独步着忧郁与寂寞

东山柔美地浸在薄暗里。一架新的光亮的黑汽车平稳无声地滑过了柏油路。两条光从路口射过来，一架公共汽车跟着转过了铁闸口，随后几窗灯光没入了东山街道的暗角去。远处传来了一声长笛，大概是晚车到了郊外的石牌站。许澄君正走过油着黑白两色的火车路铁闸口。沿着右边行人道走着，他闻到了一些树和花的夏天的气息。在一支街灯底下，他从袋里掏出了药院那护士写给他的周医生的地址再来看一次。走到路口，他能望见那一条有一个女子中学，一个教会中学，一间琴行和几家饮冰室的街。玻璃窗，优美的灯光，各式美的西饼糖果——几个穿白衬衫提着小藤夹的人，显然从游泳回来，快活地走了进去。远处有个人在唱歌。
——生活着是多么好
他为这游目聘怀的光景而微笑着。在街角他把那地址问明白了交通警察，然后依着指示经过一段已散市了的菜市，转进了几条植着常青树的巷子。走进了一种由于寂静，由楼窗的光和树影所组成，充满着流荡或凝固于初夜的住家之间的温柔之感的氛围里。
在一间精致小巧洋房的侧门角寻出了那号数。楼梯没有灯，黑暗中他慢慢走到了三楼。稍踌躇了一下子，他终于敲了门。他听到了里面有年轻的女人在谈笑，声音如笙如簧，有蔬菜声，落锅时爆炸作响，想象中俨然还有各种气味扑鼻。在女人的笑声之中，也辨别出了柔细的医生的呼唤。他等待着，又敲了门，三分钟后那小角门被一个人拉开了，一个穿着白衣的年轻护士。

"周医生在家吗？"

"有什么事吗？"

"我想请他看病。"

"现在……"她沉思似的。

"他认识我的。"许澄君了解她的意思。

"请告诉他，一个姓许的，他曾经医过的人来看他。"

她转了进去。他在门口上等着。他听到了那医生在里面思考似地说"姓许的？"护士走了出来，怀疑地望着他说：请进来。

他仅仅转了几部的弯，便进到一个客厅里。周医生坐在一张大桌子前面。另一个护士站在桌旁，用眼睛搜索来客，所以许澄君一转了墙角，第一就看见两只黑色的大眼睛在台灯灯罩以上薄明的空中闪烁。

他走近桌子，周医生转了面问他。

"周医生，"许澄君用同乡话开了口，"记得吗？我是许澄，前年你曾医肠热病的……"

"啊，是的是的，你可好？"

虽那么说，但他的脸上现在板板的，没有过去那样慈和——许澄君所预备看见的一种同乡的情谊之表现。

"今天我到医院去，他们说你现在已不在医院了，夏姑娘告诉我你的地址，我因为日间要去上课……"

"是的。"

许澄君开始感到一种冷淡，这冷淡且竟传播在室内。他想，"我来的不是地方。"但他继续说。

"现在我因为还有一些病，想请你看看。"

"是的。什么病呢？"医生把眼睛望了望客人，还是无表情地答问着。

许澄君觉得自己通过了一套最难演的序曲，开始叙述他的病况。他告诉了从前年病后的虚弱，告诉了那永远为他一切痛苦之源的失眠，告诉了如何许多次服了市上的药品无效，他如何失望，透露出一点对周医生信告的口气,要他为他详细看看。

医生一面听着,一面伸一只手去向护士,那护士解事地迅速从背后拿了那副黑色听筒递给了医生。医生要许澄君的两手来按了脉,又要他解开了衬衫。把听筒插在两耳上,开始听他的胸部,各处点按着像是认真又像是十分随便。许澄君为生疏了的情谊局促着。他所希望的:周医生,热心,长期诊治,无所不谈的病况和了解,医好之后送礼给他时彼此无拘束的谈笑和友情——他需要的正是这个,不是那些药水药丸!可是这一切似乎渐渐从他预想的图画中褪色,剥落。为解除自己的局促,他用眼睛看着厅里的布置。他发现了室中一切的出乎意料的雅洁和精巧。遮白台布的小几,花瓶与小小的花束,洁净的台上器皿和盘里的生果,反光的书柜和精装的德文书,一架很大的台灯和几个壁灯投给了这些以温和舒适的光。在这些上面他感到了与刚才在饮冰室,歌声,走进玻璃框门去的青年学生身上所感到的一样的感觉——同属于生活里的美好的或……,而惟其他生活在它们之外,他更看出它们之浓度与深度。

医生移开了听筒。两只手轻轻按着,望许澄说:

"没有什么,很好的。仅是一点神经衰弱,不要紧的。"

"不是很深的吗?"

医生开始笑了,"不碍事!你要吃药,开些药吃吃吧。"话中意思倒像是"吃药是你们年青人最以为好的自重,那就吃吃罢"。

许澄君不能再说什么。医生低下头去飕飕开着药方。开完了,他把它推给右边的护士。她弯身去计算分量。医生于是对他说:

"××医院不知有没有这药。你要今天吃,可拿到斜对面浸信医院去配。"他转向护士,"现在医院还开吗?"

"可以配药的。"

许澄君接过那药方。站起来,他想拿出医金来给医生,但看到他已转向护士,像忘记了曾看过一个人的病似的,将开始那刚才中断的谈话,许澄君便不再提起。他说了一声谢谢,踌躇了一会看着药方,当医生冷淡地说了一声不要紧之后,他便走到了门道,走出了楼梯口,刚才来开门的护士随后把门关了。

他站着。里面传来了医生和护士的谈话。他听出来那种情形完全是继续刚才的谈话,完全像是忘记了曾被一个看病者所扰而中断似的。接着就有碗盘声，医生离了椅子，和护士移到餐室里去的声音……

他走下了黑暗的楼梯。他觉得一种无希望后的冷淡。他望了望巷尾那较高的洋房，大概那就是浸信医院。——又一次药，又一次钱，而后呢？又中断？有什么用……他不想去取药了。穿过了一条横巷，又一条直巷，又一条横巷，这些巷他五年来在这城市里还未曾走过，他觉得像在走过一个新的城市，他甚至因此而忘记了失望，感到快乐。

到了路口，他认出是东华东路，一条夜间很少灯火的马路。两辆公共汽车正停在路边。前一辆将要开了，已坐了十几人。他走上去，坐在首旁的一个位子上。一个穿浅绿旗袍的女人走了上来，身材高而美，坐下来在他前一排。三个中学女生，白衣裙制服，快活地走了上来，于是车开了。许澄君的旁边坐着一个穿衫的俊秀的青年，潇洒地揉弄着车票。这青年和那女人，那几个女学生，鲜丽地同许澄君放射着那同样的生活底美好的或物，使他不得不低下头来。

车向市区奔去。车的奔动给许澄君以另一种的快感。他现在精神爽朗，在胸中映换着一切美好的幻想、知识、发见。当车驶到了那有大操场，有一列长围墙和浓密的大榕树的他的学校门前时，他觉得仍无意下车，于是让车子将他再驶向市区中心去。

热闹的马路出现在面前。霓虹灯在闪烁。人们熙攘往来。许澄君不自主地走下车。那女人，那青年和那几个学生都接着下了车。车开了。女学生们拉着手，侧观着马路上有没有车来往，轻跑着向对面的大戏院去。那女人和那青年，各用一种优美而从容的步态也横过了马路。到那些辉煌的广告牌的戏院前去。许澄君踌躇了一会，终于也横过了马路。在一个辉煌地摆着各种药品的药店前停了，然后走了进去。补脑汁、鱼肝油、赐保命、安眠药、散拿吐、瑾信石花、露多时——他又走了出来。走到戏院，他再踌躇着，终于挤到卖票处窗口，掏出钱买了票。然后他挤出人丛，走进玻璃镜框去看书片。俊美的凯弗兰丝斯的容貌，黑发鬓角一朵白花，苗条而高贵的体态，英俊的青年，将军，荡漾着诗情和幻想的高原的景色……是另一种激动，另一种不能叙说的心流的升高。转了身，他面对着车马行人熙攘着的马路口。几个好看的青年，站在大柱边，谈着话。有一个挥着一束纸，高兴地在叙述。另一个把手插在裤袋里，倚着柱，低着头，用脚轻轻地踢踢地，微笑着倾听。许澄君觉得自己宛如孤独地站在一个山巅，俯望着一队队的喜悦人物，在自己脚下流动，在展览。

他开始感到一点疲倦。他很想坐一坐，他从一条楼梯走上了等候室。室里坐满了许多俗气的男人，妇人和吵闹着谈话的孩子们。几个斯文的人默默地坐着，仿佛在观察其他的人。许澄君走到了最角落的地方，在没有灯光照到的，临窗的一个黑暗的地位坐下来。

渐渐，他感到更大的疲倦，乏味和落漠。他胸中映过了一些田园生活，一些采葡萄的人们，一些垂髫的女孩。但他怕思索——他渴望遇见一个人来高谈。他站起来，停了一会，他走出等候室。在戏院门口他站着，院里传出谈洪大的歌声，他知道要散场了。有两个小学生，穿着短袖袄衫和短裤，较大的一个手搭在较矮者的肩上，站在买票的人们背后，为买不着票呆着。已贴出了满座。许澄君瞪着他们，突然向他们走过去，从袄衫袋里掏出了戏票。

"你们买不着票吗？这一张给你们两个人进去看看。"

孩子们呆望着他，他把票子纳在一个陌生孩子的手里。

"不怕的，你们可以看两人。"

他转了身。从路口那边的一间皇伟的餐室走出来几个青年，他认出是自己的同学，但他转向戏院侧的行人道，向着冷落的街道，走开了。

那两个孩子走出了行人道，好奇地望着他走开。大的随后打开戏票来看。

"今天是——星期六！"

"唧！是的！"

当他们抬起头来看那给他们戏票的人的时候，他们看见那把两手插在裤袋里低着头的青年慢慢消失在远处路面的薄暗里。两个孩子雀跃着，往灯火辉煌的戏院奔回去。

本期撰者：

燕树棠与陈雪屏两先生均是西南联合大学教授。陈之迈先生是中央政治学校教授，他在本刊已有过一篇文章。

《大光寺》作者力生，是个人类学者笔名，曾供职于中央研究院。本文系游仰光大光寺所作。

李嘉言先生是西南联大教员。吴凤先生，习哲学，为华南知名青年作家，作品多发表于香港《大公报》及《星岛日报》。

第一卷第九期（1939年2月26日）

时评

国府通令整饬吏治

国民政府本月十七日下令整饬吏治，告诫公务人员，务各"尊重法纪，砥砺廉洁"，怀以"民言可畏"，绳以"国法难逃"。而对于各部属长官，尤勉以"以身作则"，督饬僚属，以期"弊绝风清，入臻上理，用副政府整肃官常，刷新吏治之意"。

当军事殷切之际，政府乃特注意及吏治廉洁问题，盖诚如令中所云："国家之败率由官邪"，"官吏节操与政治降污永生休戚"。处兹国难严重，内政不修，不但于国内政治发生不良影响，且亦有害于抗战前途。此所以政府于制定公布惩治贪污暂行条例之后，复有此令，严切告诫。

贪污一事，向为中国吏治一大污点。政府对于铲除贪污的注意也不于自今日始。以过去十年论，政府惩治贪污的法则，鼓励廉洁的明令与训诫，未尝不三令五申。本月十七日的明令实不过为最近之一次。一方面，我们因此知道政府对于贪污深恶痛绝，另一方面，我们也因此觉得过去种种法则，明令及训诫多等具文。在这外患日深的时候，我们尚有时听见有关公务人员操守的谰言，这是何等痛心的事。人言固未尽可信，然而"空穴来风，其来有自"，"防民之口，甚于防川"。政府重申禁令的动机，常即为见。

"徒法不足以自行"，是过去一切整饬吏治法令变为具文的经验。政府当已深见及此。则此次整饬吏治法令能否不蹈前此的覆辙，要看政府是否有切实执行的决心。着令各"长官以身作则",是一个正当的办法,没有己身不正而可以正人者。"执法以绳"更是不可托诸空言。有一种人,非威以严刑峻法,不肯放弃邪行,入于正轨。"治乱国用重典",我们过去对于贪污的法纲疏得很,这未始不是诱人玩法的一个主因。至于"刑不上大夫"的恶习,尤其不可不除。过去未尝没有贪污官吏身罹刑纲,然不幸其适足以证明"窃钩者诛"的例子。法而不平,是不足以服人的。(人)

美国扩充军备

日来有几段值得注意的新闻:"罗斯福总统目前向两院提出三七六,〇〇〇,〇〇〇元国防法案,并竭力说明国际局势有如火山,随时有爆发之可能,此项法案业经众议院以三六七票对一五票通过。"(华盛顿二月十六日电)"众议院海军委员会主席文生氏提出之五千二百万元海军法案,规定在太平洋内关岛威克岛等地,添建空军根据地十一处,此项法案,业经众议院海委员会于昨日以大多数票决议通过。"(华盛顿十八日电)。

这两法案虽然还要经参议院通过,才正式成立,美国的积极扩充军备,殆无疑义。美国固然富有,但素不愿在军备上耗费,现在竟准备以几万万金元用于国防,是一极堪注意的举动。

此举的动机,已经罗氏说明,由于国际形势如随时可爆发的火山,美国不得不早为准备。然此举的意义,不只是美国预防火焰燃及,且有根本阻抑火山爆发的可能。欧洲均势,这一年来,变得很剧烈,德国并奥割捷,疆土人口资源,增加不少,来势咄咄逼人,而德意两国的空军突飞猛进,使英法两国对于此两极权国,以往的优势渐不能保持,且有逐渐不如人之虑。若要恢复优势,恐怕非如从前英国堪宁氏所说:"我将新大陆邀来,以矫正旧大陆的均衡"不可。美国似乎也看清楚了这点,孤立政策的呼声渐微,积极的主张日多,并且鉴于欧战前,若英国早明白表示助法,或者可阻德奥之发动大战,因而不惜一再声明,并以实行为证。如两旬前总统对军事委员会的声明,如再前些时的出售飞机与英法,均可使谋侵略,图幸获者,悬崖勒马。所以此番扩充军备,似乎不只是寻常的充实国防,而有借武备谋和平的意义在内。

还有一点值得注意:空军根据地的建筑地点是在太平洋内,由亚拉斯加至菲律宾群岛。这表示美国觉悟,若东边的国防线实在英德,西边的国防线则在太平洋与东亚。在今日,维持世界和平,以美国为最有力量,我们希望他善用这个绝好机会。(鋐)

西南经济建设的新动态

在最近几个星期里,军事方面,除了敌人在海南岛登岸,继以我军大举反攻与以猛烈残灭外,形势比较沉寂。但是西南经济建设的推进,无论在计划或实施上,近来却愈见活跃。关于这方面的最近主要发展,可以分为准备工作,资金,和交通三项来讲。在国民参政会第三次大会里,所通过的拥护抗战国策及其他议决案都以抗战建国同时进行的政策做中心。通过的议案里关于经济建设的有:组织川康建设视察团;组织边疆服务团;团结蒙藏回苗各族开发西北西南;培植边务人材;推行西北各省畜牧兽医事业;合并研究经济建设之各机关以集中资料拟具整个经济建设计划等案。其次,本月里中央为积极进行开发西南,调查研究各省经济建设及生产蕴藏。决定组织一个西南经济研究所,聘交通经济各部部长及西南四省主席等为董事。二月七日云南省龙主席在省府会议提案乘机藉用财才,开发云南资源,增加抗战力量。这些都是表现中央与地方政府,以及各界人士感觉到在经济建设的进行上,有许多基本准备工作,如视察宣传调查研究等,不可不做。有了参考资料和其他准备,建设的实施才能容易地和有把握地举行。关于资金方面的新的发展,我们听到经济部拟发行建国公债五万万元,专用于开发西南西北及边疆富源。不久以前报纸登载西南经济建设委员会要成立,拟设资金二千万元,此外还有几个人民投资的计划,如华西垦殖公司,资本五千万元,大华实业公司,资本一千万元,华侨胡文虎拟投资三千万元,这些组织都是以投资四川云南各省开发西南富源为目标。资源委员会与云南省财政厅所合组的滇北矿物公司在本月十五日开创业会议,通过公司章程,并推选董事监察人,三月一日公司可正式成立。东川会泽永北易门一代的铜锌铅和其他矿藏将由这个公司来开发。上面所说的西南开发资金来源中,建国公债将来如发行,数额算为最大,我们月望这个资本的大部分将用在建立许多基本国防和工矿动力事业,为将来其他应办的事业树立一个基础并且供给便利。最后关于近来交通方面的建设,我们应该提到云南省政府议决增加民工,由各县负责雇用，以加紧完成川滇铁路，至于川滇直达公路，大约再过二个月可以完成，于是重庆昆明间的运输，无论在时间和费用方面，都可以节省不少。渝昆长途电话，在二月十日作最后试行通话，成绩圆满，不久就可定期开放营业。还有一个可喜的交通建设消息，就是中英航线，由重庆经过昆明到缅甸的仰光，已经定期试航。这条航线通行以后，由四川过云南到缅甸，需时不过两天，由缅甸接往欧洲，需时三天，由重庆到伦敦全程五天可达。由此除了公路交通以外，中国西南到缅甸又多个航空交通。（佶）

中央与地方

君 衡

在现代上了轨道的国家里面,中央和地方是一个宪法系统中的两方面,不是两个对立的政治团体。然而在具有特殊背景的中国,情形就与此不同了。抗战年余,团结和统一虽然有了显著的进展,而中央与地方之间在事实上还没有做到彻底融洽的地步。抗战以前疆吏抗命,边将割据的局势虽已完全消失,而至少在心理上仍不免略有彼此不放心的感觉。我们应该设法铲除这种感觉,不但可以立刻增加抗战的力量,而且可以帮助我们政治现代化的完成。

地方继续存在的原因虽多,其最重要者还是政治的。第一、中央与地方以往的隔阂。东北西北以及华北等处暂只不说,即以西南各省而论,直到现在似乎彼此间还没有充分认识了解。事实甚多,不胜枚举。凡稍意政事的人也耳熟能详,无待我们赘述。其最普通的公式之一是:中央因抗战或建设的某种需要下令地方各级政府办理某事,地方政府或因力量不够,或顾虑地方上利益和势力的损失,感觉执行不易,于是对于中央的期望,不能满足。其结果当然是双方都有不快之感。平心而论,中央的需要是应当迅速满足的,中央的命令是应当竭力奉行的,而地方的困难和苦衷也是应该体念的事实。只要中央对于地方的实情深切了解,地方对于中央的用意具有认识,上述的困难自然可以大大减少。其次,人事上的矛盾。抗战以来,当局鉴于后方建设的重要,有时候会把素与地方关系淡薄的人员委办地方的事情,而自华北东南相继沦陷以后,我们行政区域骤然缩小,有许多人员势不得不转调到未沦陷的区域来任职。如果所用人员,确有专长,这当然是一个合理而又必需的办法。然而照地方上一部人士看来，这是一种威胁。以客籍人员办事，不免发生人生地疏的种种困难，何况客籍人员多占一个地位，地方人员就少了一个地位呢？又何况客籍人员之中确有不甚干练高明者在呢？地方疑惑中央采用了取而代之的"包办"政策，中央说地方信奉的是底盘主义。这又是一种不必须的双方误会。第三、机构上的弱点。我们各级政府的组织还没有达到严密合理的境界，而行政人才也比较缺少。在中央政府的眼光里，地方政治尤其落后，所以必须加以指导，监督，或以中央的人员去接替地方人员。然而照地方人士看来，中央人才虽盛，也还不免有"害群之马"，何况中央与地方的政治在原则上势不得不有一种合理的分割呢？再加以中央人员自信过甚，愈容易惹起地方人士的反感，以为他们瞧不起人，以优秀者自居。这是"伤害之上，加以侮辱"！

　　补救的方法，据我们所见，不外下列几项。（一）为化除隔阂起见，我们必须沟通上下。具体的办法是尽量延揽地方重要而干练的人员参加中枢各级的政事。中央军政各机关位置虽不多，人才虽盛甚，如果设法腾挪，让出一部分的位置以备容纳地方人员，似乎不是不可能的事。地方人员参加中枢至少有两种好处。如所延揽之人员果然干练贤明，可以因此得以中枢充实。即使他们才识平庸，也可以让他们直接体认中央所采种种政策的真意以及所遇各种问题的真正困难。这是使地方了解中央最简易而有效的方法。中央更可以藉此表明心迹，洗刷取代包办的嫌疑。同时中央人员在适宜条件之下也可以加入地方工作，藉以深察地方需要，洞悉民间疾苦。总之，中央与地方人员可以互相调任，形成一种交流。交流的作用，在事实上虽只限于少数的人员，如行之得当，确能发生化除畛域的效果。（二）在原则上，中央与地方的政事应当划分界线。而地方政府中下级的人员究以尽量任用地方人士较为妥当。按照孙中山先生的遗教地方自治是民权主义实施的条件。现在人民的程度低下，不能够立刻推行自治，这是一个事实。我们应当急起直追，从速培养自治的能力，以为此后实现民权主义的准备。如果因为地方的能力太差，一切均由中央代办，自治必永难成熟。地方人士也应当明了我国地方的积习甚深，自治不是易行速效的制度，在准备与过渡期间，应当诚意受中央的指导，以图打破自力不能战胜的许多痼疾。（三）中央任用与地方发生直接关系的人员也应当十分审慎。不但才识优长是一个基本的条件，而心气平和也是有用的修养。老子所说"处上而民不重，处前而民不害"的道理是值得体会的。趾高气扬的人，不管才干如何，总容易引起反感，不能成事而会偾事。再者地方因环境风俗各异，在制度以及政策上很难有完全一致的办法。中央人员任职地方者当细心体念，虚心征询以求明了当地的实情，然后因地制宜，只求达到建国最后的大目标而不斤斤于末节。若死守一种陈规，抱定一个形式，生吞活剥，削足就履，势必引起反感，败坏威信。地方人士也应当尽力与中央合作，不可故意为难，阳奉阴违，使来者不安于位，因此达到"排外"的目的。中央虽然失败，而用远大的眼光观察，地方也未必得着了真正的福利。（四）在心理方面，大家也应当做一番化除畛域成见以归于感情融洽的工夫。以往的困难是有时候彼此不能互相信赖，彼此有所计划或动作便引起相互的疑惧。由于许多的实际障碍，建设的推行，抗战力量的培充，后方政治的改进以及一切重要的工作，都要局部受影响而停顿，这是很大的损失。我们要注意，古人"豁达大度"以及"推赤心置人腹中"的态度，不但适用于一二千年前的政治，就是现在还是有效的。中央与地方做事也许事实不免偶然间有不甚公平正大之处。然而补救的方法不是彼此增加猜忌，互相提防。而是一面检讨自己的行为，一面改善对人的心理。中央与地方间应持的态度是：对于彼此的行为，尽先用正大的动机去解释。除非事实证明，决不轻以恶意相待。

　　调整改善中央地方关系的责任，中央所负者当然比地方更为重大。就政治系统上说，中央有指导地方的权力。就知识能力上说，中央应当比地方更为充足。所以根据"责备权者"的原则，我们希望中央先能"以身作则"，"树之风声"，把现在中央与地方大体已臻融洽的关系，更加改进，超于密切无间，使统一的内容更加充实。这个迫切需要的工作，并不难于做到，只看我们是否能够努力去推进。

战前中国社会一瞥

赵晚屏

几十年来，中国社会是断续地在激荡的波涛中，有时向前进，有时遭受挫折。在这些前伏后起的波浪的间隔期，中国社会也不是静止不动的。它的变动成为伏流。从这些波涛的浪头，从这些静止的伏流，我们可以发现中国社会发展的一般趋势。

我们在讨论社会趋势的时候，先要知道社会是什么，社会底目的又是什么。从社会的存在和目的，我们可以发现社会进步的几个主要的原则，根据这种原则，我们可以判定社会是在进步还是开倒车。社会所包括的不仅是许多独立的个人，而是许多独立的个人意志。个人意志是社会活动的单位。由这些个人意志的时常接触，继产生社会关系。研究社会学的人所注意的是这些个人意志是怎样造成的，它们之间怎样发生交互的作用，这种交互的作用要在怎样的情况之下才能充分地合理地表现。社会既然是由个人意志交合而成，它有一个最重要的目的，便是它要培植"自我"，使"自我"能够得到最完善的发展和最真实的表现。它要让每一个健全的"自我"都能得到最大的机会参加社会的一切活动。只有在"自我"能够充分发展和表现而不受阻碍时，社会才能达到最高度的发展。所以"自我"解放是社会进步的一个重要原则。

中国是一个在旧势力沉重压迫下的社会。几千年来古圣贤人定下来的无数律规都压在个人身上，强使每一个人没有意志自存的余地。这种传统的观念、社会的习俗和圣贤的礼教造成了社会的专暴（Social Tranny）。个人的意志要是违反了社会的陈章便是离经叛道，受社会严厉的制裁，我们想一想有多少男女是在这种礼教的暴压之下做了牺牲者。这种社会专暴的局面现在已经慢慢地瓦解了。

在专暴的社会里，处处都是行为的严格规律，像这样的社会，保守的力量大，改变是稀有的事。社会专暴的力量的减弱，可以从个人行为的选择的机会增加看出来。选择表示个人意志的运用和扩张。这种意志的运用愈多，个人的力量愈加强，社会活动的范围愈大，内容愈复杂且愈丰富而有趣。个人意志得到了自由活动的机会，每个人都发展他底意志来决定他和其他一个人的关系或是地位。自我的存在，只有在他和其他一个自我发生交互关系时才被确认。个人的意志之间便发生竞争的现象。在专暴的社会里一切关系是由特权和阶级垄断决定的。在自由竞争的社会里，一个人的地位是由他底意志的力量决定的。谁的意志力量能够克服别人，谁便能操纵或决定他和别人的关系。社会便以个人的意志和能力来决定他和其他人的关系，这样的社会所选择出来的都是有才智的人。个人的才智能不受限制地发挥，那么也就是社会本身能力的增加。

我们不能否认这几十年来自我逐渐地解脱了乡土观念的束缚。在往昔，乡土是祖居之地，是不愿轻易弃走的。个人发展意志和能力的机会便大受限制。同乡常是社会加于个人的负担，不替同乡帮忙的人会遭亲族和乡里的轻视和批评。相反的，纵然你有多大能力，要没有同乡提拔，很难有出头的一天。姻亲的关系也一样。个人的活动处处都要受亲族的牵制。族长房长甚至叔舅都能干涉个人行为的范围。这两种限制的力量显然是在减少。

中国社会的礼俗也是束缚个人意志发展的桎梏。这种礼俗规定了父父，子子，君君，臣臣的关系。把呆板的规律加在任何合理的解释之上。它只承认君父的威权，而完全漠视臣子的合理意志。君要臣死不得不死，父要子亡不得不亡便是这样产生的。这种顽劣的礼俗显然也在衰退的潮流之中没落了。阶级也是限制个人意志自由发展的社会障碍。阶级的限制把社会活动分成若干纵的部分，由不同的阶级在限度以内分别活动，个人发挥意志的范围便缩小。中国社会还没有严格的社会阶级。同时，考试制度使各阶级的人都有同等的机会发展才能，在社会的升降机上升降。这种个人所共有的自由竞争的机会是在增加，阶级独占的机会一定更站不稳了。

草菅人命的事在中国历史上是常常发生的，人可以支配人的生命。生命价值在这两种人之间是不等的。这种生命价值的高低是由社会决定的。个人生命价值的提高是社会进步的现象，要是连生命的保障都没有，意志的自由是更谈不上了。生命价值的提高和生命的保障是自我解放的重要成就。显然，生命的价值在中国社会里是不断地提高着。军阀残杀人民的事是少有了，便是由于其他的原因而死亡数量也引起了大家的注意，至少已经有更多的人知道许多由灾荒和病疫而造成的死亡是不必要的。

女子地位的提高和解放是近二三十年来最大的成就。以前，中国妇女和罗马帝国以及中世纪的欧洲妇女一样，是没有独立的地位的。她要听从翁姑，侍奉丈夫，甚至接受儿子的意志。女子无才便是德，在罗马帝国是如此，在中国也是一样。妇女解放以后并不仅是社会减少了不平等的现象，妇女有了自由意志表示的机会，人类增加了一倍独立意志的力量。现在，至少，妇女已经准许参政，有申述主张的权别，可以要求离婚，容许自谋经济独立。和妇女一样，劳工的自由常是被限制着的。社会上一切控制的力量都操在有资产的手里。劳工不但受经济的限制使许多要求不能满足，便是他们要表示改善生活状况的意志时也常受政治力量的阻挠。劳工运动是被压迫的意志不得自由的人要求意志独立和自由的运动，这种运动在中国已经开始。劳工现在所享有的若干权利都是经艰苦的奋斗而获得的。

近代的自由教育也是社会进步的现象。以前的教育最主要的是灌输圣贤的思想，个人只有接受没有第二条路。自由教育的意义，是在训练个人的能力，使每个人都能利用他所学习的知识来发展他的意志和能力。自由教育还有一个意义，以前的教育仅限于少数特殊阶级的子弟，知识仅为少数人所占有，他们把持着知识之门，取得许多的便宜。现在，教育的机会在原则上是被大多数人所共有。受教育的人数增加，换言之，社会增加了有知识和能力的个人，社会一般的知识标准便提高了。

知识和理性的增加，也是社会所要达到的目的之一。所以知识和理性的程度是判定社会进步的第二个重要原则。社会生活常受盲目和自私的力量支配。道德观念，社会习惯，传统仪式，成为个人行为既定的规范时，常不容许理性的判断。它们本身具有极强的拘执性，而且常和人类的感情联在一起，最容易受盲目的冲动，毁坏社会真正的面目和目的。社会生活受道德习惯和传统的影响极大，它们底发生是渺茫的，它们底价值有时是不存在的。可是当社会生活其他部分已经变迁，它们还固执成见，变成社会变迁最顽冥的障碍。假如，我们能够在社会生活里以理性和知识的判断来代替道德习惯和传统的独裁，那么社会一定可以避免许多不幸的和非理性的现象。理性是根据知识的，知识是经验所承认的最高的真理。所以由理性判定的事物是可以用事实和经验来承认它底价值的。道德习惯和传统却只是一种愚昧的成见和社会的惰性。知识和理性的力量在中国已经发动了。

政治是一种力量的表示，它要是缺少知识和理性，一定会变成人民极大的危害。君主政治本身并不是一个坏制度。可是君主的继承是限于皇胄的，而不是根据理智的判定产生的。他底九五之尊的地位是由血统来的而不是由能力或是德性来的。暴虐的政治便是这样造成的。就理智来判断，政治领袖应该是根据才能和品性选择出来的，这便是现代的选举制度。政治上人才的选取以前都限于乡亲，不讲求真才实学。考试制度和文官考绩制度是以知识和理性支配政治的例子。政治思想的趋重个人的权利和幸福，也是政治理性化的发展。

在男女关系上，非理性的力量常常最大。中国以前的婚姻是单凭父母之命和媒妁之言的。这是习惯和传统。我们敢断定这种婚姻制度是没有知识和理性的根据的。婚姻最高的目的是两性的和谐性生活和种族的绵延，个人的成分应该被看重。可是在中国，一个女子所嫁的不是丈夫，而是丈夫的父母、妹妹和姑嫂。小家庭制度和自由婚姻是婚姻制度的理性化。这是中国社会的新趋势。

在社会选择的过程中，社会的生存价值便被决定。社会选择的是优秀分子，那么这个社会便会延续下去，社会选择的是低劣分子，那么这个社会便被淘汰或自灭。社会选择的时候，知识和理性的成份占得多，那么选择的标准一定比较优良。在中国社会里，考试制度的实行，贪污和贿赂的减少，人民对于有地位的人的批评和监视，都是社会在选择上趋向于理性的表示。这样选择出来的人才能人尽其才，用其所学。

知识和理性的胜于习惯和传统是很明显的。可是知识是相对的，理性也不是绝对的。过去的理性，易时易地也许便不再是理性的了。不过，知识和理性有一种可变性，便是知识可以常变，理性的标准也可以常变以适合改变后的社会环境。应变是知识和理性的特点，是习惯和传统最大的缺陷。中国社会里知识和理性的成分正在增加。受教育的人数的增加，表示社会里能以知识和理性的判断事物的力量在增加。同时，教育的程度也在提高，这表示知识和理性的内容也在增加，而不限于数量上平面的发展。

社会理性的增加使社会理想主义更丰富而平滑。理性刺激理想主义而知识增加理想主义中理性的成份。我们可以拿两个标准来测定理性主义中理性的成份。第一是美的感觉，不但是个人体格和性格的美，而且是社会关系的美满，每一个人都满足他底地位。第二是人本主义，这种理想着重的是人，是全体或众数的人，而不是抽象的观念或制度。最高尚的理想是以人为本位，以求充分发展个人的性格。

社会愈进步，人和思想的移动应该愈便利。没有这种便利，社会的潜能无法发挥。这种移动的便利是社会进步的第三个原则。人的移动有两方面，第一是地理上的移动，第二是社会阶层间的移动。我们现在要讨论的是对于上述两种移动的社会限制。中国向来的社会是重视乡土的。排斥异乡人的心理也极浓厚。人的移动也便是社会关系的移动，这种移动的增加，可以增加社会生活的内容，使它更丰富和美满。就个人说，自由移动可以使每人都能找到他所需要的发展才能的机会，个人最能发展的地方也便是社会最需要这种人的地方。社会阶层之间的移动所受的限制常较地理上的移动更大。下等阶级的人纵有经国济世之才，他能获得政治实权的机会极少。换言之，有许多人便被剥夺了他们表示能力的机会。这是社会的损失。

思想的移动是更高形态的移动，人口移动之有意义是因为他带着思想去的。现在思想的移动可以依靠文学，印刷和无线电而不受人口移动的限制。它底移动可以更频繁和迅捷。思想的移动也常受社会力量的限制。尤其在人种，文学和习惯根本不一样的国家之间。人为的社会壁垒常常排斥新异思想的侵入。社会靠思想的移动使一个发明家的成功传授给社会大众。书报，文学，学校，是这种思想或知识移动最重要的工具。这些工具的便利愈多，新思想的接触愈容易，社会的成功便能普遍地应用。要是思想移动的阻碍不存在，那么社会生活的各部份都被全体人民所接受，社会化的范围和力量就跟着扩大，阶级间的差异就无形消灭了。

现在，我们可以说，社会的目的在发展个人意志，个人意志充分和自由发展以后，社会的力量内容便更加强和更丰富。个人意志和能力发展的程度要看社会所能容许意志表示的自由多少，社会所能供给的知识和理性的成份多少，和社会所成就的个人和思想的便利多少。根据上述三个原则，我们可以相信战前中国的社会发展是进步的。个人意志的自由正在增加，知识和理性的成份正在成长，个人和思想的移动正在逐渐脱离旧的羁绊而朝着新的方向发展。

法国的远东外交

崔书琴

战事中心移向西南后，渐渐逼近越南，法国的态度自足重视，但现阶段的法国远东外交实在是一种软弱的外交，这可以从最近两三个月内发生的两件事看出来：第一是越南当局禁止中国军火，军需原料，及载重汽车过境；第二是日本在海南岛登陆后法国并无积极反对的表示。

中日战争发生之初法政府即命令今越南当局，中国的军火，除战前订购者外，一概不得过境。这个命令当时并不重要，因为战事远在北方与沪淞一带。迨汉口广州失陷后，法国受了日本的威吓，不但军火，即中国政府购置的军需原料及载重汽车等，也不许经过越南。最近对于载重汽车虽然允予有限制的放行，但其他与军用有关的物品仍不准过境。法国这种措置在法律上与事实上都不必要。中日既不经正式宣战，法国原无中立义务可言，所以实无须禁止中国军火过境。不但在法律上不必要，同时还有违背中法条约无不合国际睦谊的情形。民国十九年签订的《法中规定越南及中国边省关系专约》第六条规定："凡中国政府所装运之一切军用物品，以及军械军火通过东京境内时，均应免纳任何捐税。"这不只是许可中国政府的军需品过境，并且给以免税的待遇。中日间既无法律意义的战争，法国竟禁止过境，无疑的是违反这一条的规定。而且越南当局一方面禁止军需品运入中国，另一方面却容许废铁等与军用有关的物品运往日本，对中国实含有歧视待遇的意思，于国际睦谊尤为不合。法国禁止军火过境的动机完全是由于对日的恐惧心，深怕日本的飞机轰炸滇越铁路。据传法日间曾成立谅解，如法国允予禁止中国军火通过越南，则日本即不进占海南岛。由此可知法国禁运军火是认为事实上有此必要。其实这种见解完全错误。法国属地的安全最好的保障，不是日本的诺言，而是充实属地的防御力量。法国不从根本的办法着手，而只听信不讲信义的日本的诺言，其结果自必上当，已由日军在海南岛登陆一事予以证明。禁运军火不但没有收到保障越南安全的结果，并且越南若干有关的商业因此还受很大的损失。现河内商会长已在巴黎向法政府有所申述，是否能使其变更政策，虽不可知，但我们以为至少法国应该已经感觉出它外交上的错误。

记得卢沟桥事变发生后不久，英国《圆桌季刊》有一篇论文，大意说英法顾不得干涉中日战争，但如日本占据海南岛则他们决不能容许。这句话不啻告诉日本人，只要日本不占据海南岛，英法可以给它行动的自由。现在情势推演的结果，日本竟连海南岛都想进占了。日军在海南岛登陆后，英法都感受到威胁，而尤以法国为甚。但他们除对日照例提出抗议外，并无其他积极制止的表示。而所谓抗议也不过是询问占领的目的以及时间的久暂。这种质问是很容易答复的，尤其在狡辩的日人应付起来没有困难。日外务省对英法已提出复文，谓"日本占据海南岛之举纯系军略理由，目的所在厥乃摧毁中国抗战力，日军当继续占领该岛，直至达到目的为止；日本政府无意威胁英法两国所保有之利益。"英法对此如何反驳，虽不得而知，但我们认为目前他们决不至采取强制的行动以制止日本。其实法国至少在外交上可以持较为强硬的态度。一九〇七年日法曾订立过如下的协定："日法两国政府因尊重中国之独立与完整，及各国在中国之商业与臣民同等待遇之原则。并因与两国所统治保护或占领土地接壤之中国地域内，对其秩序与事物和平状态之保障有特别之关切，故约定互助协助，以确保该地域内之和平与安宁，以维持两缔约国在亚洲大陆各自之地位与领土权力。"海南岛距越南很近，当时是属于这个协定所指的地域，日本于登陆前，理应先通知法国。现在日本竟冒然登陆，法国责其违约都不为过。她只询问日本占据海南岛的目的以及时间的久暂，显然表示对于非永久的占据无意干涉。法国外交的软弱由此可见。

从来法国在远东的外交是很强硬的，对于发生的大小交涉，往往能以当机立断的手段应付，何以这次对日本竟这样软弱呢？这完全是受了她一般外交政策的影响。法国的国际地位自一九三三年起发生了剧烈的变化，而这种变化大半是由她自己造成的。在那一年以前，她称霸欧洲，自己的安全本无问题，却在外交上遍拉与国，压制德国以维持凡尔赛成立的现状。迨希特勒登台后，德国的势力渐渐抬头，法国的安全渐受威胁，她却一再的退让，一直把四年血战得来的霸权双手送给德国。到现在她真正可靠的与国只有一个英国，其他的友邦像波兰与小协约国，对她都失去了信仰。法国外交的衰弱，原因是很多的，人民充满了厌战的心理；内部不能团结一致；缺乏伟大的领袖，都可以说是重要的原因。法国在欧洲，对于德意志的屡次挑衅在心理上与实力上既都无抵抗的准备，我们不能希望它在远东反而采取强硬的态度。这次海南岛被占，它只向日本提出消极的抗议，正是意料中的事情。意大利控制了西班牙，可以与德国夹击法国，法国尚且坐视西班牙而不救，日本占据海南岛，不过威胁法国属地的安全，她更不会以武力来制止，最多只能加强越南的防御工事而已。

法国的远东外交，目前虽然软弱，但非无转变的可能。欲明乎此，似应注意以下两点：第一，法国对欧洲局势的关切，较对远东局势的关切深。第二，法国与中国的利害关系，政治重于经济。欧洲局势与法国本土的安全及她在国际上的地位关系最为密切，远东局势只牵涉她的属地利益。权衡轻重，她对前者当然较为关切。惟其因较为关切所以不能先在欧洲谋安全。她目前对德意志虽然退让，但已渐渐觉悟，退让不是根本办法，最近加紧扩军，并向美国大批订购飞机，她是证明她想保持强国的地位。英法对德意的政策是一样的，终有转变的一天。所谓转变，就是不再退让，而恢复对世界上重要政治问题发言与处置的权力。那时法国的远东外交当然也要随之转变。法国虽然也拥护门户开放主义，但与我国贸易关系并不十分密切。她对华出入口最多不过占对外贸易总额的万分之一。所以此次对日抗议，法国提出的最晚，而措辞也不像英美照会那样强硬。法国在我国境内也有很多投资，但还不若英美。她的政治利益实较经济利益重要。她在我国几个大城市里有租界，它有广州湾租借地，最重要的是她有与我国领土接壤的越南。为了越南的安全，法国的远东外交不能长此消极，这是我们可以断言的。

我们应借日本图占海南岛的机会，向法国表示两点希望。第一，在中国抗战期间，法国应给于中国军火过境的便利。在法律上与事实上不但无禁止过境的理由，并且还有允许自由过境的必要。法国应注意她在《中法越南专约》的第六条下的义务，同时不要再相信日本的诺言。须知中国抗战胜利是对法国有利的。第二，法国对于日本图占海南岛所蓄的野心，应有切实的认识。日本进占海南岛的用意并不在"摧毁中国的抗战力"，因为中国的抗战力绝不会因为海南岛被占而减少。日本的动机容或在将来全盘谈判远东问题时，以永占海南岛要挟欧美列强压迫中国接受条件，但中国是绝不肯因为他的压迫而屈服的。法国应知道日本野心并不这样简单，她确有以海南岛为根据地实行海军所主张的南进政策。海南岛被占后，英美法荷在远东的属地及利益，固然都受威胁，但首当其冲还是法国的越南。中法间关于海南岛曾有换文，由中国申明永不割让于任何外国。不问这个换文是否仍有法律的效力。法国要求中国作这种声明的原因总还是存在的。中国对日本进占海南岛已用全力抵抗，法国应知道海南岛的保卫与她自己也有切肤的关切。她如果不能以武力制止日本，至少应予中国以应得的援助。

职业教育改革刍议

瞿明宙

吾国职业教育之提倡逾二十年,过去中华职业教育社对这方面的贡献不算小。但是有很多人,甚至若干办职业教育的,把中国职业教育之目的,了解得和欧美资本主义国家的一样,以为只在谋青年职业问题和社会失业问题的解决。他们没有发觉这一个目的是缺乏积极性的,尤其是与国家产业政策脱节的。虽然也曾有过不少先达之士,看出这条路在中国走不通,但所提的方案仍是循着原路去修饰;直到现在,中国职业教育的作风,依然如旧。

为适应后期的抗战需要,后方的生产建设,已是刻不容缓。论理,办过了几十年的职业教育,技术人才已有相当数目,应该可以出济时艰。可是矛盾现象,显然摆在眼前:沦陷区域的人民,一批一批往后方集中,随时听到追求职业的呼声,另一方面国家正以全力奖励生产,而土地资本竟明摆着找不到适当的人力去配合。以云南来说,荒地荒山触目皆是,森林矿产随处分布。只要劳力可以和新的生产机构配合起来开发,岂仅后方人民吃着不尽,抗战资源与国际贸易,均将呈现突飞猛进的伟绩。可是坐着等事的人几乎百分之百只是"吃薪水"的。他们中间虽然有不少曾经受过相当时期的职业教育,但他们的职业旨趣,却是在"职"而不是"业"。因此,谈起生产建设,开发富源,做经理的有人,做指导监督的有人;肯自己挺身而出,站在农场,工场上,胼手胝足,做最下层开发工作的却是难得。虽然各种训练班正接二连三的在各地办着,但是这些工作,仍只是加速的培植那些做指导监督之"职"的人材,真正堪任"业"的下层工作的还是缺乏。如果说有,那末,便是那些脑中固守着数千年不变的生产方法,手中使用惯数千年不变的生产工具之老农老工！人的条件如此，怎样可以与近代生产组织，生产技术相配合？纵然职业教育家再给国家造就出不少农工技术工人材，但他们的旨趣如果仍是和过去一样在"职"而不在"业"，或是这些"职"的人材所指导监督的仍是那些墨守陈规的老农老工，那末，产业改进的基础，仍是建筑在浮沙上面。哪有发展的希望！产业不得发展，自然，连系着产业本身之"职"的位置，必然受到很大的限制。作者很干脆的说一句，从教育的立场出发来办职业教育，这是几十年没有走通的"死胡同"。现在只有从产业的立场来办职业教育，才是一服对症的药。日前报载滇省教厅联络云大，联大建厅，以三年完成计划，积极推进农工职教。其实这办法很有不少令人满意之点，特别是对于农场，工场实习方面的重视。作者因为过去参加过职教，现在又在产业界服务，所以对于这方面的观感特深。很愿吾国职教在此抗战期中，有一个划时代的改进，由滇省作先驱。

　　教育是推进时代的车轮，同时又必须把握住时代需要的轴心，收效才能宏大。过去能教成绩，此时不暇细评。但是在这抗战紧要关头，政府还节省出一大宗款项来办职教，我们似乎不得不着眼现实，估计这个三年完成农工职教计划之收获，换言之，就是可能的效率问题。自然，撒下种子，总得长出些苗来。但是在这民族生死存亡，千钧一发时代所需要的，是要在整个抗战建国局面下，可以发挥出促进必胜必成之有机的动力。农工技术人材诚然很缺乏，但是我们的经验认为这些技术人材应从产业的根基上培育出来。不仅再来不得苗而不莠，莠而不实的病害，就是大而无当，自命不凡的人物也不合当前的需要。更具体的说，时代指示我们，中国抗建必胜必成的命脉完全寄托在立待开发的产业上，而这种产业的开发又必须以新的生产组织，生产技术，造成新兴的产业机构去完成。这个新兴产业机构的完成，全靠着大批受过新的生产组织，生产技术训练的产业生力军做支柱，决不是少数以"职"为满足个人需要的技术人材所能办得了的。因此，目前创办农工职教之最大任务应该从新兴产业机构的模型中，去陶铸出习于新的生产组织，生产技术之新兴产业生力军。这个任务决不是过去办职教的方法所能解决得了的，所以作者主张推进职教的路线有彻底改革的必要。

　　自然，过去办理职教，也并没有放弃农场，工场的实习，可是主要的力量，仍旧放在学科上。而且把学科与实习分疆划界的教学生，以显其轻重。甚至有些职校把实习一科看得神秘如政府要人的植树和破土。因此，职校中所造就出来的一批一批技术人材，几乎尽是些愿"就职"而不愿"从业"的劳心者。作者认为要矫正这一个错误，应从心理建设起；而这个心理建设，尤必须从实际工作中去完成。具体些说：应该完全纠正过去以农场，工场作为职校附属设备的成规，而以职校教育上之设施，作为农场，工场设备之一部。在某一时期农工技术人材之需要，到了饱和程度，则农工教育部门的工作纵一时停止，而农场，工场上之生产事业可以丝毫不受影响，反可在有计划的经营下愈形发达。过去有不少附属于职校之农场，工场，因学校停办而停顿；这笔巨大的浪费，尤其是这抗战严重时期所应该避免的。

这里所说，不只是些农工下级技术人材之培养，而是产业技术人材教育体系之有机的构成。在受过新的生产组织，生产技术训练之新兴产业生力军中，可以选拔出不少技术精巧，实力超群，学识优越的分子，加以进一级的深造，培养出若干胜任下级干部的技师。再就这些下级干部技师中，选拔更英俊的予以高级学术训练，以培养高级技术人材。其学术，经验更突出的，则由政府或产业机关资送出国深造。返国后在原机关服务，或听政府有计划的支配。这样便在实际事业中，形成一个农工技术教育的神经系统。从这新系统中造就出来的人材，和过去最大的差别，便是过去都是从学校跑到工场，个个"科甲"出身，其中免不了包含一部分能说不能行的书生学者；如今各级农工技术人材总得先经过农场，工场的教育，可以说个个都是"行伍"出身，地位纵有高低，职务纵有不同，而农工生产的基本技术与事业兴趣，已经养成，个人生活也随时可以解决得了，不会再有坐以待"职"的情形。且各级产业技术人材均按产业界的实际需要，和各生产者之智力，学识，技术而选拔造就出来，自不会发生材不称"职"与人浮于"职"的危机。

自然，这是中国职业教育的大改造，缘此而起的学制，课程问题的解决，当然很多。这里只是一个建议。现在姑列数条，藉便具体研究。

（一）就重要产业区域内，筹设具有相当规模的农场，工场；在场的整个计划中，附设一设备完善之教育学园，相当于初高中程度之职业学校。但过去是以学校为主体，而这里是以作场为主体。过去受职业教育的是专以读书为目的之学生，而这里是习业求学同时并重之双重资格的学工。

（二）为免与现行"学制"，"课程"发生冲突起见，各农场，工场教育学园之程度，亦得依部制定标准，将学工"修""作"年限分为初高两级。课程编制力求适应场规，而分量不得减轻。

（三）在场的设备就绪后，即广招农工场学工，免其生活上一切费用，供给其求学必要用具。但有一重要条件，即学工须以一部分时间上课，一部分时间做工。其工作的生产品价格，最低限度要能自给自足。农场学工的生活资料固不应外求，即工场学工的粮食，亦可自行生产。惟学工的集体生产消费组织，应求其合理。

（四）农工场教育学园之学术科课程编制，可按下列三部适当配合：（1）普通科（如国、算、常识），（2）专门科（农工业生产上之专门知识与技术），（3）相关科（如与农工业有关系之各学科）。

（五）工作与学科之比重，入场第一年工多于学，第二年平衡，以后逐年加重学科。以便选拔升学。

（六）学工毕业后分就业与升学两种，均由农工场评定，委派，与保送。就业者可留本场或派充别场的技师。

（七）农工场及其附设教育学园之创建，可由行政院新颁布建教合作委员会协议办理，经费亦归该会统筹。

谈许俄的一首形声诗

闻家驷

形声诗有两种：一种是比拟的，这就是说，如果我们要形容某种声音，便用许多与那声音可以发生联系的事物做比喻，使读者看到比喻，就联想到某种比拟的声音。例如韩愈的《听颖师弹琴》：

"昵昵儿女语，恩怨相尔汝。划然变轩昂，勇士赴敌场。"那便是用"儿女音语"和"勇士杀敌"两个比喻来传达琴声中两种缓急不同的声调。凡是用比拟的方法来传达声音的诗，差不多可以把它写成散文，在每个比喻的对面，加上"仿佛""如同"这一类的连贯词，（琴声幽细时，仿佛昵昵儿女似的，弹到急骤时，又如同勇士赴敌场一般），而原来的意义，仍然不会改变的。另一种形声诗是用文字的声音（但并不限定是形声字 Onomatope'e）直接来传写声音，这种方法是写实的，直译的。上面韩愈那四句诗所用的昵昵，划，变，场等字，即是一例，因为昵昵正是亲切的琴声的写照，而划，变，场等音，拿来模拟琴声的骤变，又是惟肖惟妙的了。

也许这还不是一个极端的例子，因为在这四句诗里面，虽说是两种表现方法同时并用，一面用比喻暗示琴声，一面又用几个字音直接来传写那声音，但是相形之下，后一种还不如前一种来得重要，而构成这四句诗的主要因素，毕竟是文字的意义（既比喻，不是文字的声音）。最好的证据，是把昵昵，划，变，场等字删去，并且还删去诗中一部分与本题无关系的字句，使原诗只剩下"女儿语""勇士赴敌"七个字，我们仍然会知道在这七个字里面的比喻的用意所在；反之，如果把比喻删去，只留下昵昵，划，变，场几个字，这几个字虽说具有传递某种声音的可能性，然而我们在这里究竟不知道它们所传达的是什么声音。总之，意义为主，声音居次，这个原则是属于比拟式的形声诗的。写实式的形声诗正相反，它是以声音为主，而意义仅居其次，要举例的话，苏轼的"塔山一铃独自语，明日愿风当断渡"，要算最好的了。这两句诗完全是用文字的声音来传达声音，第一句用的是"塔""独"两个字，第二句用的是"愿""当""断""渡"四个字。我们如果把重音加在这几个字的上面，或者干脆把这一行诗涂成下面这种字意不相连属的现象："塔〇〇〇独〇〇，〇〇愿〇当断渡"，在已经知道形状铃声的条件下去念它，我们立即就感觉到，一串铃声的效果，声音在这里的效果，既然显著，意义的效果，便不免略逊一筹了。

塔上的铃被风吹得这样响，明白怕不得行船罢。

我们可以说这里只有意义，而没有意境；文字在这里是同意义合作到一种绝对谐和的境地，文字写到那里，意义就在那里完毕了，同时读者的思想也在那里停止了，要想在文字以外寻得一个继续活动的机会，那差不多是不可能的。假如不是我们的诗人运用这点技巧，拿文字的声音来弥补意义上的缺陷，使读者的注意力，从头脑的部分转移到听觉上面去，我简直要疑心这一行文字，只是一句简单清楚的散文而不是诗了。意义和声音同是构成文字的两种因素（自然还有形体），且意义还是其中最重要的一种，这个原则我们是应该接受的。不过另外有一个原则也得承认，就是在某种特殊的情形之下，因为一件作品要实现某种境界的时候，意义不得不把它平时在文字上所取得的优越地位暂时让给声音，等到声音的任务完毕了，艺术上某种完美的境界也实现了，然后大家再回到它们固有的地位。这是文字上的一种移植作用，不能说是摧残文字。如果我们不接受这点权变，而一致要死守着那个普通的原则，那么世界上就有一部分的诗歌得不到产生的机会，即令产生，恐怕我们也没有方法解释了。

现在我要谈谈许俄的一首形声诗。

Tempete en mer 海上风雨

Comme il pleut cesoir,	今晚的雨下的多么大，
Nest-ce pas mon hote?	是不是，主人？
La-bas a la cote,	在海岸那边，

Le ciel est bien nior,	天多么昏暗，
La mer est haute!	海水多么高！
On dirait l'hiver,	好像是冬天似的，
Parfois on s'y trompe,	有时候我们真会相信……
Le vent de la mer	风在海上
Souffle dans sa trompe.	吹着喇叭。
Oh! Marins perdus	在黑夜里
Au loin dans cette ombre!	失掉方向的水手们呵！
Sur la nef qui sombre,	在那只沉没的船上，
Que de bras tendus	多少人是向着阴暗的陆地
Vers la terre sombre!	伸出来求救呵！
Pas d'ancre de fer	没有一支铁锚
Que le flot ne rompe.	不被洪涛打得粉碎——
Le vent de le mer	风在海上
Souffle dans sa trompe!	吹着喇叭！

这首诗第一个值得注意的现象，是里面有许多字母和缀音，完全和海上的风雨骤作的声响相近。就字母讲罢，母音节有 on（om），an（en）两种，辅音有 dt，bp，fv，s 四种。就缀音讲，有 Dans, d'ancre, tendus, cette, ombre, trompe 之类。on（om），an（en）最适宜于传写宏大高亢的声音，dt，bp，fv，s 最适宜传写抵触激荡的声音。在中国文字中，汹涌动荡等字的韵母是 on（om）与an（en），而动荡澎湃萧飒等字的声母是dt，bp，fv，s，便是一个很好的例证，至于缀音方面的Dans, d'ancre, tendus, cette, ombre, trompe 那简直是动荡两字全部声音的直译了。统计上列各音，在本诗中用过的次数约略如下：（注一）on，an 十六次（以上母音）；b，p，br 十次，d，t，tr 十六次，f，v 八次，s 六次（以上辅音）；Dan，trom 八次（以上缀音，即d，t，tr 与 on，an 之和音）。全诗总共是十八行，从第六行起，这些声音便发生效果，以后他们随着诗行的进展逐渐增加，同时我们耳朵里面也逐渐充满了一片澎湃动荡的声浪。假如这里有个人，向他讲明这首诗的题旨和这首诗所包含的几种声音的质素，然后把这首诗念给他听，这个人即令不懂法

文，或者是法国人，而是一个目不识丁的法国人，我想他但凭听觉的活动，也会了解这首诗——虽说他遗漏了这首诗的糟粕（文字的意义），但是这首诗的精华（文字的声音），他得到了。一首诗如果不受语言和知识的限制，而能直接取得一种普遍的认识与同情，那便是它的价值，同时也就是它所以存在的理由。（注二）

这首诗的另外值得注意的一点，是每节末尾的叠句：

   Le vent de le mer   风在海上
   Souffle dans sa trompe! 吹着喇叭！

从意义声音两方面讲，这是诗中最精彩的部分，里面除一个比喻以外，还包含两种模拟风声的字。一种是形声字（Onomatope'e）：vent 与 trompe 便是。Vent 字的意义是风，字音又与风声相类。Trompe 是喇叭，它在这里，一面形状喇叭的声音，一面又摹拟风水激荡的声音。另一种是非形声字，句中，dans 字便是，dans 是介词，义与风水等物无关，然而它凭了它在声音上的价值，却是这样的一个很重要的因素。（注三）

就叠句讲，这三个字，既大有意义，若就全诗讲，它们和这首诗的文字的声音质素，又有着密切的联系。现在且将全诗和叠句两方面的声音质素列表如下：

全诗中的字母 { 母音 on, en; onom

       辅音 p, b, br; d, t, tr; f, v, s.

叠句中的字母 { 母元音 on, en (dans, vent); om (trompe)

       辅音 tr, p(trompe); d(dans); v, f, s(vent, souffle)

全诗中的缀音：d'ans, dancre, tendus, vent; cette, ombre, trompe.
叠句中的缀音：dans, vent, trompe.
比较的结果：（一）叠句中的字母包括全诗的字母；（二）叠句中的缀音，针对全诗的缀音。因此我们可以说叠句中Dans，vent，trompe，souffle等字，在声音方面，是这首诗的一个中心，它们把它们所蕴藏的各种声音的质素逐渐散布出来，从一句诗到一首诗，使全诗差不多变成一种收音机，什么风雨声，海浪声，舟船在海浪中挣扎声，都集积在那里面了。

在文学史上，往往有这种现象：一个诗人是为了某句诗偶然的吟得才决定去写某一首诗的。或者许俄之写《海上风雨》，正因为他无意中吟得了这一联叠句。

因为有了这一联叠句，他才决定写《海上风雨》这首诗，并且还因为叠句中有几个字音与海上风雨的声音偶然相得，他才决定把《海上风雨》写成一首写实式的形声诗。因为我们读这首诗的印象，从意义方面得到的少，从声音方面得到的多。

在法国诗人中，应用这种方法写诗的，许俄不过是其中之一而已。此外，Racine 写他的悲剧，La Fontaine 写他的寓言，往往采用这种方法，后来象征主义兴起，魏仑和韩波（Verlainen et Rimbaud）在这方面的收获更是显著。至于现代诗人 Valery 写他的《蛇的雏形》，竟以一部分的字母和缀音来摹拟蛇鸣的声调，那差不多是大规模运用这种方法的一个最大的成功。（注四）不过这种例子虽说在法国诗歌中随时可以遇到，然而从整个的法国诗看来，他的数量实在是小而又小，他在那里面占领的地域，老实说罢，不过是一座大花园里面的一个小角落罢了。即就中国诗论，比拟式的形声诗，还相当的多，至于写实式的形声诗，那就少到屈指可数的程度了。谈到这里，我应该声明一句，就是写实式的形声诗的数量不大，这是一件事实，我们肯定这件事实则可，如果要从这件事实里面引申出一种论断，因为它的数量小而疑心它的价值也是最小的一种，那就犯了科学艺术混为一谈的毛病，把科学的方法当作艺术批评的标准了。科学的任务，是收集许多同类的事物，然后从这些事物里面找出一个普遍共同的现象——这现象后来便成为科学上的定律。宇宙间的事物，合乎这个定律，科学便接受，如果同这定律相反，科学便置之不理了。所以科学无论是建立定律还是应用定律，永远是以服从大多数为原则：多的便好，多的便真。在艺术上，我们并不反对某种现象的重来复演，但是对于那种带有孤独性的特殊现象，也不歧视。并且对于特殊现象的爱好有时候比对于普遍现象的爱好，还要显得深切，这不但在原则上不服从多数，而且还有袒护少数的倾向。在一个羊群中，为什么一只失而复得的迷羊反而更能引起牧童的怜惜与爱护，了解这一点，便了解为什么在艺术上一种少数的特殊现象往往引起特殊的情趣和深厚的同情。因为我们知道，艺术上最大的条件是成功，成功便是它的存在的理由，成功便是它的价值，离开这一点便没有价值标准可言。一般的艺术是如此，写实式的形声诗当然不能是例外。

（注一）许俄此诗，自第六行起，我们才感觉到字音的效果，故计算字音，亦自第六行起，前此者不收。

（注二）我并不赞成白居易的主张，"作诗必使老妪能解然后称善"，我不过是说世界上着实有一部分好诗，虽老妪亦能了解罢了。一首诗可以好到一个老妪也能解诵，正如一首诗可以好到非专家莫敢问津一样，问题在诗的本身是否达到某种境界，读者的程度，并不是一个权衡价值的标准。

（注三）诗中所用，大半是非形声字。就效果讲，非形声字实较形声字为大，塔，独，愿，当，断，渡，以及划，变，场等字，也是属于这一种的。

（注四）在 Racine La Fontaine 的作品中，这种方法的运用只限于一些零星的诗句，还找不到一首或一节诗完全建设在字音上面的例子，从许俄起，然后有这种大规模的形声诗的产生。所以谈到法国形声诗发展的经过，许俄的地位特别重要。

本期撰者：

"君衡"是一位政治学者的笔名，抗战前在华北刊物中常有他的文章。此稿系近由成都寄来的。

赵晚屏先生现在任教云南大学专治社会学。崔书琴先生是西南联大教授。闻家驷先生为西南联大法文教授，于法文诗特有研究。

瞿明宙先生供职于云南省富滇新银行合作委员会，承其于百忙之中寄来一稿，尤为欢迎。

第一卷第十期（1939年3月5日）

时评

推行兵役

近来兵役服务一事，引起各方面严切的注意。行政院曾经下令各省，通饬中央及地方党部委员，暨政府机关负责长官，应即以身作则，率先送其子弟从戎，以振奋人心，增厚抗战力量。国民参政会第三届大会，修正兵役法规中之免役规定，以知识阶级之及龄者，为学生公务员等，亦应征集，以为表率。

东部各省沦陷之后，物力人力两受损失。军队的补充确是应该特别注意的问题，而征兵办法的推行，尚不能令人十分满意。这情形是如何严重。

服务兵役为国民应尽的义务，也是国民卫国的天职。"好男不当兵"的古训，到现在，我们相信，已经不为一般人所服膺。然而过去推行兵役的缺点，是把这种国民的义务与天职统变为某一部分人民的责任。无论在城，在乡，被征服役的人，多半是贫苦的，知识较逊的青年。至于有钱有势，或属于所谓知识阶级之青年，多可逍遥役外。在这个情形之下，就是一切主办征兵的官吏，并无任何不法勒诈的事情，一般民众已经可以怀疑何以同是国民，而穷人的对国家的义务，天职比有钱有势的人较重。这种心理是不能让其滋长的。行政院的命令，与参政会的议案，确是对症之药，只有以身作则，才能行法，才能服人。

因此，我们觉得兵役法中纳金缓役法的办法，应该废止，以符执行国民兵役法的精神。主张纳金缓役法者以为"殷实之家，往往多方逃避兵役，防不胜防，办理稍有不慎，转足为舞弊之资"，不如简直准其纳金缓役之为便。这个理由，我们认为不充分。什么叫做"防不胜防"？什么叫做"办理稍有不慎，转足为舞弊之资"？这是空洞不着边际的官样文章。如果这个办法果然普遍施行，丰厚人家的子弟自然是可以依法免役，而"国民义务""卫国天职"的担子将仍由贫苦青年荷负，这岂非与兵役的原意"背道而驰"了。（弋）

华北法币伪币问题

　　北京伪临时政府最近宣布，自二月十九日起法币一律按六折行使，至三月十一日后，将一律禁止通行。凡执有法币者，可于十九日以前，向各银行换取"准备银行"纸币。该日河北及冀东两银行且延长办公时间俾人民持票兑易。但终日仅兑出千元。其地各地之"准备银行"分行，于五日内，兑出五千元左右。据银行观察，一般人民不但不将法币兑出反有实行收藏之情形。至法币在市面价值，不但不因一律六折行使及即将禁止之命令下跌，而反见上涨。上星期法币与"准备银行"纸币的比价，平均为千元法币，折合"准备银行"纸币一千零十元至十四元。

　　敌人指使伪平津伪组织设立"准备银行"，并逐渐推行"准备银行"的纸币，以代替法币，不外因袭九一八之后，敌人在东北四省以政治力量夺取经济权的故智。东四省的尝试是成功了。在很短的时间，新的"满洲国"纸币完全创立了法定通货的地位，而原有的奉票跟着完全销灭。"准备银行"新成立的时候，敌人也满心一意以为华北的尝试也可以得到同样的结果。事实，很明显的指示，这一回尝试是失败了。

　　敌人在东四省所应付的对象是奉票。奉票本身有好些缺点：（一）它是价值屡经暴跌，准备管理不健全的纸币；（二）它与中央币制没有正式联系；（三）它根本就没有得到人民的信仰。"满洲国"新币之能顺利的，无抵抗的，夺取奉票的地位，与其说是新币的成功，不如说是奉票的自毁。

　　法币在华北就不相同了。币制改革之后，法币的地位一天比一天稳固。华北人民已与法币相习，并没有更替的需要。抗战已经十九个月，法币对外的信用照常维持，这更足以坚华北人们对法币的信念。法币是全国的通货，在华北的法币是全国通货的一部分只要全国各地法币可以十足自由行使，伪政府"六折"禁止的命令，并不足以抹杀法币的价值。

况就"准备银行"的纸币而言，它本身就不健全（一）它只能流通于敌人，伪政府所能管治的几个大城市。此外广阔游击区域却没有侵入的可能。（二）它并无"准备"，不但不能以之购买欧美外汇，且亦不能以之购买日汇。（三）华北外商银行不承认其为法定通货更对之不卖与外汇。这种的币制想得到人民的信仰是不可能的。所以在过去一年中伪政府虽然把伪币的官价提高，而伪币的暗盘总是在法币之下。固然如果伪政府予三月十一日之后，严法厉禁，法币仅可绝迹于平津市面，然而只要抗战前途光明，中央信用稳固，法币在华北的价值，仍然可以维持的。（岱）

苏联庆祝红军纪念

连日国内报载，上月二十二日苏联庆祝红军二十一周年纪念，举国欢腾，情绪激昂。此事于我们似无关而实有关。抗战开展以后，苏联出兵援华问题，颇惹国人注意。有些人以为苏联因厉行"肃军"，内部叛变迭起，军力不足对外发动战争。这虽不是完全无稽之谈，但就事实言，二十年来，红军无日不在长足进步中，至今所造成的力量，实不容他国轻侮。日本在张鼓峰事件对苏屈膝求和，未始不是畏惮红军力量的心理所促成。日苏之间战机酝酿已久，一旦爆发，苏联抗日的军力，已数百倍于三十五年前日俄战争之时。此次热烈庆祝红军纪念，不啻向欲与苏挑衅者以有力的警告。

苏联红军创立于外患紧急之时。"十月革命"告成，苏联外受列强包围，红军适于抗战中构成革命主力，挽回国家于危亡，其光荣历史不可湮没。二十一年以来，红军训练未尝一日懈弛，且政治教育尤加重视，因而获得"公民战士"的尊称。他们虽然以无产阶级的革命先锋自居，其实亦何尝不以维护本国利益为前提呢？苏联在建国过程中，以建立新军为要着，早知国防不稳固，一切都无从着手。我们立国原理虽不与苏联相同，然关于这一层似应特加注意，以资借鉴。（贡）

政治统一的基础——工业化

王赣愚

我们常自称是"以农立国"的国家。几千年来，重农成了一种风尚，工商业莫由从早发达。在农业社会里，生产组织向未全脱地盘主义的窠臼，整个国家因而不能由经济的连锁，而凝结成为相需相求的一体。虽然，自海通以来，工业的重要渐渐得到了一般人的认识，但所谓识时务者，至多也不过倡导"工农并重"之说，始终不肯大胆地揭露"工业化"的目标出来。

现代国家统一的基础，显然是相当程度的工业化。世界大小各国，因工业化程度不同，其统一的程度亦往往互异。只有破碎支离的国家，仍然滞留在农业封建经济的状态之下。这并非说统一的国家漠视农业，或忽略农村经济，却是说它们整个社会组织是以现代工业为核心的。我们本是农业的国家，固应以振兴农业为急务，然单按政治上的需求来说，加速工业化的重要性，实在已极显明了。

从政治意义上讲，一个国家真正工业化了，其影响所及，足使经济组织上发生激剧的变化，这些变化终久要树立政治统一的基础。何以呢？工业化的国家，在一切经济活动中，以现代工业为骨干，而现代工业的发展，势必转移经济重心于都市，由其把握全国金融的动脉，由其控制全国交易的枢纽。全国各区域之间，因工业本质上的要求，必然发生密切的经济联系，因相需而相求，因相求而相合。

工业社会本身便是一个大市场。产品增多，促进各地交易。交易既频繁于前，货币必流畅于后。中央政府的势力，借着货币的途径，渐渐伸长足于各地方，国内经济单位的细分，终为时势所不许了。反之，农业社会含有无数经济自足的单位，交易大只出以实物相通，以货币为补助工具；且其范围亦无须由小而扩大。半因市场的分割，半因币权的不统一，全国各地的关系，实在很难加密而发生不可离的趋向。

促进工业化，而不注意发达交通，则一切都无从做起。交通为工业社会经济的脉络。工业化程度愈高，交通建设必愈加速，二者迭互为缘，相谐并进。在今日，交通落后，几成了未工业国家的特征。此等国交通梗塞，乃与农村经济互相适应，其在人民思想上的表现，是地方观念的坚强，民族意识的消沉。各地人民极端爱护自己的家乡，几乎想不到超省界县界的国家民族。纵然容易促成宗族和乡土的团结，却不能超越地方限界而进为民族的团结。在政治上，这个狭小思想一为割据者所乘，无形中便成了统一的一大阻力。

在欧洲历史中，一件划时代的事是工业革命。我们纵然不能说工业革命是民族运动的唯一原因，但工业发达的确是民族运动的速力。因为工业的发达，各国都市相继勃兴，因此贵族僧侣以下农奴工人以上的中间阶级，一跃而取得政治上的优越的地位。这班人，在维护和发展工商业的目标之下，不啻变成民族主义的前驱。以民族主义为政治信条，统一国家成了政治的模型。原来经济与政治不可分离。在农业时代，大抵以政治来统驭经济，有了政治的实力，就可得到经济的优势；但到了工业时代，却以经济来统驭政治，谁能操纵全国经济实力，谁就是全国的统治者。所以现代工业都市形成全国政治的枢纽，工商阶级也变为国家统一的重心了。

现代工业与政治组织的关联，要算为最密切。从各国政治史上看，工业化的演进，往往使各国抛弃了"警察国家"传统的观念，也往往使其政治组织变形换骨。工业在各种产业中是最易社会化的，最需要政府干涉的。有的工业势力雄大，足以左右社会秩序，更不容私人占有，乃至亦不容地方割据。尤其在资本主义国家里，工业与私产制度结不解之缘，生产漫无计划，总是在无政府的状态之中，因而失掉最大的社会效用。此等国家就是建筑在财权基础之上，一切措施以维护资产阶级为前提，是不可否认的事实。随着财权关系的变换，而工业与国家的关系也因而变换了。从理想上说，工业生产当以不断供给消费者需要为标准。这个标准之能否维持，都当由国家施以间接或直接的监督。国家以内监督机关虽多，其保护消费者之利益则一。以"分工"为社会基础，任何个人的需求，不能不仰给于全体，且其所以实现自我者，本不在其所以生产，却在其所以享受。由此以观，消费者的利益，实远在生产者之上,而国家于监督工业生产之时,亦不得不重前者而轻后者。惟其如此,以政治力量干涉工业,始得其正当根据。置工业生产于国家支配之下,消费者利益实为绝对重要的因素。消费者利益之保障愈周密,经济安定之可能性亦愈大。此一健全进展,势使社会关系溶成一体,奠定国家统一的根基。

这并非迂阔之谈。向工业化的大路上走,世界各国先后发现"放任政策"非独危害现有的工业,并进而摇动国本。政府如果不从工业生产上通盘计算,统筹管理,便无以使其转向均衡而挽回乖离的趋势。现今各国施行的所谓"统制经济"或"计划经济",大致即本此实际需求而产生。从前在一般国家里,各种工业差不多完全由人民自由经营,到如今则变成一种例外,不是由国家加以法律上的管制,便是由政府机关直接经营。照现势做法,原则上既无可厚非,事实上亦无可避免。不过要以政治力量管理工业,还得有个合乎此要求的政治组织,才能发挥统制的功能。统制经济的起码条件是政权的统一。政权不统一,统制自然失其效用。我们并非说政权分裂的国家,用不着谈统制经济,但事实上一国于试行或厉行统制经济之中,反而容易使政权之逐渐巩固,国家的现代化,亦未尝不以此为进阶。

我国是工业化最幼稚的一国。几十年来,工业滞濡不前,仍逗留在前一个时期。有人以为如非因为多年来政治不安定,我国工业发达必定一日千里;殊不知在未工业化的国家中,统一的经济条件根本是缺乏的。向来国内总是一治一乱,演了多次的循环,此中原因当在经济上面去求。虽然如此,自鸦片战争以后,一时士大夫却已渐渐认识兴办工业的重要;如曾国藩,左宗棠及李鸿章之流,主张筹办"洋务"以自强,实开我国工业革新之先河;但他们对于工业化的政治意义,还是没有充分了解。

其实,我国自鸦片战争以来,工业已在萌芽时期,随着环境的演变,一步一步向着工业化大路上走了。近年来国内政治之趋于统一,中央政权之逐渐树立,这都是经济已经进步,工业已经发达的明证。然以往在中国工业化的程度,犹嫌其不够,且仅限于沿海沿江各省。工业偏集一隅,加以交通梗塞,因而使全国经济不能平均发展。沿海沿江各省与内地各省,经济情形相差甚远,固然不足为怪;即大都会与小城市之间,经济发展程度,也不能互相比拟。地域经济未完全消除之前,国内政治上的必然现象,是中央与地方间不能发生密切关系;中央与边省间便似毫无关系。全国各地,形同割据,省自为政，漠不相关。

在工业化的过程中，我们不应只重统一，而应兼重独立，其实在中国二者似分实合，相辅相成。近百年来，帝国主义者向我施行经济侵略，使我沦为半殖民地。外侨居留地，领事裁判权，最惠国条款，以及协定关税，无一不是经济侵略的方式。我们是农业国家，成了他们工业国的附庸，一面推销其货品，一面又供给其原料。国内各种产业既受外来威胁，莫由发荣滋长，整个国民经济便走上了穷困之境。工业不发达，都市无生产，其结果是穷乏，穷乏又是纷扰的根苗。因为社会中人除流为匪盗以外，大半没有出路可寻，只有拥挤在所谓军政学界，其位置竞争之剧烈，未始不是近二三十年来政治纠纷迭起的一大原因。在扑朔迷离的政潮中，帝国主义者，就以买办为媒介，勾结军阀，官僚，政客以及思想落伍份子，而大施其侵略惯技。认清了这一罪恶的循环，我们实不容疑惑发达工业，谋全国工业化，是我国求统一图独立的最稳当的途径。

工业化实际已成为今后中国经济建设的鹄的了。在抗战未发动以前，关于工业化农业化孰为优劣的问题，论坛上辩个不休，莫衷一是。但是这一次抗战的教训，已使我们明晰地了解工业化是抗敌上不可缺乏的条件，从此不敢再以"以农立国"自豪了。现代军事已经极度的机械化，一切军需品大半须仰给于工业，要充实抗战的力量，势非加速工业化不可。我们谈工业建设固然忘不得"富""强"两大目标，实则"强"远比"富"来得要紧。世界上强国，才配得上图谋财富，弱国的财富，根本是无保障的。抗战建国，相辅而行。我们自应在"强"的大前提下，促进工业化，使国家从此具备统一的坚固基础。

我们不要因为沿海沿江工业的幼苗被敌人摧毁了，而致沮丧灰心；要知抗战以来我国经济组织上已经发生了许许多多的新变化，这些新变化还正随着战事而继续进展。战区工业的迁移和分散，各地资金的内流以及技术人材的集中，此与西南西北各省的富源相结合，对于今后民族工业发达是绝对有利的。以前国内工业每受外人势力阻挠，而呈衰颓不振的现象；现在我们已经另外开辟一个自主独立的经济中心，一面扫除以往偏重沿海沿江的恶习，一面又摆脱了半殖地经济的羁绊。在这个时候，我们实在不容因循坐误，致失大可有为之机。这是最要紧的。

以工业建设求统一，则所谓工业建设，不问采用资本主义或社会主义的方式，都得有通盘计划及完整机构。中国几年来非无经济计划，犹嫌其凌乱破碎，漫无系统；又非无经济机构，惟其病在事权分散，组织复杂。在战前的中国社会中，统制经济本不易行，其最大的障碍，便是政权之不统一，与夫政局之不安定。但抗战开展以来，这个最大障碍，渐次消除，且统制经济亦是事实的要求，势在必行。就现势看，中央与地力——全体与局部——的关系确已渐渐加密了，顺应这个自然的趋势，中央政府于实行统制经济之中，力谋全国工业化，似乎较前容易得多。现在不是封建割据经济的时代。国民经济的完整单位，势将随着工业化而形成；以此为基础，我们定能在最近期间内，建立一个富强自主的新中国。

关于"东亚新秩序"敌国舆论的一般

迅 中

随着中日战争的进展，中国态度的趋强，国际情势的推演，日本对于中国，发过四次荒谬的正式声明。第一次是在前年七月十一日，敌国阁揆近卫声明愿将中日冲突就地解决，抱定不扩大方针，换言之，就是沿袭九一八后一贯的蚕食政策，希望以些微的武力牺牲，使中国政府屈服，承认日本的控制平津，垄断华北重要资源。隐忍已久的中国军民不甘受欺骗，终于发动了全面抗战，使日本不得不牺牲巨额的兵力，大量的武器，从上海推进到南京，威胁中国的首都。南京沦陷后，以为中国政府一定屈服，可以接受更苛刻的条件，不料又碰了钉子，恼羞成怒之余，便于去年一月十六日发表了二次声明，否认国民政府政权，以傀儡组织为交涉对象。但因考虑列强猜疑，同时又放了一个烟幕弹，声明仍本一贯方针，尊重中国之领土主权及列强在华之利益。此后便一面加紧傀儡组织，一面推进陆事占领，无数的倭寇成了异乡之鬼。津浦沿线、徐州战场、长江两岸，堆满了骷髅白骨，虽然侥幸的攫取了广州，占领了武汉，但在他们后方，各地都遍布了中国的游击军民，随时有被袭击截断归路的危机，而中国政府的正式军队也保存了实力，安然退向具有地理形势，富于经济蕴藏的西南西北数省，并没如他们所梦想的崩溃消灭。傀儡组织，既无自由施政之权，内部复又争权夺利，所以不但未能如日人所预期的，成为有力的组织，帮助安定后方，反而需要保护，变成日军的累赘。于是日本不得不转变策略，放弃不承认国民政府的原则，而提出"东亚新秩序"的口号，希望国民政府参加，动摇抗战信念薄弱的份子，故有十一月三日第三次声明，大意谓：日本作战之目的在建设确保东亚永远安定之新秩序，以日满支三国提权，树立政治，经济，文化等各方面之互助联系关系为基础，谋国际正义之确立，共同防共之实现，新文化之创立，及经济之结合。国民政府若放弃从来之抗战政策，更动人选，参加新秩序之建设，日本绝不拒绝。十二月二十二日更发表了第四次声明，补充说明希望中国参加新秩序建设的具体条件：如要求中共加入反共协定，划内蒙古为特别防共区，允许日本长期驻兵华北，中日经济彻底合作，准许日人在中国内地有居住及贸易之自由，关于内蒙古及华北之经济开发，须予日本特别的便利，由日本自助中国取消列强治外法权，收回租借，废除不平等条约等。从这简略的叙述里，可以知道日本抗战以来的对华野心，由蚕食华北而梦想吞并中国全部，由尊重列强权益而谋整个独占，由否认国民政府而诱引国民政府中的动摇份子，"东亚新秩序"便是在这种背景下产生的。我国最高领袖蒋委员长在近卫发表第四次声明后，已将这阴谋详加驳斥，作者毋庸赘述了。

自近卫提出"东亚新秩序"的口号后，日本的报章杂志讨论得很热闹，当然，在检举苛酷，统治严密的日本，报章杂志的言论绝不能代表全部的舆论，违反政府政策的言论不但未必有人敢写，写了也无从登载，所有的文章大都是赞同实现东亚新秩序的，提出了种种关于政治，经济，文化，军事方面的建议和理论，这些荒谬，狂妄，欺诈矫揉造作的理论和建议，毫无一顾的价值，叙述了替他们做宣传，我现在所要说的，是从这些建议中所表现出来的日本内政外交的动向，及实现东亚新秩序的困难。

正如日本报章杂志中许多文章所指出的，要实行"东亚新秩序"，有三个先决问题：第一，日本的国力是否足以推行"新秩序"建设？第二，中国是否能听命日本？第三，欧美是否愿意放弃远东权益，而让日本独占？

关于日本的国力问题，近卫在第三次声明中说过："帝国为实现东亚新秩序计，必须断行国内诸种必要之革新，以图国家总力之扩充，不可不排万难，向新业迈进。"可知敌相自己也承认以日本现行的各种机构，现有的国力，决不足以担当建设新秩序的使命。一年来对华战争的经验打破了日本朝野速战速决的迷梦，使军部不得不向人民喊出长期作战的口号。厌战的人民是否愿意长期供军阀牺牲，有限的物力是否可以支持长期战争？战争即使能够侥幸获胜利，又有多少余力足以担当更艰巨的建设工作？为麻醉全国国民计，近来朝野喊出了一个新口号，叫做"国民再组织"，意思是说国民方面须要加以新的组织，使在精神与物质两方面，彻底地支持政府政策，俾得完成建设"东亚新秩序"的使命。换句话说，就是要全国的人民在统一的组织下，无条件地供政府继续牺牲和利用。口号虽然新鲜，实际也不过是效法它的盟兄德意两国，想使全国国民法西斯化而已，也可以说是过去军部及法西斯份子所主张的一国一党计划的扩大而已。其次论坛上讨论得很热烈的是实现"东亚新秩序"的经济力问题，日本自对华作战后，普通预算由二十三万万（昭和十一年）增至三十六万万（昭和十四年度预算），特别会计的对华军费更为惊人，下年度（昭和十四年）的军费预算将超过六十万万，此后既入于长期战争的阶段，每年的军费只有继续增加的趋势，即使战事结束，为执行"东亚新秩序"任务计，每年军费支出，也绝无减少可能，内山德治在《中央公论》的新年特大号中《六十亿元军事费之恒久化及金融统制强化之必然性》一文里已公开指出。所以一般与都认为日本要完成新任务，以后每年预算将达一百万万日元。日本的税收每年有二十万万日元，大部须靠公债来弥补，虽然日本当局及舆论方面都指出过去发出公债的顺利，但迄至去年年底止，公债已达一百五十万万，尚有十九万万须于今年三月前销完。大藏省的预备金，国民的邮政赎金和各银行及大公司的公积金大部变成公债了，而下年度预算中所短之八十万万，仍不得不仰给于公债。不但下年如此，以后恐须长期如此。增税方法所得极有限，去昨两年在"北支事变特别税"的名义下，增征纸币的发行，石渡藏相承认去年年底曾达二十八万万五千万，今年已减至二十一万万，即使此数属实，较前的十亿左右，也已增加将近两倍，所得与预算缺额相差远甚，而已露恶性通货澎涨之现象。舆论方面虽然大都主张加紧统制经济，不过统制固可减少困难，但经济实力又是另一问题，因为统制而增加的实力究属有限，更有何能力来实现"新秩序建设"。所以在这次议会里，关于经济方面的质问特别多，如巨额战费的如何筹措，公债消化力的如何维持，恶性通货澎涨的如何避免，对外贸易的如何安定，和平工业的如何振兴，充分暴露了日本人民对于经济的忧虑。近来"昭和维新"的口号又复活了，意思是说日本现在的情形，正如大化革新及明治维新初期一样，政治经济等各方面都非彻底加以革新，不能应付艰巨的局面，完成"东亚新秩序建设的重大使命"。

其次关于中国方面，日本舆论公然提出了几个问题，第一是民族问题，尾崎秀是在《东亚新秩序之理念及其成立之客观的基础》一文里，公开承认中国人民支持日本政策的仅系"新政权"的主脑部及"了解日本政策的一小部分居民"而已，大多数人民仍忠于"蒋政权"，这决不是武力所能解决的。又指出中国法币的始终维持住，并未如日本所理想的迅速崩溃，决不是由于"蒋政权"在海外有准备金及得外国支援的关系，根本是一个民族经济问题，也不是仅靠武力所得强制的。中国人民在国民政府的长期训练下，已具备了民族自觉心，如何使他们不误解"东亚新秩序"的意义，确是一个严重的问题。第二是如何恢复中国境内的治安问题。平贞藏在《新秩序下之日支关系》（战改造新年号）一文中，谓国民政府虽然退向西南，但决不能轻视为地方政权，在日军占领区域中，大部分人民仍忠于蒋政权，服从蒋命令而伺机待动者颇众，切断二者间的联是很难的。所以肃清占领区域，恢复地方治安，比之正式作战，需要更大的努力，将遭遇更大的困难。第三是中国的经济建设问题，日本要恢复中国人民的购买力，利用中国的资源，需先繁荣中国的农村，发展中国的工业。平贞藏在他的论文中，也说到中国的农村都市，因为这次战争，大都化为灰烬，原有的工农业破坏殆尽，各项建设均需根本着手。试问自身经济困难的日本，更有何余力建设中国？

最后，关于列强的态度问题，自十二月三日近卫发表"东亚新秩序"的声明后，美英两国相继向日本提出照会，要求遵守九国公约中开放及机会均等原则，显然地，英美是认为"东亚新秩序"将破坏列强在华权益，日本自南京陷落至宇垣辞职期间对美英的妥协态度已经转变了。日本自开战以后，对于处置列强在华权益的问题，有两派意见，一派是主张仍然遵守门户开放主义原则，就个别的问题，参酌实际情形，与英美开诚谈判。另一派是主张借口东亚情势的变化，根本否认事变前所使用的观念和原则。直到宇垣辞职止。日本的外交当局采取前一种办法，处境颇窘，交涉的困难当然很多，备受少壮军人及法西斯份子的责难，宇垣辞职后，日本外交当局不得不迁就军人的主张，倾向于第二种办法，所以有田对英美照会的答复，反要求废弃九国公约，认为不适现实局势。不过日本当局也深知道远东问题不得英美的谅解，是不能得到一个比较永久的解决的。所以对于第二度美英的抗议照会，未敢悍然进一步地声明废弃九国公约，暂守缄默以待国际情势的变化。关于最近贵族院中前驻美大使出溯的代表和平派，表示对于加强反共协定的忧虑，及以前众议院中民政党议员小山的主张邀请英美举行国际会议，可以知道日本于英美，始终不敢过于得罪。改造新年号第一篇《论英美之动向及大陆政策》一文，作者细川嘉六胆列着许多近来英美提携的事实，认为终将成立一个"协议机关",合作阻止全能主义国家的活动,将成日本大陆政策的严重问题,促外交当局的注意。清泽洌在《新外交体制之完成》一文里,也指出是一件艰难的长期抗争工作,在迷途中的日本外交政策,究用何法打开僵局,实现"东亚新秩序"中的独占政策呢?

西洋法律的输入

蔡枢衡

二十七年六月五日,中华法学会第七次常会决定把"抗战及抗战以后法律问题"的研究当作目前的任务。这虽直接关系战时法学会杂志内容重心之决定,实为整个思维动向之表现。我们回头检阅中国法律史,在史料家眼光中,近三十年的法律制度和中国原有的旧法律不相衔接,大有中国原有法律已经呈亡国的神气。中国法律的发展是否仍循蹈近三十年新律所开创的途径继续进行,或者抗战胜利后,中国原有的旧律或旧律精神有复甦的可能,是根据中华法学会的提示的一个值得讨论的问题。而确定或再认识近三十年中国法制在中国法律史上的地位,实为讨沦本题的起点。

翻开二十五史,追求中国法律发展的轨迹,我们可以得到一个简单的结论。这结论是自有史以来,迄于逊清光绪年间的大清现行刑律,其间大部分全系循环,虽有渐变而无突变。自宣统二年大清新刑律产生后,直至今日,其间时有发展,不过也是渐变,不是突变。但是大清新刑律及其以后一切新法律对于大清现行刑律及其以前一切旧律,具有突变的性质:二者的内容本质上互相矛盾;前后交界处,并且呈现不能混同的鸿沟。

这鸿沟是以企图撤销领事裁判权的形式表现出来的。原来清末变法的时候,为求自跻于文明之域,以达撤销领事裁判权之目的。一切法规的形式和内容,直接模仿日本,间接效法西欧。中国旧律的原则和精神,在起草者眼脑中毫无存在余地。民国成立以后,本此精神,继续创制。至今,近代式的法典早已进入完成境地,传承数千年的旧律随着成为历史上的名词。

这个时期的转变,虽以撤销领事裁判权为承前启后的关键。但中国法律的近代化，另有其内在的必然性。这个必然性的现实化和撤销领事裁判权的企图互相结合，纯粹是偶然的事实。换句话说，撤销领事裁判权的企图，虽然是中国法律近代化的机会，中国法律近代化并非无撤销领事裁判的企图即不会实现。纵使中国历史上没有领事裁判权问题，中国法律的近代化亦必或早或晚随着社会之近代化而实现。从这点说，撤销领事裁判权之企图和中国法律的近代化，本质上系二件各自独立的事实，应该当作二个问题看。

不过，中国法的近代化既以当作撤销领事裁判权的手段之形态而实现，这二问题亦即因此发生密切关系。这关系是近代化其自身既带有达到特殊目的的手段之性质，近代化的内容及程度自亦为其目的所决定。中国现代法律的内容，初期仿自日本，后来效法欧洲。日本明治大正间法规的模型，大体上不外取自德法二国。法国法是十九世纪前半期世界法律的典型，德国法是十九世纪后期及二十世纪头初世界法律的模范。所以若用世界眼光来看，中国现代法律的内容都是些当然的规定，没有什么新奇。于是，变法所产生的问题转归到法律和社会的关系一点上。

法律和社会的关系之问题，可从立法的本质和法律的目的或作用两点上看。若用含有判断性质的用语和疑问的语气来规定：前者可用"立法是记录社会现成秩序（风俗习惯）还是创造新秩序？"一问求解答，后者亦可使用"法律是便利国民生活的，还是搅乱国民生活的？"一问事表明。不过，这二问题都是政治哲学和法律哲学上的问题，和国家及法律的本质论有连带关系。解答纷纭，几乎是先天的属性。大体说来，这二问题的答案，多数人的态度不外肯定一方，否定一方。认系记录社会秩序的，必不愿意法律规定和现成的社会秩序相反，当然也不赞成有扰乱国民生活的法律。这个立场和机械的唯物论有一脉相通之处。故易为多数人意识或无意识地采用，常占优越地位。

事实告诉我们：以机械的唯物论为基础的认识既不完全，也非真理。立法的本质是记录现成的风俗习惯，也是创造新风俗习惯；法律的目的和作用是便利国民生活，也是扰乱国民生活。例如《刑法》第二三九条关于有配偶者通奸的规定，可以说是扰乱几千年传统的男性生活秩序和旧家庭秩序，破坏现成的风俗习惯，同时也是创造新社会秩序。是扰乱若干人的生活，也是便利若干人的生活。这里还要附带说明的是刑法第二三九条的存在，原有"面子"和"里子"二种看法。一般人大都认为第二三九条写上刑法，为的是中政会和立法院要敷衍妇女团体的"面子",其实是最无道理的一条。依这种看法,根本没有引以为例的价值。不过,我以为第二三九条已随《刑法》之公布施行而获得规范性,和草案审议时根本异其性质。诚然,人与人——妇女团体的群众和中政会委员及立法委员间的心理过程,或许只有用"面子"二字来表达最为正确而妥当。但是这个"面子"的背后预先就有"里子"存在着,"面子"不过是"里子"的一个属性或"里子"的表现形式。没有"里子"是不会有"面子"的。这"里子"当然不是妇女代表的说话动人,自然更不是单纯因为有要人的太太在内。这个"面子"是时代的产物,"时代"就是这个"面子"的"里子"。

　　清末以来输入西洋近代的法律制度,架设于中国宗法封建社会组织之上,其本质当然是破坏传统的风俗习惯,扰乱习于旧有风俗习惯的民众之生活。这事情理论上原是许可的,事实上自然不方便。在理论和事实互相矛盾的地方,决定的条件不是事实,也不是理论,是政治的需要或政治政策。所以《大清新刑律》草案告成之后,当时的学部及直隶、两广并安徽督抚均奏请再行改订,"以维纲纪"。而沈家本却说:"……为收回治外法权起见,自应采取各国现行常例……"不过领事裁判权之撤销是对外问题,法制的变革是对内问题。由于企图撤销领事裁判权而变法,这其间的因果关系是非常特殊的。严格说来,实在联不起来。因此沈家本又说:"……其有施之外国,不能再行加严,致背修正本旨,然揆诸中国名教,必宜永远奉行勿替者,亦不宜因此致令纲纪荡然。均拟别辑单行法,藉相保存……。"《大清新刑律》和附属的《暂行章程》并行就是这个计划的实行,也就是这点矛盾的暴露。

　　社会是不断进步的。不仅新法施行后即已成为中国的法律,并且时至今日,事情又大大不同。因为《大清新刑律》产生后,接着是帝制的清室退位,民主的民国成立。此外历史上还有过新教育的改革和发展,有过新兴工商业的发达,有过以新知识者、学生及工商业者为要角的五四运动,有过奉行三民主义的国民革命军北伐和统一,有过新社会科学知识的种子之散布,现在还有完成启蒙运动最后一幕的全民抗战在继续着。这些历史的新事实都是有利于新法律的巩固和发展的。我以为国府奠都南京后,新法的政治基础已经由对外在的变为内在的了。民国十七年(1928年)旧刑法施行时,没有和《大清新刑律》的《暂行章程》、《民国暂行刑律》的《补充条例》内容相当的条文或特别法存在,也没有人反对,这就是铁证。欧战前后已经有新兴民族的产业作为新法的社会经济基础了，问题只在量而不在质。时至今日，劳工大众，自由职业者，学生，新兴的工商业者和新知识者阶级已经意识或无意识成为新法忠实的推行实践者，尤其是再显明不过的事实。现在可能提出的问题，应该是嫌恶中国现行法太温和而不急进。或是怀疑现行法的精神和态度不足以副三民主义国家现阶段的目的之期待。所以西洋法律制度虽然以企图撤销领事裁判权的形式输入中国，但在当时谁也不能预料有足削而履久不适的现象。三十年后的今日。尤其找不出"反刍"三十年前的忏悔之理由。

不仅是输入的西洋法律制度已经成了中国的法律制度，就是所谓中国固有的旧律，也不是古今中外无与伦比的独创物。这里需要解剖旧律。为着节省时间，直截借用杨鸿烈著《中国法律发达史》中所举中外人士关于中国旧律的特色之提示来说明。

杨氏说 Bashforp 曾指出中国旧律有十大特色：一，每一犯罪几乎都有身体刑；二，刑罚严厉为原则，不过有时也可减轻；三，法文都是具体的规定；四，法律在国内有最高的权力；五，司法管辖权常受各省政权的限制；六，皇帝的命令超越一切现成的法规；七，没有辩护制度；八，社会对于犯罪要负责任；九、司法和行政不分立；十，诉讼程序兼营司法管辖的作用。浅井清氏在他的《中国法典编纂沿革史》中也提出三点：一，公法规定多于私法规定；二，法典中有非现行的规定；三，法律中多含道德的成分。高柳贤三教授在他的《法律哲学原理》中举出四点：一，司法独立的思想未发达，行政和司法不分立；二，司法官的裁判重心放在自己具体妥当的认识上，并不把法规当作最高或惟一的标准；三，辩护制度没有发达；四、民事事件的调解思想很发达，因此障碍着"为权利而斗争"的思想之发生及发展。王世杰教授也曾指出四点：一，法律道德合一；二，习惯法和成文法并行；三，罪刑不法定，用比附援行作论罪科刑的方法；四，法典中有非现行的规定。这些指示至少可以当作中国旧律特色论的一斑。遗憾的是，仅止于特色的列举，未进一步探寻其本质。

本质的暴露是必要的，否则不能解答"这些特色是否中国旧律所独有"的疑问。我们知道体刑的废除是刑罚人道主义提出的要求。刑罚人道主义又是天赋人权思想的产物。中国旧律以体刑为中心，正所以显示中世刑罚的残酷性。刑罚以严厉为原则是封建的威吓主义重视刑的实践之结果。重视预告罪刑的一般威吓说和心理强制的理论，是Feuerbach氏以反抗中世刑罚制度的姿态倡导新说。所以严厉是中世警察国的特质，无待多言。法条规定的繁琐而具体，也是中世的特色，因为这和严格报复主义是有密切关联的。司法管辖常受各省政权的限制，也只是表现近代的统一国家没有形成。皇帝命令高于一切法律，正是专制政治的特色之呈露。因为专制政治根本就没有法律和命令的区别，法律也是命令，命令就是法律。习惯法的存在，也可由此理解。未设辩护制度当然是无人格观念的警察国精神之表现。因为辩护制度是以国家承认犯人有当事人地位为前提，和纠问主义根本不相融洽。司法和行政不分立，不过使人多认定中国旧律是适应封建政治，农业社会，有奴隶无人权的时代的证据。道德与法律不分就是中世特有的现象。近世以来的法律道德分离论，原是以此为攻击对象而产生的。一言以蔽之，中国旧律的特色都和专制政治有分不开的关系，都是专制政治直接间接的表现。专制政治不是中国历史上的特产，旧法律的精神自然也不是中国独有的。

　　这里有一疑问。这疑问是中国旧律中有没有中国民族独占的特色，外国专制时代的法律中找不出来的地方？我的答复是：可以说有，也可以说没有。为什么说有？因为理论上封建政治和专制政治这概念，含有一般和普遍的性质。中国的封建政治和西洋的专制政治各为普遍中的特殊概念，互不相同。这不同的地方，就是各自民族的，地理的，气候的，社会经济的以及文化史的结晶，所以说有。为什么说没有？因为理论上可以承认的特点，始终只可求之于观念中的想象，绝难具体指出。兼之，法律制度是社会的上层，和各自特色的关系已经是间接的，不是直接的。本来就是几微得不易确定指出的东西，更要隔着几层障碍物去摸索，结果的报告自然是消极的。

　　不但中国旧律的主要内容不是中国所独有，就是中国法律由旧律发展到近代的法典，也是必然的。这只要看看中国现代法律的主要特色，就可明白。

　　站在和中国旧律对比的观点看，三十年来近代化的中国法律之特色是：一、法律和道德分离；二、法文规定概括而抽象，刑法规定尤其显著；三、司法行政分立；四、法律和命令分立；五、成文法律优越于命令、风俗及习惯，刑法且排斥命令、风俗及习惯的规范性；六、法律的成立必须经过一定的立法手续；七、废止体刑和流刑，以自由刑为中心；八、法律之前万人平等；九、在法律范围内各人有绝对自由；十、自由和权利的限制须以法律为根据，自由不得抛弃；十一、法律体裁复杂，内容丰富。这些特点，虽也可以不假思索也可断定大半都是民主政治、法治思想、自由主义、个人主义的必然产物。

现代法律这些特点，若和上述中国法律的特色关联起来，可以说个人主义是家族主义的对立物；自由主义和专制政治是互相矛盾的；民主政治是君主政治的克星；法治思想是礼治思想的催命符。假使在社会发展史上的过程，民主必然继君主而起的话。中国清末的社会不发展则已，发展则不能舍此惟一的路线——民主、法治、自由及个人主义，而别拓新径。这样说来，中国法律的发展，并且变成现在的姿态，也是必然的。

虽说是必然的，可是传承数千年的古物一旦废弃，不仅使怀旧情深的中国人伤感，且易引起是舍己从人，盲随西洋的误解，从而发生中国旧法断非决无可采之处的疑问。不过事实告诉我们：使旧律和现代法律互相对立的只是上述几个基本原则。若自另一面观察，旧律和新法在形式上虽由单一体变成五花八门的复杂体。全部综合起来，新法对于旧律的内容，有抛弃了的地方，有增加了的成分，也有保存了的因子：婚姻制度、亲属关系、财产制度和国家制度都是保存而又更加复杂严密了的部分；关于私有财产社会的机能规律一部分，十九是新增的，抛弃了的都是些历史的渣滓，值不得保存的。所以，中国变法只算是中国法律历史自己的发展，并没有弃旧律如敝屣，更不是张冠李戴。虽说这种认识和当时事实不符，当时起草者根本采着厌恶旧律的态度。但这不过表示起草者并未意识这点，事实是不问起草者意识与否而独立存在的。专工记录起居行动，才是从来中国史家的缺点。史识应该是认识主体对于一切认识对象认识的结果。

在屈指可数的中国法制史的著述中，近三十年来的中国法无不处于特殊地位。这是值得注目的。可惜的是关于本质及其和历史的关系，尚在各执一说或见解不明的混沌状态中。我们把各家关于法制历史阶段之划分检查一下，我们即可发觉大多数都是用政治上的朝代划分法律发展的历史阶段。这种办法，假定不错，也是既偶然复间接的。其不能在法律历史中进求发展法则，不待多言而明。中国法律迄于清末而绝祚的观念也许就是这样意识或无意识形成的。

中国新法律已有数十年的历史，而法学及法律史学的建设，尚属今后的任务。尽管习法者能知外国法及外国法律家甚多而且详，却不一定知道中国法律史和法学史上有个沈家本。这不能不算是中国法律学教育的失败和耻辱。我们切感挽回失败和洗涤耻辱的需要。我们尤其需要用更正确的眼光和更大的势力，别开生面求出路。若专在现成的法学水准尤其是法律史学水准下讨生活，总觉得害多而益少。

救救中学生

邱 椿

在本刊第一卷第五期发表的《中学课程标准问题》，一文里，郑毅生先生曾指出我国中学生成绩的低劣，实由于上课及作业时数的过多与课程标准的不能适应中学生之能力，于是郑先生提供如左的一段结论，"中学师资问题，设备标准问题，自亦为成绩低之主要原因，然课程标准问题如不解决，虽有良师与良好设备亦难期学生观成绩之进步。年余以来，教育部于中学课程颇有修正，然于教课用书尚仍旧贯，则课程标准之实现自亦未变。故对课程标准问题全国教育专家仍应予以严重注意。"

笔者对于郑先生所指出的学绩低劣的原因和提供的结论，完全同意，并愿就个人观感所及略予以阐发或补充。第一，我认为我国中学生上课及自习时数实在太多。先就上课时数说，我国中学生负担实远重于欧美先进国的中学生之负担，美国中学生每周上课时数之多二十小时，普通为十五小时左右，所以每周只有五天上课，每天上课至多四小时。英国的负有国际声誉的中学校如伊唐，哈罗，鲁克贝等校上课时数亦在十五小时左右，每周亦只有五天上课，每天只有午前上课三小时左右。欧洲各国的所谓"新学校"的每周上课时数大抵都不超过二十小时。意大利文科和理科中学的每周上课时数自二十一到二十六小时不等。法国国立中学的每周上课时数二十一至二十五小时不等。上述这些个国家的中学校之每周授课时数均少于我国中学校每周三十小时的授课时数。德国中学上课特数目二十五至二十八小时不等，其最高时数与我国时数相接近，但德国教育家已有减少时数的倡议，将来亦许曾见诸实行。只有日本中学的每周授课时数和我国中学的时数同样繁多，这是我国学制抄袭日本的恶果之一。

上课时数以外，还有自习时数。关于欧美各国中学生每周自习时数，没有正确统计，但据笔者粗糙的估计，约在十小时左右。我国中学的自习时数，初定为每周十二小时，后定为十八小时，即每日有自修三小时。照上述情形看起来，美国中学生每周上课和自习的总时数约二十五小时，但我国中学生每周上课和自习时数约四十八小时，后者约二倍于前者，但这还算正常情形，此外尚有些特殊状况。根据教育部战时教育问题研究委员会第六次会议报告，各中学校常任意增加科目和上课时数。例如重庆市中学校，国文英文二科每周各增加一小时或二小时者，约在半数以上，竟有少数高中增加数学钟点至九小时者。某初中校长专治哲学，于初中三年级设哲一科，每周授学课二小时。某初中校长酷爱国学，于初中三年级设国学常识一科，每周授课四小时。但这并非重庆独有的情形，其他地方亦有同样的现象，由于会考的竞争，由于升学的困难，由于校长的个别兴趣，全国各中学校常任意增加部定的上课和自习时数，所以每周实际时数约在五十五小时左右，我国中学生在课业上的负担是异常沉重的！

第二，我认为我国中学课程标准确实不能适应中学生的能力。在我国中学课程标准内，高深科目实在太多。例如算学一科，在初中即有初等代数，实验几何，数值三角等科目，在高中又有高等代数，立体几何，解析几何，三角等科目，欧美各国中学课程标准内关于数学一项并未详举其部门，其中究竟包含何种科目，笔者身边缺乏参考资料，不敢胡说。如果我没有记错的话，美国中学校内数学的必修科只有初等代数和平面几何；三角和立体几何是选修科；至于解析几何则根本无此科目。我国有些中学校除开设部定的数学科目外还加设微积分或函数论等，除日本不计外，我国中学校数学的高深科目之多，甲于全世界。

至于科目内容亦太抽象与深奥，不能适应中学生的能力，这就牵涉到教科书问题了。笔者身边照外国中学教科书，无法和我国中学教科书比较，所以不敢武断地说后者内容必定深于前者，但有一层是可断言的，就是我国教科书内容比外国的更抽象。我从前曾浏览过德国和美国中学的物理教科书，都是薄薄的一小册，其中插图都是日常所见的机械如汽车，机械，坦克车，火车头等，其课文大抵先叙述常见的机械之构造和功用，再陈述其中所包含的原则，这些教材是中学生易懂的教材，所以颇能引起青年的学习兴趣。反之，我国中学物理教科书中充满了定义，公例，原则，公式等抽象教材，强迫青年熟悉这些课文，和强迫儿童背诵周诰，有什么差别呢？有些所谓优良学生，竟采用美国芝加哥大学用的物理和化学教科书的原本，此举非愚即诈，不是欺世盗名，即是荒谬绝伦。

课业时数过多和课程标准太高，产生了什么结果呢？

第一，学绩低劣，对于各种科目，虽曾学过而等于未曾学。笔者尝听见某大化学系教授某先生说："据化学班上的同学报告，大学用的教科书，他们在中学时已读过了，但考问其内容，他们却完全不懂。"能考取大学者总算是中学校的高材生，而成绩已如此低劣，其他最大多数的中学生之成绩更不堪问了。所以化学一科在中学课程上虽占颇重要的地位，但学生完全不懂其内容，结果等于未曾学过。不仅化学教学成绩如此低劣，英文和数学的教学亦是如此的。笔者从前有几个小孩肄业中学，见其所读的英文教科书之内容颇高深，不胜欢慰之至，但略加考问，彼等读音既不正确，文义更属茫然，于是懊恼万分。后来问许多朋友都有同样痛苦的经验，都曾发现其子弟在中学校读其不能懂的英文教科书。据一个有教学经验的中学教员说，在数学班中，能了解全部教材的学生至多占全数的百分之五。郑毅生先生所发表的关于二十七年度西南联大新生的英文和算学成绩之统计，即是中学生程度低劣之一铁证。

第二，中学生养成一种仇视学科，教师，乃至教育本身的态度。西方有一教育寓言说：某蠢汉欲教小猫捕老鼠，驱老鼠过其前，小猫扑不得，即加以鞭挞，后来小猫和狗争食则张牙舞爪，但一见老鼠则畏缩逃避。于是某寓言家说："我叔父从前教我读拉丁文的方法就像这个蠢汉教小猫捕老鼠的方法！"我们在中学校讲授高等数学和自然科学的结果又何尝不是如此呢！强迫青年们读其不能懂的学科，他们不但不懂，而且厌恶或仇视学科的本身，于是终身不愿作高深学术的研究了。他们不但仇视学科，而且会痛心疾首于其教师。《学记》所谓"隐其学（即苦其学）而疾其师，苦其难而不知其益"真足为我国中学生学习高深学科的恶果之写照。

第三，中学生的身心健康都宣告破产。初进中学的青年大抵都是活泼壮健的青年，但经过二三年残酷的训导以后被牺牲的学生已过半数了，再经过二三年的更残酷的训导被牺牲的学生已十之七八了。庄子的"伯乐治马"的寓言足为我国中学教育摧毁青年的写照。某中学教师对笔者说："现在中学生的课业上的负担太重,因此大家都患头昏的毛病。"大抵某一中学的教导愈严,其学生患头痛者必愈多。某一中学在社会上的声誉愈高,其学生的身心健康的破产之程度亦越深。我国中学校仿佛是"青年屠宰场"。请问全国的教育家:何时放下屠刀?

风

杨季康

为什么天地这般复杂地把风约束在中间？硬的东西把它挡住，软的东西把它牵绕住。任是它怎样猛烈地吹，吹过遮天的山峰，洒脱缭绕的树木，扫过辽阔的海岸，终逃不到天地以外去。或者为此，风一辈子不能平静，和人的感情一般。

也许最平静的风，还是拂拂微风。果然一丝风不动，不像平静，却是酝酿暴风了。在蒸热的暑天，风重重的把天压低了一半，树梢头的小叶子都沉沉垂着，风一丝不动，可是何曾平静呢，风的力量已经可以预先觉到，好像蹲伏的猛兽，它不在睡觉，它正要纵身远跳。只有拂拂微风最平静，没有东西去阻挠它，树叶儿由它撩拨，杨柳顺着它弯腰，花儿草儿都随它俯仰，门里窗里任它出进，轻云附着它浮动，水面被它偎着，也柔和的让它搓揉。随着早晚的温凉，四季寒暖，一阵微风，像那悠远清淡的情感，使天地浮现出忧喜不同的颜色，有时一阵风是这般轻快，这般高兴，顽皮似的一路拍打拨弄着。有时候却又沉重的饱含着忧虑一般，有时候温柔得像恋人的甜笑，有时候这般严肃，有时这般凄凉，谁说天地无情，它只是微微的笑笑，轻轻的叹息，只许抑制着的风，拂拂地在中间吹动。因为一个放松，天地便没了主持。

假如一股流水，嫌两岸缚束太紧，它只要流流流，直流到海，便没了边界，便自由了。风呢，除非把它紧紧的收束起来，却没法儿解脱它。放松些，让它吹重些吧，树枝儿便拦住不放。脚下一块石子一棵小草都横着身子伸着臂膀来阻挡。窗嫌小了，门嫌窄了，都挤不过去，墙把它遮住，房子把它罩住。但是风顾得了这些吗？沙石不妨带着走，树叶儿可以卷个光，墙可以推倒，房子可以掀翻。再吹重些，树木可以拔掉，山石可以吹塌，可以卷起大浪，把大块土地吞去，可以把房屋城堡一股脑儿扫个干净，听它狂嗥狞笑怒吼哀号一般，愈是阻挡它，愈是发狂一般推撞过去，谁还能管它么？地下的泥沙吹在半天，天上的云压近了地，太阳没了光辉，地上没了颜色，天地像狂风中一帆转舟，饱含着风，摇摇抖抖的，又不敢前进，又不能站定。

不过风究竟不能掀翻一角青天，撞了出去，任是怎样猛烈，毕竟闷在小小一个天地中间。吹吧，像海底下起伏鼓运着的那股力量，掀起一浪，又被压伏下去，风也是这般压在天底下，吹着吹着，只把地下吹成一片凌乱，只有破坏，只有毁灭，自己照旧是不得自由，末了，像盛怒到极点，不能再怒，化成恹恹的懊恼烦闷，像悲哀到极点转成悠悠无尽的清愁幽怨，狂欢到极点，转成凄凉，失望到极点，成了淡漠，风尽情闹到极点，也乏了，不论是严冷的风，蒸热的风，不论是哀号的风，怒叫的风，到末来，渐渐儿微弱下来，剩几声悠长的叹气，便没了声音，好像风都吹完了。

但是风哪里就吹完了呢，只要听平静的时候，夜晚黄昏，往往有几声低吁，像安命的老人，无可奈何的叹息。风究竟还不肯驯服，或者就为此吧，天地把风这般紧紧的约束着。

本期撰者：

王赣愚先生是云南大学教授，他在本刊已有过几篇文章。"迅中"是一位研究日本史专家的笔名。蔡枢衡及邱椿二先生俱是西南联大教授。

杨季康女士是钱钟书教授夫人，作家。

第一卷第十一期（1939年3月12日）

时评

第三次全国教育会议

重庆自三月一日起正开全国教育会议。这是国民政府成立以来的第三次会议，距民国十九年的第二次会议盖已有九年之久。

这次教育会议是全国负教育行政者及四十位教育或学术专家的一个会议。他对于教育的方针与行政有建议一切之权。我们也自然希望他能指出过去教育方针上的错误与不足，及教育行政上的缺点与弊病，而为种种改善及补救的建议。

但是我们也不要忘了教育会议只是一个集思广益的建议机关，最后决定的机关仍是政府，最后执行的机关仍是教育部。中国所有的会议，向来是有闻必录式的提案多，而经过细密讨论，然后成立的切实可行的决议少。教育会议的提案闻有四百多起，其间当然不免有重复矛盾者。教育会议只有七八日的会期，亦决定难予以缜密的讨论。结果除少数案件外当然将全交政府参考或采择施行。所以教育会议的功用仅在陈述许多意见，而教育政策的适宜不适宜，与夫教育行政的良不良，教育部仍为负责者。

七七事变以前，大家早已提倡"非常时期教育"的口号，事变以后"国难教育"尤为入时的口号。实则真正的教育决无平时与战时之分。平时的教育干不好，战时的教育也必干不好，更不能罩上一个"战时教育"的名称而有新的花样出来。教育本是百年大计，须循规蹈矩以赴之。数十年前东洋来的速成师范与速成法律已不至误尽了多少苍生。我们更如何可以将始终没有太入常规的教育办成绝无规守的所谓"战时教育"？此次教育会议诸会员皆全国教育界知名人士，重以蒋委员长的训词可对于所谓"战事教育"痛下针砭，我想教育会议定可一扫前此关于所谓战时教育的种种肤浅及不准确的见解，而能对于常轨的教育作种种积极的计划与建议。我们尤希望教育部于必要的救济教育之外，能切实地从事于各种常轨教育的进行。（平）

西班牙内战的结束

西班牙的战事，自国民军攻下巴塞隆纳后，有急转直下之势，英法两国于前月杪正式承认佛兰科政府，共和国方面总统离职，内阁改组，已历一年九个月的内战，大概将告结束。

不过战事的结果，未必即是内讧的终止。凡是发乱起革命，初起时有共同敌对的目标，份子无论如何庞杂，率能和衷共济，在一个旗帜之下奋斗。迨至将告成功，问题便不免发生，以前能互相让步的，现在就难免尔诈我虞，此争彼攘。佛兰科的政府，能否免蹈此覆辙，是我们可注意的。据我们看来，佛兰科政府当前有两大难题，一个是国际的，一是国内的。国际助佛兰科成功的，尽人皆知是意与德，此后的问题是：佛氏将追随意德之后为其附庸呢？抑将自寻外交途径以谋自主呢？英德看见他要成功，亟亟与他商量条件，英国且以大借款为饵谋促成他外交上的独立。前些时我们还听见，西班牙本国的军士与意大利"仗义来援"的军士，不相融洽，但有大功的意与德，是能挥之便去吗？金钱生命的牺牲将从何取偿？取得的地中海优势将如何保持？他们恐不见得肯放松佛兰科，这很是一个难题。至于国内佛兰科的部下，有几派政治势力：以积极前进自诩的法西斯派，与教会渊源其深的反动派，主张复辟的君主派。现时同在一个旗帜下与共和政府为敌，不过一旦共和政府，不复存在，他们是否能合作到底，疏可怀疑，如法西斯派的主张改革田制与限制教会权，是否反动派所乐于接受？如一九三七年四月十六日夜在萨拉满卡的武装冲突，是否不致重演，均恐不容乐观。国民军本身就有这样复杂的份子，矛盾的趋势，何况西班牙本是个多问题的国家，这些问题，一年多的内战，不特未予解决，而且增加他的严重。这个难题，只怕佛兰科政府更难应付。

想到久蒙战祸的西班牙人民，我们盼望战事早结束，但瞻望前途，我们又不能不为他们担忧，战事的结束，未必是内讧的终止！（寿）

波兰反德运动

读者若记得去年十月间，德国割取捷克疆土时，波兰曾助纣为虐，因而获得特申区域，这几日看见报载波兰学生的反德运动，必然深觉诧异。其实东欧一隅，国际利害，错综复杂，形势一有变更，则敌成为友，友成为敌，原是意中事，数月来各国友敌关系已改旧观，此番反德示威，不过一方面的表面化罢了。

去年十月间的局势是，波兰，匈牙利三国环伺捷克，同施宰割；今日的局势是德捷携手，匈牙利垂涎捷之路典尼亚不可得，而波兰感受威胁，昔日乘人之危者，今虑将为人所乘了。

此种变幻，路典尼亚是一原因。路典尼亚在捷东端，居民非捷克人，非斯拉伐克人，而是与居俄国南部及波兰一部分的乌克兰人同族，本属匈牙利，经屈里安农条约划归捷克。他的位置，使捷克东伸与罗马尼亚接壤，而将波兰与匈牙利两国隔开。去年匈牙利要求恢复此地，曾得波兰热烈赞助，而为德意所不许。盖捷克亦敏快的觉悟，非赶快与德修好，不能保其余疆土。而德国也很快的将捷克收在他的护翼之下。至于波兰呢，助匈既未成功，反虑德的野心。德若将路典尼亚收在他的势力下，不特可通到罗马尼亚的油田，增加作战资料的来源，不特可藉树立新乌克兰邦的号召，以觊觎俄国的南疆，且将使波兰治下的五百万乌克兰人生心，这已够使波兰自危了。何况希特勒的嚣张，他既将凡尔赛条约中不利于德的条件，逐一推翻，下一次是不是要轮到波兰，是不是要夺回他的走廊，收回他的但泽，谁也不敢否定。无怪乎波兰急作准备，近几月在外交上颇积极活跃，不特最近对意表示恪守对德同盟的义务。且有与历年仇视苏联的携手的可能。所以这次的反德示威，是这个趋势的见诸表面了。

终之希特勒的德国，有点逼人太甚，难与为邻，居其西的荷兰比利时，处其东的波兰，都怕他的锋芒而自为备，各大国对他的忍耐，也怕终有不能再忍的时候，"夫兵犹火，不戢自焚"，是否将于希特勒验之？（鋐）

抗战致胜的途径

钱端升

二十个月抗战的经验,以及这二十个月来敌我势力的消长,与国际形势的变化,使得我们对于抗战的力量有加以新的估计,对于致胜的途径有加以新的探讨的必要。

当抗战开始之初,国人对于武力的支持漫无把握,而对于国际的援助则存着极大的奢望。当时有很多的国人以为抗战既开始,英美等必群起而助我,既不以武力助我攻敌,亦必能以实力压迫日本停止进攻,与我言和。

经数月惨烈的抗战以后,这种国际的助力尚未见具体化,于是国人大多希望比京九国公约会议能议成一种可以容受的和平。但是结果又失望了。敌国始终拒绝参加比京会议,和议也根本无从说起。

自比京会议失败,至去年二月我军士气恢复,这几个月实是抗战史中最惨淡也最危险的一页。国人当时对于自己的支持力估计至低,敌人的进攻力估计过高,对于英美感极大的失望,对于苏联虽存莫大的奢望,而又不敢信其必有动作;德国则又伺机劝和,多方扰乱。幸赖我最高统帅有治军的天才,短期内完成新军的训练,并恢复了士气,于是有徐州之会战,而抗战的局面也得不受内在的或外来的破坏。

徐州陷落后的形势绝无南京陷落后的严重,长江流域的防御战与消耗战始终在维持着,且维持至半年之久。在此半年中,国人有窃望德意能发动调停者,有鹄盼苏联能参战者,尤以张高峰事件进行时期为热烈迫切。但两者为祸为福,也均没有实现。

最后广州及武汉也失陷。失陷的前后二三月也是一个震荡危险的时期。

因为，在国防方面，一部分国人对英国疑其有牺牲我国，与日妥协的可能；在实力方面，则国人亦甚多以为敌势方张，而我力已蹙。又幸赖最高统帅的坚定英武，抗战因得依然继续，而难关也得安然度过。

最近三四个月来，国人的自信心有极大的增加。加以英美借款的初度成功，与日人厌战，日军无力进攻，及日本经济力量未减的种种宣传，一部分国人且有非分的乐观。

然而上述的乐观果真是有根据的么？

战争的胜败系于两方实力的消长。这是古今中外皆然，无庸多道，近代的战争更受国际关系的影响，国际的环境可以助此而抑彼。这也是有识皆知之事。我们如就这三项因素——敌国力量，我国力量，及国际环境——观察抗战的将来，则上述的乐观无疑是不实在地，因为这乐观无疑地是建筑上两种不可靠的基础上——一即敌国的衰颓崩溃，二即英美的大力援助。

约自去夏以来，我们常可在国内报纸上看见许多关于日本人厌战，日本知识及劳动阶级反战，日本出征军人自杀，日本民食困难，日本制造原料缺乏，日本经济将要总崩溃一类的消息；最近数月来这种消息尤见繁多。不但在中国的报纸上，即在国外反法西斯比较热烈的报纸上，也不时可以见到这类消息，虽则远无国内报纸所载者之多。国内报纸的消息，多半来自香港，但香港的消息来自何处，则不易知道。究竟这类消息中，若干成直接得之日本，确实可靠，若干成得之传闻，若干成为推测所得，若干成完全代表一种"愿想"（Wishful Thinking），则更无法知道。

我知道的敌国事情太少，但我确实知道两件事：第一，敌国尚未发生粮食的恐慌，第二，敌国内部的秩序尚佳，政府维持秩序，执行法令，并强迫服从的力量尚未消减，敌国人民对战事固不热心，年事较长的知识阶级在衷心上固然反对战事，但反战高潮等等则尚绝对谈不到。敌国如果目前有崩溃的征兆，那一定是在财政，对外贸易，与制造原料方面，而一定不在民食，军力及社会秩序方面。

无疑的，作战愈久，敌国的经济状况将愈困难。但困难与崩溃是两件事，而不是一件事。由困难至崩溃经过若干时期。除非我们能使敌国不得不增派大军，不得不大规模地增加军费与军用品的消耗，除非我们的友邦能加敌国以重大的经济压力，这时期一定尚有相当的长。我们不要忘了敌国一方面是已经工业化的国家，一方面又有刻苦耐劳，生活标准甚低的人民。我们不要忘了敌国在七七以前，对于制造原料，尤其是军用原料，曾有巨量的存储。我们不要忘了平沼内阁是很能与工商业妥协的一个政府，其妥协性或且大于近卫内阁。我们更不要忘了敌国自占领华北以后，其制造品更能畅销沿交通线各地，而华北富源也正被开发，龙烟铁矿已在产铁，而河北棉地也在增广。一年百亿日元的经常及战时经费固是敌国人民的巨大负担，如果因不胜其重而致经济崩溃，固然是我国之福，但如我们人民可以每年担负廿五亿法币的巨费，我们又安能必敌国人民之不能担负呢？

所以将敌国崩溃算作我们抗战致胜的把握之一，实在不是一件怎样可靠可必之事。长期抗战下去，敌国当然得崩溃，但这期限或许未免太长了。

国人近来更鹄望英美大力的援助。这种鹄望的心理，自去年十二月英美借款初度成功以来，更为普遍而热烈。英美等国的同情，我们一日抗战，决会一日存然；而他们之愿助我，亦将与抗战同始终。这一层我在一月二十九日本刊第五期论《英美法制日助我的最近形势》一文中，已经郑重说过。但对这助力大小的程度，与夫这助力加增的速度，则我们务须采现实的看法，而不能丝毫存一种"愿想"更不能以这种"愿想"中的助力，作为我们抗战的把握。

美总统"除战争以外，用尽种种方法以援助民主国"的声明（见一月四日与参院陆军委员会谈话），是极可以使我们兴奋的。美政府历来的表示，与夫已经采取的步骤，如继续收买白银，开始贷放信用借款，劝导红会捐款，劝导飞机商不以飞机售与日本等等，均值得我们的感激。但不加入战争漩涡至今仍为一万三千万人民之共同信仰。孤立派势力之所以得至今存在，至今未受大挫，亦缘孤立是避免目前加入战争的最易方法。怎样使全体人民放弃孤立主义，怎样使孤立派不为人民（而且是一大部分）所拥护，诚是我们所欲探求，而更是美国政府领袖年余所寤寐以求，而尚未觅获备案的一件难事。依我个人的看法，侵略国家如对美国并无进一步的而且须是显著的威胁，孤立派不会失落其景从，其势力亦不会减弱，而罗斯福抑制侵略的政策亦不易有发展。在此情形欲望美国发生若何大量的助我抑日的力量，也决然是不易的。

英国助我的可能性，若是欧局能安定，若是三强轴心不加强，或许比美国倒要大些。但这两个"若"字俱是很大的"若"字。有了希特勒做轴心的盟主，我们如何能望欧局之必安定，轴心之必不加强呢？

张伯伦的绥靖政策显然没有成功，日子过得愈久，将愈显其失败，张伯伦也总有一天要承认绥靖政策的失败。承认而后，张伯伦当然须改变政策。所以在实力未充以前，他是不便承认的。如果实力够了那英国也许就明联法苏，暗结美国，以防止各侵略国势力的膨胀。试为抑止的结果如成功，则世界和平可以不经大战而恢复。如不成功，则就是第二次世界大战的开始。

在英国实力未充以前，我们即使希冀英国对我作怎样大力的援助，亦绝对得到。固然对于各种借款我们仍应竭力以进行。在英国实力既充以后，则我国必可获英之助。但这尚不是最近将来可得之事。

英国在本年十月以前当有大选。遑论大选的结果不会变更现在的政局，即使保守党失败，工党获胜，英政府的和战大计也不会变动。所以我们也不必希冀英政府的更易而获得较大的助力。

以上是说明，在最近的将来，我们不能靠敌人的崩溃与英美等国的援助以取得胜利，固然敌人实力的渐减与英美同情的日增均是有利于我们的因素。

要抗战胜利，主要的仍须靠自己。

就最近的军事形势来推断，敌人似乎已（至少暂时）放弃速战速决的策略，而转入于占领区域的整理。本来敌人自攻克武汉以后，大多数（包括政府在内）即主张政治重于军事，整理重于进攻，只有少壮军人及若干青年急进份子仍主张急速地向国民政府根据地进攻。最近若干月敌人军事进行的滞缓，可见政府的主张已获胜利。最近华北若干地带敌人正力图清除我方游击部队，而北平日伪政权亦正在极力为整理财政，统制贸易，增设学校等一类设施；这些又可证明敌人确在已侧重政治。

敌人如果一方面按大军不动，沦陷区域内积极从事绥靖建设的工作，则敌国国力的消耗自然不致怎样的快，总崩溃的日期自然要相当辽远，英美等国对日本的敌忾亦将日趋薄弱。在这种情势之下，我们最后的胜利也须建筑在政治及经济的基础之上。我们务须在西南各完整省份建立极好的政治环境，更在此政治环境之下，积极从事于经济建设，才能消极的维系沦陷区域的人心，不致为敌伪所利用，积极的养成足以向敌人反攻的武力与经济力。

有人或者要说，"单养我们自己的力量，不易将敌人驱出国外，即使我们的实力渐长，于抗战的最后胜利又有何补？"但我则以为正因我们一国的力量不够将敌人驱走，我们尤应努力养成支持数年的力量。英美等国在最近的将来是不能予我以驱走敌人的助力，这是我们须牢记的。如果在一二年之内，世界竟发生大战，则大战的初期，连我们现在获得的些须助力及友邦牵制敌人的作用，亦将暂告终止，而敌人也一定会猛攻狂炸。如果我们不能加速准备，这大战初期的危难局面势将难以应付。必定我们有勉渡难关的力量，才能取到各民主国家的最后援助。

　　总言之，我们于估计作战双方的力量时，务须避免掺如敌人行将自毙与友邦行将助我的心理，我们务须力求增加自己的力量，以对付这长期的抗战。往昔国人的抗战的心理没有十分坚强时，宣传敌方实力之如何脆弱，如何衰落，友邦同情如何热烈，以及国际形势如何好转，或均有其必要。但国人现在既已一致有抗战到底的决心，百折不挠的意志，我们实在不能再忽视求其在我的工作。最高统帅尝谓在二期的抗战中，政治重于军事。我们深望国人能一扫依赖友邦与诅咒敌人的心理，而先以大力来推动我们的政治；并在良好的政治环境之下，培养我们的抗战实力。

最近日本对华政策的动向

迅 中

自广州汉口沦陷迄今,已经四个多月了。在山西,江西,湖北,湖南,广东等省,战事虽仍不断地进行,不过并没主力的战争,敌军似乎也并不急于向前推进。所以近来后方的空气渐渐由紧张而松弛,由不安而坦然了。乐观的人认为敌人的人力物力已经消耗到最大限度,至少在短期内,没有力量再继续进攻。稳健点的人也认为敌人纵有余力,尚可作孤注之一掷,但西南地形的险要,国际对日猜忌的加深,使敌人不得不有所顾虑。这种观法虽然未尝没有相当理由,不过事实上恐怕未必如此简单。

的确,这次中国态度的坚决,抗战力的强韧,出乎敌人的意料之外,而他们的忧虑战事延长,从速战速决的口号里,也充分地表露出来。所以每次在攻陷中国的重要城市后,敌人总正式地,或非正式地表示愿和中国谈判。南京陷落后敌揆近卫虽然声明否认国民政府,但却示意德国出任调停。徐州陷落后,敌政府发言人又声明国民政府倘和伪组织交涉,日本决不反对。广州汉口陷落后,敌揆近卫复声明希望国民政府参加"东亚新秩序"建设,其后更发表诱和声明,提示日本对于中国所希望的条件。这种种表示虽然证明了敌人希望赶快结束战事,但这"结束"是有条件的,动机是想以外交的方式,引诱中国屈服。换句话说,沿袭九一八以来"不战而取"的一贯政策,希望以最小的代价,获得最大的收获。

在敌人的报章杂志中,常常看到这样的辞句:"我们为达到圣战的目的,已经牺牲了无数的血肉和弹械,现在更不得不迈进以期此目的之达成。"再从敌政府的屡次声明中,也知道敌人的野心随着战事的进展,而愈超扩大,上海战事初起时,敌人的野心似乎仅限于华北,广汉陷落后,敌人提出了"东亚新秩序"的口号,想将整个的中国置于它的保护之下。南京沦陷时声明尊重中国领土主权的完整及列强的在华权益,汉口陷落后则要求废除维持中立权领土完整及门户开放原则的九国公约。敌人的对华野心,已由蚕食而鲸吞,由门户开放而想利益独占了。平沼组阁后,声明对华方针不变,在答复议员质问里,谓中国人民凡不了解日本政策而拒绝合作者,除彻底应征外,决无他法云云。日本对华的决心,由此可知了。

其次,敌国自对华作战以来,兵力方面据我国军事机关统计,死伤在七八十万以上,经济方面仅根据敌方所公布的数字,去昨两年的对华战费,已耗去七十四万万之巨,两年的陆军经常费三十余万万尚不在内。公债迄至本年三月止,预计将达一百七十余万万之巨。仅就这两点而言,敌人此后的困难,将愈益加深,这是毫无问题的。不过在敌人看来,他们拥有七千多万的人口(连朝鲜台湾在内,共约九千余万)。工业生产发达到相当高度,经济统制也相当严密,困难纵然增加,未必没有弥补的办法。所以近卫在十一月三日的声明里,谓"帝国不可不断行国内诸改革,图国家总力之扩充,排除万难而迈进,以期斯业(指建设东亚新秩序而言)之达成"。本届议会里也不顾经济的困难,除了通过庞大的经常预算三十六万万九千万外,复通过本年度(日本会计年度自四月一日起至次年三月底止)的对华战费四十六万万,及海陆军经常费追加预算八万万六千三百余万;更不惜杀鸡取卵,计划再发公债五十七万万。而况敌人的对华战事已成骑虎之势,正如舆论中所指出的已经"牺牲了无数的血肉和弹械"不能无所得而罢手。国际的情势虽与敌人渐渐不利,不过英美的结成联合阵线,对敌施以实力压迫,尚须相当时间,日俄的关系虽然剑拔弩张,但在最近期间,俄国的无意先向日本挑衅,也是敌阀所深知的。鉴于敌国军阀的骄恣妄为的恶根性,非至死到临头,未必甘于退让罢。

第三,敌国自攻陷汉口,就提出"东亚新秩序"的狂论,谓此后对华作战的目的,将由破坏的而入于建设的阶段,所以我们喊抗战建国,他们也喊长期建设。敌人的所谓建设"东亚新秩序"当然范围不限于中国,连日本和伪满都在内,不过主要的目标还是在中国。简言之,是梦想在他们的主持之下,开发中国的经济,树立傀儡的政治制度,创设奴隶性的亲日文化,将中国建设成一个日本的附庸国家。所以近来敌人国内讨论"东亚新秩序"的问题非常热闹,御用评论家学者们提出种种荒谬绝伦的建设中国经济,政治，文化的计划。据大阪《每日新闻》载，政府对于建设"东亚新秩序"的大纲，也已决定，将于秘密会议中向一部议员说明云。专当侵略中国的中央执行机关——兴亚院——已于去年年底成立，柳川中将被任总裁，而以铃木少将任辅弼之责，下设政务，经济，文化三部，政务部长由铃木少将担任，经济部长由日高总领事担任，文化部长由柳川中将自兼，此外复设敕任技师组，任命宫本武之辅总其事，与在华敌军合作，计划中国境内之铁路，公路，水利，土木，港湾等之修造与建设，以利肃清工作之推进。土肥原被任为兴亚院驻华总代理人，任现地联络之职。并定三月一日在上海北平设兴亚院联络部，以控制"维新""临时"两伪组织，并拟在天津济南等处设分部，以控制伪省市政府。敌人鲸吞中国的决心，已经昭然若揭了。

敌人既决心建设"东亚新秩序"，梦想将整个的中国，变成他们的附庸，但诱和的声明已遭我国最高领袖的痛驳，然则敌人对于所谓"不合作"的中国政府，就将采何态度？当广州汉口陷落后，虽然敌国也有一部分人认为国民政府已经退西部边区，等于一个地方政府，无足轻重。但稍有识见者都认为川滇等省虽未开发，而经济的蕴藏很富，沪上诸厂战后都奉命内迁，加以西北西南都有国际路线可通，如得俄英美法等的赞助，将来对于国民政府抗战力量的增加，未可轻视。并且敌人也承认所占领的不过是交通线和重要城市而已，所以国民政府虽然退到西部边省，但它的命令仍可达于全国，他们的后方有无数的中国军民仍在待命而动，国民政府一天不消灭，日方占领区域无法巩固。所以敌人在原则上，认为非消灭国民政府不可，这从本届议会中平沼首相及陆相板垣对于议员质问的答复中，已经充分证明。不过在战略上，日军虽然占领广州汉口，但附近的中国军队及游击队颇为活跃，据点尚未巩固，平汉粤汉的路线尚未打通，山西，河南，湖北，湖南，江西，广东等省内，各地遍布着中国的正式军队，敌人无论向西北或西南轻进，将遭很大的危机，并且为减削中国政权所及的地域计，为恢复治安以便推行"东亚新秩序"建设计，对于各地的中国游击队，都感肃清的必要。目前敌人在军事上并未积极向前推进的原因，也许是想巩固山西，汉口，广州等据点以备再继续进犯，也许是想暂时停止进攻，先肃清占领区域的中国游击军民。不过无论如何，决不能认为敌人没有继续再犯的决心，也不能证明敌人已无继续前进的能力。所以我们对于目前战事的沉寂，决不应轻敌懈怠，更不可稍存苟安的心理。

论云南省国地收支之划分

仁 庚

云南省以往以地处边疆环境不同，国地收支向来未划分，中央各项税收向由本省留用。同时本省的国家支出，也全由省方负担。二十一年，遵照中央规定，把国地两款分列收支概算，是为国地收支名义上划分之始。但七年以还，实际上尚仍旧贯。现今西南各省日趋重要，四川省的收支既早经调整在先，云南省的国地收支也有进一步调处的必要。

划分云南的国地收支，大约有四个问题等待解决：一个是中央收入的盐税印花税烟酒税等之划归中央直接办理，与国家支出的军务外交财务等费之划归中央直接划拨，二为废除卷烟特捐，改办卷烟，面粉，火柴，棉纱等统税，三为废除锡消费税，改由中央征收矿产税，四为省地方收支的整理。依次把每个问题略加讨论。

云南省盐税印花税烟酒三项国家款税收，近年每年度省库实收共约国币三百万元，内盐税约二百余万元，印花税约十万元，烟酒税约六十万元。全省国家款支出，共约六百万至七百万元，以军务费占其九成以上。收支两抵，相差约三四百万元，将来国地收支划分后，国家款收入和国家款支出都应由中央加以整理。收入方面的整理，所需要的大部分可以说都是财务行政方面的改革，如税目税率的整理划一，以及行政机构征收组织的调整等是滇省的盐政机关，自民三的盐运使署及盐务稽核分所分理行政与税收时起，直至去岁中央明令改组以前，一向没有变更过。二十七年六月，运署裁并于盐务管理局，方才统一办理，在去岁裁并之前盐运使署，名义上是中央机关，实际上一切受命于地方政府，每年收入的税款，除掉照缴中央外债摊款十二万元及摊缴盐务总局经费七千二百元以及坐支盐务机关经费以外，其他各款依然要尽数拨交省库支用。所以这一次盐政机关裁并，只是以盐税的行政权，拨归中央，至于税收的支配权尚是仍旧，同时盐政上仍然有许多应兴应革之事，还在亟待举办。将来收支严格划分，盐税应该循着三个方向入手改革，即一，归并附加名目，二，整理场产，三，推广销场。

现在滇省盐税税率，正附税合计，最高每市担合国币六元八角三分，最低每市担一元三角五分，税率不算太重。不过井盐的生产成本若干倍于海盐的生产成本，加以省内交通不便，运脚又重，以致盐价比较沿海各省要高出半倍至一倍之多，影响于国民生计不小。附加税税目多至十一项，有九项是二十年三月划并税率以后陆续添征之款，内中四项是地方加征而未得中央核准者。附加税名目过繁，税率参差不一，其中各井的附加项目和税率既各不相同，当运销至省内各区之时又设有互相差别的待遇，其在井照征销地退税的办法，更引出许多无味的繁赘。至于附加繁杂，对于征纳双方的不便，尤易招致征收人员之乘机作弊，见于以上的种种事实，今日的盐税附加，实有酌量裁减和归并划一的必要。此其一。滇盐产额微少，民十前后产额最盛，也不过合一百十余万市担。此后各年，产销迂滞，至十八年，只得以前的半数。近年整理，又稍恢复，但始终未达百万市担。现盐务行政既已统一，此后应注意如何改善场产，改善以后，产额销额还有不少可以增加的余地。一平浪制盐场形将竣工，此后移卤就煎，改用科学方法，产额也有增加之望。此其二。去岁六月起，改统制的运销方法为就场征税自由运销，贯彻新盐法的精神革除了不少的旧日陋规恶习，相信对于销额应有裨益之处。去年杪，省岸食盐告缺，盐价陡涨，颇引起一般舆论对盐政机关的非难。要知道这个现象是改制之初办理欠周之过，不足持为指摘自由运销制度本身不健全的藉口。整理场产增加产额以后，省产盐斤更应推销至昭通等十一县，开广边岸，和阿墩边岸三区。这三个区域，至今还在借销川盐粤盐和川沙盐，影响滇盐的产销和税收都非常之大。昭通等属，输进川盐，例由省财务机关征收川盐消费税，且不属盐务机关的管辖范围，尤其妨碍盐政的统一，更应提前加以整理。此其三。相信照上述几项整顿办法实行，全省产额销额至少可以增加半数以上。税收的剧增，也是必然的。

印花烟酒二税，收数微少，将来改由中央接办时，各县征解似乎仍应借重各县的省税征收机关，以省经费。昆明设印花烟酒税局，使之成为西南税区分征机关之一。此外云南省单行的印花烟酒两税税章，应即废止，照中央法规征收，使之划一，印花税除昆明个旧二地以外，尚系各县派额摊征；邮局代售印花办法，更未实行。这些都应酌量改善。实行实税实贴及邮局代售印花办法后，各省区税收增加甚多，滇省商务虽不发达，然今日全省全年印花税收入仅仅几万元，当然增加的余地尚不少。现在每县派额，为数甚微，而各县常年解额恒仅及派之六成；且每次由省摊县，由县摊各公会团体各区乡，再由各团体区保摊于各商各户，按月层层摊派，恒多不能按头照缴，弊端亦甚深重，即如不注重实税实贴，往往引起一票数用之事。印花税收归中央整理，税率可以改按国币，并照去岁加倍征收的法令推行，预期至少可有加倍的增收。三项赋税整顿以后，欲其增加收入一二百万元，当非难事。

  本省代付国家支出的拨归中央，因为只是一个支付机关的转移问题，比较收入方面简单许多。不过划分以后的整军问题，还需要中央与地方当局的开诚相与，商酌进行，本文中不便多说，其他国家支出，各外交部驻滇特派员公署支出的外交费，盐务机关支出的财务费等各项支出，合计全年不过数十万元，无足轻重。

  收入整顿以后，可望增收一百万至二百万元，支出经整军以后，少数的紧缩也不是不可能。如是收支两抵，可使差额减少。既使支出未能缩减，这个差额尚可以统税矿税的增课来抵补。卷烟特捐改办统税，创议早在两年以前，其所以到今日之尚未实行者，纯因省教育当局的奔走与呼吁。卷烟特捐已具有悠久的课征历史，税率经迭次增高，税务经数度整饬，收入渐增至每年国币一百二十万元上下，成为省收入的主干，又是全省教育经费的惟一靠背。这项税捐，自十八年三月指定为教育经费专款后，历由教育经费管理局经征，直拨作为省地方教育经费，和省财政机关不相干。捐率，最高一级每十枚征国币一角五分，常合从值的百分之四十至五十以上，捐率不为不高。云南卷烟，大部来自上海，已经在上海受伪统税机关征过统税，入滇境更征卷烟特捐，据说纳捐人可以持特捐捐票到上海退回最初已征过的统税，用免重征。不过这种惠商的退税办法，因为税权的不统一，当然谈不到有丝毫的保障可言。将来改征统税，对于沦陷区已征统税的出厂品，因其已为中央税收机关所不可及，运到滇省，当然仍须补征。重征之事不能免，但这件事是无可奈何的。

  卷烟统税税率较今卷烟特捐捐率为低。改征以后，收入将不及今日的收数。但云南省设有火柴厂四，卷烟厂一，纺纱厂一，面粉厂亦有设立，也都可为将来征收统税之标的，沦陷区域中央统税不能课及的其他应税货品，入滇境时也可以照样补征。大约将来全省的统税收入，可与今日卷烟特捐的最大收数不相上下。

个旧之锡，在二十年一月以前，征收大锡捐。迨至二十年一月裁废厘金，大锡捐随厘金而废止，改在特种消费税项下征收锡消费税。现在税率，从价征百分之五或百分之六，以每吨价值是否超过国币七千五百元为转移。二十三年三月，增课每张国币十五元的大锡捐，收入为公路经费。二十五年，公路总局加征矿山道路捐，责由矿商定额包缴。正附税率，不为轻矣。云南个旧，每年产锡价值数千万元，依值抽税，每年锡税的收入也就大为可观。此外东川铜矿，也是举国闻名的矿场，但近年场务不振，产额甚少，产品每百公斤征消费税一元六角八分，收数甚微。省产铅锌，每百公斤征消费税八角四分，硝矿每百公斤征一元六角八分，收数尤微。这些矿产一律由特种消费税局在产区征收消费税，论性质都可谓为矿产税。所以锡铅锌等应一律改由中央课征矿产税，硝矿税也应拨归中央划一办理。锡铜等消费税，每年收入可达一百五十万元上下，在特种消费税收数中，若除掉这个大的数目不算，则征于本产货品的税收更将微而又微。这种消费税，差不多将成为一个纯粹征及外省用品级外国产品的入境税了。锡铜等消费税停征，联带裁废大锡捐矿山道路捐，省方年损失约一百六七十万元。公路经费短收的几十万元，应由财政厅照数拨补。

国地收支划分，再将卷烟特捐矿产消费税收由中央改征，则中央方面绝不会有什么吃亏的地方，即便收支仍有微数之差，此区区微数，在中央又何必介意。惟将来本省教育经费失掉主要的财源，或者要发生恐慌。关于这点，笔者也认为不足为虑，反而正可借此机会废除教育专款。殆过去教育经费改设专款的本意，原因连年战事，教育经费无定；省钞价跌，教育无法维持。可是自十九年改变征收本位改革税务行政以后，省财政早已纳入正轨，近数年收支相抵，不惟无亏，且常有所賸余。教育经费似乎已经失掉维持专款收支的重要性。十年来专款收支的结果，纵使征收权分裂，机关重叠，而省府审计处对于事前事后收支事件的统制，既不统一，又多上一层窒碍。专款固然不妨存在，但希望征收机关不至分裂，征收事权统一，税款征起，然后拨为专款无妨。将来国地收支划分成功，省地方可以腾出大量经费，用来统一筹拨教育经费，也是绰有余力的。

云南省地方款二十六年度的实支数，为之约计如下：一，收入。特种消费税约四百万元，田赋耕地税约五十余万元，契税及耕地登记费约十四万元，牲畜屠宰税约一百万元，禁烟罚金约一百七十万元，卷烟特捐约一百二十万元，战时利得税约六十万元，清丈照费约一百二十万元，中央补助费约二百五十万元，营业收入约七百万元，其他收入约五十万元，合计全年度收入约二千万元。二，支出。行政费约七十万元，财务费约一百万元，保安费约二十七万元，教育文化费约一百八十余万元，建设费约三百万元，其他支出约二十六万元。支出合计年不过七百余万元。收支相抵可有一千二百余万元的盈余。此后各年度，假定各税收数和用费不大变动，但由于税目税率的添减和支出的性质改变，收入和支出均将紧缩不少。此中项目，有如营业收入之恢复常态，禁烟罚金及战时利得税之停征，消费税之增加税率。这三项收入，增减相抵，净减约六百万元，又如滇缅公路完成，清丈亦将告竣，收支各约减三四百万元，由此以见此后每年度的收支，姑为预计，收入约为一千万元，支出约为四五百万元，收支相抵，盈余尚得五百万元。即使卷烟特捐及锡铜等消费税取消，省收支仍可得二三百万元的余额。由此更可证明，国地收支划分之后，省地方财政绝不致发生动摇，而且其为有利无害，也是毫无疑义的。腾出的经费，一方可用以提高一般公务人员待遇，一方省建设事业与经济资源的开发也不必发愁经费的毫无着落了。

国地收支划分以后，关于地方财政的整理，也是多方面的，现在先说一说特种消费税。

云南省的特种消费税，曾为一般人士所不满，最近增加税率，对于一般物价和人民生计更有不小的影响。迺自海口封锁广州失陷后，滇越铁路成为西南各省最主要的国际交通线，内地各省的日用品，已有许多经滇转道运入，供给消费。多增一分税率，便足增加内地人民的一分负担。当然，在今抗战时期，重课消费品以鼓励节约，我们是无可非议的。不过细考特种消费税的课征货物，除去锡铜等税以外，百分之七十以上是课征在日用必需品。云南工业落后，日用品向供赖外省外国的进口，而以棉纱为最大宗。就昆明消费税局的统计，来看课税之入口货品价值二十五年份值新币四千一百三十余万元，二十六年份值四千二百二十余万元，其中棉纱棉布进口值，在二十五年份可占二千三百二十余万元，二十六年份可占二千四百七十余万元，均合全值的半数以上。税款收入也以棉纱为最大项目。中央现在虽已允许把消费税列作地方临时收入，得以使多年未决的概算案勉强通过，但其为临时收入之应由省地方当局当地方收入足抵支出的时候毅然取消，也是确切不移之理。我们觉得当前的消费税，最低限度，也应该使之成为名符其实的特种物品消费税，（现在差不多是一个一般货品消费税）择几种销数较大的奢侈品及半奢侈品，加以重征，其他各种必需品应即免税。这样一来，没有问题税收一定要降低不少，但征收手续可以化简，同时对于国民生计当亦增益殊多。

云南省的地方财政，除上述外，尚有不少应兴革之处，其大焉者，譬如清丈以后如何改进县地方的征收机构以增加耕地税收入；如何废除割裂式的专款制度，实现全省统收统支；如何扩充营业税的征收范围，课及一般行业；省与市的财政如何切实划分，减少市财政依赖省方协助的程度；以及县财政如何改善，作为健全地方政制的始基。诸如此类，都待计划与实施。在将来国地收支实行划分之后，适足为省地方财政当局，腾出不少他的经营国家款收支的时间与精力，正可以集中其全副精神，贯注到整理地方财政和地方税捐上面去。

抗战中华侨的捐输

黄开禄

"有钱出钱有力出力"是抗战以后耳熟的口号。若以此八字为评判国人是否爱国的准则，则远在炮火线外的华侨爱国程度，至少可说是"无不及人"。"有力出力"一事，自不能多所希望于远在万里外之华侨，（但据所知，有技术华侨回国服务的也不为少），至于谈到华侨的有钱出钱，据侨务委员会统计，一年半以来国外侨胞捐款总数已超过一万万元。

对海外华侨的数目估计，虽各说不同（由三百万至一千二百万），但若以五百万为数，则至少每位华侨已出钱国币二十元。若我们以为该数不大，则不妨设想假使国内同胞能每位出钱二十元，共可有多少的战费。

普通谈到"华侨"，许多人即想到"有钱"。此种观念是错误的。事实上，华侨之有钱者并不一定较诸国内富有的同胞来得有钱，而华侨之贫困者也不下于国内贫困的同胞。到过美国的人，都不否认美国华侨多有穷的，但该处华侨平均说已是全世界较富的华侨了。华侨较集中的地方是在南洋，尤以暹罗，英属马来半岛及荷属东印度为多，但凡是到过该处的人，亦多承认该地华侨的贫困程度，较诸国内，亦不多让。最穷的华侨穷到身体等于卖给他人，而此不属己之身还是在外国，至于可算财产的东西，是围在腰间的一条单布短裤。

国内同胞常将华侨与有钱视为一事之故，大概是数十年前开发美澳二洲时所遗留的印象，或是受经济学者之论华侨巨额汇款可以维持我们入超之贸易理论的影响。事实上，若有人能分析华侨与国内同胞之贫富差别，我相信必可有惊人发现。我虽不敢说最穷的华侨要较国内最穷的同胞为穷，但我颇相信目今最富的华侨未必较目今国内最富的同胞为富。所以五百万的华侨能捐到超过一万万元之数，已是很可观了。

再者，华侨捐到的款，其来源也同国内大同小异：多是来自较"无钱"的"阶级"。根据个人所知，素有"富望"华侨内动辄以万为捐款单位的固多，但不捐一文的亦有其人。只要翻开任何华侨主办的报纸一看，便可在广告或布告栏内发现许多许多的人名及其捐的三角五角七元八元等数目字，其情形颇似国内各报所登"代收款物"等报告。所以该超过一万万元数目，大部是代表无数血汗的结晶，离乡背井的代价及苛捐杂税下所榨余的生活费。

以上所述是华侨捐款来源之不易，但勿误会为华侨不愿捐款。在某种情形之下固然可以引起华侨之不满（如若再有几个类似广州失守），但只要国内继续抗战，华侨的接济是无疑的可以源源而来。现在主要的问题是怎样可以增加国内与华侨的联络以谋加（至少维持）华侨对抗战的贡献。抗战后国内各方面对于华侨的鼓励及联络已有相当成绩，但抗战已入更艰苦之阶段，这些工作应如何继续下去是值得讨论的事。兹将个人以为应该做的几件事，略述于下。但在未谈及具体办法以前，我应先声明二点。第一，该具体办法是求其易行而实在，故谈不到什么根本或通盘的计划。第二，办法的性质只专为对华侨捐款问题而言，所以不一定能用于招募华侨资本以开发实业的问题。对于华侨问题的根本通盘计划有中央最高的侨务机关主持。对于华侨投资国内实业问题，因其性质之不同及其经济关系较为复杂，须另作专文方能谈到其纲领。目今只以"出钱抗战"为讨论范围，我以为尚值得做的事有三：

一是调整宣传机构；

二是集中募捐行政；

三是宣传华侨战功。

所谓调整宣传机构，虽未必要做到只许一个机关派选宣传员的统制地步，但至少要到有一个中央机关专事指导或监督宣传（只指对华侨宣传）的慎重地步。根据个人所知，派人向海外华侨宣传的机关，除有属中央的外，尚有属地方的及属私人团体的，而属中央的自又有许多不同的机关。因华侨为数之多及其地域散布之广，能有不同性质的机关或团体派出不同身份的宣传员本是应该的事。但因宣传方式之之不同，听众性质之互异，若非有一专司监督或指导的中枢，则很容易酿成事倍功半甚至主张矛盾的事件。二十七年八九月间有某省省政府因为要"解释误会"曾有派人赴南洋宣传其努力"抗战方策"之议，旋因侨胞不满该省府某人，乃纷电挡驾，闹得很不好看。类此事件，若设有监督或指导的中枢，是可以避免的。再者，华侨分子之复杂亦如国内同胞。派遣宣传人员能面面周到最佳（此事颇不易办到）。二十七年八九月间在新加坡曾有私人及团体（闻为有钱华侨）出面正式反对某团体所主请的某某老太太南下宣传抗战情形。内幕固可不必问，但反对者的主要理由是该员未从中央遣派。诸如此类的事件，很可以不必闹到海外。要避免类似事件之再发生，其较有效而可办到的方法就是成立宣传中枢（若已有类似的中枢机关，则再加强其工作机构）。

论到宣传员的人选，我以为应该慎重从事，至少应该规定几个去取的原则。例如在同样情形之下，宣传员最佳能说一种粤语或闽语；或其本身为华侨，或曾在该地域留相当年数而仍有联络；或年高德重，或素为人知的"好人"；或为有国际名望的人物；或战功显赫的战士；或国内官职曾在某某任以上等等。国内目今已重视作事先有计划之方式，则自也不妨以宣传员自拟的宣传计划为去取方式之一种。实则若能依照某种原则，则有计划地多派几位宣传员也无妨（事实上已派有不少）。所谓"有计划"是不过对过去的不相为谋现象而诲。例如若以"乡亲"为联络原则之一，则不妨分派出会说各种闽粤语的人员：如闽侯语，厦门语，潮汕语，客家语，广州语，台山语，琼岸语等等。这不过是一个例子。此外，当然也可以会不会说当地语言为去取原则之一，例如赴南洋者能懂马来语文，英荷语文为佳，赴美国或菲律宾者以会说得好英文或其他土语为佳。前者的主要用途是用以联络华侨，后者是用以联络当地人士及政府。因此，在宣传员出发前，其中枢指导机关对其使命应有相当的布置，至少应与党部，侨务委员会及外交部有相当联络，因为党部可以指令华侨支部代为事前布置（普通是在报上先事张扬），侨务委员会为国内专司侨务之最高机关，当可供给宣传者许多材料及其他方便，而外交部则可指挥当地公使或领事招待。如此布置虽不免要麻烦些，但由华侨方面看来则该宣传员是至少"来得有路"，虽不敢说必可多捐钱，但至少不致有怀疑挡驾等事件发生。以上是调整宣传机构后可望做到的。

次论集中募捐行政，是一件急不容缓之事。当笔者八月间在星加坡时，该地华侨正在争执是否应有一个总机关管理华侨的捐款问题。美国亦曾因缺乏一个正当的总机关，而发生许多纠纷及弊端。实则此种机关本应早日由国内政府指导成立，根本用不着大闹，更用不着华侨互闹。事既如此，来者可追，惟有早日成立如此机关（若已成立则应加强机构）才是办法，盖一则可有总负责的统计报账机关，二则可免得汇款不知何往（华侨至今未忘九一八之马占山汇款案），三则或可省些汇费，甚至有益于我国之统制外汇政策（有人论华侨汇款为加强黑市场汇率原因之一）。若以政治地理为单位，我以为如此的机关应该在每单位内设立一个，并且须直接与国内的指导中枢（或财政部）生关系，以策呼应。

谈到宣扬华侨战功，实在是一件很应该做的事。根据笔者所知，各地华侨无不喜谈参加作战华侨的战绩，在产生战士的地域内，其华侨且引以为"人胜"。此举虽不免"封建"，但不但不能怪，并且应该看清此点，用以谋更密切的联络。若有人去调查目今作战之空军陆军人员，当可发现其中有不少身生国外家在海外的华侨战士。当笔者在香港时，曾探访一位受伤的华侨战士，彼因为肩受伤甚重，故须留港养伤半年。该华侨战士为一空军队长，回国亦尚不久，然至少已击落敌机一架。若能利用其养伤的时间回家向华侨募捐，虽不敢云可捐到千万，但买几架飞机的数目字是可以捐到，而其本身至少是可给华侨以另一种的兴奋剂。若能将陆空海军内的华侨战绩编起来，或以电影方法显诸银幕，则至少可给予宣传人员以一种联络华侨的有力方法。

最后，我以为政府对于华侨的鼓励或嘉慰尚可以加紧。所谓鼓励是鼓励华侨的输将及鼓励侨气，使勿因小小顿挫而灰心。去年广州失守，据闻有数地华侨颇有愤而不在输将之议。最近因为汪电误会所发生的和平空气，无疑的，也引起不少的疑虑。针对类似事件加紧原有鼓励方法，是十分需要的。至于加紧的方法自然要随时随事而变，不能一概而论。但以上述的事件论，若派有能孚众望的"大员"一行，或有最高当局（或如五中全会五次会议）的"侨胞书"一类的文字，其收效是可期的。又因为华侨无不渴求抗战胜利，所以最高当局若能常有特为华侨而发的各种"最"书，其刺激力将亦不下于特派大员去宣慰。每种都是易做而有实效的事，特述之，以供关心者参考。

论汉译人名地名的标准

王了一

最近国立编译馆预备规定地名人名音译标准，辱承来函征求意见。我答复之后，觉得还有许多话要说，于是再写这一篇文章。

现在我国所译的地名人名，显然有两种毛病。第一是失真：有时候译出的汉字比原文的音相差太远。第二是不统一：例如同是一个g音，时而译为"格"，时而译为"葛"；同是一个"德"字，时而对t，时而对d。这样，我们看见了译文，往往猜不出原文是什么。一般人看见了"希特勒"三个字，会猜想原文是Schiteler，等到将来有机会看到了原文Hitler，也许还不知道就是鼎鼎大名的希特勒呢。这是多么可惜的一件事。

失真的原因有两种：其一是方音作怪，如Dumas译为仲马，Hugo译为嚣俄，假使你不懂闽音，你就会莫名其妙。又知近来报上所载法国外长庞莱，原文是Bonnet，net译为"莱"，今我们猜想译者会是川滇湘皖。这种情形，对于译者或他们的同乡而言，不算是错误；然而对于中国而言，该说是错误，因为他们不能尽可能地利用国音，使全国的人易于了解。其二是不懂原文的音，以甲国的读法来翻译乙国的读法。最常见的谬误是拿英文的读音应用于一切族语。记得有人曾把Massolini译成"慕校里尼"，与意文原音最近，然而终于被"墨索里尼"替代了，其实"墨"不如"慕"的。又如报上把法国Herriot译作"赫里欧"，不知h不发音，又不知o在i后，该念像西南官话"岳"字，不该念"欧"。又如上文所举的Bonnet，其第一音该译作"波"，不该译作"庞"，译者大约是误把它念像法文bon字，所以弄错了。

失真之后，偶然有人看见不舒服，自然也会改正了的。奈端之改为牛顿，可是大快人心的一件事。可惜有些改正后的译音仍是不能令人满意的，如嚣俄之为雨果，"雨"字虽说得过去，"果"字却不甚妥。"果"字在国语及多数方言里该念 kuo，离原文 go 音颇远，不及"哥""歌"等字。这也是方音作怪，修正的人也许是山东人，也许是江浙人，总之一定是他的方言里"果""哥"念成同音不同调，然后他才喜欢用"果"对 go。此外，如"佛罗贝尔"之改译"福楼拜"，"服尔德"之改译"福禄特尔"，都是无可无不可的，更谈不上大快人心了。

上面所说的失真的原因也就是不统一的原因。但是，译音之不能统一，除了方音的障碍及为英文读音所限之外，还有两个原因。第一，是喜欢用好看的字眼：尤其是对于妇女的名字，喜欢用闺阁的名字译出。例如 Davis，当其为男人之姓时，可译为"大卫斯"，当其为女人之姓时，则喜欢译成"黛维丝"。又如 Louis 译为"路易"，然而 Louise 并不译为"路易士"或"路易寺"，却译成"露意丝"之类。我从前也染了这种习气，非但给它一个男女有别，而且努力求姓名的汉化。这样办法固然也有好处，可以使中国人看得惯些，记得牢些。张伯伦令人一看就知道是人的名字，多看就记得牢。但是，有一利必有一弊，它非但令人误会张伯伦是中国人（像是张伯行的兄弟），而且破坏了译音的统一：假使 Cham 这个音段不在第一音，又得另换一个字了。第二，是中国同音字太多，各人随便乱用，毫无标准。例如 Bi 可译为"俾""比""彼""毕""碧"等，这样，就显得太没有条理了。补救的办法该是怎样的呢？也许有人说，我们有注音符号（注音字母），拿它来对音，可免不统一的毛病；再把它稍为扩充，务使足敷音译之用，则尽可免失真了。国立编译馆也曾考虑到这个办法。但是，注音符号本身已经不甚美观，若再加扩充，例如在符号之旁再加符号，就更难看了。况且现在又识注音符号的人还不及认识罗马字母的人多，又何必多此一举？

也许有人主张另制一种符号，专为译音之用。这事更可不必。我们之所以译音，固然是为一班不识西文的人设想，同时也因为可以在汉文中不杂西文，取其好看些。如果另制符号，倒不如索性照录原文来得痛快。

我们觉得音译的改良，仍该在汉字的本身上想办法。由欧译汉，最占便宜的地方是一个汉字可译两个至四个的罗马字母，如 Pan 可译为"潘"或"班"，不必译为"伯阿恩"。我们对于音译虽不能达到不失真的地步，至少可以做到"近真"。国音不够用，我们可以略采方音。原有的音译并不是完全要不得的，例如以入声字译短元音（不带鼻音韵尾的），这是采用吴音的好办法。"迭更司"胜于"第更司"，"杰克"胜于"贾克"。用江浙的蓝青官话念起来，几乎可以逼真。此外，闽粤语及客家话也似乎有可以借用之处：Bismarck 译为"俾斯麦"，"麦"对 Marck 比译成"俾斯马尔克"或"俾斯马克"简便些，Thomson 译为"谭森"，也比"汤姆森"简便些。然而我们须知，这是国音中没有办法的事，才借助于方音；并不象仲马、奈端之类，我们反可从国音中找出更好的对译。这是不能相提并论的。

我们用汉字译欧音，并不能，亦不必求其声音完全相同。我们只求其有一定的标准；这可以称为"代数式的统一"。譬如以"希"代 hi 未尝不可，因为国音中没有 hi，不妨借用粤音（广州"希"字虽念 hei 但其他粤语区域多数念 hi）。但是，我们该注意一件事：就是以"希"为 hi 的专有的对译符号，不得再拿它来译 shi 音，Norma Shearer 不得再译为"瑙玛希拉"，只能译为"瑙玛喜拉"一类的字了。我们遇着译音中的"希"字，也该一律念 shi 不可再念 hi 了。

汉字没有代表纯辅音的，所以遇着西洋的纯辅音也不能译得很像。但是我们的前辈已经替我们发见比较妥当的字了，如"格""克""特""勃"一类的入声字，"斯""土""志""滋"一类的"元辅同位"的字，以及"尔""儿"等，都是汉字当中比较地适于对译纯辅音的。Franklin 译为"佛兰克林"，"克"字是很妥的。我们只要加以整理，使它们有固定的对音，不许一个字对两个音，就没有什么缺点了。

明白了"代数式"的道理，我们还可以同音的分译数音。如"爱""艾"虽同音，我们可用"爱"对 ai，用"艾"对 ei，"哀""埃"虽同音，我们可用"哀"对 E（法文 Estienne 的第一音），用"埃"对 e（法文 Elysec 的第一音）；"慕""穆"虽同音，我们可用"慕耐"译法国名伶 Mounet，用"穆赛"译法国诗人 Musset。诸如此类，都靠着代数式的统一办法，而不至于相混。

总之，我们的目的在求音译的一致，我们的方法在使被择定为译音之用的汉字当中，每一个字都有固定的对音。换句话说，每一个汉字不得对译两种外国语音，每一个外国语音也不得对译两个汉字。这样，我们可以制定一个音译对照表。在中学或师范学校里只须费一两个钟头，就可以使学生完全了解，并且能够运用无误了。

本来，我们可以想出更严密的方案来。譬如我们可用口旁的字表示纯辅音，用人旁的字表示重音，用水旁的字表示轻音等。然而这么一来，恐怕要添造许多新汉字，专为音译之用。这是凭空增加了印刷上及认识上的许多麻烦，倒不如将就些的好。音译统一之后，会有人觉得译名不雅。例如"张伯伦"也许会变了"忏怕冷"，似乎太难看了。其实完全是习惯的问题。"拿破仑"与"埃及"在当初并不比"忏怕冷"雅些，现在用惯了，"拿破仑"就令我们想起一位盖世英雄，"埃及"就令我们想起金字塔，雅得很。但是，雅不雅不成问题，习惯的突然改变却成问题。试悬想依音译标准，"伦敦"该改为"冷凳"，纵使我们不嫌"冷凳"不雅，我们能不能违反数十年的习惯？国立编译馆有见及此，所以拟出一个保留旧译的办法三条：（一）国名以保留旧译为原则（如英法德等大国国名）；（二）通用已久的重要地名（如伦敦威尔逊等），以不更译为原则；（三）海外华侨已通用的地名（如泗水等），拟不改。这是很对的。不过，适用已久的标准也颇难决定。"张伯伦"算不算适用已久。庞莱""赫里欧"算不算适用已久？修改的太多，习惯一时改不过来，修改的太少，则旧译与新译太不一律也不好。这是颇费商量的。

总之，音译统一的方案并不难于规定，只是难于实施。请问国立编译馆或教育部有没有法子统制全国的音译？书籍还可以在审定时加以矫正，或对于音译不合标准者不予审定。报纸杂志最难统制；然而我们知道，最先翻译一个新人名或新地名者，恰是报纸杂志。报纸杂志不能统制，音译的标准就会等于具文。我们希望当局在公布音译标准以前，先考虑考虑实施的办法。

英美记者论欧美局势（通信）

下述两封信，第一封是伦敦某党机关报某著名编辑致本刊编者的一封信，第二封是美国以孤立主义出名的某邦的一位老主笔写来的，特将其可以公开的部分译出以飨读者（编者）。

一

我们有理由可以知道日本的经济困难已成了一种严重的烦恼。同样的困难在德意也日趋尖锐化。这一个事实，再加上德意人民中多种份子的绝望与不安，在目前颇有减少德意威胁的功效。希特勒的演说（指一月卅日的），虽然十分苦辣，实在代表一个暂时已失去把握的一个人的情态。我与德国各方颇有深切的联络，我确信希特勒虽然对外有了惊人的成功而国社党的政权，则因大资本家的暗中（而且有时竟成彰明的）反对，国防军中，旧普鲁士地绅中，及中产阶级中（尤其是年在二十五以上者），若干部分人的冰冷态度，而减弱，甚或受有威胁。

英国的重整军备已成了现局中的一个重要因素。不特两大民主国家，而且若干小民主国，也正在强化他们的政策与态度，以应付欧局的威胁者。英国向德意的广播已对该两国人民发生重大的影响，因为他们已因之得知事实的真相，且知战争的危险乃由独裁国家自己造成，而不由别国造成。罗总统近数次演词的勇旺与有力也使全欧的反法西斯势力得了不少的鼓励。

但是，大家也得牢记希特勒的动作是不能以常情测度的，因为他是一个魔王，一个狂人，他是不能以理性来喻的。现时最令我们感觉安慰的一点，就是德国许多知机的重要人物，因知德国处境的危险，或者能产生一种大力一种勇气来握住他，不使他妄为，亦未可知。

在目下，欧洲的局势至少不至如前几周那样的不安定。如果在未来的数周内，这局势更有进步，我确信此间当可发生有利于中国的一种反响。

二

我记得我们谈话时，我尝指陈出你所认为将为中国抗战的步骤者。你说中国将随战随退，随退随整理，随整理随战，直至日本国力消耗至不能再进为止。你又告诉我，贵国人相信这办法须有二年甚或五年之久，才可完成消耗战，如果有必要，贵国人也准备再咬牙继续下去。

一年余已经过去了，而战事仍在继续着。我很可以了解你何以急切地希望日本的侵略因受打击而中止。我也很愿我能肯定的告诉你，说美国政策即将发生有利于中国的变更，美国即可给中国以有效的援助。但是，很抱歉地，我此时只得给你以笼统的观察。

美国人民与政府对中国的同情自来没有减少。如果我们此时举行全国投票，我深信全体人民，或几乎全体人民，将斥责日本。罗总统对侵略也已常有极有力的表示。固然，国会中至今有一有力的孤立集团存在着，但他们也并不丝毫表同情于日本。

不过，过去一年的事变已将敌国人民的注意自亚洲转移到欧洲。去年九月的危机使得美人深切感觉世界有大战的可能；九月的危机纵已过去，其他的危机仍连二接手的占领着我们的注意。希特勒与墨索里尼的举动是无时无刻不为美人所留心，美人对之亦无时无刻不感觉浓厚的兴趣；中国境内的战争则已远不如从前的受人注意了。

修改中立法的可能性极难捉摸，总统极主张修改，但孤立派则绝对反对任何可以使总统有权宣告谁为侵略者的修改。你问我是否可以舆论的力量影响×××与奈埃两参议员的态度。我恐希望极少。因为前者不是一位有若何魄力的人，而后者则似乎早已坚决地自陷于闭门不论谁是谁非的孤立政策，再不能有所变更。

我信总统在不久的将来将以整个的中立问题交付国会讨论；他将设法使国会不能避免此项讨论。国会中也势将有人以"洋茧子"（Foreign entanglements）为词，而与之对抗。这"洋茧子"一词，如果善加利用，必可深得民众的同情。不过现行中立法中的不切实情之点也已十分显明，所以或种重要的变更当不难成立。

贵国人民正遭遇一个长期的苦斗，我恳切地希望有法可以助之出险。鄙意中立法的修改是最好的方法之一。我们已经于借款方面做了一些工作，或许这工作还能继续且扩大。总统也很对症下药地说过，民主国家仅有战争以外（Short of war）的方法，可以用来约束侵略国家。这原是针对欧洲侵略者的一种警言，但也尽可以之用于日本……

本期撰者：

  仁庚先生是一位研究中央与地方财政的专家，过去对于广西等省的财政改善有过切实的具体贡献。黄开禄先生是一位荷属南洋华侨，曾入祖国及美国的大学求学，专攻劳工问题，现在重庆某机关服务。王了一先生是西南联合大学教授。